KB097450

마리아 경

마리아 경 經

글 우주합장

BOOKSUN

생명체란 태어나는 순간이 가장 경이롭고 예쁜 법이다. 땅을 뚫고 나오는 시금치나 봉오리를 틔우고 나오는 재스민이나 알을 깨고 나오는 개구리 새끼든 상어 새끼든, 생명체란 태어날 때가 가장 곱다. 그런데 유일하게 인간만이 태어날 때가 가장 추접하고 못났다. 막 태어났을 때 경이롭고 예쁜 인간이 있던가? 고운 인간이 있던가? 눈에 콩깍지 천 겹을 끼지 않고서는. 인간은 인간 자신에게 사기를 친다. 그러니 구원하기가 영 까다롭다.

목
차

1

실토

가롯유다_{Iscariot Judas}가 나쁜 인간이라고?

당신들 모두 잘못 알고 있다. 가롯유다는 당신들이 알고 있는 그런 개자식이 아니다. 그는 알려진 것과 정반대의 인간이다. 그는 누구보다 선량하고 정의로우며 도의와 교양이 진중히 배인 신사다. 그건 내가 증명한다. 어떻게?

가롯유다가 내 남자였으니까.

고백하건데, 나는 지금으로부터 2천 년 전에 태어나 살았던 적이 있다. 당시 나는 유대_{Judea}라는 나라의 남부 가롯_{Iscariot}에서 출생하여 어린 시절을 보냈고, 같은 육상 짐승임에도 여자는 남자와 차원이 다른 이성과 신중함 그리고 용기를 지닌 존재임을 발견한 13살, 그러니까 초경 무렵 고향을 떠나 갈릴리_{Galilee} 가버나움_{Capernaum} 막달레나_{Magdalene} 예루살렘_{Jerusalem}으로 이주하며 살았다. 당시 나는 두 명의 남자와 친분이 있었다. 한 명은 나자렛_{Nazareth} 지방에서 각종 생활목기 주문제작업을 하다 예루살렘에 온 후부터는 사람들에게 신학 신비학 명상법

등을 교설하며 지내던 예수_{Jesus}였고 또 한 명은 예수의 그런 교설을 듣던 제자임과 동시에 예수에게 그림그리기 의류수선 등을 가르치던 가롯유다였다. 가롯유다와 나는 같은 지역 태생으로 어릴 적부터 오누이처럼 지내던 사이였는데, 내가 예수를 알게 된 건 가롯유다와 함께 예루살렘으로 오고 나서부터였다. 저 두 남자와 나는 오랫동안 동행하였다.

2

최후의 술자리

흔히 〈최후의 만찬〉으로 불리는 예수 무리의 마지막 저녁식사는 내게 가장 중요한 기억 중 하나다. 말이 만찬이지 술 마시는 자리였고 예수와 열 두 제자와 나, 누구 하나 빠짐없이 모인 자리였다. 보통은 행사나 모임이 있을 시 두어 명쯤 열외가 있게 마련이었지만 그 날은 그렇지 않았다. 모두가 일사불란하게 저녁 회식에 모였고 일사불란하게 술부터 마셨다. 지금과 마찬가지로 2천 년 전에도 남자들은 술에 취하면 큰 소리를 치고 과장을 하고 거짓말을 했는데 그날 저녁 만찬에서는 그러는 이가 없었다. 술을 마시되 취하지 않는 것은 여자들이 가장 눈여겨보는 남자의 품행이라 가르치던 그들의 선생이 그날따라 무거운 표정으로 동좌하고 있었기 때문이었다. 그들은 선생 예수가 술좌석에 있는 한 객기나 주사를 부리는 일이 없었다.

그 날은 30년만의 이상기후가 예루살렘에 들이닥친 날이기도 했다. 온 광야를 녹일 듯 타오르던 태양이 서녘으로 사라지자 니산월 건기의 기후로는 상상할 수 없는 깊은 습도와 강추위가 몰려왔고 허공에선 곤충의 하얀 날개 같은 것들이 흩날렸다. 눈이었다. 일 년 중 동절기에, 그것도 올리브 산에서나 몇 차례 비치다 말 뿐인 눈이, 난데없이 유월절_{Pessah}(유대인의 이집트 탈출을 기념하는 축제일)에 접어든 예루살렘의 허공에 휘날린 것이다. 이때 동녘 먼 아시아에서 온 승려라는 일단의 사람들은 저 눈을 두고 〈바라프_{Barapf}〉라고 불렀다. 얼음이란 뜻도 지녔다는 그 언어를 그들은 허공에 대고 불러댔다. 바라프! 바라프!

그들은 흩날리는 바라프를 손으로 받고 입에 넣기도 하며 좋아하더니 일제히 두 손을 합장 하였다. 그리고 하늘을 바라보며 알 수 없는 소리를 중얼거리며 거리를 떠나갔다.

눈이 휘날리는 가운데 예수 일행은 아론_{Aaron}-디나_{Dinah} 부부가 운영하는 식당 〈델타108번지〉를 향해 오들오들 떨며 가고 있었다. 길 안내는 가롯유다가 맡았는데 그날따라 유다는 다른 사람들과 말하기를 꺼렸고 눈도 마주치지 않으려 했다. 그는 오직 길 안내만을 하며 앞장섰고 되도록 정면에서 눈을 떼지 않으려 했다. 또한 행렬 맨 뒤의 예수 역시 침묵을 방금 결심한 수다쟁이처럼 힘주어 입을 꾹 다문 채 걸어가고 있었다. 그는 하늘을 보며 기도할 때 외에는 시선을 수평에 고정해 두는 남자였다. 적어도 그가 눈알을 이리저리 굴린다든가 곁눈질 하는 것을 본 사람은 없었다. 그는 어떤 데로 시선이 갈 바에 그 얼굴과 어깨가 똑같이 돌아가는 사람이었지 눈동자만 발정 난 낙타처럼 돌리는 법이 없었다. 4규빗이 훌쩍 넘는 큰 키(180cm 이상으로 당시엔 무척 큰 키였다)에 얹힌 그의 두 눈은 늘 그 높이에서 수평으로 시선을 두고 있었으니, 그의 눈동자는 마치 어떤 감춰진 세계를 관통하는 듯 보이기도 했고 때론 시건방져 보였으며 때론 위험한 야심가로 보이는 경우도 있었다. 당시 예수는 예루살렘에서 가장 키가 큰 남자였는데 그의 키를 능가하는 유일한 사람은 평생 키가 자라다가 서른 살에 운명한 다베이유고_{Tabeijuko}라는 묘한 이름을 가진 여자였다. 그녀는 일평생 3일 1식, 즉 사흘에 한 끼 먹는 식생활을 하였고 저자에 서 사람들의 운명을 봐 주며 사는 무당이었다. 그녀와 예수가 직접 맞 붙여 키를 재 본 일은 없으나 주변 사람들은 대체로 그녀의 키가 예수 보다 이마 한 개 정도는 큰 걸로 가늠하고 있었다. 그녀가 죽자 동갑 내기 예수는 헌시를 지어 그녀의 영전에 바쳤다.

 - 별 아래 가장 높았던 여인 이제 별이 되었네 -

〈최후의 만찬〉이 있던 저녁, 예수 일행이 약속장소인 델타108번지 를 향해 가는 동안 눈보라가 몰아쳤다. 낮에 정치범 사형집행이 있었 으나 대부분의 논객들, 잡담꾼들은 눈보라 치는 괴이한 날씨에 놀라 고 주눅이 들어 일찍 귀가한 터라 거리는 여느 때처럼 부산하지 않았 다. 이 지역 사람들은 정치 사회 기후 등에서 벌어지는 기현상에 유난 히 민감해 하고 툭하면 운명론을 갖다 붙이는 습성이 있었는데 이날 저녁에 찾아온 추위와 눈에 대해선 누구 하나 운명 운운하는 자가 없 었고 또한 로마군 장교들도 숙소에 처박혀 사적 감정이나 몰입하고 있을 뿐이었다. 도시 전체가 눈발에 뒤덮였고 사람들은 언어감각을 상실한 듯했다.

  예수와 그의 제자들이 델타108번지를 향해 가는 동안, 행렬 맨 앞 의 유다와 맨 뒤의 예수 사이에 있는 제자들은 최근의 사회문제라든 가 수산업 실태, 오늘 저녁의 이상기후 등에 대해 지껄이고 있었다. 그 런데 지껄이는 이야기 마다 고개들을 무척 크게 끄덕이면서도 그 이 야기를 진정 귀담아 듣는 것 같지는 않았다. 그것은 항문이 썩어가는 위중한 치질이 호전되자마자 느닷없는 위염으로 앓아누웠던 본디오 빌라도Pontius Pilate 총독의 소식이라든가 변종 어패류 증가로 인한 어업 계의 손실 같은 것들이 화제였는데 진정 관심이 있어서 하는 얘기들 은 아니었고 긴장 해소용으로 깨무는 잡담거리일 뿐이었다. 그러니까 식당에 이르는 동안 쭉 함구하고 있던 사람은 무리 맨 앞의 유다와 맨 뒤의 예수 두 사람 뿐이었다. 선후의 두 사람은 마치 약속이나 한 듯 똑같이 정면에서 시선을 떼지 않았고 똑같이 헛기침을 했고 똑같이 눈을 가늘게 뜨고 있었다.

델타108번지에 도착하자 유다가 홀 안으로 들어가 막삽디Machzabdi에 게 손짓했다. 그러자 막삽디는 들뜬 바보처럼 소리 지르며 내실로 달려가 디나에게 손짓 했고 디나는 부엌으로 가 닭털을 뽑고 있던 남편 아론에게 손짓했고 이윽고 막삽디와 디나와 아론이 나와 예수 일행을 맞이하였다. 이때 처음으로 유다는 굳었던 입을 열고 아론에게 소개를 했다.

"이 분이 우리가 모시는 선생 예수십니다."

"들어오십시오. 오래 기다리고 있었습니다."

유다는 예수와 아론을 번갈아 보며 얼굴의 주름들을 힘껏 오그려 웃었는데 그 웃음에는 온 유대민족의 내력 같은 고단함이 묻어 있었다. 그리고 어떤 원치 않는 것에 대한 자신의 불가피성을 이해하는 내적 극복 같은 것도 웃음에 담겨 있었다. 원래 유다는 자기 얼굴에 쉽게 웃음을 올리는 성격은 아니었다. 그는 대개 하루에 두 번 웃는다. 그의 노란 애완돼지 이샤 이샤라 이샤랄라Ishahr ishahra ishahralar를 아침에 깨울 때와 아침 식사를 마친 이샤 이샤라 이샤랄라를 다시 재울 때이다. 그럴 때 그는 세상을 정복한 지 막 석 달을 넘긴 왕의 유능한 집사처럼 만족스럽고도 면밀히 웃는다. 그러니까 그가 아론에게 예수를 소개하며 얼굴을 비틀어 지은 의례적인 웃음은 매우 이례적이었던 것이다.

"들어 가시지요."

예수는 안내하는 유다의 얼굴 대신 그의 손끝을 쳐다보며 홀 안으로 들어갔다. 얼핏 보기에도 예수의 감정은 긴장 상태에 있었는데 그

긴장이란, 긴장할 게 뭐가 있는가? 내가 긴장 할 게 뭐란 말인가? 안 그래? 그렇잖아? 하는 확인과 다짐의 반복이 일어나는 처절한 긴장으로 보였다. 또한 정면과 수평을 이룬 그의 시선도 시간이 갈수록 흔들려갔다. 다만 식당에 들어설 때 아론의 인사에 대해 눈매 한 쪽이 조금 휘는 형식적 웃음을 지었는데, 그 웃음이라는 것이 얼굴에서 눈매 한쪽이 휘든 입 한쪽이 휘든 혹은 땀구멍이나 콧구멍이 휘든, 그러한 웃음은 자기 안에 번뇌가 가득 차 있다는 것을 숨기기엔 충분치 못한 웃음이었다. 그리고 그 웃음 후에 다시 정면을 응시하는 그의 표정은 아까보다 더 눈에 띄는 흥분이 일어나고 있었다.

 델타108번지의 실질적인 운영자는 디나였다. 그녀의 남편 아론은 식당의 명목상 운영자일 뿐 실제 본업은 그의 이름이 뜻하는 '고결함'과 달리 열심당의 비밀 테러리스트였다. 원래 디나와 그녀의 부모는 세례요한John the Baptist과 같이 에세네파Essenes에 속하는 엄격한 금욕주의자들이었으나 성장한 디나는 에세네파의 금혼율에 회의를 느껴 그 공동체에서 도망쳐 버렸고 훗날 유대 북서부의 해안 마을 가이사랴의 한 술집에서 아론을 만나 사랑에 빠지게 되었다. 그로부터 디나의 인생은 늘 종교적 양심과 현실이 엇갈리는 인생이었다. 그래서인지 일상을 살아가는 디나의 기분상태 역시 늘 들쭉날쭉이었다. 한두 끼 걸러 허기가 지면 온 세상을 향해 저주를 쏘아대다가 소금 발라 겨자기름에 튀긴 생선요리 메샤흐무슈트로 저녁식사를 끝내면 온 세상을 향해 축복을 보내거나 겨우 외우고 있는 몇 개의 로마어로 신을 찬양하는 시를 읊곤 했다. 그러다 다시 우울해지면 천지에 대고 욕설을 하거나 밤새 울었다. 그런데 아론은 디나의 저 지경에 대해 어떤 비평도 한 적이 없고 그녀가 악마가 되건 천사가 되건 괘의치 않았으며 언제나 디나라는 한 여자, 하나의 이상심리 덩어리를 고스란히 방치해 주며 살고 있었다. 왜냐면 아론이 믿고 있는 디나의 속성은, 그녀가 마음 졸이고 긴장된 삶을 살건 평온이 넘치는 멍청한 삶을 살건 최소한 남편인 자기를 소홀히 여기거나 떠나지는 않을 것이라는 확신 때문이었다. 즉 기본만 확실하면 나머지는 건드리지 않겠다는 대범한 입장이었는데, 그것은 그들 관계를 지속시켜 주는 끈으로 작용했다. 왜냐면 디나 역시 아론이 툭하면 피투성이로 귀가하는 열심당 극렬분자건 팔아야 할 술을 제가 다 마시는 유토피아적 술 장사꾼이건 최소한 자기를 떠나거나 딴 여자를 만나지만 않으면 문제될 게 없다는 알뜰한 소갈머리를 가진 여자였으니, 둘 다 서로에 대해 손쓰기 귀찮은 부분은 아예 건드리지 않는 것을 공생의 지혜로 삼고 있었던 것이다.

나이 50살의 과부인 사라Sarah는 예루살렘에서 태어나 평생을 예루살렘에서 살아왔고 대부업과 부동산업으로 막대한 부를 쌓았으며 유대와 로마의 권력층과도 상당한 친분이 있는 여자였다. 약 30여 년 전 그녀가 혼인을 한 첫날 밤, 그녀의 신랑은 초야를 치르자마자 아직 숨도 가라앉지 않은 알몸의 그녀를 침소에 남겨 둔 채 현관에서 시끄럽게 나대는 수탉을 쫓겠다고 튀어 나갔다가 오히려 수탉에게 쫓겨 베란다로 도망치다 난간에서 떨어져 운명해 버렸다. 그리하여 그 초야가 일생에 남자를 안 전부가 된 그녀는 평생을 수절하며 살아 왔는데, 그 초야에 생긴 씨가 그녀 뱃속에 금전 한 닢처럼 남아 있었으니 훗날 아들을 보게 되었다. 바로 그 아들이 막삽디라는 바보 겸 천재였다. 막삽디는 나이 서른이 넘도록 말을 제대로 못하는 언어 장애에다 아무리 가르치고 훈련시키고 별짓을 다 해 봐도 읽고 쓸 줄을 몰랐으며 저녁달이 뜨면 자신을 닭으로 알고 날개 짓 하며 성내를 뛰어다니는 애물단지였다. 한데 이 막삽디에게는 어머니인 사라가 봐도 뒤로 넘어질 신통력이 있었으니 바로 〈숫자〉였다. 숫자로 된 거라

면 뭐든지 외워 버리며 아무리 난해한 셈도 귀신같이 풀어내는 신비의
산술능력이 막삽디에게 있었던 것이다. 바로 이 바보인지 천재인지 구
분이 안 가는 어린 막삽디를 보며 무릎을 친 사람은 다름 아닌 어머
니 사라였다. 사라는 숫자에 신통력을 타고난 막삽디를 데리고 다니
며 사업을 시작했는데 첫 사업이 도박과 사채업이었다. 도박과 사채
업을 하다가 수완이 붙자 부동산업을 하게 되었고 나아가 무기 중개
상까지 겸했는데, 나이 오십에 이르자 갑자기 병고로 눕게 된 사라는
결국 막대한 유산을 바보 겸 천재이며 저녁에는 닭이기도 한 막삽디
에게 넘기게 되었다. 유산을 받은 막삽디는 사업가 어머니의 피를 물
러받은 아들답게 사업 수완을 발휘하겠다며 어머니 소유의 성을 여러
부분으로 분할해 임대업을 시작했다. 그 임대업을 시작하자마자 막삽
디에게 사람이 나타났으니 그들이 바로 아론과 디나 부부였다. 이들
부부는 일정액을 내고 성 한 귀퉁이를 빌려 장사를 하겠다고 나섰는
데 그것이 막삽디의 첫 임대업 계약이었다. 한데 몇 달이 지나지 않아
막삽디의 한계가 드러나기 시작했다. 그는 임대업이 아니라 무엇을
해도 안 되는 사람이었던 것이다. 바보였으니까. 혹은 닭이었거나. 결
국 어머니 사라의 병이 깊어지고 막삽디는 슬픔과 공황에 빠져 성 전
체의 운영을 아론 부부에게 위임하고 자기는 오직 병든 어머니 곁에서
진귀한 양피지에 쓴 이스라엘의 고전을 읽는 것이 아니라 엄마가 읽어
주는 고전을 들으며 서른 살의 어른이 된 것이다.

　바로 이 성에 딸린 한 별실. 예수와 그 제자들의 마지막 술자리가
된 이곳. 전망 좋고 바람 잘 들며 밤이면 예루살렘 하늘에 모여든 별
을 볼 수 있는 명소, 델타108번지! 이 귀족적인 장소를 아론 부부가
맡아 운영하면서 최초에는 로마군 장교들의 도박 장소로 반강제로
이용되기도 했고 이후 아이러니하게도 열심당원들의 비밀 아지트가

되기도 했으며 나중엔 물건 쌓아두는 창고나 노예들의 집합소로 사용되기도 하다가 결국 용도가 변하고 제 모습을 갖춰 회원 전용 고급 홀이 된 것이다.

바로 이 델타108번지에 예수가 오게 되자 디나는 2층 홀 구석구석 때를 벗기고 거미줄을 치우며 내부 전체 물청소를 하였다. 그리고 최종적으로 테이블을 세팅하며 아론이 탈취해 온 우람한 로마 귀족의 벽 장식물을 걸어 놓았다. 그런데 그 벽 장식물이란 게 공교롭게도 우시르 신의 십자형틀 수난을 양피에 뜬 판화였다.

이 식당에 예수와 그 제자들이 오게 된 것은 아론, 디나 모두에게 행운이었다. 소문으로만 듣던 신비로운 인물 예수와 그 제자들이 온다는 것은 디나에게 있어서는 정신적인 의미로, 아론에게 있어서는 정치적인 의미로 축복과 같은 것이었다. 그만큼 평소에 디나로서는 종교적 자책감을, 아론으로서는 정치적 자책감을 느껴 왔다는 것인데 실제로 최근 그들 부부의 생활은 각자의 이상에서 한 발짝씩 물러나 안일한 세속에 묻혀 있었던 것이다. 그래서 그 날 방문한 예수는 그들 부부에게 적어도 심리적인 해소나 위안을 주는 고마운 존재였던 것이다.

예수일행이 테이블에 앉자 디나와 가데스바네아 출신의 흑인 미녀 나오미Naomi가 음식과 술을 날랐다. 음식과 술이 모두 놓이고 그녀들이 떠나자 제자들은 지금까지의 모든 대화를 멈추고 모두 약속이나 한 듯 시선을 예수에게로 모았다. 한 달 전, 알렉산드리아 여행에서 돌아온 한 바리사이파 귀부인이 치질에 특효라며 본디오빌라도 총독에게 선사한 약은 파피루스 뿌리를 태운 재를 식초에 재운 것으로 환부인 항문에 바르도록 제조된 외용약품임에도 의사전달의 실수로 사용법이 잘못 전해지는 바람에 총독은 그것을 날마다 아침저녁으로 복용해 버렸고 결국 중한 위통에 사경을 헤매다 일어났다는 얘기를 끝으로 바돌로메오Bartholomaeus도 입을 굳게 닫고 침묵에 빠져 들었다. 긴장이 감도는 순간이었다. 침묵 그리고 오직 한 사람 예수를 향한 시선들… 예수의 미세한 거동이며 그의 눈동자며 그의 입술이며 숨이 드나드는 두 개의 콧구멍을 주시하는 시선들도 정적 속에 떨리고 있었다. 한데 예수는 말을 내키는 대로 지껄이는 사람은 아니었다. 그는 아람어와 시리안 언어가 섞인 갈릴리 사투리를 사투리가 매우 아닌 것처럼 교묘하게 쓰는 사람이었는데 발설과 함묵에는 어떤 규칙 같은 걸 가지고 있었다. 그는 아무 때 아무 말이고 주절거리거나 자신의 강좌 이외의 것에 대해 농담을 하는 법이 없었다. 그는 늘 목적적으로 발언하고 시적으로 해설하고는 그걸로 끝이었다. 그런 성격을 그의 제자들은 잘 알고 있었다.

제자들은 약속이나 한 듯 일제히 독한 술을 한 모금씩 목구멍에 삼키고서 예수를 바라보았다. 그리고 시간이 얼마 흐르지 않았는데도 취기에 벌게진 그들은 눈에는 눈물이 파르르 떨리고 있었다.

회식 도중 내겐 갑자기 임신 초기의 입덧이 치밀고 심한 어지럼증이 더해왔다. 나는 눈을 감고 호흡을 정돈하며 안정을 시도해 보았다. 잠시 후 어지럼증이 조금 가시자 나는 한 가지 상상을 해 보았다. 그것은 오늘 밤에 벌어질 〈운명〉에 관한 것이었다. 운명이란 예고 없이 다가오는 것이다. 그 예고 없음이란 운명의 오만이자 지혜일 것이다. 오늘 밤 디나의 식당에 온 예수는 유대 땅에서 이름도 존재도 없는 냄새나는 남자들을 모아 식사를 하고 있다. 세상 최고의 자부심을 가진 자, 스스로 지혜의 왕이라 일컫는 그가 이제 곧 자기에게 씌워질 죽음의 왕관, 운명의 시간을 미리 안다면서 저렇게 앉아 술을 먹고 있는 것이다. 운명을 미리 아는 자, 그는 예고된 운명을 고스란히 따르는 것일까 아니면 예고된 운명을 조정하는 것일까?

그가 막날다_{Magnaldha}라는 마을에서 운명에 관한 문답을 하던 게 떠올랐다. 막날다는 유대의 공식 행정 구역이 아니고 약 10여 가족과 독신자들이 모여 만든 수행공동체로 총 인원은 약 70명 정도였고 함께 의식주를 나누며 기도와 명상 생활을 하는 곳이었다. 그곳에서는 누군가 세상을 떠나면 결코 울거나 슬퍼하는 일이 없었다. 대신 온 마을 사람들이 49일간 영가를 위해 기도를 하고 축제를 벌였다. 그들은 죽음을 새로운 탄생이자 새 인연의 과정으로 이해하는 사람들이었다. 그 곳의 한 젊은 부부는 부인이 임신을 하자 약속대로 남편이 무기한 단식을 실행해 인위적으로 생을 마감했고 얼마 후 남편의 영혼은 부인의 태아에 접입해 그녀의 딸로 태어났다. 부부에서 모녀가 된 것이다. 막날다 마을 사람들에게 있어서 죽음과 윤회는 하늘이 일방적으로 정해 던지는 가혹한 선고가 아니라 자신에게 주어진 선택의 기회였다. 그래서 사람이 죽으면 함께 춤추고 노래 불렀다. 예수도 제자들과 함께 그 축제에 참가하는 것을 즐겼다. 하루는 여섯 살 난 딸이 숲에서 곰에게 물려 죽자 격노한 아버지가 숲을 뒤져 그 곰을 찾아 죽였는데 그 순간 달려 든 어미와 자식 곰들에게 아버지가 물려 죽는 사건이 발생했다. 마을에선 아버지와 딸의 줄초상으로 축제가 벌어졌다. 예수도 그 날 축제에 나섰는데 저녁이 되자 사람들과 토론이 벌어졌다. 나이 110세로 마을의 최고령자이자 결혼한 적이 없는 노처녀인 노파가 운명에 관해 예수에게 말을 건넸다.

"운명이 존재하길 참 다행이야. 만약 운명 따윈 없는 거라면 저 부녀의 비극이 얼마나 하찮고 허망한 것일까? 기왕 저리 될 바엔 미리 계획되고 약속된 무언가가 함께 있었다는 게 얼마나 다행이며 아름다운 일인가? 자넨 어떻게 생각하나?"

"운명은 존재하는 것이기도 하고 아니기도 하지요."

"뭔 소리야?"

"운명은 존재하되 거기서 벗어날 수 있기 때문입니다."

"벗어날 수 있다면 저 부녀는 왜 저 비극을 피하지 않았단 말인가?"

"자신들의 운명을 몰랐기 때문입니다."

"알았다면?"

"당연히 그 운명을 피했겠지요."

"어떻게 운명을 미리 안단 말인가?"

"운명은 미리 알 수 있을 정도로 시시한 게 아니지요."

"그래, 시시한 게 아니니 어떻게 미리 알 수 있냔 말인가?"

"시시하지 않게 살면 됩니다."

"뭐이야? 시시하지 않게 살려면 어떡해야 하는데?"

"자신의 운명을 알고 살면 됩니다."

　자신의 운명을 알고 시시하지 않게 사는 예수의 어깨에 기대 깜빡 졸던 요한은 깨어나더니 자리에서 일어나 홀 밖으로 나갔다. 빌립과 바돌로메오는 술잔을 끌어안고 곰곰이 생각에 잠겨 있었다. 베드로는 어느새 주량 이상으로 마셔 눈동자가 풀리기 직전이었다. 오늘 아침, 그는 나에게 예수의 은밀한 탈주 계획에 대해 약간 언질을 주었었다. 그는 그 이야기의 기회를 엿보며 요한이나 야고보 보다 몇 배를 마셨고 벌겋게 흥분하고 있었다.

　시간이 흐르고 어둠이 깊어졌다. 이제껏 시선을 내린 채 뭔가를 골똘히 생각하던 빌립과 바돌로메오가 베드로에게 은밀하고 비장한 시선을 띄우자 베드로는 조용히 자리에서 일어나 예수에게로 갔다. 그리고 잠시 숨을 멈추는 듯했다. 그것은 누군가에게 어려운 부탁을 하기 직전, 엄한 아버지에게 아들이 누적됐던 불만을 터뜨리기 직전, 몇

초간 호흡을 멈추고 뱃속에 약간의 공기를 채우는 예비행위 같은 것
이었다. 일종의 기를 축적하는 행동이랄까. 예수도 제자들 사이에 융
통성으로 유명하진 않았다. 그는 엄격하고 뻣뻣하며 사소한 것에도
진지했다. 베드로는 크게 공기를 마셨다가 내쉬고는 드디어 당치도
않을, 꿈도 못 꿀 혁명의 시안 같은 소리를 내뱉기 시작하였다.

"아테나이의 일개 사색가와 선생님은 근본적으로 다르지 않습니까?
같을 수가 없는 거지요. 그러니 저 못난 백성들이 훗날 후회토록 하지
마십시오. 지금의 저 미친 자들이 드미는 독배를 거두지 마시고 일단
피신을 하셨다가 차분히 다시 생각해 보시는 것이 어떨까 하네요. 유
다만 해도 바리사이 원로모임이나 산헤드린 몇몇 고위 인사와 상당히
친분이 있는 걸로 아는데, 지금이라도 얼마든지 판국을 비켜갈 수 있
다고 봅니다."

이때 세수를 하고 돌아온 요한이 예수 곁으로 와 자리에 앉았다. 예
수는 베드로를 무르춤히 쳐다보더니 한숨을 내쉬었다.

"베드로야, 오늘은 내가 되도록 하늘의 거룩함 이외에 어떠한 인간
적 발상이나 감정도 갖지 않으려 한다. 알았느냐?"

"아니 내 말은…"

"난 지금 일일이 뭘 설명하고 설득하고 싶지가 않아. 그러니 자리에
가 앉으렴."

"제 얘기는 상식적으로 납득이 되는 방향으로…"

"어서, 닭찜 식는다."

예수는 베드로의 시선을 피했고 베드로는 뻘쭘이 물러났다.

베드로.

예수에게 애물단지이자 가장 막역한 제자였고 일찍이 수산학을 독
학으로 터득했으며 청춘을 바다에서 보낸 사내. 그리고 그가 제시하

려던 도피 계획 역시 루트가 바다였다. 그는 예수의 제자들 중 가장 정력적인 남자답게 어떤 사안에 대해 답을 내는 게 가장 빨랐다. 물론 그 답들은 모두 틀렸거나 좋지 않았다. 언제나 그는 단순했고 단순한 만큼 자기주장이 강했고 자기주장이 강한 만큼 자기주장이 많았다. 그리고 그는 매일, 오늘은 입에 대지도 않았노라고 부인했지만 주야로 그의 입에선 술과 닭고기 냄새가 풍겼고 예수는 그에게 그 썩은 내를 숨길 수만 있다면 술과 닭고기를 매일 먹고도 안 먹었다 부인하고 살라며 나무라곤 했다.

예수는 세수를 하고 돌아 와 앉은 요한의 어깨를 가볍게 감싸고 그의 얼굴에 묻은 물기를 손끝으로 닦아주며 거듭 한숨을 내쉬었다. 그리고 제자들을 하나씩 둘러보았다. 이때 예수와 눈이 마주친 제자들 중 빌립과 바돌로메오는 멋쩍은 표정을 감출 줄 몰랐고 자리로 돌아가 앉은 베드로는 포도주잔을 끌어다 만지작거리기만 하였다.

예수는 요한의 어깨에서 손을 내리고 두어 번 더 한숨을 몰아쉬더니 입을 열었다.

"들어라. 난 죽음을 맞고야 말 것이다. 훗날 사람들은 나의 죽음을 기념해 잔치를 열 것이다. 그들은 내 죽음을 기리며 축제를 벌일 것이며 시온 산 보다 큰 교회를 세우고 그만큼 나를 잃어갈 것이다. 들어라, 나의 사랑하는 제자들이여! 후세 사람들은 나를 기념하고 회당을 세우고 물감을 들여 거대한 천에 내 얼굴을 그리고 그들의 회당과 집, 심지어 술집의 벽에다 내 얼굴을 걸 것이다. 후세 사람들은 나를 사랑한다면서 나를 사랑하는 자신들 모습에 감격하고 눈물 흘리고 광분하며 스스로 고양될 것이다. 그리고 내 영혼은 교회 사업가들의 호주머니에 담길 것이다."

말을 마친 예수는 큰 술잔을 나오미에게 주문하였다.

"베레아 산 독주가 있다고 들었는데..."

그는 고독해 보였다. 결국 베드로의 도피 건은 먼 미래의 부조리마저 각오한 스승의 예지 앞에 내밀만한 값어치가 되지 못했다. 또한 남자들이란 대개 술에 취할 경우, 특히 어떤 당면 문제를 놓고 취할 경우, 그것에 대해 기만적인 결속을 나타내거나 만용을 부리게 마련인데 그들은 그럴 수가 없었다. 모두가 예수라는 한 사나이의 무서운 긍지와 각오에 휩싸여 말을 잃었고 그의 처절한 결의에 혼을 빼앗긴 듯했다.

예수는 베레아 산 독주를 다섯 잔이나 마시고도 말짱한 얼굴과 흔들림 없는 눈빛으로 말했다.

"다른 할 말은? 있거든 지금 해 보아라."

이때 일단의 공무원들이 2층으로 올라 와 이쪽의 예수 일행을 보고 소곤거릴 뿐 제자들 중 입을 여는 사람은 없었다. 모두가 이젠 저 예수라는 사나이의 운명과 함께 하는구나, 낯선 운명 안으로 들어가는구나, 하는 체념을 모험을 신성을 그리고 공포를 조용히 받아들이고 있었다.

이때였다.

"재림하실 거잖아요?"

또 베드로였다. 그는 취기에 다소 얼굴이 망가져 있었는데 그럼에도 소신으로 반짝이는 눈을 뜨고 예수를 바라보았다. 그러자 모두가 베드로의 입과 예수의 입, 베드로의 눈동자와 예수의 눈동자를 번갈아 보며 숨을 죽였는데, 베드로가 숨을 더 가다듬고 다시 질문했다.

"선생이시여, 당신이 기꺼이 죽음을 맞이하신다면 재림은 언제쯤입니까? 재차 묻는 겁니다만..."

예수는 베드로의 얼굴을 빤히 바라보며 조목조목 마침표를 찍듯이 대답했다.

"난, 죽은 지, 사흘 만에 부활할 것이고, 너희들이, 나의 삶과 죽음, 그리고 내게 배웠던 모든 진리를, 세상에 전하는 날, 재림할 것이라고, 누차 말하지 않았던가?"

그래도 석연치 않은 듯 베드로는 다시 질문을 던졌다.

"그런데 어떻게 후세 인류가 선생을 왜곡하고 고작 기념이나 하며 산단 말입니까? 그리고 선생의 영혼이 교회 사업가들 호주머니 속에 담긴다면서요? 이해가 안 갑니다."

그러자 말끝나기가 무섭게 예수는 응답했다.

"그러니까 내가 반드시 재림을 해야 하는 것이고 재림해서 오류를 바로 잡아야 하는 것이란다. 베드로야, 만약 그렇지 않고 내가 가르친 진리가 올바로 전해지고 완벽히 실천되는 세상이라면 이론상 재림이 필요 없겠지? 환자도 없는데 의사가 나타날 필요가 있겠냔 말이야."

이러자 베드로는 입을 꾹 닫고 아무 대꾸도 하지 못했다. 예수는 이런 베드로를 쳐다보다가 주변을 둘러보며 담담히 말을 이었다.

"너희들은 나의 죽음을 세상에 알려야 한다. 나는 너희들이 알릴 내 죽음을 위해 죽는 것이다. 나도 죽는 게 무섭다. 나도 살고 싶다. 살아서 지상 천국을 이뤄 보고 싶다. 하지만 그건 사람의 몸을 입은 내 박약한 생각이고 하늘의 뜻이란 그렇지가 않단다. 내가 이 세계의 카르마를 짊어지듯이 너희는 너희의 사명을 짊어지고, 내가 하늘의 뜻에 순응하듯이 너희도 하늘이 주신 숙명에 순응하여라. 난 사흘 만에 부활하기 위해 죽는 것이고 훗날 재림하기 위해 죽는 것이다. 나의 죽음이야말로 내 삶의 완성이 되며 그것은 온 세상에 나를 전하는 온전한 씨앗이 될 것이다. 그런데 어찌 하여 후세가 나를 고작 기념이나 하고 왜곡하게 되느냐고? 그토록 온갖 진실이 왜곡되고 변전되고 교회업자들의 축제가 판치는 세상이 될 때, 나는 보란 듯이 재림할 것이다. 재림의 날짜? 그것은 나도 모른다. 아니 꼭 어느 날이라고 못 박혀 있지도 않아. 만일 딱 부러지게 정해진 날짜 같은 게 있는 거라면 그건 신의 장난이지 신의 역사가 아니야. 내가 고통스런 죽음을 맞아들이고 너희들이 세상에 진리를 전한다며 개떼처럼 돌아다니는 건 신의 장난이 아니라 신의 역사란 말이네!"

예수의 말이 끝나자 회중엔 오랜 침묵이 흘렀다. 그런데 잠시 후 또 베드로가 일어나 예수를 바라보며 입을 열었다.

"그러면 하늘의 섭리에 관한 한 숫자적인 것은 무시하란 얘긴가요?"

"그렇단다. 숫자에 집착을 말아라. 진실로 내가 이르는 바, 뭐든 불행은 숫자에 대한 미련에서 비롯된단다."

"그렇다면 숫자란... 오직 창조주께서만 다루는... 비밀? 같은 건지요?"

"아니야. 그렇다고 굳이 창조주까지 갈 것도 없어. 사실 숫자의 비밀을 알긴 어렵진 않아. 그것은 숫자를 이해함으로써... 숫자의 그릇됨을 자각함으로써... 숫자란 애초에 존재하지도 않는 것임을 깨달음으로써... 하긴 아직 너희들은 그런 걸 알 수준이 아니다만... 믿기지 않도록 흥미로운 사실인데, 천지창조는 흔히 알려진 대로 칠 일 동안에 이루어진 것이 아니란다. 칠 일이란 말 그대로 일곱 날을 나타내는 게 아니고 천지를 이루는 질료의 〈됨〉의 이치를 나타낸 상징적 숫자야."

예수는 쥐고 있던 술잔을 들어 보이며 말을 이었다.

"예를 들어 내가 이 잔을 한 개 만든다 치자. 잔을 만들려면 잔의 재료가 필요하겠지? 그래, 이 잔의 재료가 뭐지?"

예수의 엉뚱한 화제에 아무도 입을 열지 못하고 허벙한 얼굴로 예수의 얼굴과 잔을 쳐다보기만 했다.

"이 술잔의 재료가 뭐냐 말이야. 저기 누구야, 막삽디. 자네가 말해 보겠나?"

그러자 홀 입구에 오졸하게 서 있던 막삽디의 얼굴이 바짝 상기됐다. 들고 있는 술잔의 재료가 뭐냐고 하는 어마어마하게 섬뜩하고 심오한 질문을 테이블의 유능하고 절친한 제자들 다 놔두고 출입구에서 있는 자기에게 던진다는 것은 실은 자기야 말로 예수가 발견한 비상한 인물일지 모른다는 듯 흥분한 얼굴로 온 심혈을 다 해 대답했다.

"놋쇠!"

"맞아! 이건 놋쇠 잔이야! 이 잔을 만들기 위해선 이 잔의 재료인 놋쇠가 필요한 거지. 그런데 이 놋쇠가 애초에 놋쇠가 되기 위해서는 천지자연이 오랜 세월 동안 운행변화하고 공을 들여 놋쇠라는 물질을 이뤄내니 비로소 놋쇠가 된 것이야. 그 〈됨〉의 원리가 칠이라는 수로 나타난 것이지. 이것이 천지창조가 칠 일에 완성됐다는, 도무지 듣기조차 유치한 이야기로 꾸며진 이야기의 내막이란다. 칠 일이란 만물이 출현하게 된 속성을 가리키는 숫자인 거야. 물론 너희들은 칠 일 창조설이 굉장히 멋지게 느껴지겠지만 미안하게도 그게 아니야. 음... 하여튼 너희들이 하나 둘 셋 하는 숫자를 붙들고 사는 한 숫자는 너희들한테 영원히 수수께끼일 것이다. 창조주께서 천지를 창조하실 땐 숫자 같은 건 존재하지도 않았단다. 당연히 안중에도 없었지. 숫자란 언어지 본질이 아니야. 다시 말해 환상이란 얘기다."

그렇게 말이 끝나자 모두가 더 이상 입을 열지 못했다. 예수의 그 발언은 신비주의 밀법 같기도 하고 저잣거리의 사이비 주술 같기도 한 모호한 말이었지만, 그것이 밀법이든 주술이든 혹은 그 둘 다든, 예수라는 한 사나이에 장악된 분위기 안에서 누구 하나 토를 보태지 못했다.

이때였다.

"저기요. 그런데요..."

이러자 모두가 휘둥그레한 눈으로 방금 저기요 그런데요- 라고 기어가는 소리를 낸 용기 있는 자를 주목했다. 예수 역시 그를 주목했다. 이때 다시 한 번, 이번엔 좀 더 낮게 파고들며 더듬는 음성으로 들려왔다.

"저기... 궁금한 게..."

또 베드로였다. 그는 아까보다 더 취해 있었다.

예수는 그를 보며 웃어야 할지 화를 내야 할지, 앞으로 그가 쏟아내는 말들을 대꾸할 가치가 있는 소리로 받아들여야 할지 대꾸할 가치가 충분한 소리로 받아들여야 할지 고심하고 있는 표정이 아니라, 베드로 저 화상이 도대체 무슨 작정을 했기에, 진짜 뭘 어째 보겠다고 이제 와서 저리 의문들을 던지는 건지 그를 심상치 않게 보는 표정이었다.

"궁금한 게 뭘? 말 해 보렴."

베드로는 답답하고 혼란스런 표정이었다. 거기에 취기까지 더해 무겁고 급한 한숨을 연방 토해 내며 말문을 열었다.

"당신이 말씀하신 후세에 대한 예견은 시간적으로 상당히 멀어 보이는 느낌입니다. 숫자에 집착은 말라 하셨지만..."

베드로는 계속 용기를 내 말을 이었다.

"그런데 저희가 세상에 당신의 가르침을 전파하는 것은 한계가 있고요. 시기적으로요. 시... 시기..."

베드로가 좀 겁먹은 듯 버벅거리자 예수가 퉁명스레 거들었다.

"시기. 그런데?"

"그, 그런데... 우리가 세상에 가르침을 다 전파하는 시기랑 당신께서 재림하시는 시기와는 뭔지... 내용상 좀 안 맞는..."

그리고서 말을 잇지 못하자 예수가 이번에는 베드로의 말을 약간 사려 있게 받아들였다.

"그래서?"

베드로는 살짝 깍지 낀 손을 사랑스럽게 앞쪽으로 꺾으며 말했다.

"좀 설명을 해 주시면 어떨까 하는..."

그러자 예수는 베드로의 온 영혼을 포용하듯 자상하게 질문했다.

"무얼?"

"재림 시기랑 우리가 가르침을 모두 전파하는 시기랑... 시간적으로... 시간 면으로... 차이가 나 보이는 거..."

그러자 예수는 온갖 너그러움을 다 몰아서 물었다.

"차이?"

"예, 차이."

그러자 예수는 베드로의 이름을 나직이 부르며 반문 했다.

"베드로야, 네가 가르침을 다 전파하는 시기가 언젠데? 그걸 넌 알아? 가르쳐 줄 수 있는가?"

여기서 비로소 베드로는 입을 닫았다. 다른 사람들도 입을 열 의욕은 더 이상 없는 모양이었다. 그때 어쩐 일인지 예수는 자리에서 일어나 베드로 곁으로 다가왔다. 그러더니 밀가루 반죽을 펴서 굽다가 노릇노릇하게 익을 무렵 소금을 살짝 뿌린 식빵 모나를 뜯어 베드로의 입에 넣기 직전, 베드로의 잔에 술을 따라 주었다. 베드로가 그걸 마시자 예수는 무던한 미소를 지으며 모나를 베드로의 벌려진 입 속에 넣어 주며 말했다.

"베드로야. 네가 궁금해 했던 모든 것을 나도 하늘의 아버지께 여쭈어 볼 거란다. 너의 질문은 모두 옳은 거란다."

생각지도 못했던 스승의 따스한 포용과 정감 넘치는 어조 그리고 빵 조각을 입에 넣어주는 살가움에 베드로는 그 순간 뚝, 눈물을 떨구었다.

모두들 숙연히 앉은 머리 위를 지나 예수가 자기 자리로 돌아와 앉자 별안간 도마가 자리에서 벌떡 일어났다. 그리고 술잔을 집어 들더니 자신의 머리에 포도주를 붓는 것이었다. 그 상태로 그는 마치 환각에 빠진 듯한 표정으로 서 있었다. 제자들은 그런 도마를 놀란 시선으로 바라보았다. 그러자 예수가 도마에게 물었다.

"뭐하는 태도인가?"

도마는 눈 한번 깜박이지 않고 예수를 응시하면서 입을 열었다.

"나는 당신을 사랑합니다. 내 젊음의 스승이었고 내 인생의 안내자였습니다. 당신의 죽음이 하늘의 뜻이라면, 후세가 뭘 어떻든 난 당신의 죽음을 존중할 것입니다. 혹 그것이 저에게 닥칠 위험의 시작이라해도 저는 당신을 버리지 않겠습니다. 부디 하늘의 아버지 곁으로 가소서. 스승이시여!"

도마.

원래 감상적인 남자는 아니었다. 얄미울 정도로 공평무사하고 이성적인 남자였다. 가령 언젠가 오른뺨을 맞거든 왼뺨을 돌려 대라는 가르침을 듣고 이런 질문을 던진 적이 있다.

"만일 이마나 복부와 같이 쌍으로 이루어지지 않은 부위를 맞았을 때는 어디를 대야 합니까?"

그다지 논리적 심각성이 크지 않은 농담 같은 소리임에도 불구하고 예수는 착실히 그에 대한 대답을 해 주었다.

"구원은 논리로 되는 것이 아니고 감동으로 이루어지는 것이야. 넌 논리학자가 신이 되는 걸 본 적 있느냐?"

도마의 돌발적인 행동으로 사람들이 하나둘 흥분하기 시작할 때, 예수는 조용히 일어나 그에게 다가왔고 그의 머리를 감싸 안았다. 그리고 한숨을 깊게 쉬며 도마의 영혼을 녹일 듯 따스한 눈으로 바라보 았다.

"도마야, 넌 평소 가장 무정하고 재미없는 놈 같지만 난 다 알고 있었단다. 정작 네가 홀로 있을 때 너의 표정이 얼마나 고독하며 심연과도 같은지... 지금 넌 너의 역사적 입장을 이해할 줄 알고 또 내 의도를 잘 알고 있구나."

이때였다.

"만일 당신께서 예상했던 시기보다 훨씬 늦게 재림하신다면 우리는 어떻게 됩니까? 솔직히 순교까지도 각오해야 하는 것 아닙니까? 우리에게 더 많은 진실을 말해 주소서! 이제껏 당신의 삶과 죽음에 관해서만 말씀해 왔잖습니까. 우리에게도 우리의 삶과 죽음이 있고 그것은 매우 중요한 문제입니다! 알려 주소서. 인생을 바쳐 당신을 따르던 우리에게 일말의 배려를 갖고 계신다면!"

가룟유다가 나선 것이다. 술은 단 한 방울도 입에 대지 않고 아까부터 줄곧 침묵하던 유다. 그의 당돌한 질문은 사리가 간단하고 분명했다. 유다는 이제껏 뭘 마시거나 먹지도 않은 채 마치 기도하는 사람처럼 웅크리고만 있더니 갑자기 두 손으로 식탁을 짚고 일어나 말문을 연 것이었다. 그러는 유다를 예수는 말없이 바라보고만 있었다. 그리고 한참이 지나서야 길게 한숨을 내쉬며 말했다.

"그래, 너희들은 너희의 운명을 모른다. 나를 바라보는 너희의 눈매를 보노라니 비통함이 내 가슴을 찢는구나. 그렇지만 내가 진실로 직시하고 있는 것은 너희들의 두려운 눈빛이나 너희들의 불안한 미래가 아니라 너희들의 영혼이다. 나는 너희들의 카르마를 보고 있는 것이다. 너희는 지금 천국의 카르마를 쌓고 있다. 너희의 주인은 바로 너희 자신이다. 카르마의 주인은 바로 너희들이니 너희들은 너희들의 카르마가 불러오는 미래에서 영광을 보도록 하여라. 천국을 찬양하려거든 지금의 카르마를 찬양하라. 만일 너희의 선생인 내가 옳지 않다고 생각된다면 지금 당장 나를 떠나라. 모든 선택의 주인은 너희들 자신이니까."

그러자 도마가, 슬픔과 흥분에 젖은 코 먹은 소리로 물었다.

"일전에 선생께선 카르마를 갖지 않은 영혼이라 하지 않으셨나요?"

"그렇지. 난 너희들과 분명 출신이 다른 영혼이고 이 땅에 맺힌 카르마란 것이 존재하지 않는다만, 육신을 가지고 이 세상에 태어나기 위한 약속으로서 이 세상의 카르마를 모두 지니게 되었단다."

"세상의 카르마라고요? 모두?"

"그렇단다. 내가 떠안은 카르마란 유대 민족을 포함 온 세상의 카르마를 합친 것만치 막대한 중량을 가진 거지. 나는 그것을 짊어지는 조건으로 이 세상에 나왔고 현재 여기 있는 것이니, 이제 곧 너희들은 그것을 이해하고 각성하게 될 거란다."

그러자 유다가 덤비듯 맞대했다.

"그리 믿어야 합니까?"

"믿으라는 게 아니라 선택하라는 거다."

유다는 다시 무슨 말을 꺼내려다 그만두었다. 그리고 그는 드디어 자신의 첫 잔을 들이켰다. 첫 잔을 단숨에 마시자 그 잔에 빌립이 술을 따라 주었다. 그것마저 단숨에 마시자 빌립은 유다의 안색을 살피며 속삭였다.

"천천히 마셔."

유다가 다시 고개 들어 예수를 바라보았다. 마치 예수를 자신의 내면 깊은 곳으로 끌고 들어가 버릴 듯 무서운 시선이었다. 그리고 무겁게 입을 열었다.

"하나 여쭤 보겠습니다."

그러자 모두가 숨이 멎을 듯 긴장하며 유다를 바라보았다. 예수 역시 유다의 두 눈동자를 무겁게 직시하였다. 마치 유다가 할 이야기를 전부 알고 있는 듯한 예수의 눈동자엔 자신의 사명이 담겨 있었고 그 사명에 대한 자신의 고통이 담겨 있었고 그 고통에 대한 자신의 분노가 담겨 있었다. 유다 역시 예수의 그런 마음을 다 알고 있는, 아니 이해하고 있는, 아니 이해 당해 버리고 있는 자신에 대한 분노가 담긴 얼굴이었다. 유다는 진중하게 한 가지 질문을 던졌다.

"대체 왜 죽으시려는 겁니까?"

그러자 예수는 지금까지 유다를 바라보던 굳은 시선을 돌려 창밖을 바라보았다. 밖에선 눈발이 조금씩 잦아들고 있었다. 예수는 한갓지게 날리는 눈을 바라보다 깊은 한숨을 내쉬며 입을 열었다.

"세상 사람들을 빚지게 하려는 거다."

"누구에게 말입니까?"

"나."

예수는 자리에서 일어나 천천히 창가로 걸어갔다. 그리고 손을 바깥으로 내밀어 흩날리는 눈을 받아 보려 했다. 잠시 그렇게 있었지만 눈은 그의 손바닥에 떨어지지 않았다. 그는 빈손으로 몸을 돌려 유다를 바라보았다.

"나는 온 세상 사람들을 대신하여 야훼께 바치는 제물이 될 것이다. 나를 그에게 바침으로써..."

그 순간 예수는 목이 메었다. 말을 잇지 못한 그는 울컥한 마음을 치우려 헛기침을 했다. 잠시 말을 잃던 그는 다시 제자들 그리고 유다를 바라보며 말을 이었다.

"나를 야훼께 바침으로써 세상 사람들은 자유를 얻게 될 것이다. 나의 피로서 징벌의 하느님 야훼는 유대를 놓아 주게 될 것이다. 야훼는 더 이상 이 세상에 관여하지 않을 것이고 영원히 이 역사에서 떠날 것이다. 그 대신..."

창에서 불어오는 바람에 불빛이 꺼질 듯 흔들렸다. 바돌로메오가 조심히 일어서 창문을 닫았다. 바람이 사라지자 불빛의 기세가 더욱 치오르며 이글거렸다. 예수가 회중의 인물들을 하나하나 바라보며 말을 이었다.

"그 대신 세상 사람들은 나에게 빚을 지게 되는 거지. 유대를 비롯해 천하의 모든 족속들, 모든 사람들, 모든 피조물들이 내게 빚을 지며 그것이 새 계약이 되는 것이다."

예수를 향한 사람들의 눈동자가 불빛에 질세라 뜨겁게 빛나고 있었다. 예수는 말을 이었다.

"그 빚이 뭔지 아나?"

모두가 굳은 침묵 속에 눈을 부릅뜨고 예수를 바라보고만 있었다. 예수는 그들의 눈동자를 하나하나 헤아리며 말했다.

"바로 구원이라네."

회중은 고요했고 숙연히 침묵이 흘렀다. 예수는 베레아산 독한 밀주를 들이켰고 잠시 후 힘찬 목소리로 말했다.

"너희들이 순교를 하든 가버나움의 창녀와 즐기며 지내든 그것은 너희들의 선택의 문제다. 지금 너희들은 나를 이해하고 지지하고 있으며 그건 너희들의 선택이다. 너희들의 선택은 바로 구원이었다. 너희들이 구원을 선택한 이상 구원은 너희들의 것이다. 너희의 선택에 따라 나는 그리스도이기도 하고 미친 궤설꾼이기도 하다. 너희들은 무엇을 선택했는가? 그리고 왜 선택했는가? 이 추운 날 밤 너희들은 왜 이런 음울한 회식자리를 마다하지 않았는가?"

그는 마치 준비된 낭독문을 찢어 버린 것처럼 처절히 외쳤다.

"너희들은 하늘에 계신 내 아버지의 비밀을 알고자 하는가? 아버지의 계획을 알고 싶은가? 두렵고 암담하여 제발 한 가닥 실마리나마 붙잡고 싶은가? 그렇다. 그 비밀을 너희들은 아직 모른다. 그렇지만 한 가지! 세상의 비밀을 모두 아버지 혼자 독점하고 계신 것은 아니다. 비밀은 아버지와 나, 너희들 누구에게든 똑같이 편재하고 있는 것이다. 그러니 비밀이란 스스로 자신에게서 발견해야 하는 것. 너희들의 운명은 이미 비밀의 열쇠를 향해 작동하고 있다. 너희들이 순교를 하든 창녀와 숨바꼭질을 하든 무엇을 하든, 이미 너희는 비밀의 공유자다. 지금 너희가 세상에서 가장 안 먹히고 씹기 힘든 저녁식사를 하고 있는 이 와중에도 비밀은 은밀히 열려가고 있는 것이다."

오랫동안 정적이 흘렀지만 예수의 비장한 표정은 변하지 않고 있었다. 그러다 그의 눈동자엔 눈물이 맺히기 시작하였다. 눈물은 흔들리는 불빛을 머금고 있었다. 그리고 주르르, 눈물 속의 불빛이 흘러 내렸다. 이처럼 눈물 흘리는 예수를 처음 본 제자들은 당혹감에 뭐라 말도 못하고 숙연할 뿐이었다.

잠시 후 베드로가 술잔을 들고 일어났다.

"형제들이여! 우리도 도마처럼 우리의 머리를 씻어 버립시다. 우리에게서 거룩함과 용기를 빼앗아 가려는 이 더럽고 옹졸한 머리를 스승의 피로 씻어 버립시다! 우리는 죽음을 달게 소원합시다. 죽음으로서 거룩함을 실천하고 스승의 죽음을 경건히 이어 받길 기원합시다! 천국을 향해 갑시다!"

숙연해 있던 제자들이 모두 그악한 눈으로 베드로를 쳐다보더니 이어 흥분한 얼굴로 변해 가기 시작했다.

이윽고 하나둘씩 모두가 일어나더니 자신들의 머리에 포도주를 끼얹었다. 놀랍게도 그들의 얼굴은 모두가 결연한 의지로 부르르 떨리고 있었다. 혹은 눈물을 흘리며 혹은 이를 악문 채...

경이로운 광경이었다. 예수는 벅차오르는 흥분을 억누르며 이들을 바라보았다. 그러더니 이러지도 저러지도 못하고 당혹해하는 유다에게 떡을 드밀었다. 그리고 명하였다.

"베어 먹어라. 이건 내 살이니..."

"저, 저는 다만..."

"그래, 개념의 모호성에 의문을 품었을 뿐 주제의 거룩함을 의심한 건 아니라 말하고 싶겠지."

가룟유다.

유대에서도 소문 난 학식과 인덕을 지녔고 로마 남자의 외모에 견줄 수 있는 비주얼을 지닌 유대에 몇 안 되던 남자(당시 가장 못 생긴 로마 병사의 외모가 유대 남자의 평균 외모와 비슷했다. 여자의 경우는 로마와 유대의 수준이 같았다. 이에 대해 로마 남자가 유독 잘 생긴 것인지 유대 남자가 유독 못 생긴 것인지 당시엔 논란이 있었다). 언젠가 그는 내게 넋두리를 한 적이 있다. 예수께서는 남을 가르치는 건 좋아하나 남의 말이나 설명을 듣는 건 선천적으로 번거로워 하는 탓에 그분과는 오직 일방적인 강의와 수강만이 가능할 뿐 토론을 통한 탐구와 학습은 한계가 있다는 얘기였다. 그때 나는 유다에게 예수의 특성을 건드리지 말고 내버려 두라고 충고했다. 예수 자신의 주장에 의하면 그는 워낙 특수한 목적을 가지고 세상에 나타난 사람인데다 또한 사람들에게 설파 할 어렵고 방대한 교육량에 비해 주어진 시간은 한정돼 있어서 무식한 백성들의 잡다한 사연들을 일일이 들을 여유가 없을 것이라는 게 내 설명이었다. 유다는 내 말을 충분히 납득하면서도 불만은 남아 있었다. 그는 합리주의자였고 신이라든가 예정론 따위를 애초부터 인정하지 않았다. 처음에 그가 예수를 따른 건 바리사이인이나 열심당원 같은 민족주의적 소신에 의해서였고 정치적 의미에서 예수의 가능성을 높이 샀기 때문이었다. 그러나 그 후 예수의 여러 이적들을 목격하고 유대백성을 각성시키는 지혜에 탄복하면서 점점 그를 숭상하며 따랐던 것이다.

　나는 예수 일행 틈에서 음식을 먹는 둥 마는 둥 하다가 어느덧 다시 치오르는 입덧과 현기증으로 자리에서 일어났다. 그리고 디나의 식당을 나와 바깥 거리에 잠시 서 보았다. 그러자 식당 안과는 다른 세계가 나타났다. 밤하늘, 밤하늘에 흩날리는 눈, 길을 더듬듯 지나가는 걸인... 식당 안과 식당 밖, 어느 쪽이 더 비극적이며 그만치 신의 영광에 가까운 세계인지는 알 수 없으나 오늘 밤은 그 모든 것들이 마치 새롭게 등장할 역사의 서막을 위해 능청맞게 짜 맞춰 움직이고 있는 듯했다.
　잠시 후 유다가 홀 밖으로 나타났다. 그는 다소 상기된 얼굴이었는데 나와 눈이 마주치자 이쪽으로 성큼성큼 걸어왔다.
　"왜 여기 서 있나? 몹시 추운데."
　"당신은 왜 먼저 나왔죠?"
　"급히 갈 데가 있어서... 근데 왜 여기서 눈을 맞고 있어?"
　"좀 답답해서요. 바람 좀 쏘이려고..."
　"늦었는데 이제 집으로 돌아가지?"
　"싫어요. 당신들 취한 얼굴들을 더 봐야겠어요."
　"얼굴들이 어떻게 보이던가?"
　"특히 아까 당신 웃는 모습이 인상적이더군요."
　"인상적이다니?"
　"느끼했어요."
　"흐음, 다른 사람들은?"
　"이해가 가지 않아요. 당신들은 마치 불 속으로 뛰어드는 정신 나간 벌레들 같아요."

"불은 어떤 거지?"

"누구긴요. 그리스도 오라비지."

"기분이 어떻던가?"

"기분?"

"예감이랄지... 그런 거 말이야."

"저 오라비는 그렇다 치고! 왜 당신이 그 무모한 짓을 도맡아 하는 거예요? 이제라도 제발..."

"쉿! 그런 소린 이제 그만해. 이미 정해졌어. 나도 수십 번, 아니 수백 번 생각하고 고민해 봤지. 하지만 불가능하단 걸 이젠 알 것 같군."

"저 이도 이해가 안 가지만 당신은 더욱 이해가 안 가요. 저 이의 처형에 일조하는 게 온 세상을 위해서라니..."

"떠날 준비는 돼 가나?"

"이봐요!"

"늦어도 사흘 안엔 다 정리하고 채비를 꾸려."

"당신은 지금 도박을 하는 거예요. 맞죠?"

"저분 말을 믿나?"

"저분 말이라니요?"

"구원이라든가 재림 같은 얘기."

"모르겠어요. 중요한 건 저 분 스스로 그렇게 믿는 거 아니겠어요? 게다가 더 기가 막힐 일은, 부활과 재림을 위해 일부러 죽음을 맞겠다..."

"선생은 우리 유대 민족의 신 야훼의 아들도 아니고 대리인도 아냐. 그는 늘 하늘의 아들이며 신의 아들이라고 자칭했지 야훼의 아들이라고도 동생이라고도 안 했어. 그는 입버릇처럼 고백해 왔잖아? 나는 온 세상의 카르마를 짊어지고 여기 있노라고... 그래서 그런 거야."

"그래서 그런 거라니요?"

"카르마를 짊어지기 위해 이스라엘에 온 거지. 또한 그 카르마를 지우기 위해 이스라엘에서 죽으려는 거고... 그 카르마란 하늘과 사람 간의 거대한 서약이나 같지. 난 이제 그걸 확연히 알겠어. 나는 그를 도와야 해."

"그를 돕는 게 그가 처형되도록 놔두는 거라? 재밌어라."

"몸... 어떤가?"

"뭐라고요?"

"홀몸이 아니잖은가? 대체 얼마나 됐지?"

"팔십여..."

"흠..."

"절대 비밀인 거, 잊지 않았죠?"

"당연하지."

"물어 볼 게 있어요."

"뭔데?."

"당신들... 혹시 뭔가 다른 계획이 숨겨져 있는 거 아니에요? 무고한 사람이 재판을 받고 죽고 부활하고... 그거 말고 다른 뭔가가 있죠? 말 해 봐요."

"그럴 여유 없어. 나중에 선생에 대해 어떤 이야길 해 주겠어. 그리고 그는 아직 그리스도가 아냐. 그리스도를 실현하려고 하는 과정일 뿐... 이제 그는 죽음으로서 스스로 희생제물이 되고 자신의 의도를 완성하려는 거야."

"이봐요. 당신한테 명분과 해석을 빼면 뭐가 남는지 알아요?"

"뭔데?"

"이샤 이샤라 이샤랄라. 당신의 노란 애완돼지."

"음 이샤가 보고 싶군. 다른 할 말은?"

"웃을 때 평소대로 웃어요."

"평소?"

"당신이 억지로 웃음 지을 때 많이 징그러워요."

"가야겠군. 아 참!"

"뭐죠?"

"음..."

"얘기해 봐요."

"명심해. 난 가롯유다야. 가롯유다!"

유다의 말과 몸짓은 단정적이며 조급했다. 그와 나눈 대화는 거기가 끝이었고 그는 무섭게 등을 돌려 사라져 버렸다. 나는 그를 부를 기운도 없었다. 아니 불러도 그는 돌아보지 않을 거라는 걸 나는 알고 있었다.

밤과 함께 추위도 더 매서워졌다. 예수와 그 일행의 그림자가 홀에 어른거리며 움직이기 시작했다. 디나가 그들의 그림자를 향해 서둘러 가는 모습이 보였고 이윽고 사람들이 홀에서 나오기 시작했다. 예수는 맨 뒤에서 디나의 손목을 가만히 감싸 쥔 채 다락을 나왔다.

"이 집을 하늘의 아버지께서 잊지 않으실 거네. 아론은?"

"베드엘 의장 관사에서 의원들과 제사장들 모임이 있어 야식 배달을 나갔습니다만 회식 자리가 꽤 큰 모양인지 아직 돌아오지 못하고 있네요. 돌아와 모두 떠나신 걸 보면 무척 아쉬워할 거예요."

"내가 거했던 모든 곳이 앞으로 기념이 될 것이고 구원의 증거가 될 것이며 이 집 역시 그러함을 아론에게 전해 주게."

밤이 깊었고 예수 자신이 계획한 대로 유대 민족 최대의 사건이 시시각각 다가오고 있었으나 그는 중심을 잃지 않은 표정이었다. 그는 식당을 떠나며 디나의 얼굴을 잠시 응시하다가 말했다.

"디나, 자네 얼굴엔 오랜 세월 묵은 불안이 있네만 안심하시게. 앞으로 자네가 무얼 하든 신의 도움이 있을 것이네."

디나는 그 축복의 말에 넋을 잃어버렸다. 그녀는 예수 일행이 나가자 그들이 사라진 방향을 향해 엎드린 채 한동안 일어나지 않았다. 그녀는 비운에 갈 메시아의 최후의 축복을 받은 여자가 된 것이었다.

나는 그들의 뒤를 따라가지 않았다. 따라가면 다시 유다를 보게 될 것이고 유다를 다시 보게 되는 걸 나는 원하지 않았다. 또한 저 사내들에게 닥쳐올지 모를 어떠한 상황도 더는 목격하고 싶지 않았다.

나는 그들이 사라진 반대의 길을 택해 집으로 향했다. 밤하늘에 다시 휘몰아치는 눈발이 기괴한 정령들처럼 내 몸에 파고드는 것 같았다. 나는 걸으며 눈을 감기도 하고 멈춰 서서 눈발을 바라보기도 했다. 신의 모습은 저 차가운 밤하늘 어디에도 보이지 않았다. 그렇지만 행여 신이 보인들 나는 그에게 무슨 말을 할 수 있을까? 그의 의도만이 조용히, 압도적으로 전개되는 이 무대의 한 쪽에 서서 나는 그에게 내 얘기 좀 들어 보라며 간청할 수가 있을까? 아마 속수무책 바라만볼 뿐, 그에게 어떤 말도 꺼내지 못할 것이다. 이미 그는 그런 말조차 다 알고 있을 테니.

유다는 떠났다. 그리고 그의 스승과 제자들도 떠났다. 그들은 내일의 기약을 비수처럼 품고 어둠에 휩싸이듯 사라졌다. 죽은 지 사흘 만에 부활해 나타나겠다는 남자와 그 남자의 죽음이 천만부당함에도 동의를 해 주어야 하는 가룟유다의 기구한 당착이 밤의 험악한 추위에 휩싸이며 끝 모를 슬픔으로 부활하고 있었다.

우울증은 철학과 잠을 준다. 만찬을 끝내고 떠나던 사내들의 뒷모습, 신이 보이지 않는 하늘, 내일을 알 수 없는 유대 민족, 아니 인간이란 존재의 어두운 미지수, 이런 것들이 거대한 우울의 기류가 되어 모호하고 몽롱한 잠의 세상으로 나를 끌어들였다. 나는 밤길을 걷고 있을 수도 있고 어딘가 쓰러져 달콤한 비현실의 세계로 가고 있을 수도 있다. 아니면 기체가 되어 30년 만에 찾아온 강추위 속으로 흩어져 가고 있는지도 모른다.

3

이천년 후

'오늘이 무슨 요일?'

2층 카페에 앉아 오늘이 수요일인지 토요일인지 헷갈리고 있었다. 다행히 수요일과 토요일이 동시에 존재할 수도 있을까? 하는 심난한 고민까진 하지 않았다. 카페 여주인이 정장 차림에 머리를 다듬었으니 수요일 같고 카페에서 금요일에만 파는 카레빵의 냄새가 공기 중에 24시간 쯤 희석된 듯 미세한 비린내로 남아 있으니 토요일 같았던 것이다. 태초 이래 세상엔 일곱 개의 날이 존재한다. 신이 일을 했던 여섯 개의 날과 안식을 취했던 한 개의 날. 그런데 태초에 신이 일을 했던 여섯 개의 날은 잘 알려져 있지만 일곱 째 날인 안식일에는 뭘 했는지 알려진 바가 없다. 그냥 안식했다고? 그러니까 신의 그 안식이 뭐냔 말이다. 2천 년 전 유대에서도 신이 쉴 땐 뭘 했는지, 쉰다는 건 어떤 건지 추정하는 공론이 종종 일어났었다. 당시 그 공론은 예수가 던진 한 가지 문제 때문에 더욱 촉진되었다. 쉬라고 명해진 안식일에 양 한 마리가 구덩이에 빠지면 그 녀석을 구해야 하는지 말아야 하는지에 대한 문제였다. 그에 대한 논란은 신이 천지를 창조하고 마지막 날 뭘 하며 쉬었는지에 대한 의문으로 이어졌다. 그 의문은 많은 논란을 불렀다. 그리고 자주 예수에게 그 질문이 던져졌다. 그런데 예수는 그에 대해 답변을 하지 않고 늘 회피하기만 하였다. 장기인 순환논법이나 기묘한 역설 같은 걸로 묻는 사람의 혼을 빼놓거나 어리둥절하게 하지도 않았고 모른다고 선을 긋지도 않았다. 그는 그저 그 대답을 피했다. 그런데 그 문제가 유대 전체로 확산되고 대사제관, 산헤드린, 나아가 로마 총독부까지 알려져 유대 신학의 공식문제로까지 제기되자 그는 답변을 내놓지 않을 수 없었다. 게다가 추종자 사이에서 신의 독생자라 알려지기도 한 그로선 더 이상 답변을 피할 수가 없게 된 것이다. 결국 예수는 사람들의 추궁 앞에 답변을 내 놓았다.

"일곱째 날, 신은 천지 창조한 것을 피조물들한테 미안해하고 있었을 뿐이오."

저녁노을이 광장에 번졌다. 나는 카페 창가에 앉아 예수의 답변에 말문 잃은 사람들을 회상하고 있었다. 잠시 후 졸음이 밀려 왔다. 회상에 빠진 자에게 졸음이 온다는 것은 식사를 마치고 늘어진 고양이를 거세된 수캐가 와서 핥듯 초현실적이고 사치스런 일이다. 나는 초현실적이고 사치스럽게도 커피를 1/7 남긴 채 눈을 감았다. 졸음에 나를 맡기며... 거세된 수캐 혓바닥에 넋을 눕히며... 초현실 속으로...

'나는 누구인가 어디서 왔는가 왜 여기 있는가'

젠장! 저 고질적인 물음이 또 나타났다. 저것은 늘 테러처럼 닥쳐온다. 저 현상이 언제부터 발생했는지 명확히는 모르겠다. 어릴 때 같기도 하고 태어나기 전 같기도 하고 시간이 존재하지 않던 태초 같기도 하다. 저것은 잠에서 깬 직후나 사람을 만나고 헤어진 직후 등 갑작스레 〈혼자〉라는 존재감이 들 때 닥쳐오는 정체모를 의문이었다.

〈나는 누구인가 어디서 왔는가 왜 여기 있는가〉

저 유령에 홀린 듯한 현상이 1/7 남은 커피 앞에 앉아 졸기 직전의 나에게 덤벼오고 있었다. 몇 해 전엔 정신병원에 찾아 간 적이 있는데 의사는 내게 분석 치료를 권하면서 열흘 분 항우울제와 신경안정제를 처방했다. 처방인지 처리인지 나는 보름 동안 매일 약들을 삼켰다. 그러자 확실히 기분이 가벼워지고 잠은 깊어졌다. 그리고 인간이 창조적이고 능동적이며 무한히 기만적인 존재라는 결정적 증거 즉 〈불안〉도 줄어들었다. 하지만 여전히 그 녀석은 나를 찾아왔고 나를 협박했다.

나는 누구인가 어디서 왔는가 왜 여기 있는가...

이후로 나는 정신병원에 가지 않았다. 정신과 의사에게 불만이 있어서가 아니라 그가 고통 겪는 걸 바라지 않기 때문이었다. 그리고 지난 몇 개월간 나는 오후가 되면 광장을 걷거나 광장을 걷는 사람들을 구경하곤 했다. 즉 내 집보다 공적이고 무대화되기 쉬운 장소에 나를 실험 파리처럼 던져 본 것이었다. 어느 시대 어느 세계를 막론하고 〈광장〉이라는 장소는 인간과 인생의 무가치와 천박함을 드러내는 증거가 무한히 쌓여 있는 곳이며 인간의 진실과 정신을 무한히 조작하고 선동할 수 있는 곳이다. 나는 내 정신에 존재하는 비릿한 공허감이 광장에서는 어떤 모습을 보이는지 궁금하였고 또한 그것이 시간이 지나면 어떤 종류로 각성되거나 타락할 것인가, 나아가 나는 누구 어디서 왜- 라는 유령은 나에게서 심리적 개편 따위가 이루어졌을 경우 사라질 것인가 아니면 여전할 것인가가 궁금하였다. 그래서 나는 보물찾기를 포기한 아이처럼 달관한 얼굴로 광장을 거닐거나 광장이 환히 보이는 이 카페에 앉아 시간을 보내곤 했다. 즉 일종의 자연치유랄까? 나는 정신병원 대신 광장과 카페를 택한 것이다. 그리고 나는 광장을 거닐든가 카페에 앉아서 공주병 걸린 비구니처럼 세상을 알뜰하게 축소해 어진 눈으로 바라보기 시작했다. 그것은 내가 나의 치유를 위해 내린 처방 내지 처리였다. 가끔 나는 누구- 의 유령에게, "혹시 그대는 궁극적으로 나를 불행케 하거나 구원 하려고 기획된 무의식인가? 혹은 나를 지옥에 보내거나 지옥을 비켜 가게 하려는 술수?" 라고 묻는다. 그러면 그는 내게 "꽤 뭘 알 것처럼 궁금해 하는군"이라고 대꾸했다. 능청스런 자식!

이 카페 〈가브리엘〉과 인연이 된 건 1년 전이었다. 작년 이맘때 나는 13분짜리 단편영화를 하나 만들었는데 그때 이 카페를 빌려 촬영을 했었다. 러시아 정보기관의 여자 스파이 엘레나 포포바Елена Попова가 어느 날 직장에서 해고되고 도망을 다니다가 한 카페에서 커피를 마시다 깨달음을 얻고 붓다가 된다는 스토리의 영화였다. 좀 더 소개하자면, 러시아의 해외 정보기관 〈SVR〉소속 정보요원인 엘레나 포포바는 인도의 남부 도시 하이데라바드Hyderabad에서 모사드가 아이스크림으로 만들어 죽이려던 한 힌두족 구루를 구해주고 그에게서 세상에 은폐된 비밀 하나를 듣게 된다. 그것은 〈9〉라는 숫자에 얽힌 인류의 비밀이었는데 실로 기가 막힐 내용이었다. 그런데 그 순간 어디선가 날아 온 총탄에 힌두족 구루는 절명해 버리고 만다. 그 후 엘레나 포포바는 본부로부터 모든 활동을 중단하라는 명령을 받고 모스크바로 소환된다. 그리고 여러 날에 걸쳐 심문을 받는다. 심문의 주 내용은 그녀가 그 힌두족 구루나 주변정황으로부터 얻은 정보에 관한 것이었다. 심문은 여러 차례에 걸쳐 다각적으로 진행되었다. 그러나 그녀는 힌두족 구루나 그 쪽 정황에서 어떤 정보도 얻은 게 없음을 수차례 소명한 후 심문에서 벗어난다. 이윽고 정보요원 신분도 해제된 그녀는 고향 민스크로 낙향해 평범한 모습으로 살아간다. 그러던 어느 날 정체불명의 사람들이 나타나 그녀의 생명을 위협한다. 그러자 도피를 떠난 그녀는 어느 나라에 숨어들고 우연히 한 카페에 들어간다. 그곳에서 그녀는 커피를 마시며 난생 처음 신을 찾아 기도를 한다. 그 날 그녀는 설탕 가득 탄 커피를 네 잔째 마시던 중 깨달음을 얻고 붓다가 된다.

저 13분짜리 단편영화의 제목은 〈69〉였다. 단 두 개의 숫자 6, 9. 러시아 스파이 엘레나 포포바가 인도에서 힌두족 구루를 만난 것을 시작으로 임무중단 명령을 받고 본국으로 소환돼 심문을 받은 후 해고를 당하고 고향 민스크에 귀향해 살다가 정체불명의 사람들로부터 쫓기게 된 것은 바로 힌두족 구루가 알려 준 숫자 〈9〉의 비밀 때문이었다. 그녀는 인류가 왜 〈여섯〉과 〈아홉〉을 가리키는 숫자에 6도 되고 9도 되는 똑같은 모양의 기호를 써서 혼란을 겪는지, 왜 천 년이 넘도록 저 고생을 피하지 않는지, 왜 21세기 우주문명기에 이르러서도 저 기호를 개량하지 않는지, 그 비밀을 알게 된 것이었다.

단편영화 〈69〉는 사람들 사이에서 두 가지 의문을 일으켰다. 첫 번째는 영화를 만들기 전에 나온 의문으로, 어떻게 짧은 단편영화 하나에 러시아 여자스파이의 동분서주하는 활약이며 힌두족 구루가 말한 인류의 비밀이며 그녀가 해고당하고 고향 민스크로 내려가 살다가 다시 도망을 다니고 어느 나라의 카페에서 커피를 마시다 깨달음을 얻고 붓다가 된다는, 끔찍하게 복잡하고 이상하고 정신사나운 이야기를 담아낼 수 있는가 하는 것이었다. 거기에 나는 답하였다.

"나중에 영화를 보면 압니다."

두 번째 의문은 나중에 영화를 본 사람들이 던진 의문으로, 숫자 6과 9의 비밀에 관한 것이었다. 당신은 저 이야기를 어떻게 만들어낸 건가? 그저 당신의 상상이며 아이디어인가? 아니면 어디서 실재하는 단서를 얻은 것인가?

거기에 나는 답하였다.

"상상도 아이디어도 아니고 어디서 단서를 얻은 건 더더욱 아닙니다. 그보다 훨씬 단순한 것입니다."

"훨씬 단순한 게 뭔데?"

"그냥 내가 아는 것입니다."

　단편영화 〈69〉의 촬영이 끝난 이후로도 나는 이 카페 〈가브리엘〉에 자주 왔고 여주인과도 친해졌다. 여주인은 50세의 이혼녀인데 성격이 친절하고 다정다감하지만 감정기복도 심했다. 때론 말이 너무 많거나 너무 없고, 기분이 좋을 땐 비타민사탕을 쯥쯥 소리 내며 빨아 먹거나 실내 화초들에게 봉주르 같은 프랑스어 인사를 하지만, 울적하면 창밖을 바라보며 가랑이 사이에 놓은 고양이 목을 무심코 졸랐다. 그녀는 일요일엔 반드시 카페를 쉬고 교회에 나가며 수요일 저녁엔 치장하고 머리를 부풀려 신학대학에서 개설한 기독인 경영자 강좌에 들어간다. 그녀는 매일 아침 카페 문을 열면서 10분 쯤 찬송가를 틀어 놓거나 따라 부른다. 그녀는 교회의 집사이며 자신의 삶에서 일어나는 모든 일들이 주님의 뜻이라는 숭엄한 신앙을 갖고 있다. 즉 자신이 세 번 결혼하고 세 번 이혼을 한 것을 포함해 인생에서 일어나는 모든 대소사가 주님의 뜻이라 했다. 어느 날 지독한 몸살감기에 몸을 떨며 알약을 한주먹 삼킨 그녀의 고백에 의하면, 그녀는 십대 시절부터 오늘날까지 여러 교회를 다니며 방방곡곡의 유명 목사, 전도사들을 찾아 가 설교를 듣고 신앙상담을 하는 게 인생의 낙이었다. 그래서인지 늘 자기 인생의 반을 차지하던 남편들, 맥주집을 운영하며 여자 손님들에게 무료로 즉석 폴라로이드 사진을 찍어 선사하는 걸 자신의 인류애로 알고 있던 첫 남편, 셀 수 없이 많은 사업에 손댔으나 돈을 한 푼도 벌거나 잃지를 않았던 알뜰한 둘 째 남편, 육군 상사로서 상식 이외의 것을 추구하지도 추구할 필요도 못 느끼며 교회에 가는 걸 전쟁터 나가는 것보다 소름끼쳐 하던 셋 째 남편- 보다는 늘 축복이 무한하신 주님과 그 종들에게 압도적인 매력을 느꼈던 것이다.

오늘따라 손님이 뜸하고 광장에도 썰렁한 바람이 몰아칠 뿐, 아르바이트 여급의 휴대폰 진동 소리만 울렸다 꺼지길 반복하는 밤 9시가 되자 가브리엘의 여주인은 자신이 마실 허브티와 비스킷을 손수 들고 내 테이블로 다가왔다.

"먹어 봐. 보리 가루로 구운 거야."

그녀는 테이블에 비스킷이 스무 개쯤 든 통을 놓고 앉아 허브티를 불었다. 대개 손님이 없고 홀이 한가해지면 그녀는 뭔가 하나를 집어 들고 내게 오곤 한다. 어떤 때는 잡지나 신문을 가지고 오는 경우도 있고 어쩌다 기분이 좋지 않은 날에는 교회 소식지나 주석 성경을 들고 와서는 교회 예산안에 불만이 터진 목사처럼 신경질 난 얼굴로 숙독하곤 한다. 그런데 오늘은 그녀가 비스킷이 수십 개나 든 통을 가지고 와서 앉았다. 늘 그렇지만 그녀는 같이 앉아 얘기 좀 하자는 식의 소름 돋고 선정적인 제안보다는 가지고 온 물건을 들먹이며 읽어 보라든가 먹어보라는 식의 유능하고 우아한 방법을 사용한다. 어쨌든 문제는 오늘 그녀가 비스킷을 통째로 가지고 왔다는 것이다. 먹어 보라는 권유, 그 다음 그녀가 앉았고, 그 다음엔 무슨 일이 벌어질지 나는 안다. 그녀는 오늘 밤 기나긴 장광설을 늘어놓을 기세다. 나는 그녀가 비스킷 통을 테이블 위에 놓는 순간부터 속으로 감탄이 나왔다. 오늘은 어떤 문제를 섭렵할 것인가. 어떤 주장을 이름만 다르지 똑같은 비스킷처럼 늘어놓을 것인가.

"자기는 친구들도 안 만나나 봐?"

"친구들은 저처럼 한가하지가 않아요."

"글은 잘 돼 가?"

"다 썼어요. 예상보다 빨리 써 버려서 시간이 남아요."

"그나저나 날씨도 추워지고 여기저기서 끔찍한 사고야. 오늘 아침에도 방송국에 폭탄이 터졌다잖아. 주님 오실 날이 가까워진 거지."

그녀는 크고 작은 모든 세상사를 〈주님 오실 날〉로 해석하는 지혜를 가지고 있었다. 건물 모퉁이에서 핑크색 립스틱 바른 입술로 담배를 피우는 여중생들을 봐도 주님 오실 날, 어디선가 비행기가 추락하거나 지진이 나도 주님 오실 날, 흉악범이 잡혀도 주님 오실 날이고 안 잡혀도 주님 오실 날이었다. 세상의 어떤 문제든 단 하나의 답을 낼 수 있는 가브리엘의 여주인은 선악과를 들키지 않고 딸 수 있는 여자처럼 유능해 보였다.

"아 참! 아까운 친구가 있어. 너무너무 건실하고 신앙도 깊은 노총각인데 왜 전에도 한번 얘기했잖아. 우리 교회 아동부 선생인데 비뇨기과 의사고 누가 봐도 백점짜리 남잔데..."

"저는 백점짜리 남자 싫어요."

"왜?"

"백점짜리 남자의 엄마는 얼마나 비애가 클지..."

"뭔 말이야?" "그런 엄마의 아들이랑 인연되고 싶지가 않아요."

"또 사차원 같은 소리 한다."

그녀는 혀를 차며 말을 이었다.

"난 자기를 보면 볼수록 신기해. 항상 혼자서 처녀귀신... 하하하하하!"

처녀귀신이란 단어가 선악과의 껍질처럼 목에 걸렸는지 웃음을 애절히 쏟아낸 그녀는 화제를 돌렸다. 애완 고양이 〈미사〉가 요사이 무릎에만 앉으면 구역질을 한다는 고민이었다.

밤 10시가 조금 넘자 가브리엘의 여주인은 빈 비스킷 통을 들고 자

리에서 일어났다. 카페 문을 닫을 시간이 된 것이다. 나는 오늘 내가

먹었던 감자튀김 한 접시 샐러드 한 접시 커피 값을 치르고 여주인에

게 작별 인사를 했다. 여급도 에이프런을 벗고 퇴근 채비를 시작했다.

계산을 치루고 떠날 때 여주인이 말했다.

"커피 값은 뺀 거야."

　나는 가브리엘을 나서 광장으로 내려왔다. 광장에 직접 서니 카페

에서 바라보던 것과 달리 축축한 촉감이 느껴져 왔다. 나는 발걸음

을 내디디며 기원해 보았다. 밤도 늦었고 기온도 차고 습하니 그 친구

가 등장하지 않았으면 좋겠다... 나는 누구인가 어디서 왔는가 왜 여

기 있는가- 라는 유령... 지금 이 순간만큼은 그가 안 왔으면 좋겠다...

나는 아무 생각도 감정도 없이 이 광장을 벗어나고 싶다... 그가 오지

않기를... 그가 나를 방관해 주기를...

　그렇게 무언의 주문을 외면서 광장을 걷기 시작했다. 어두운데다 사

람들이 없어서인지 광장의 넓이는 평소보다 두 배는 크게 느껴졌다.

밤의 차가운 기운이 살갗에 파고들었고 나는 아득히 멀리 떨어진 아

파트촌의 불빛을 집중해 바라보며 평소보다 빠르게 걸었다.

　그런데 한참을 왔다고 생각하고 광장을 둘러보니 내 몸은 겨우 광

장의 중간에 미쳐 있는 것이었다. 순간 오한이 엄습해 왔다. 내가 앞

으로 가야 할 광장의 남은 길은 지금까지 지나 온 거리보다 훨씬 멀어

보였다. 그리고 차가운 어둠이 치한처럼 나를 가로막고 있었다. 아득

하고 무서웠다. 뒤돌아 멀리 가브리엘을 바라보았다. 가브리엘은 마

지막 불이 꺼지더니 컴컴한 유령선처럼 서 있었다. 이때 그 유령 같은

친구가 나를 또 불렀다! 나는 누구인가... 어디서 왔는가... 왜 여기 있

는가...

　"무슨 생각을 그렇게 하세요?"

깜짝 놀라 고개 돌려 보니 언제 다가왔는지 가브리엘의 여급 마가가 나를 살펴보고 있었다. 나는 그녀를 알아보는 데 몇 초가 걸릴 정도로 정신을 잃고 있었다.

"한동안 이곳에 서 계시길래 와 봤어요. 괜찮으세요? 몸을 많이 떠는데..."

"괜찮아. 그냥 좀 추워."

"광장이 밤 되니깐 으스스하죠?"

"집이 어디야?"

"저기 끝에 불빛 보이세요? 저기 아파트에 살아요."

얘길 나누면서도 그녀는 내 모습을 걱정스런 눈길로 쳐다보고 있었고 나는 그 눈길을 의식하고서야 내가 심하게 몸을 떨고 있다는 것을 알았다. 그녀는 회색 바탕에 다색 도트와 빔이 세포벽처럼 얽힌, 자신이 성숙한 여인일지도 모른다고 생각하는 스무 살짜리 여자애들이 고를 만한 무늬의 숄을 벗어 나에게 덮어 주며 내 팔을 끌어안았다.

"전 괜찮아요. 전 아직 열정이 식지 않은 십대에요."

그녀는 쌩긋 웃으며 말을 이었다.

"따뜻한 얘기 하나 해 드릴까요?"

우린 광장의 나머지 반을 걷기 시작했다.

"그래 해 봐. 따뜻한 얘기."

그녀는 히죽 웃으며 나를 쳐다보았다.

"까먹었어요."

"기억해 봐."

"으음... 기억이 안 나요. 대신 하나 지어서 얘기해 드릴까요?"

"더 좋지."

"어떤 여자가 있었어요. 그 여자에겐 남자가 있었어요. 어느 날 여자는 남자에게 헤어지자고 했어요. 왜 그랬는지 알아요?"

"왜 그랬는데?"

"그 여자는 남자를 좋아하지 않았던 거예요."

"그 남자를?"

"아뇨. 세상 모든 남자를."

"그래서?"

"여자가 남자를 떠났어요."

"그리고?"

"여자는 여자를 만나 사랑했어요."

"그리고?"

"그 여자는 여자를 사랑한 죄로 죽어서 지옥에 갔어요. 불이 활활 타는 지옥으로요."

"그리고?"

"끝이에요. 뜨겁겠죠? 지옥..."

"따뜻한 얘기네."

가브리엘의 어린 여급, 그녀와 나는 이렇게 사적으로 얘기를 나눠 본 적이 없었다. 카페에서 그녀는 늘 로봇청소기처럼 조용하고 단조 롭게 움직였고 여주인 말을 잘 따랐다. 그녀가 카페에 아르바이트로 들어 온 건 올 가을 초였는데 대학 1학년생이라 했다. 그녀는 언제 봐 도 나이가 기껏해야 열대여섯 정도밖에 돼 보이지 않았다. 그녀가 싱 긋 웃으며 물었다.

"언니 이름이 뭐에요?"

"라. 그냥 라라고 불러."

"라? 성이에요?"

"아냐. 라는 어디서나 쓰는 내 닉네임이야."

"카페에서 사모님이 항상 라 감독이라고 부르던데. 영화감독이잖아요?"

"그랬지. 이젠 아냐."

"왜요?"

"이젠 영화 안 만들어."

"왜요?"

"알아? 작년에 나 가브리엘에서 영화를 한 편 찍었어. 내 생애 처음 이자 마지막으로 만든 영화. 그건 어디에 출품을 하고 관객에게 보여 주려고 만들었다기보다는 내가 간직하려고 만든 영화였어. 하여튼 그 걸로 끝이고 이젠 영화 안 해."

"영화를 딱 한 편 만들고 말아요?"

"대신 어쩌다 시나리오를 써. 돈을 주면."

"가끔 카페에서 무슨 글을 쓰는 것 같던데 혹시..."

"맞아. 시나리오 쓰는 거였어."

"궁금해요. 카페에서 쓰던 시나리오. 한번 보여줄 수 있어요?"

"뭐..."

그녀가 계속 그 화제로 가려는 낌새에 내가 팔을 끌었다.

"딴 얘기 해."

그녀는 잠자코 걷더니 몇 걸음 만에 화제를 바꿨다.

"언니 본명은 뭐예요?"

"재밌네! 본명이란 말 참 오랜만에 들어 봐."

"본명 말해 주기 싫으면 안 해도 돼요."

"아냐. 말해 주기 싫은 게 아니라 알고 싶지 않아. 재미없지?"

그러자 그녀는 눈을 재미있게 굴리며 나를 쳐다봤다.

"제 이름 마가는 본명이에요."

"그 이름 언제 들어도 귀엽더라!"

"이름에 웃긴 사연이 있어요."

"뭔데?"

"옛날 제 아빠가 초등생일 때 좋아하는 여자가 있었어요. 나이가 아빠보다 열두 살이나 많은 여자였죠. 아빠는 그 여자를 마가렛이라 불렀는데 그건 아빠가 멋대로 만든 별칭이었어요. 아빠는 중고생, 대학생이 돼서도 마가렛을 좋아했는데 한 번도 그녀에게 만나자거나 연락을 한 적이 없었어요. 오랜 세월 마치 짝사랑 하듯 지켜보기만 했죠. 훗날 아빠는 초등학교 교사가 됐는데 어느 날 처음으로 마가렛에게 그동안의 과거를 몽땅 고백하고 프러포즈를 했어요. 아빠에겐 역사적이고 떨리는 순간이었죠. 그런데 마가렛은 아빠의 프러포즈를 바로 거절해 버렸어요. 그런데 재밌는 건 그 다음이에요. 마가렛은 아빠의 프러포즈를 거절했지만 딱 하루만 둘이서 여행을 가는 보상안을 냈어요. 대신 여행에서 돌아오는 순간부터 모든 과거사를 잊고 없던 걸로 하자고. 그래서 둘은 단 하루 일정의 여행을 갔는데요, 그 날 밤 마가렛이 제 엄마가 된 거에요."

순간 난 웃음을 터뜨렸다. 그리고 나도 모르게 손으로 그녀의 어깨를 안았다. 그녀가 말을 이었다.

"근데 웃긴 건 그게 아니에요. 아빠와 마가렛은 삿포로의 노천온천이 있는 료칸에서 하룻밤을 보냈는데 다음 날 아침 눈을 떠 보니 아빠는 마가렛 옆에서 숨을 거둬 있었어요. 사인은 급성 심정지였는데 부검을 해 보니 세로토닌 도파민 같은 행복 호르몬이 초과량 검출됐어요. 죽은 사람이 그토록 황홀한 표정을 짓고 있는 것도 처음 있는 일이었대요."

순간 나는 걸음을 멈추고 그녀를 바라보았다. 그리고 지금 말 한 게 다 사실인지 묻고 싶었지만 우선은 통상적으로 놀라운 이야기에 보내는 찬사의 표현부터 던졌다.

"진짜?"

찬사의 표현을 받은 주인공은 이야기를 계속 했다.

"엄마는 나를 낳자 이름을 마가라고 지었어요. 아빠를 기리는 뜻에서... 웃기죠? 가면서 얘기해요."

마가는 내 팔을 끌었다. 나는 무슨 소감을 나타내야 할지 몰랐다. 이야기가 그저 당돌하고 사랑스럽고 신기하기만 했다. 그러다 광장 끝에 다다라서야 한 가지 궁금한 게 떠올랐다.

"근데 아빠의 프러포즈를 받고 마가렛... 마가렛 엄마는 왜 바로 거절을 했던 걸까?"

그러자 그녀는 마치 질문을 기다렸다는 듯이 곧장 대답 했다.

"아빠가 초등생일 때 마가렛이 누구였는지 알아요? 바로 아빠의 담임선생이었어요. 그리고 훗날 두 사람은 같은 초등학교의 동료 교사가 되었죠. 그때 아빠가 프러포즈를 한 거였어요."

순간 감탄이 나와 나도 모르게 손뼉을 치며 웃고 말았다. 그리고 이 이야기가 진짜인지 가짜인지, 웃어야 할 이야기인지 울어야할 이야기인지를 따지기 전에, 묘한 설렘에 사로잡힌 나는 잠시 말문을 잃고 있었다.

광장을 나서고 전철역이 눈에 들어오자 나는 시계를 보며 마가에게 말했다.

"혹시 술 마셔?"

"조금은. 왜요?"

"지금이 열 시 이십 분이야. 저기 편의점에 가서 캔맥주 딱 하나씩 어때?"

"좋아요!"

편의점 선반 위에 캔맥주 두 개를 놓을 때 그녀가 말했다.

"언니 나인 스물아홉이라던데요?"

"맞아. 스물아홉. 그럼 지금 마가렛 엄마랑 둘이 살겠네?"

"아뇨. 저는 남편이랑 살아요."

"남편?"

"비밀인데, 전 결혼했어요."

그러면서 그녀는 진지한 눈으로 나를 쳐다보았다. 그리고 자신의 손가락에 낀 반지를 들어 보였다.

"이건 큐빅도 아니고 진짜 다이아인 걸요. 비싼 거에요!"

그녀는 반지에 박힌 사탕조각 같은 보석을 손가락으로 문지르며 생긋이 웃었다. 나는 허겁지겁 그녀의 나이부터 다시 확인하게 되었다.

"나이가 열 몇 살이라지 않았어?"

"열아홉이에요. 그이는 서른아홉이구요. 저 결혼한 거 정말 비밀이에요."

마가렛의 딸 마가가 이젠 기혼녀라니. 게다가 열아홉 살에! 편의점에 온 게 다행이다 싶었다. 이토록 소녀인지 기혼녀인지 마녀인지 헷갈리는 그녀의 전모와 맞닥뜨리게 됐으니까. 그런데 이때 나는 멍청하게도 전 세계의 모든 기혼자들에게 있어 최고로 몰상식하고 파렴치하며 성탄절 교황의 메시지만큼이나 무의미한 질문을 던져 버렸다.

"결혼생활 어때?"

그런데 뜻밖에도 의미 있는 대답이 들려왔다.

"좀 위험해요."

"왜?"

"늘 행복해서요."

자기를 행복하다고, 그것도 늘 행복하다고 표현하는 데 대해 나는 삼가 겸양을 다하여 말했다.

"그래?"

"결혼식은 올리지 않았어요. 라 언니는 혼자 사시죠?"

"응 혼자."

그녀는 요정처럼 해맑고 얄미운 웃음을 짓고 있었다.

"언니 이름 '라'는 무슨 뜻이에요?"

"그냥. 어떤 약자."

"어떤 약자요?"

그러자 나는 또렷한 발음으로 불러 주었다.

"이샤 이샤라 이샤랄라."

"이샤? 이샤라... 랄라? 무슨 뜻이에요?"

"아내.

"아내?"

"여인이란 뜻도 돼."

그러면서 나는 비죽 웃음을 지어 보였다. 그녀는 잠시 어떤 생각을 하는 듯하다 말했다.

"언니는 저희 카페가 좋으세요?"

"왜?"

"그냥 궁금해서요."

"응 좋아."

"언니 외롭죠?"

맙소사! 저토록 야한 질문을 하다니. 당혹스러웠지만 나는 정신을 바짝 차렸다. 그리고 저토록 〈인간〉을 건드리는 야하디야한 선전포고 같은 질문에 나도 똑같이 선전포고를 했다.

"내가 그렇게 멋져 보여?"

그러자 그녀는 먼저 총격을 가했다.

"아니요. 언니의 모습이 멋진 건지는 모르겠지만..."

그런데 그녀가 쏜 총은 나를 향한 게 아니었다.

"난 언니 모습에 질투가 났어요."

그녀 자신을 향한 것이었다.

"언니는 외로우면서도 외로움 같은 건 자신에겐 비상식적이라며 비웃고 있는 여자 같았으니까요. 난 외로우면 그이에게 막 안겨요. 미친 듯이요."

순간 나는 무기를 던지고 달아나고 싶었다. 나는 손가락 하나로 아무리 두드려도 절대 뚫리지 않을 편의점 유리창문을 통통 두드리며 웃어 보였다.

"나도 미친 듯이 안겨."

그러자 그녀가 호기심으로 동그랗게 눈을 뜨며 물었다.

"누구한테요?"

"기억한테."

"흠... 언니도 뭔가에 안기는군요. 난 남편, 언니는 기억."

그런 대칭이 저속하고 초라한 느낌이 들었다. 난 그 느낌을 지우려 그녀의 십대라는 나이와 남편이란 사람의 그림을 거칠게 떠올렸다. 열아홉 살 부인과 서른아홉 살 남편. 이건 너무 급진적이면서 반동적 행각 아닌가? 그녀는 그렇다 치고 그녀의 서른아홉 살 먹은 남편이란 작자는 대체 어떤 이념으로 고양된 남자이기에 십구 세 어린 아내를 카페 아르바이트로 내보내고 있을까.

잠시 말없이 맥주를 마시다가 나는 그녀에게 물었다.

"그때 삿포로 여행 이후, 마가렛 엄마는 어땠어?"

"처음에 엄마는 나를 임신한 걸 몰랐어요. 여행에서 돌아와서도 한 달 후에야 알았죠. 임신한 걸 알고 엄마는 이미 사망신고 된 아빠와 혼인신고를 했어요. 혼인신고가 사망신고보다도 늦은 거죠. 이후 엄마는 결혼은커녕 남자 한번 만난 적 없이 나를 키우며 살았어요. 지금도 혼자예요. 그래서 나는 엄마를 동정녀 마가렛이라 불러요. 독생녀를 낳으신..."

맥주 한 캔을 다 비웠다. 그러자 마가는 자기 캔맥주를 내게 디밀었다. 자기 입을 대고 마시던 맥주를 허락도 없이 내게 기부해 주는 당돌함과 순수가 설핏 섹시해 보였다.

11시 경, 마가와 나는 헤어졌다. 나는 편의점에 남아 유리창 밖으로 그녀, 마가렛의 독생녀 마가가 떠나는 뒷모습을 바라보고 있었다. 사람이 혼자서 멀리 떠나가고 있을 때의 뒷모습이란 대개 애처로운 감정을 끌어낸다. 그녀는 어둠 속으로 작디작게 사라지고 있었고 나는 그녀의 등에서 소녀의 따뜻한 온기를 느낄 수 있었다. 그 온기는 그녀의 작은 등이 더욱 멀어지고 어둠에 덮여 갈수록 애틋하게 느껴졌다. 그러자 내 시야에 나타난 세상의 모든 사물들이 작고 애틋하게 변해 보이기 시작했다. 순간 온 세상을 포용할 것 같은 천진하기 짝이 없는 오만이 내게서 일어났고, 오만한 나는 세계를 너그럽게 굽어보며 이토록 자상한 관심을 일으킬 수 있었다.

'도대체 저 아이의 서른아홉 살 먹은 남편이란 어떤 놈일까?'

어둠 속으로 마가의 색채가 사라졌다. 나는 편의점 창가에 그대로 선 채 인간의 뒷모습을 떠올렸다. 뒷모습이란 모두가 아름답다. 인간은 가증스럽도록 다른 양면을 가지고 있다. 앞은 존재의 굽힘 없는 당위와 꾸밈과 계획으로 가득하고 떠나가는 뒷모습은 우주 속의 작은 돌멩이처럼 근원적이고 처량하다. 그래서 나는 간혹 마음 약한 여자들에게, 절대로 남자의 뒷모습을 쳐다보며 감상에 젖지 말라고 충고했었다. 그와 작별할 땐 그의 뒷모습을 보지 말아라, 그의 탐욕과 어리석음으로 가득 찬 얼굴만을 상기하라, 남자들 대부분은 필경 자신의 뒷모습이 당신에게 비춰져 당신이 어리석은 바보천치의 애정으로 타오를 것이란 것까지 앞머리로 계산하는 징그러운 놈들이다...

물론 그 여인들의 가여움은 남자의 징그러움을 능가하기에 남자의 뒷모습을 보고야 만다. 그리고 내가 어떻게 하여 저 남자를 사랑할 수 있을까를 연구하게 된다. 언젠가 나는 가브리엘의 여주인에게, 이혼이 합의된 후 마지막으로 헤어질 때 뒤돌아 남편의 뒷모습을 보았는지 물은 적이 있었다. 그때 그녀는 대답했다.

"이젠 전남편이 돼 버린 그의 뒷모습을 보았지. 그가 좀 안돼 보이고 기분이 슬펐어. 그렇지만 이 모든 게 주님의 예정이라고 생각하니 마음이 후련해지기 시작하던 걸."

주님의 예정 앞에서는 우주의 모든 것이 불가능하거나 가능하다. 주님의 예정을 간직하고 사는 가브리엘의 여인은 그러니까 마음먹은 대로 모든 게 다 불가능하거나 가능한 것이다. 예수도 신의 섭리가 매우 모호한 것이라는 교훈을 진즉에 남겼다. 그는 제자들에게 자신이 언제 재림할 것이라는 확실한 날짜를 정해 주지 않았고 오직 재림할 것이라는 예고만을 남긴 체 골고다로 향했다. 그가 델타108번지 전망 좋은 창가에서 생의 마지막 술을 마시고 떠날 때, 내가 본 그의 뒷모습은 당연히 절망적이지 않았다. 그는 〈복귀〉를 전제로 떠났다. 그의 뒷모습은 계획적으로 보였다. 그 계획이 옳건 틀리건 간에.

그런데 그는 여태 오지 않았다.

그는 자신이 언제 올지 모른다는 불확실 때문에 불안해하는 제자들에게 이렇게 말했다.

"비록 내 몸은 떠나나 나는 권능으로 너희들 안에 어제나 거하고 있을 것이다."

언제든 거하고 언제든 관찰하고 언제든 상벌행사도 할 수 있는 존재가 특별히 실체를 드러낸다는 것은 어떤 의미일까. 그는 심판을 하러 온다고 했다. 그런데 인간 개개인에게 시시때때로 가해지는 개별적 심판과 인류 전체에 일시에 가해지는 심판은 어떻게 다른가? 전자는 어리석고 후자는 부질없을 뿐, 평가와 상벌이라는 본질은 같은 것이다. 그런데 그의 견해에 의하면 최후의 심판, 즉 집단적이고 대대적인 심판 돌풍이 휘몰아칠 때에는 죽은 자들도 일어나 모두가 획일하의 심판대에 선다고 했다. 그리고 선택된 자는 천국으로 보내져 더 이상 삶과 죽음의 반복, 윤회의 비극을 경험하지 않고 행복하게 살 것이고 선택되지 않은 자는 이 지상에서 지난한 윤회를 계속하며 고통을 되풀이 하리라고 했다. 기독교도들로선 저 이상 기쁜 일이 없을 것이고 비기독교도인으로선 저보다 엿 같은 일이 없을 것이다.

어쨌든 그는 아직도 나타나지 않았다. 재림을 안 한 것이다. 그는 유대인이 팔레스티나에서 쫓겨날 때도, 중세암흑기에도, 십자군이 사라센인들의 시체로 산을 쌓아도, 바스티유 습격 때도, 다윈이 원숭이의 호적을 찾았을 때도, 베를린의 벽돌 조각이 현금으로 매매될 때는 물론 오사마 빈 라덴과 부시 가족이 온라인 채팅을 하고 있을 때도 나타나지 않았다. 그는 여전히 그의 제자들, 팬들, 목사들의 애타는 기다림 속에 있으며 한편 수많은 모방자들을 배출해 내고 있다. 도시는 발달하고 예나 지금이나 텅 빈 광장에는 텅 빈 영혼을 가진 사람들이 모여 이 정당, 이 정치인, 이 교회, 이 하느님에 열광하고 있다. 그러나 정작 그가 나타나지 않음으로 교회 사업은 지속되며 그가 나타나지 않는 한 사업의 전망은 밝다. 그리고 아직도 재림을 않는 예수의 '모호함'이 견고할수록 사람들은 그에 대해 더욱 경외심을 갖는 것이다. 그러니 예수의 예견은 옳았던 것이다. 그는 후세를 손바닥 보듯 알고 있었다.

어쨌거나 그는 여태 오지 않고 있다. 그런데 행여 그가 온다 한들 사람들 앞에서 무슨 표정을 지어야 할지 무척 걱정스럽다. 수많은 기독교도를 위시하여 회교도, 도학자, 다원주의자, 샤먼, 이 행성의 모든 군중들이 그를 바라볼 때 그는 얼마나 민망할까? 저들에게 선뜻 무엇을 어떻게 해 줘야 할지 뾰족한 답을 못 찾고 답답해하지 않을까? 그리고 그는 군중들에게, 그렇게 내게 뭘 잔뜩 원하는 눈초리로 쳐다보느니 차라리 유대인처럼 십자가에 못 박아 주는 게 더 견디기 쉬운 일이라 호소하게 될 지도 모른다. 그는 지금 자신이 지지했던 모호함 속에 은거하며 나타나지 않는 것이리라. 그럴 수밖에 없을 것이다. 그는 저 수십억의 이교도들을 한꺼번에 불살라 버릴 폭군이 아니기 때문이다. 그는 사랑을 주제로 강연하면서도 강연장에 들어오지 않은 자들은 지옥에 처박힐 거라 폭언을 한다거나, 나로 말미암지 않고는 하느님에게 갈 수가 없다는 독선을 부리기도 했으나 그런 건 본심이 아니었다. 그런 건 유독 답답하고 화가 났을 경우 사람들에게 던지는 짜증에 불과했다. 그리고 그런 소리를 하고 나면 그는 금방 후회했다. 후회할 때 그는 여러 날 식음을 끊고 뼈아픈 자성 속에 기도를 드렸을 뿐, 나중에 사람들을 붙들고 자기가 한 말에 대해 구질구질하게 해명이나 번복 같은 걸 하진 않았다. 성격이 그랬으니까. 그의 장기는 독설이 아니라 역설이었다. 그는 유난히 역설을 즐겼다. 그의 수많은 역설들은 베드로 같은 천진한 어부나 당시의 무식한 사람들을 감동시키기에 충분했고 그들의 혼을 흔들고 깨웠다. 한데 그가 애초부터 심판이니 지옥이니 하는 따위의 유치한 소리로 사람들에게 겁을 주는 대신, 바다 건너 피타고라스나 어린 시절 동아시아를 유랑하며 배웠던 고타마처럼 점잖게 존재론을 강설하는 데 중점을 뒀다면 우선 그 자신이 편안하게 만년을 보냈을 것이고 지금의 교회는 훨씬 성숙하고 세련되어졌을 것이다. 그리고 사람들은 로마 형틀에서 죽어가는 그의 육신이 아니라 우주를 관측하는 그의 시선을 배우게 되었을 것이다.

한데 안타깝게도 당시의 그는 그럴 형편이 아니었다. 밀을 심고 기르며 수확을 기다리는 여유 대신 당장 밀을 사 버려야 했다. 사람들이 오랜 시간 공을 들여 스스로를 구원하도록 인도하는 것보다는 당장 그 자신을 제물 삼아 세상의 영혼들을 일거에 계약해 버려야 했다. 즉 이 길은 천국이요 저 길은 지옥이라는 한심한 선전 같은 것을 마다할 수가 없는 입장이었던 것이다. 그는 당시의 미개한 사람들에게 가르칠 표현의 한계, 진실의 한계가 있음을 항상 안타까워했다. 그가 한번은 나마라 언덕에서 밤하늘의 별을 보며 내게 말한 적이 있다.

"진실로 이 땅이 지옥이야. 저 별들을 봐. 저기도 당신과 나 같은 사람들이 수없이 살고 있어. 저들은 욕심도 없고 고통도 없이 영원히 평온을 누리며 산다네. 그런데 우리가 사는 이 땅은 처형장이라 할 수 있지. 원래는 이럴 장소가 아니었는데 태고부터 괴로운 영혼들의 장소가 돼 버렸어. 내 아버지께선 이 곳에서 천 년 만 년 고통 받는 영혼들을 구하고 싶어 하신다네. 그래서 내가 온 거지."

그리고 그는 십자가를 졌고 지난 2천 년간 나타나지 않았다. 그런데 행여 그가 다시 온다 해도 걱정이다. 그가 어떻게 실제로 나타나 실제의 육성으로 저 카페 가브리엘의 여주인 같은 인물을 나의 친애하는 사도라고 부른단 말인가. 2천 년 전, 내가 그에게 세상 사람들을 구원하는 거 말고 다른 것도 해 볼 생각은 없냐고 묻자 그가 대답했다.

"내게 구원 말고는 모두 시시하다네."

세상을 구원하는 것 외엔 모든 게 시시한 남자와 그 남자를 따르던 남자들을 나는 생생히 기억한다. 특히 최후의 저녁식사 자리는 내가 그들 모두와 함께 하였던 마지막 밤이었기에 특히 잊을 수가 없다. 그 날 밤, 천지창조 이후 최대의 과업을 실행한다는 그들의 모습은 사명감 보다는 싸늘한 불안이 에워싸고 있었다. 당연하겠지만 그들의 불안이란 자기들 모두에게 닥칠지 모를 죽음의 공포, 그들이 내건 가치에 대한 미심쩍음, 그 두 가지였을 것이다. 그들은 신과 도박을 하는 심정이었다. 그런데 거기서 가장 우직한 모습을 보이는 자는 베드로였다. 그는 예수에게 제시한 피신 계획이 일언지하에 거절되자 바다의 사나이답게 더 이상 딴 궁리 따윈 하지 않을 것이며 이제부턴 스승이 원하는 팀워크에만 충실하겠다는 결의를 급속히 다지고 있었다. 그리고 목적의 성사 여부나 그것의 의미 평가는 자기가 책임질 문제가 아니라는 단순한 생각으로 돌아서고 있었다. 그래서 그는 더 이상 사고하는 머리를 필요로 하지 않았고 이후부터 술은 그의 인생에 있어 삶의 온당한 방법이 되어 갔다. 그는 스승을 세 번 부인할 것이라는 스승의 예언이 맞아 떨어지던 날 밤 이후 닭고기를 끊었으나 술은 하루도 안 빼고 마셨다.

내가 끊임없이 재고해 오고 절망해 오고 슬퍼해 온 것이 그것이었다. 그와 그의 제자들, 그들은 결국 무엇을 얻었던가? 신이 그들을 선택했던 것일까? 그들이 신을 선택했던 것일까?

귀가했을 때, 시각은 자정께였다. 오피스텔 입구에 들어서자 현관의 불들은 모두 꺼져 있고 수위실의 수위는 소리 없이 화면만 켜진 TV를 앞에 두고 졸고 있었다. 나는 그를 깨우지 않기 위해 조심조심 걸어 엘리베이터 앞에 다가섰다. 이윽고 1층에서 엘리베이터의 문이 열리자 엘리베이터를 탔다. 그때 졸고 있던 수위는 눈을 뜨고 나를 본 것 같다. 온종일 때 낀 수족관 같은 수위실 안에서 오가는 사람들을 바라보는 게 일인 그는 최근에 와서 맨 마지막 출입자로서 나를 보게 된다. 오늘도 그는 나를 보았으니 이제부터 안심하고 잠에 빠질 것 같다.

엘리베이터가 9층에서 멎고 문이 열렸다. 컴컴한 복도에 엘리베이터 빛이 사각으로 비춰지고 그 가운데 내 그림자가 나타났다. 나는 복도를 지나 나의 방 철문에 붙은 번호판에 일곱 개의 비밀번호와 샤프를 누른다. 그러자 어둠 속에 금속의 마찰음이 울리고 문이 열린다. 실내등을 켠다. 환한 공간 하나가 자궁처럼 나타난다. 온라인쇼핑으로 구매한 듯 규격이 일정하고 검증 된 자궁이다. 나는 자궁 앞에 우두커니 서서 내가 가장 최근에 본 자의 모습을 다시 떠올린다. 1층 수위실의 남자, 아무 의지도 감정도 없는 남자가 인기척을 듣고 졸음에서 눈을 뜨는 얼굴. 세상 무엇에도 감응하길 포기한 열반의 존재가 일부러 단잠을 유보하고 의무적 습성으로 눈을 뜨는 행위는 차라리 잠을 계속 자 버리는 행위보다 부조리하다. 나는 그의 부조리를 교사한 마귀다.

나는 코트를 벗어 침대에 놓고 윗도리와 바지의 단추를 푼다. 육체, 나는 아무 방해 없이 천연으로 드러난 나의 육체를 느리게 훑어보며 거울에 비춰 본다. 비루한 짐승 한 마리가 거울에 나타난다. 〈나〉라는 존재의 정체가 바로 이 원소였다. 나는 담배를 찾는다. 담배를 피워야 하는 순간이다. 육체의 목격은 나를 구역질나게 한다. 육체는 하나의 이율배반 덩어리, 번식의 지옥을 여행하는 영혼들이 부리는 눈 먼 노예다. 매일 이 시각쯤 불을 붙여 마시는 식물의 향은 안개처럼 퍼지면서 허공에서 사라진다. 나는 그 향기를 맡으며 나라는 존재의 비리를 바라본다. 담배연기는 갖가지 형상으로 움직이다가 소멸한다. 그는 스스로 고독하다고 말하는 법이 없다. 그는 조용히 무無가 될 뿐이다. 그는 정문 수위의 영혼처럼 무결하다. 나는 뭘 증언하듯 혹은 위증하듯 내 가슴을 받쳐 거울에 비춰 본다. 나의 여성이 보인다. 그 역시 파렴치함과 숭고함이 동시 존재한다. 보호받고 사랑받도록 기획된 이 가슴, 또한 보호하고 사랑하도록 강요된 이 가슴. 어쨌거나 여성의 가슴은 어떤 기다림의 형상을 하고 있다. 그녀는 오직 사랑스럽고 이기적이며 그 어디에도 원칙이란 없다.

슬프고 구역질이 난다. 담배 연기가 허공에서 시간마저 정지시켜 버렸다. 오늘 들었던 마가의 말이 협박처럼 굴러온다.

'언니는 외로우면서도 외로움이 자신에게 비상식적이라며 비웃고 있는 여자 같았으니까요. 난 외로우면 그냥 그이에게 안겨요. 미친 듯이요.'

나는 창문을 열어 바깥의 찬 공기를 들어오게 한다. 그러자 무겁게 늘어져 있던 커튼이 모처럼 바람을 맞아 날리기 시작한다. 나는 불을 끄고 커튼을 완전히 열고 건너편의 오피스텔을 본다. 새벽 1시가 넘었지만 대부분의 창들은 불이 켜져 있다. 나는 건너편 오피스텔을 1층부터 세어 올라간다. 그리고 나와 같은 층인 9층의 한 방을 발견한다. 그곳엔 역광 탓에 잘 드러나진 않지만 한 여자의 상체가 보인다. 그녀는 아래쪽 차도에 서 있는 한 사내에게 손을 흔들고 있다. 역시 차도의 그 사내도 손을 흔든다. 나로부터 약 20미터 쯤 떨어진 곳에 그녀가 있지만 나는 그녀의 귀에 박혀 반짝거리는 귀걸이도 볼 수가 있다. 사내가 택시를 잡아타고 떠나자 그녀는 창에서 물러나 방의 안쪽으로 간다. 그리고 거울 앞에서 귀걸이를 풀고 머리카락에 손가락을 쑤셔 흔들더니 콧구멍을 후비기 시작한다. 아마 그녀는 자신이 붙잡혀 있는 어떤 방식이나 이데올로기에 의심이 들었을 것이다. 아니면 너무나 콧구멍이 가려웠거나.

나는 창문과 커튼을 닫고 욕실로 간다. 알몸으로 서서 온수 레버를 튼다. 하얀 수증기와 뜨거운 물이 터져 나온다. 차갑게 식었던 나의 육신이 부활한다. 감춰놨던 모략이 드러난다. 그래봐야 한낱 흙일 뿐. 신은 상상력은 빈약했지만 호기심이 넘쳤기에 흙으로 원숭이를 만들지 않을 수 없었다. 그의 흙장난은 한 가지 선고로 완성되었다.

"너는 흙이니 흙으로 돌아 갈 것이다"

예수가 부르자 죽은 지 사흘 만에 무덤에서 기어 나온 나사로Lazarus 를 보고 경악한 사람들은 일제히 물었다. 천사나 악마를 만났는가? 천당이나 지옥을 보았는가? 심판을 받았는가?

그러나 나사로는 울적한 표정으로 아무 대답이 없었고 사람들을 피하기만 했다. 하지만 사람들의 추궁이 거세지자 하는 수 없이 실토를 했다.

"천국도 지옥도 천사나 악마도 보지 못했습니다. 다만 나는 어둠 속에서 하얀 빛을 따라 가고 있었습니다. 그리고 간절히 기도했습니다. 원컨대 절대 이 세상으로 되돌아가지만 않게 해 달라고요. 그런데 보다시피..."

나사로는 절망 속에 오열했다. 예수가 죽은 사람을 더 이상 살리지 않기로 한 게 그때부터였다.

샤워기의 뜨거운 물줄기가 내 몸을 덮는다. 나는 눈을 감는다. 천국 지옥 천사 악마 따위가 전부인 이 피곤한 세계에서, 나는 뜨거운 물에 나를 녹여 나사로처럼 편안히 죽어 본다. 그렇지만 죽었다 회생 했을 때, 나사로는 슬피 울었지만 나는 얼음 채운 아이리시 위스키를 들이키며 비겁하게 신을 찬양할 것이다.

태양이 검게 변하고 땅이 흔들렸다. 이어 검붉은 색채의 기묘한 어둠이 깔려 왔다. 대기와 대지의 갑작스런 이상변화에 사람들은 소요했고 개중엔 미친 듯 울음을 터뜨리고 절규하는 사람들도 있었다. 사람들은 온 우주로부터 버림받은 듯 미쳐가거나 창백한 얼굴로 언덕을 도망쳐 내려갔다. 대기의 온도 역시 뜨거운 열기에서 한기로 급속히 변해 갔다. 시간이 갈수록 사람들도 대부분이 떠나고 빈 언덕엔 그를 아는 몇몇 여인들과 로마 군병들만 남아 있었다.

그는 생각할 힘도 없이 지쳐 있었다. 그는 자기 심장의 고동이 점점 멎어 가고 있다는 걸 느낄 뿐 아무 생각도 감정도 없는 무아지경에 들고 있었다. 그리고 겨우 남은 생명으론 검게 꺼져 가는 태양을 응시할 뿐이었다. 남아 있는 여인들도 점점 그를 바라보는 눈에서 눈물이 말라 가고 있었다.

무아지경. 모든 의지와 관념이 떠난, 사랑도 증오도 존재하지 않는 세계로 그는 빠져가고 있었다. 간혹 그가 마지막으로 외쳤던 말, "엘리 엘리 라마 사박다니Eloi Eloi lama sabachthani"라는 소리가 꺼져 가는 태양의 비명처럼 뇌리에 떠오르기도 하였으나 그는 이미 현실세계를 벗어나고 있었다. 로마군 사형 집행관은 아직도 숨이 남아 있는 그를 쳐다보더니 지겨운 듯 길게 한숨을 내쉬었다.

노을이 지기 시작했다. 이때 석양을 등지고 몇 마리의 독수리 떼가 이쪽으로 날아와 십자가 위의 하늘에서 빙빙 선회를 하였다. 그러더니 독수리 떼는 한 마리씩 순차적으로 급강하해 그의 눈앞을 위협적으로 스치다가 다시 급상승하는 것을 반복하였다. 그는 방금 눈앞에 어른거렸던 시커먼 독수리들을 시선으로 따라가다가 독수리들이 자기 머리 위에서 선회하는 광경을 물끄러미 바라보았다. 이때 한 마리의 독수리가 강하해 그의 왼손이 박힌 십자가 한끝에 내려앉았다. 그리고 그 독수리는 죽어가는 자의 찢기고 보잘것없는 육체를 조롱하듯 노려보더니 그의 손을 물어뜯기 시작했다. 그러자 아직 살아 있는 그는 자신의 살점이 뜯기는 감촉이 느껴졌는지 손을 까닥거리기도 하고 작게 신음을 내기도 하였다. 독수리는 십자가 끝에 선 채 고개를 아래로 구부려 그의 손을 뜯고 있었는데, 고통을 느끼던 그는 갑자기 기적 같은 힘을 내어 그 독수리의 모가지를 낚아챘고 노한 얼굴로 그 독수리를 쳐다보았다. 그러니까 손에 못이 박힌 상태에서 손이 떨어질 만치 무서운 힘으로 독수리의 목을 움켜잡은 것인데 독수리는 미친 듯 푸드덕거리며 비명을 지르기 시작했다.

이때 누군가가 언덕 위로 달려오고 있었다. 그는 머리털을 완전히 밀어 반들반들한 두상에 남자 같기도 하고 여자 같기도 한 자였는데 몸에는 처음 보는 괴상한 옷을 걸치고 있었다. 언덕 정상으로 뛰어온 그는 가쁘게 숨을 몰아쉬더니 십자가의 사내, 독수리의 모가지를 비틀어 쥔 사내를 향해 외치는 것이었다.

"놓아 주세요! 그걸 놓아 주세요!"

그 목소리를 듣자 비로소 그가 남자란 걸 알 수 있었는데 로마군 집행관은 칼을 뽑아 들고 그에게 다가갔다. 그리고 그의 괴상한 외양을 훑어보며 말했다.

"넌 누구지?"

그러나 그 괴상한 사나이는 집행관의 말에 아랑곳없이 예수만을 애타게 바라볼 뿐 또 다시 외치기 시작했다.

"죽이지 마세요. 놓아 주어요!"

이때 화가 난 집행관은 그의 얼굴에 칼을 들이댔다.

"어디서 온 누구냐니까! 이 지방 사람은 아닌 것 같은데?"

그래도 그 사나이는 예수의 얼굴만을 애타게 바라보았다. 이때 예수는 사나이의 눈을 지그시 응시하더니 손가락을 펴 그 독수리를 놓아 주었다. 그러자 독수리는 미친 듯 퍼드득거리며 땅으로 곤두박질하다가 가까스로 날아오르기 시작하였다. 그걸 본 사나이는 비로소 안도의 미소를 짓기 시작했다. 그리고 그때서야 사나이는 집행관을 응시했다.

"말해도 당신은 모를 것이오. 난 먼 나라에서 온 사람입니다."

그러자 집행관은 어리둥절한 얼굴로 언덕에 남아 있는 사람들과 십자가를 빙 훑어보더니 다시 그 사나이를 쳐다보았다.

"먼 나라? 어쨌든 괴상한 녀석이구나. 네 이름은 무엇?"

"난 마리타라는 사람이오. 실론에서 왔지요."

"실론? 그곳도 로마 황제의 영토인가?"

"아니오, 그렇지 않소. 로마와는 먼 곳이오. 난 실론에서 태어났지만 마우리아 왕족의 십삼 대 후손이고 현재는 아비달마 불단의 수도승이지요."

집행관은 처음 듣는 이상한 소리에 고개를 갸우뚱하더니 다시 묻기 시작했다.

"근데, 여긴 왜 왔지?"

"저 이를 돕기 위해 왔지요."

"누구, 저 자?"

집행관은 십자가를 가리키며 말했다.

"넌 저 자를 아나?"

"지금까진 알았지만 앞으로는 모를 것이고 앞으로는 알겠지만 전에는 몰랐던 사람이오."

집행관은 머리를 갸우뚱하더니 그에게 윽박질렀다.

"이런 미친 녀석! 꺼져라!"

그러나 그는 집행관의 말대로 꺼지지 않고 가만히 그 자리에 서서 십자가의 예수를 응시하고 있었다. 그의 눈은 마치 예수를 사모하는 듯 감동이 담겨 있었다. 이때 집행관은 칼을 다시 들어 그의 목에 들이댔다. 그런데 순간 십자가에서 도무지 믿어지지 않는 웅혼한 음성이 들려왔다.

"그를 해치지 마시오. 놓아 주시오!"

집행관은 놀란 얼굴로 십자가 쪽을 바라보았다. 그러더니 그는 갑작스레 최면에 걸린 사람처럼 표정이 굳었고 겁먹은 얼굴이 돼 칼을 거두며 물러났다.

그로부터 마리타와 예수, 두 사나이의 눈은 오래도록 서로를 바라보고 있었다. 예수는 마리타에게서 눈을 떼지 않았고 마리타도 예수에게서 눈을 떼지 않았다. 그들은 보이지 않는 영혼으로 대화를 나누는 것 같았다. 그들은 서로 바라보며 고개를 끄덕이기도 하고 감회에 젖기도 했다. 그들은 오랜만에 만나 서로에게 이야기를 전하는 옛 친구 같았다.

해 질 무렵의 어둠이 언덕 위로도 깔려 왔다. 십자가 위를 선회하던 독수리 떼는 폭을 넓혀 두 사나이를 감싸듯 큰 타원을 그리며 선회하더니 어디론가 날아가기 시작했다. 그때까지도 두 사나이는 서로에게서 눈을 떼지 않았다. 그들은 영혼으로 교감하고 있었던 것이다.

어느덧 예수가 엷은 미소를 마리타에게 보내자 마리타는 그에 대한 응답인 듯 천천히 고개를 끄덕였다. 그러자 예수는 마리타가 보는 앞에서 서서히 눈을 감았다. 비로소 그의 숨이 멎는 것 같았다.

어둠이 깔린 골고다를 내려오면서 마리타는 나직이 중얼거렸다.

'그는 죽지 않았어. 명이 끝난 게 아니지.'

내가 잠에서 깨어난 건 아침 9시였다. 새벽에 아이리시 위스키를 서너 잔 마시다 잠이 들었다. 마지막 잔을 마실 때 무슨 생각을 어떤 형태로 하다가 잠이 들었는지 기억이 나지 않는다. 더욱이 내가 '무엇'이었는지는 더욱 기억이 나지 않는다. 독한 술이라는 건 신이 승인한 묵상의 도구일 뿐 아니라 신의 승인이 필요 없는 묵상의 도구이기도 하다. 사라의 성에서 가진 마지막 만찬에서 예수에겐 집중이 필요했다. 집중을 위해 묵상이 필요했고 묵상을 위해 여러 잔의 독주가 필요했다. 그는 취하지 않았다. 다만 얼마 안 있어 찢겨나갈 자신의 육체를 숨 가쁘게 녹여 제 영혼의 권약을 향해 한없이 바쳐 올리고 있었다.

충분히 잠을 자고 일어났으나 심신이 가뿐하지 않다. 무려 네 시간을 잤는데 이 모양이다. 늘 잠에서 깨면 일정한 현기증이 있고 일정 시간 동안 인생을 사는 방법을 상실하고 일정한 그 유령, 나는 누구인가 어디서 왔는가 왜 여기 있는가- 의 방문을 맞게 된다. 난 우두커니서서 일정한 현기증이 사라질 때까지, 상실된 삶의 방법이 다시 떠오를 때까지, 방문한 유령이 떠날 때까지, 오로지 기다린다. 그건 오래 걸린다. 대체적으로 서 있는 시간이 많지만 도로 침대에 눕거나 현관문 밑에 디밀어져 있는 신문을 주워 보기도 한다. 하지만 주워 온 신문을 그 자리에서 읽어 본 적은 없다. 현기증이 있는 데다 삶의 운영 체계를 망각한 자가 신문을 본다 한들 그 활자의 의미를 소화시키지도 못할 뿐더러 괜히 일상 세계의 고단함만 누적될 게 틀림없기 때문이다.

정오다. 태어나자마자 인생의 비애에 빠진 갓난아기처럼 정오가 되자마자 허기가 느껴진다. 배가 고프다는 것, 이건 굴욕적인 현상이다. 이러니 매일 굴욕감으로 삶은 시작된다. 젠장, 그렇다. 신은 모든 동물들이 배고픔을 느끼도록 태엽을 감아 놓음으로써 물리적 굴레를 못 떠나게 만들어 놓았다. 그러므로 누구나 저 물리적 굴레를 벗지 못하는 한, 신이라는 설계자에게 평생 아첨의 기도를 드릴 수밖에 없는 형편인 것이다. 사랑이든 욕망이든 사랑 아닌 것이든 욕망 아닌 것이든, 이런 것들은 모두 배고픔의 다른 얼굴에 불과하며 모두가 물리적 굴레를 이루는 태엽장치다. 그러니 인간이 신에게 나아가려면 이미 정해져 있던 자신의 패를 다 던져 버리고 갠지스 강의 게으름뱅이처럼 먹지도 마시지도 않은 채 살레카나Sallekhana를 결행하거나 〈번식〉이라는 공갈에 속지 않는 게 유용하리라.

　　정오는 모든 사람들이 밥을 먹는 시간이다. 이 시간대에서는 직장이든 가정이든 혹은 군부대든 감옥이든, 같은 공간 내의 동료나 원수들까지도 동류의식으로 하나가 된다. 허가된 사료를 똑같이 먹기 때문이다. 사자 새끼들도 그렇다. 어미가 물어온 얼룩말을 뜯어먹으며 혹 앙앙거리긴 하더라도 평소 숙변처럼 굳어 있던 논란이나 신경전을 잠시나마 놓는다. 자신을 언제 제거해 버릴지 모를 위대한 우주가 제공하는 은총 넘치는 사료는 사람이나 바퀴벌레나 모두에게 에너지 공급과 동시에 근거는 빈약하지만 행복감에도 젖게 해 준다. 그들은 자신의 사료를 찾아가면서, 오늘도 자신의 태엽은 물리세계에서 이탈 없이 작동한다는 사실에 고무된 나머지 이렇게 절규하는 것이다.

　"내가 맛있는 식당을 알아!"

　　약동하는 시간이다. 사람들은 떼 지어 사료를 향해 간다. 역시 허기를 느낀 나는 냉장고에서 샐러리를 꺼내 냄새를 맡는다. 이 역시 위대한 대자연의 모습이다. 배고픈 동물이 먹이의 냄새를 맡아 보는 행위. 샐러리의 냄새는 미실거리지 않고 싱그럽다. 나는 샐러리와 관련된 조리재료들을 꺼낸다. 샐러리를 썰 칼, 샐러리를 담을 접시, 샐러리 위에 얹을 콩, 샐러리에 뿌릴 샐러드유, 샐러리와 함께 마실 물. 이로써 굴욕적인 식사 준비는 끝난 것이다.

　　먹는다. 숭엄하고 아름답다. 어린 양들을 쉴 만한 물가로 인도하는 선한 목자는 오천명분의 생선과 빵을 준비하지 않으면 안 되었던 것이다.

　　나는 〈고기〉라 불리는 동물의 사체를 먹지 않는다. 사실 샐러리도 먹어서는 안 된다는 것을 알고 있다. 샐러리나 콩도 돼지나 나비처럼 먹고 자고 섹스 하는 생명체이며 저마다 부모형제 처자식이 있기 때문이다. 내가 저들의 남편이나 아내를 먹는다는 것은 망상 때문이다. 삶은 굴욕이다. 자존심은 압류된다. 나는 남의 생명, 남의 자식과 남편을 씹어 삼킨다. 압류된 자존심은 내력을 잃고 호도되며 결국 사멸해 버리고 만다. 내가 살아오는 동안 매일 잠에서 깨어나면 행하게 되는 굴욕적인 본능이 바로 남의 생명을 먹는 행각이다. 그런데 식사를 항상 혼자 하는 탓에 식사하는 다른 사람을 보지 않아도 되는 건 다행(정확히는 여러 다행 중에서도 최고 다행)이다. 인간을 포함하여 모든 동물들의 모습 중 뭘 먹고 있는 것처럼 딱해 보이는 모습이 있을까? 호모사피엔스를 위시한 짐승들은 무얼 위해 그토록 남의 처자식들을 먹어대는가?

11월의 태양은 남편의 외도를 오랫동안 묵과해 온 불혹의 여자처럼 깊고 불안해 보인다. 그런 여자의 반투명 피부빛깔 같은 햇빛이 혼자서 오후를 맞는 내 공간에 들어와 내게 말한다. 이제부턴 뭘 먹을 때 화장을 좀 해 보겠어? 그게 먹이에 대한 예의일 수도 있어. 어쩌면 감사기도 같은 것일 수도 있고. 무엇보다 자기 자신에게 기분 좋은 일일 거야. 물론 가소로워 그런 짓 않겠지만...

나는 굴욕적인 생명체 먹기를 끝낸 후 또 다른 생명체를 끓인 차를 마신다. 그런데 갑자기 귓속이 참을 수 없이 가렵다. 동시에 갈증이 난다. 나는 창가에서 일어나 면봉이 있는 욕실에 들렀다가 생수가 있는 냉장고로 떠난다. 태엽이 돈다.

난 화장을 한 적이 없고 할 생각도 없다. 내가 누군가를 먹든 누군가에게 먹히든.

기온이 많이 내려간 것 같다. 바깥에는 바람이 불고 기온은 높아야 섭씨 0도나 될 듯싶다. 후회나 소망 같은, 〈시간〉을 도구로 한 사기극의 범람을 어느 정도 진정시켜 놓기 좋은 온도다. 아마 저녁이 되면 기온은 더욱 떨어질 것이다. 머리카락이 쳐질 만치 아주 조금 우울하지만 다행히 생리통이 가라앉기 시작한다. 생리통이 심한 여자일수록 마음씨 어진 남자와 결혼한다는 예수의 말을 기억한다. 그렇다면 생리통이 심한데도 결혼하지 않고 독신으로 살다 죽는 여자는 신의 위로를 걷어 차 버린 거냐는 내 물음에 예수가 대답했다.

"생리통에 대한 신의 위로는 어진 남자가 아니라 젊음이라네. 생리통이 심한 여자일수록 잘 늙지 않고 특히 음성이 맑지."

생리통이든 어진 남자든 저녁에 난 외출 할 것이다. 행운인 게 틀림없는데, 난 여자 혼자서 술을 마실 수 있는 장소를 알고 있다. 남 시선 의식하지 않아도 홀로 어떤 표정과 태도로든 마실 수 있는 곳으로, 눅눅하게 썩은 통나무 바가 있는 생맥주 집이다. 내 오피스텔에서 몇 블록 걸으면 나오는 그 생맥주 집의 주인은 79세의 노파다. 나보다 정확히 50년을 더 산 생명체다. 그 집은 손님이 거의 없고 가끔 근처에 사는 노인네들이 홀 한편에 귀신들처럼 모여앉아 옹알거리는 시간을 갖곤 한다. 그 곳 주인 노파는 한때 군 지역에서 여러 접대부를 데리고 술집을 한 적이 있었다고 한다. 결혼한 적도 없고 가족도 없는 그 노파는 늘 담배를 피우고 있고 매상에 신경을 쓰지 않는다. 노파는 내게 자기를 언니라고 부를 것을 강요한다. 간혹 그 집에 동네 노인들이 모여 있을 경우 난 편의점에서 담배나 초콜릿 같은 걸 사서 그들에게 드린다. 그러면 네 노인이면 네 노인 다섯 노인이면 다섯 노인, 노인들 모두가 나에게 고맙다고 하는 게 아니라 손녀처럼 어린 새파란 것이 딴 게 아니라 담배나 초콜릿을 진상하는 모양이 참 기이하다는 투로 쳐다본다.

나는 그곳을 좋아한다. 노인이란 편안한 생명체다. 산전수전 다 겪고 늙을 대로 늙어 버린 만큼 첫째는 고요해서 좋고 둘째는 경계 감각이 무뎌서 좋고 셋째는 세상에 대한 논평들이 무의미해서 좋다.

그 생맥주 집은 간판이 〈젠 타로〉이다. 이전에 타로 점을 보는 작은 커피숍이었는데 생맥주집을 연 주인 노파가 새 간판을 달지도 않고 이전 간판을 그대로 방치해 놓은 탓이다. 그 곳 주인 노파는 언제나 입술에 빨강색 립스틱을 바르고 있다. 그래서 난 그 노파가 귀엽고 존경스럽다. 그건 지구 생명체의 나이 79를 찍은 여자의 주름진 얼굴에 핏자국 같은 립스틱을 바르는 여인의 본성이 귀엽고, 노구를 아랑곳 않고 그 빨강색 입으로 손님을 향해 한껏 미소를 보내는 프로페셔널리즘이 존경스러운 것이다.

"아니, 이게 누구셔. 어서 와. 핼쑥한데?"

"너무 오랜만에 왔네요. 꽤 추워졌죠?"

"하도 안 오길래 시집을 갔나 했지. 라 감독이 소리도 없이 시집을 가면 배신자라 할려구 하고 있었어."

난 바아가 끝에서 주방 쪽으로 굽은, 홀에서 잘 보이지 않는 위치에 앉는다. 늘 그곳이 내 자리이다. 주인 노파는 성냥을 그어 담뱃불을 붙인다. 그리고 나를 보며 두 눈을 끔벅거린다. 노파는 자신이 말 할 농담과 진담, 둘 중 하나를 고를 때는 항상 두 눈을 끔벅거리는 버릇이 있다.

"라 감독은 올겨울 지나면 몇이 되더라? 요즘 자꾸 뭘 잊어버려... 죽을 때가 됐어."

"서른이죠."

그리고 난 장난스럽게 묻는다.

"언니는 올겨울이 지나면...음..."

"귀신 나이는 알아서 뭐해."

"언니부터 시집을 가셔야 저도 따라 가지요."

노파는 주문하지도 않은 건포도를 내온다. 그래서 나는 원래 예정했던 맥주 대신 와인을 주문한다.

"와인? 오늘도 혼자 그걸 다 마시게?"

"와인은 안 취해요. 근데 오늘은 오시던 어른들이 안 보이네요? 추워서 다들 집에 계시나 봐요?"

"그게 아니고, 할망구 하나가 병원에 입원 했다네. 저 앞에 있는 병원. 다들 거기 갔지."

"모두 다요?"

"그럼. 그 양반들이야 노상 함께 다니니까."

나는 그 노인들이 늘 앉아 있던 테이블을 본다. 지금 그곳은 비어 있다. 기억에 늘 비슷한 모양새로 존재하던 그들이 안 보이자 텅 빈 현장이 낯설다. 어쩌다 관념과 현실의 차이가 차갑게 닥쳐오고 정신마저 멍해지는 날, 이런 날은 대개 예상치 않았던 사건이 생기거나 예상했던 사건이 물 건너가곤 한다. 그게 내 징크스 중 하나다.

이 어둡고 고요한 홀 안에서 나는 잠시 내 정신에 대한 집착에서 벗어나 물끄러미, 노인들이 없는 텅 빈 자리로, 내 기억과 현실 사이에 벌어진 균열에 시선을 방류해 본다. 노인들은 없다. 그들이 보이지 않으니 주인 노파의 담배와 화장냄새가 더욱 강하게 느껴진다. 나는 어디론가 몰려간 노인들을 생각해 본다. 저 노인들은 그래도 이 도시에서 복된 일상을 살고 있는 것 같다. 늘 친구가 있고 넉넉한 잡담거리와 흥 볼거리가 있으니 만족스러울 것이다. 그러나 상당수 도시의 노인들이란 농어촌의 노인들과 달리 황혼기의 고독을 처절히 체감하며 살 수밖에 없을 것이다. 왜냐하면 농어촌의 노인들은 늙어 경제활동을 못하게 되면 자연히 그 사회의 자문이요 원로로서 자리를 갖게 되지만 도시의 노인들은 존재가치를 잃게 된다. 그래서 도시는 시골이라면 꿈도 못 꿀 일을 노인들에게 하게 한다. 가령, 평소에 아들 부부로부터 소외 받으며 살아가던 노인이 어느 날 아들 부부가 외출한 틈을 타 아들 부부의 방을 구경하게 되었는데 우연히 며느리의 지갑이 있기에 호기심에 그 지갑을 한번 열어 본다는 것이 하필 그때 나타난 손자에게 들켜 버렸고 그러자 그 노인은 얼마 못 가 자살을 해 버렸다는 얘기라든가 독거노인이 몸도 쇠약하고 연명할 길이 없어 수십 년 굳은 얼굴에 화장품 다시 찍어 바르고 포주노릇을 하며 살았다는 얘기는 도시와 노인의 관계를 다시 생각하게 한다. 그러나 이처럼 함께 모여 옹알거리고 몰려다닐 수 있는 터전과 조직이 형성된 노인들에게는 한 가지 즐거운 업무마저 주어져 있을 것이다. 그것은 누가 죽거나 태어나는 경조사가 있을 시, 함께 몰려가 그 행사에 참여함으로써 인간사의 근간을 밝혀 주고 거기에 인생 원로로서의 고전적인 논사를 얹어 주는 일 등일 것이다. 즉 이런 노인들이란 신문사의 비상근 논설위원과 같은 존재들이다. 인생을 80년씩 살아 낸 자들의 여유. 그들에겐 미래에 대한 공포가 없을 것이다. 단지 과거를 가지고 놀 뿐. 그러므로 적어도 겉으론 서로 쥐어뜯고 싸우는 일도 없을 것이다. 그들은 암자의 수도승처럼 무불통지하며 자유로울 것이다.

손님이 나 하나뿐인 고요한 홀, 아까부터 희끗한 뭔가를 씹어 먹던 노파가 그걸 내게 들어 보인다.
"먹어 볼테야? 스윗포테이토!"
"아뇨.."
노파가 그 이상 건넬 말이 생각나지 않고 마침 스윗포테이토도 다 먹자 본능적으로 담배를 찾는다. 담배는 오단 선반의 맨 아래에 놓여 있다. 노파는 이리저리 그것을 찾는다. 나는 그것이 있는 위치를 알지만 가르쳐 주지 않는다. 노파는 스윗포테이토 즙이 묻어 있는 손가락을 빨며 선반 위아래 좌우를 훑어보지만 어쩐 일인지 그걸 찾지 못한다. 나는 잠자코 노파의 모습을 바라본다. 노파가 어떤 절망을 하는지 보고 싶다.

　잠시 후 손님 한 명이 들어온다. 30대 초반쯤으로 보이는 사내다. 그는 두터운 스웨터를 입고 안경을 썼는데 수줍음을 가리려는 과장된 어엿함이 배어나는 얼굴이다. 저런 인상은 적어도 나쁜 놈은 아니며 나빠 봐야 남 보다는 자신에게 더 해악을 끼칠 가여운 인상이다. 그는 노파만 있는 썰렁한 홀을 의식한 듯 어정쩡히 쭈뼛대다 도로 나가려 한다. 이때 노파가 그를 부른다.
　"손님!"
　그러자 사내가 뒤돌아본다. 약간 놀란 얼굴이다.
　"오셨으면 오신 용무나 보고 가야지, 그냥 가려고?"
　노파가 웃는다. 그러자 사내도 어색히 따라 웃는다.
　"혼자 오셨수?"
　"예."
　"편한 데 앉아요. 처음 보는 젊은 양반."
　노파가 처음 본다는 젊은 양반, 나는 그를 두 번째 본다.

　지난 10월 초, 나는 바닷가에 갔었다. 여고시절, 자전거로 전국을 여행하겠다고 떠났다가 자살해 버린 동창생이 들어 간 바다였다. 나는 해변 부근의 모텔을 잡아놓고 바다로 갔다. 해 질 무렵, 바다에 사람은 없었다. 나는 여고 동창생이 자전거와 유서(유서는 단 한마디, -괜한 짓이야 -였다)를 남기고 들어간 바닷물에 발을 담가 볼까 싶었다. 그렇지만 가능한 한 덜 느끼해지기 위해 가능한 한 바닷물로부터 멀리 떨어져 걸었다. 물결이 미치는 곳으로부터 적어도 1인치 이상... 그렇게 최대한 느끼해지지 않도록 주의해 걸었어도 허사였다. 생각보다 드센 물결이 밀려와 발목까지 덮어 버렸다. 느끼함으로 범벅이 된 나는 포기하고 구두를 벗어 던졌다. 그리고 바다로 들어갔다. 가랑이까지 찰랑찰랑 물이 차오를 만큼... 그리고 한참을 그렇게 서 있었다.

사람이 바다에 서면 당연히 바다를 바라본다. 바다를 바라보고 수평선을 바라보고 하늘을 바라보고... 하지만 바다에 선 채 육지 쪽으로 뒤돌아보는 경우가 있다. 누군가 뒤에서 불렀다면...

고기잡이가 시원치 않자 어부노릇을 계속하며 살지 말지 고민하던 베드로가 그랬다. 그는 갈릴리 바다(엄밀히는 호수인데도 베드로는 바다라 부르길 고집했고 호수라 부르는 사람을 미워했다)에 발을 담근 채 수평선을 바라보며 고뇌하고 있었다. 이 짓을 계속 할 건가 말 건가? 한다면 어획량을 어찌 올릴 것이며 안 한다면 뭘 해 먹고 살아야 하는가? 그는 손질하던 그물도 던져 버리고 한동안 하늘만 쳐다보고 있었다. 이때 육지에서 누가 불렀다.

"여보세요."

그러자 바다에 서 있던 베드로는 육지를 향해 돌아보았다. 육지엔 키가 크고 비쩍 마른 사내가 서 있었다. 이것이 베드로와 예수의 첫 만남이었다. 바다에 선 남자와 땅에 선 남자, 그물로 고기를 잡는 남자와 입으로 사람을 잡는 남자의 첫 조우. 그 숙명적인 첫 인사, "여보세요."

그러자 베드로도 숙명의 첫 인사를 건넸다.

"왜요?"

그러자 육지의 남자가 물었다.

"물거리는 좋습니까? 재미가 어떻소?"

바다의 남자가 되물었다.

"왜 물어 보시는데? 누구신데? 여기 사람은 아닌 것 같은데?"

육지의 남자가 또 물었다.

"요새 어떻소? 어획량이 골치 아프다던데? 그렇지 않소?"

바다의 남자도 또 물었다.

"뭐 뾰족한 수라도 있소?"

육지가 거듭 물었다.

"뾰족한 수가 있다면 들어 보겠소?"

그러자 바다가 드디어 대답을 했다.

"듣는 거야 일도 아니지."

육지도 드디어 대답을 했다.

"그럼 잠깐 올라오시지."

해 질 무렵, 나는 동창생이 〈괜한 짓이야〉라고 써 놓고 떠난 바다에 서서 떠올렸다. 바닷가에 선 두 사내의 조우. 그들의 첫 만남 그리고 인연. 예수와 베드로는 시초부터 마음이 잘 통했다. 배운 학식으로 치나 센스로 치나 심지어 키나 외모로 쳐도 베드로는 예수의 상대가 안 됐지만 소탈했던 예수를 베드로는 친밀히 받아들였고 얼마 안 가 선생님이라 부르다가 나중엔 형이라 부르게 되었다. 베드로가 보기에 예수는 알면 알수록 배울 것도 많고 재주도 많고 아주 신기한 사람이 었다. 그래서 날이 갈수록 베드로는 예수에게 흠뻑 빠져들고 있었다. 결국 베드로에게는 매사에 예수가 없으면 흥이 나는 일이 없게 되었 다. 베드로가 얼마나 예수를 좋아했는지, 예수가 사막에서 소변을 보 면 베드로는 거기서 한 발자국도 안 떨어진 가까이서 소변을 눌 정도 였고 이때마다 예수는 떨어지라고 눈치를 줄 정도였다. 이런 베드로 를 예수가 무척 대견한 친구로 보게 되는 사건이 한번 벌어졌다. 하루는 예수가 올리브 산에서 묵상을 마치고 내려와 성전에 들어서는데 사람들이 몰리고 떠들썩한 소리가 들렸다. 곧 예루살렘의 서기관과 바리새인들이 예수 앞으로 한 여자를 끌고 오더니 땅바닥에 내동댕이 쳤다. 매춘을 하다가 잡힌 여자였다. 쓰러진 매춘부를 두고 산헤드린 소속 관리가 예수에게 큰 소리로 말했다.

"모세 율법에 음행한 여자는 돌로 쳐 죽이라 했소. 그러니 이 여자를 어찌해야 마땅하겠소? 당신이 대답해 보시오."

그러자 군중들이 소리쳤다. 죽여라! 돌로 쳐라!

쓰러져 눈물 떨구던 여자는 예수를 바라보면서 느닷없이 흙을 파 제 입에 처바르고 씹어 삼켰다. 이를 본 사람들은 여자가 미쳤거나 귀신 씐 거라며 손가락질 했다. 하지만 예수는 알아차렸다. 흙을 입에 넣는 건 그 자리에서 죽음을 받아 드리겠다는 각오이며 사죄의 행위라는 것을. 이때 여자를 돌로 치고 죽이라는 소리가 계속 터져 나왔다. 순간 격노한 예수가 군중을 향해 외쳤다.

"너희 중에 죄 없는 놈이 먼저 이 여자를 돌로 쳐라!"

순간 군중은 쥐 죽은 듯 조용해졌다. 그런데 이때 갑자기 여기저기서 돌들이 날아들었다. 돌을 던지는 사람들은 전부가 여자들이었다. 이 당혹스런 상황에 예수도 어찌 손을 쓰지 못하고 주춤거렸다. 이때 베드로가 나서더니 날아드는 돌로부터 매춘부를 막아서며 외쳤다.

"그만 두시오! 그만 둬요!"

그러자 돌의 세례가 멈췄지만 이미 베드로도 돌에 맞아 이마가 터지고 피가 흐르고 있었다. 베드로는 얼굴의 피를 닦으며 쓰러져 있는 매춘부에게 다가갔다. 그리고 그녀를 안고서 예수에게 격정을 억누르며 말했다.

"이 여자에게 필요한 건 율법이 아니라 구원일 것입니다."

순간 예수는 감동하여 말을 잃었고 그저 베드로를 바라보기만 하였다. 그러다 예수는 약간 농조로 베드로에게 물었다.

"그 여인을 네가 구원하겠다는 것이냐?"

"내 아내를 삼고 싶습니다."

"뭐라? 아내? 이제 너는 고기잡이도 아닌데 앞으로 그 여인을 어찌 먹여 살릴 텐가?"

"선생이시여, 늘 당신은 당신의 말씀이 양식이라고 하지 않았습니까? 당신 말씀이 우리를 살찌울 것입니다."

예수는 그 자리에서 말문을 잃고 눈물을 글썽였다.

나는 여고 동창이 사라진 바다에 서서 그들을 떠올렸다. 그 두 남자의 만남 그리고 인연...

이때였다. 등 뒤에서 까르르 웃는 소리가 들려왔다. 뒤돌아보니 어린아이들 몇몇이 바닷가에 벗어 둔 내 구두를 들고 도망치고 있는 것이었다. 나는 바다를 첨벙첨벙 뛰쳐나가 아이들을 불렀다. 너희들 거기 서!

나는 아이들을 쫓아 백사장을 달렸지만 그들의 속도를 따를 수 없었다. 결국 아이들은 내 구두를 나눠 갖고 해 질 무렵 어둠 속으로 사라져 버렸다. 숨이 턱까지 차 오른 나는 아이들이 도망친 방향을 쫓다가 지쳐 버렸다. 그러다가 버려진 그물에 던져 놓은 내 구두 한쪽을 발견하고 주워들었다. 그리고 나머지 반쪽을 찾아 두리번거렸지만 찾지 못했다.

결국 나는 구두 한쪽만 들고 맨발로 모텔로 돌아오게 되었다. 이때 모텔 주인 남자가 맨발로 걸어오는 나를 물 위를 걷는 예수 보듯이 쳐다봤고, 나는 바닷가에 서서 바닷가의 두 남자를 회상하다가 구두를 잃어버렸다는 2천년의 내막을 그에게 전하는 대신 질문을 했다.

"엘리베이터 수리 끝났어요?"

샤워를 했다. 10월 서늘한 바다에 들어갔던 몸에 뜨거운 물이 쏟아지자 나른하게 몸이 녹았다. 얼마나 나른한지 잃어버린 한쪽 구두의 비애를 완전히 망각할 정도였다.

샤워를 마치고 나오자 저녁 8시가 넘어 있었다. TV를 틀까 하다가 관두고 누워서 눈을 감았다. 그리고 생각했다. 온종일 한 끼도 안 먹었는데 왜 배가 안 고프지? 이대로 안 먹고 오늘이 간다면 좋을 텐데... 베드로는 예수랑 동갑이 아니었을까... 사실은 예수보다 나이가 더 많았을지도... 내가 봐도 베드로가 더 나이 들어 보이던데... 만일 그러고도 형이라 불렀다면 베드로는 정말 비위가 좋은 남자다... 형이란 소리를 들은 예수는 더 비위가 좋은 남자고...

한참을 그런 생각에 빠지다 슬쩍 잠이 들었을 때, 방문 두드리는 소리가 들렸다. 문을 열어 보니 모텔 주인 남자가 서 있었다. 그는 내게 두툼한 종이봉투를 하나 건넸다. 어떤 남자분이 전해 달랬다며...

나는 종이봉투를 열어 봤다. 그리고 그 순간 너무나 놀라 봉투를 떨어뜨려 버렸다. 봉투 안에는 아까 해변에서 잃은 구두 한쪽이 들어 있었다. 거기에 메모가 있었다.

- 사례하고 싶으시면 건너편 콘도 1층 커피숍으로 오세요 -

"거긴 연인들 앉으라고 양보하죠."

내게 구두 한쪽을 보낸 소름끼치는 남자를 커피숍에서 만나 바다가 보이는 창가에 앉으려 하자 그가 그렇게 말했다. 그와 나는 창가에서 조금 떨어진 테이블에 앉았다. 바다가 보이는 창가의 테이블은 비어 있었지만 거기 앉는 연인들은 끝내 없었다.

나이가 서른 살 초로 보이는 그는 안경을 썼고 헐렁한 스웨터에 블루진바지 그리고 운동화를 신고 있었다. 내가 커피를 주문하자 그는 따뜻한 우유를 주문했다. 첫인상에 그는 넘실거리는 바닷물처럼 느끼하거나 짜 보이지는 않았다. 나는 그가 스스로 웃길 거라 자신하는, 사실은 별로 안 웃기는 남자일 거라 생각을 했다.

"어쩜 구두 집어 가는 것도 모르고 바다에 그리 오래 서 계세요?"

"제 한쪽 구두는 아이들한테서 뺏은 거에요? 아니면 주운 것? 설마 돈 주고 샀을 리는..."

"애들한테 가서 구두를 가리키니까 걔들이 구두를 던지고 도망갔어요. 그래서 그걸 주웠고..."

"애초에 아이들한테 구두를 훔치라고 시킨 건 아니죠?"

"아뇨. 전 성격이 아이들을 사귈지 몰라요."

"사례를 하려고 나온 건 아니에요."

"그럼요?"

"내가 있는 숙소를 알아 버렸잖아요. 불안해서 누군지 확인하려고 나온 거예요. 물론 고맙다는 말도 될 수 있으면 하고요."

"고맙다는 말을 될 수 있으면 들을 수도 있겠군요."

그가 시럽과 소금을 섞은 우유 한 잔을 다 마시고 내가 커피를 거의 마실 정도의 시간이 흘렀다. 그와 나는 몇 가지 공통점이 있었다. 둘 다 휴대폰을 사용하지 않고 그 자리에서 서로의 본명을 물어 보지 않았고 각자 살고 있는 동네에 혼자 술을 마실 수 있는 썰렁한 술집이 있다는 것. 그리고 언제 또 보자는 종류의 언급 없이 헤어졌다는 것.

그러니까 지난 10월, 구두 한 쪽을 찾아 준 그를 바닷가의 커피숍에서 보고 이번이 두 번째 보는 것이었다. 그가 이 생맥주 집에 나타나리라는 상상을 해 보긴 했지만 정말 나타나니까 그다지 놀랍지 않았다. 처음 만났을 때, 내가 그에게 말한 건 내가 사는 동네 이름과 타로 간판이 붙은 단골 생맥주 집이 있다는 것뿐이었다.

그가 구석에 있는 나를 발견하자 성큼 다가왔다. 그리고 너무나 반갑게 웃었다.

"저 아시겠어요? 이런! 드디어 만났네요! 이 동네 지날 때 마다 꼭 여길 기웃거렸어요. 젠타로 맥주집!"

"반갑네요. 이렇게 다시 보네요!"

"전 기적을 믿지요!"

"늘 기적이군요. 구두도 찾고 구두 주인도 찾고..."

그는 여전히 안경을 쓰고 예전보다 때가 더 탄 그 운동화를 신고 있었다. 그가 노파에게 말했다.

"생맥주 주세요."

노파가 물었다.

"둘이 아는 사인가 봐?"

내가 대답했다.

"예전에 제 도난당한 구두를 찾아준 분이에요."

그러자 노파가 눈을 갸름하게 뜨고 그를 보며 농담했다.

"인상이 경찰은 아닌데? 도둑 인상도 아니지만."

"저는 경찰도 도둑도 아니고요 신학대학 나와서 빈둥대고 사는 사람이에요."

"빈둥대고 살아?"

"가끔 여기저기서 피아노를 쳐요."

그때 나는 처음으로 그가 무슨 일을 하며 빈둥대는 사람인지 알았다.

그와 나는 두 번째 만났다. 그리고 같이 앉아 술을 마시는 동안 지난 10월의 바닷가 커피숍에서 만났던 시간만큼의 시간이 흘렀다. 술

을 몇 잔 마시고 노파가 공짜로 낸 건포도가 두 알 남았을 때 난 자리
에서 일어날 준비를 하며 노파를 불렀다..

"가야겠네요. 와인 남은 건 보관해 놓을게요."

남자가 시계를 보며 말했다.

"흐음 시간이 벌써..."

"그러게요."

"같이 나가시죠?"

"아뇨 저 먼저 갈께요. 천천히 더 계세요. 이 곳은 혼자 있을 때 진가
가 나타나거든요."

"하하하. 그러죠. 여기 정말 조용하고 편한 곳이네요."

"그래요. 반갑고..."

"또 보게 될 거예요."

"또 기적이 일어나겠군요."

"전 여길 또 올 거예요. 자주..."

"그럼 기적도 아니고요."

바깥으로 나와 거리의 찬 기온을 맞자 몸 안의 술기운이 순식간에
사라지는 듯 했다. 밤 10시가 훨씬 넘었다. 걷다보니 가로등 불빛에
날아드는 희끗한 벌레 떼 같은 게 보였다. 그런데 자세히 보고는 놀
라 버렸다. 그것들은 눈이었다. 첫눈, 너무나 오랜만에 등장 해 준 첫
눈. 다시 맥주집으로 돌아 가 그 남자에게 말할까? 여기서 몇 블록 걸
어가면 지방검찰청이 나오고 그 옆 골목에 포장집이 있는데 거기서 키
츠네소바 한 그릇 하지 않겠냐고.

난 그 자리에 선 채 넋을 놓았다. 눈이 리허설을 끝냈는지 전격적
으로 쏟아지기 시작했다. 나는 길거리에 서 있다 말고 근처의 시내버
스 승차장을 찾아갔다. 그리고 버스를 기다리는 사람들 틈에 서서 첫

눈을 바라보았다. 버스를 기다리는 사람인 것처럼. 한동안 그렇게 서
서...

무려 10개월 만에 돌아온 눈. 밤에 술을 마시고 귀가하는 여자에게
예고 없이 나타난 첫 눈. 이건 강간을 당하는 기분이다. 이럴 땐 완벽
하게 외롭다. 첫눈이란 외로움을 더욱 모질게 하고 사랑을 더욱 설레
도록 떠밀어대는 것이다. 눈이란 수수께끼의 호르몬이다. 영혼을 속
여 성性과 결탁케 하는 물질이다. 첫눈과 성은 어떤 상관관계를 가지
고 있는 것 같다. 그것은 막연한 이상이자 막연한 조작을 일삼고 막
연히 사랑하는 대상을 마음에 그려 보도록 하는 것. 그 사랑의 대상
이란, 남편이든 내연남이든 남의 아내든 남의 내연녀든, 지구상 누구
라도 대상일 수 있다(누구라도 대상일 수 있다는 게 안도할 점이기도
하다). 그런데 그 생맥주 집의 주인 노파를 비롯한 세상의 수많은 노
인들도 첫눈을 바라보면 그 로맨스에 대한 필사적인 논평이 일어날
까? 내 생각에 그들은 로맨스를 다루기엔 너무나 완전한 존재가 돼
버려서 첫눈 정도의 호르몬에 몸서리치진 않을 것 같다.

나는 시내버스 승차장을 떠나 걷기 시작했다. 이 눈은 오늘 밤을 넘
어 새벽 내내 내릴 것이다. 벌써 거리는 눈으로 하얗게 변했다. 난 캔
맥주를 몇 통 사가지고 귀가할 것을 맹세한다. 현명하다면 이런 날 밤
에 맥주쯤은 잊지 않고 준비해 두는 게 이로울 테니까. 난 취할 것이
다. 정서적인 문제에 있어 가장 게으르고 효과적인 해결 방법은 술이
다. 정치학자 수만큼 정치론이 있듯이 술을 마시는 자들 수만큼이나
술에 대한 교리들이 매일매일 쏟아질 것이다. 술은 영혼을 마비시키거
나 혹은 진작시키는 탓에 모든 것을 가능케 한다. 어쩌면 이 몸서리치
도록 거대한 우주를 지배하는 신의 이데아 앞에서 의식을 가진 짐승
(사람이든 금붕어든)이 자존심을 잃지 않는 방식이란 세상에 대한 방

심이라든지 기억상실 혹은 알코올일 것이다. 물론 그러한 것들의 동기와 결과의 몫은 신의 것이라 할지라도 그러한 과정에 있어서의 현재는 당사자들의 것이다. 대체 기억상실과 니르바나는 뭐가 다른가?

나는 걷는다. 첫눈은 작정한 듯 내 정면으로 부딪혀 온다. 이토록 외설적인 순결이 어디 있을까.

"여보세요!"

이때 나를 부르는 소리가 들렸다. 첫눈 내리는 밤에 느닷없이 들리는 육성. 그건 내 등 뒤, 마치 1킬로미터의 1/1000도 안 되는 바짝 붙은 거리에서 들려오는 듯한, 그리고 익히 들어 본 남자의 음성이었다. 아는 남자가 이 첫눈 오는 밤에 내 등 뒤에서 나타난다는 버전이, 내가 유대 땅을 밟고 산 지 2천년이 지난 지금도 존재한다는 걸 안 찰나였다. 나는 그 상서로운 버전을 확인키 위해 고개를 돌렸다. 상서로움이 보였다. 그가 내게 걸어오고 있었다.

이제 나는 그를 일생에 세 번째 본다. 뒤돌아선 나는 베드로가 예수에게 최초로 던졌던 말을 그에게 했다.

"왜요?"

그런데, 여자가 저 따위 소리를 해선 안 된다는 것을 나는 안다. 여자는 〈왜요〉따위 말 가지고는 항상 무의미한 존재가 될 뿐이다. 저런 말은, 나에게서 내세울 가치라든가 독특함이란 어디에도 없고 설령 나 전부를 뒤진들 남달리 존중하거나 주목할 만한 내용이라곤 없는 형편이니 제발 그러한 내 실상을 알아보지 말고 기만당하거나 착각해 달라는 애원인 것이다. 동시에, 너라는 놈 역시 나와 다를 바 없는 형편이란 걸 나는 철저히 아니까 그럴수록 너는 내가 기만당하고 착각하도록 뭐라도 최선을 다 해 보라는 성원이기도 하다.

왜요-라는, 보잘것없고 비통한 여자가 됨과 동시에 남자를 우쭐한

밥통으로 만드는 말을 던졌을 때 그가 응답했다.

"이거."

내 휴대폰이었다. 그건 통신 연결이 안 돼 있어 전화는 불가능하다. 다만 음악을 듣거나 메모 하는 용도로 쓰이는 물건인데 또 한 가지 기능이라면 얼굴을 가리는 특수 기능으로 쓰인다. 난 술을 마실 때 휴대폰에 이어폰을 연결해 음악을 듣는 버릇이 있는데 대개 한 곡의 절반가량을 듣는다. 절반가량 듣는 것은 그게 적정 소화량이기 때문이다. 한 작곡자가 만든 곡 전체를 모조리 듣는다는 건 지난하고 고생스런 일이다. 난 듣고 싶은 부분만 한 두 부분 듣는다. 어쨌거나 술 마실 때 늘 꺼내 놓는 휴대폰은 늘 잃어버릴듯하지만 한 번도 잃어 본 적이 없다. 늘 이렇게 돌아오니까. 난 그에게 말했다.

"정말 웃겨요. 또 제 물건을 찾아 주고. 고마워요."

그가 눈 내리는 하늘을 바라보며 말했다.

"첫눈인데..."

그가 시계를 보더니 말을 이었다.

"앗! 전철이 막 끊겼네. 택시를 타야겠어요."

그러더니 그는 자기 호주머니를 뒤적뒤적하며 내게 물었다.

"혹시 담배 피우세요?"

느닷없는 질문이었지만 나는 곧장 대답했다.

"예."

"갖고 계시면 한 개비..."

나는 잠깐 머뭇거리다 대답했다.

"없어요. 집 밖에선 안 피워요."

"근처에 상점도 없고... 이 동네에서 첫눈 보면서 하나 피우고 갔으면 좋겠는데..."

그러더니 그는 작별을 고했다.

"조심히 가세요."

그는 택시를 잡기 위해 멀리 차도로 뛰어갔다.

나는 그에게 무슨 말을 할까 하다가 가닥이 안 잡혀 하지 못했다. 그리고 그가 떠나는 쪽을 바라보고만 있었다. 그의 뒷모습은 점점 어둡게 축소되고 눈 속에 섞이더니 보이지 않게 되었다. 뒷모습, 인간의 뒷모습을 또 보게 되자 아쉬움이란 게 다시 느껴졌다. 젠장, 첫눈이 내리고 있는데!

성역의 경계처럼 다가 온 24시. 그리고 눈을 맞고 서 있는 나 자신. 이건 하나의 추상화 같은 느낌이라기보다는 도둑맞은 추상화 같은 느낌이었다. 눈은 여전히 쏟아지고 나는 눈과 비슷한 속도로 집으로 향했다. 이때 멀리, 아까 택시를 잡으러 떠났던 그 남자가 시야에 나타났다. 그는 아직 택시를 못 잡고 발만 동동거리고 있었다. 폭설이 쏟아지는 터라 택시도 부쩍 줄었고 이따금 나타나는 택시는 그를 스쳐 지나가기만 했다. 길바닥은 이미 하얗게 변했는데 지나가는 택시마다 그가 손을 들었지만 허사였다. 난 잠시 그를 바라보았다. 이때 택시 한 대가 멀리서 손님을 내리고 있는 게 보였다. 그는 택시를 향해 달렸다. 그런데 그만 눈길에 미끄러져 옆의 쓰레기통을 껴안은 채 고꾸라져 버렸다. 손님이 내린 택시도 그냥 가 버렸다. 아마도 쌓이는 눈에 길이 사라졌으니 택시들도 손님 태우길 꺼리는 것이리라. 나는 눈길에 엎어진 그에게 뛰어갈까 하다 그냥 지켜보기로 했다. 쓰레기통이랑 널브러진 그는 일어나 눈을 털더니 귀와 팔꿈치를 어루만지며 시계를 보았다. 그러더니 뭘 체념한 듯 고개를 가로저었다. 그러다 얼굴을 손으로 쓱싹 문질렀다. 그의 손에 피가 묻어 나왔다. 코피가 터진 듯싶었다. 이 첫눈 내리는 밤에 무척 상서로울 거라 생각하는 순간, 그가 넘어진 쓰레기통을 뒤지기 시작했다. 그러더니 쓰레기통 속에서 조그맣고 희끗한 걸 꺼내는 것이었다. 담배 꽁초였다. 그는 담배 꽁초를 정성스레 쓰다듬더니 그거 하나로는 만족이 안 된 듯 쓰레기 통을 다시 뒤지기 시작했다. 그리고 또 하나의 꽁초를 찾아내 입으로 불고 손끝으로 폈다. 그는 그중에 하나를 입술에 끼우고 라이터를 켰 다. 곧 그에게서 연기가 뿜어져 나왔다. 그 연기는 몹시 고달프고 달 콤해 보였다.

　나는 안다. 내 백 속엔 담배가 한 갑 있다는 것을. 아까 그가 담배를 요구했을 때 내가 없다고 거짓말을 한 것은 내 우발적 호기심이라기 보다는 본능적 호기심이었다. 그리고 본능적 범행이었다. 그런데 내가 좀 더 범죄적이었다면 나는 백 속의 담배를 꺼내 두세 개비쯤 그의 비 참함에 적선했어야 했다. 그래서 그가 인류애에 안도한 눈으로 나를 보며 자신에게 영원히 고착된 비참함을 간과하게 했어야 했다. 그런 데 나는 그러지 않았다. 그가 온 우주의 진리를 깨달으며 망신창이가 되고 신이 숨겨 놓은 법열을 발견해내며 피투성이가 되도록 내버려 둔 것이다. 왜 그 순간 나는 본능적으로 거짓말을 했을까. 나는 왜 본능 적으로 덜 범죄적이었을까. 왜 그가 피를 흘리며 천당으로 가는 걸 내 버려 뒀을까?

　눈은 쉬지 않고 내렸다. 땅은 하얗게 얼었고 거기에 선 남자는 코피 를 닦고 있었다.

　어쭈! 앉다니.

　그는 지면에 쌓인 눈을 푹신한 매트리스로 착각이라도 한 듯 그 자 리에 털썩 앉는 것이었다. 그리고 멀리서 봐도 알 수 있을 정도로 허 공에 배시시 미소를 띄우고 있었다. 그는 또 하나의 꽁초를 입에 물고 라이터를 켰다. 그리고 담배 연기를 길게 내뿜더니 고개를 수그려 얼 굴을 가랑이 사이로 처박았다.

　행여 저 모양새로도 미소를 짓고 있다면 그 얼굴은 얼마나 장엄할

까?'

나는 걸음을 옮기기 시작했다. 나도 담배가 피우고 싶어졌고 문득 와인 냄새가 욕망처럼 느껴져 왔다.

'저 남자에게도 와인 한 병과 담배가 필요해.'

나는 걸었다. 사거리의 모퉁이를 지나고 다시 그 횡단보도 앞으로...

그는 여전히 고개를 가랑이 사이로 파묻은 채로 있었다. 그리고 이따금 그 가랑이 사이에서는 담배 연기가 짐승의 입김처럼 새어 나오고 있었다. 인도엔 사람이 없고 차도엔 차가 없었다. 나는 횡단보도를 건너 그 장면 속으로 들어갔다.

"드려요?"

나는 백에서 꺼낸 담배를 내밀었다. 깜짝 놀라 가랑이에서 고개를 쳐올린 그는 내가 드민 곽 속에 빽빽한 담배를 쳐다보더니 웃음을 눈물처럼 흘렸다. 그런 웃음의 의태어는 '푸시시'나 '비시시'나 '빙긋', '핑긋', '씽긋', '빙글핑글씽글'이 아니라 이렇게 표현할 수 있다.

〈설마〉

그는 눈을 털고 일어나며 나를 바라보았다. 순간 태양계 바깥 행성의 사기꾼처럼 생긴 리히텐슈타인Lichtenstein과 그의 그림이 떠올랐다. 〈Happy tears〉라 이름 지어진 그 그림 속의 여자는 실제로는 사람이 아니라 성기일지도 모른다는 생각을 한 적이 있다. 만일 그렇다면 리히텐슈타인은 대단한 천재여서 그것이 여성기일지 남성기일지 분간하려 할수록 미궁에 빠지도록 만들어 놓았다. Happy tears? 어쩌면 그것은 여인에 대한 야비한 예찬으로 위장한 성기의 능갈 아닐까?

내가 드민 담배를 받은 그의 표정은 리히텐슈타인의 성기처럼 흔들렸고 행복해서 눈물 흘리는 여자처럼 개념 없는 형용사들로 충만해 있었다. 나는 그에게 호주머니에 있던 맥주집 냅킨을 건넸다. 그러자 그가 냅킨을 받아 코피를 닦으며 말했다.

"고마워요."

나는 그에게 물었다.

"택시비 있죠?"

"있는데요."

"그걸로 한잔 사요."

재즈는 성性스러운 불경佛經이다. 맥스로치Max Roach는 백인은 결코 재즈를 할 수 없으며 오직 흑인만이 할 수 있다고 단언했다. 그렇듯 재즈는 촉각적이고 영적이다. 그리고 재즈는 흑인영가라는 모태를 가졌으되 그와는 특성이 다르다. 흑인 영가가 공교롭게도 백인 예수를 숭배한다면 재즈는 예수가 과연 백인인가를 묻되 그런 여부며 답변 따위 역시 쓸모없다며 세계를 풀어 놔 버린다. 재즈란 흑인이 구현한, 흑인만이 구현할 수 있는 불경佛經이다. 재즈는 기독교가 모태이되 반야를 지향하고, 그것은 율법을 어긴 죄인들만이 범할 수 있는 구원을 보여 준다. 한편 재즈는 더블타임 같은 현란한 주법을 들먹이지 않아도 그 소리란 불경不敬스럽기 짝이 없다. 그런데 그 불경스러움은 의지일 뿐 결말이 아니다. 음악의 일반적 목표가 쾌감이라고 한다면 백인의 음악이란 쾌감이 현재 일어나는 것으로, 흑인의 재즈란 어딘가 있을 쾌감을 찾아 가는 노정으로 존재한다. 그것이 로큰롤과 재즈의 차이다. 즉 음악을 통해 백인의 무의식은 쾌감이 〈있음〉을, 흑인의 무의식은 쾌감이 〈있을〉것임을 내포하는 듯하다. 재즈는 자유로운 영혼의 에너지를 다루고 있고 그것은 그만큼 제한된 사회에 대한 흑인의 회의와 관능의 자유를 우울히 묵시하는 것이기도 하다. 과연 바티칸의 취미 많은 추기경이나 티벳의 승려가 블루스를 감상한다면 그건 자연스러운 그림인가? 그게 헤드셋 광고장면이라면 모를까.

그렇지만 과거엔 물론이고 앞으로도 호감이 생겨도 그만 안 생겨도 그만일 것 같은, 참 부담되지 않는 남자가 새벽 0시가 훌쩍 넘은 시각에 내 집에 초대되어 혹시 좋아하는 재즈 음악이 있는가? 있으면 들어 봐도 되는가? 라고 묻는 건 독실해 보인다기보다는 가련해 보인다. 나는 재즈를 좋아하고 자주 듣지만 기억하는 뮤지션 이름이나 곡 제목은 거의 없다고 말했다. 그러자 미심쩍게도, 그는 나의 미심쩍음을 이해하는 듯 그에 대한 이의를 나타내지 않았다. 그는 성큼 일어나 내 PC로 가더니 인터넷에 접속해 어느 블로그를 찾아 음악을 틀었다. 재즈가 흘러 나왔다. 노래나 가락 따윈 치워 버리고 숨이나 맥박만으로 충분히 실존을 과시하는 흑인재즈가 첫 눈 내리는 동화 같은 밤에 징그럽게 뿜어져 왔다. 남자는 마치 내 집에 익숙한 응석받이처럼 PC 앞에 앉아 인터넷에 접속하고 음악을 틀고 내 눈치를 안 보는 척했다. 그는 PC에 여러 음악을 자동 재생시켜 놓고 내 쪽으로 자세를 돌리다가 뭔가를 발견하고 물었다.

"저 여자가 누구에요?"

그는 현관문에 붙은 A3 크기의 사진을 가리켰다.

"전에 알던 여자예요."

"미인일 거 같은데요?"

"미인일 거 같다뇨?"

"약간 옆모습에 썬그라스를 써서 잘..."

"미인 맞아요. 잘 봤어요. 혹시 몇 살로 보여요?"

그는 사진을 찬찬히 바라보더니 말했다.

"저렇게 봐서는 모르겠는데..."

"정말 놀랍게 잘 보시는군요! 나이가 몇인지 알 수 없어야 하는 얼굴이거든요."

그는 재미와 호기심이 반씩 담긴 얼굴로 물었다.

"누구에요?"

"구 소비에트의 케이지비KGB 소속이었다가 소비에트 해체 후 러시아 정보국 에스브이알SVR로 옮겨 활동하던 스파이 엘레나 포포바에요."

"엘레나 포포바? 스파이라고요? 저런 여잘 어떻게 알아요?"

"나랑 같이 일했거든요."

"같이 일을?"

그는 재미 반 호기심 반을 의아심으로 모으며 물었다.

"근데 왜 사진을 현관문에 붙여 놨죠?"

"그래야 안심되고 좋거든요."

"저 여자를 저기 두면 든든해요?"

"아니요. 내가 아니라 저 엘레나 포포바가 안심하고 좋아할 거 같아서죠."

그러자 그가 더욱 의아해 하며 물었다.

"둘이 무슨 일을 했는데요?"

"내가 작년에 십삼 분짜리 단편영화를 하나 만들었는데 거기에 주인공으로 나왔죠."

그러자 그가 손뼉을 탁 치며 말했다.

"아! 그니까 실제론 배우로군요! 영화 속에서 스파이인 거고."

"스파이였다가 나중에 붓다가 되죠."

"스파이가 붓다가 돼요? 영화 제목이 뭐였어요?"

"육 구."

"육 구? 숫자 육십구?"

"숫자는 맞는데 육십구가 아니라 육 구예요."

"어떤 스토린데요?"

"인도의 한 냉동식품공장에서 이스라엘 모사드가 아이스크림으로 만들어 버리려던 한 힌두족 구루를 저 엘레나 포포바가 구해줘요. 그리고 그에게서 인류의 숨겨진 비밀 하나를 듣죠. 그 비밀이 숫자 육, 구예요."

"와! 재밌으려고 하네! 인류의 비밀이라... 육 구... 그 비밀이 뭔데요?"

"육이랑 구는 숫자 모양이 똑같죠? 단지 위아래 방향만 다를 뿐. 그래서 자주 혼동을 줘요. 인류는 지난 천 년간 그 혼동을 겪고 살았어요. 한데 숫자 구의 모양이 동그라미가 오른편에 하나 더 있는 걸로 바뀌면 세상에 메시아가 출현해요. 그게 비밀이지요."

그는 바짝 호기심 오른 얼굴로 물었다.

"그리고요? 다음은 어떻게 돼요?"

"엘레나 포포바에게 숫자 구의 비밀을 알려 준 힌두족 구루는 곧 총에 맞아 죽어요. 그 후 엘레나 포포바는 정보국에서 해고되고 그 비밀을 혼자 간직한 채 평범히 살아요. 그러다 나중에 도망을 다니다 한 카페에서 붓다가 되지요."

그는 어지럽다는 듯 웃음을 머금은 채 고개를 절레절레 흔들다가 물었다.

"십삼 분짜리 단편영화라면서요? 그 짧은 시간에 저런 이야기가 들어가요?"

"외려 시간이 남던데요."

이때 인터넷폰 벨 소리가 들렸다. 그 벨소리는 한 번 울리다 끊어지더니 잠시 후 다시 울리기 시작했다. 나는 폰을 들었다.

"아직 안 주무셨네요?"

모르는 여자의 음성이 들려왔다.

"첫눈 내리길래 한번 전화 드려 본 거예요!"

거기까지 들었어도 나는 그녀가 누군지 알 수가 없었다.

"아까 저녁에는 집에 안 계셨나 봐요? 전화했었는데..."

"혹시 마가?"

"예, 저 마가에요. 제가 방해한 것 아니죠?"

놀랍고 반가웠다. 나는 한 손으로 음악 소리를 줄이며 남자를 슬쩍 쳐다보았다. 그는 코코아 컵을 코에 대고 짐짓 다른 쪽을 쳐다 봐 주고 있었다.

"이 시간에 웬일이야? 전화가 올 줄 몰랐네."

"어지간하면 휴대폰을 쓰세요. 동시대 사람들을 위해서요."

"난 이기적이야. 근데 집? 잠도 안 자고?"

"네, 집이에요. 야식 먹고 있어요."

"남편이랑?"

"아니요. 남자 친구랑."

"뭐? 남편은?"

"방에 들어가 자요."

"남자 친구랑 야식을 먹어? 둘이?"

"셋이에요. 나랑 남자 친구 두 명이요. 언니는 뭐하세요?"

"응. 난 이것저것 좀... 근데 남편이 뭐라 안 해?"

"그럴 일 없어요. 근데 언니는 혼자 계세요?"

"으, 응. 아니 손님..."

버벅거리며 나는 다시 남자를 쳐다보았다. 그는 약간 미소를 머금은 채 코코아 컵을 코 앞에서 빙빙 돌리고 있었다.

"내일 카페에 오실 거예요?"

"모르겠는데, 왜?"

"광장에 눈이 쌓여 있을 거예요. 언제 언니가 쓴 시나리오 한번 보여 줄 수 있어요?"

"그러지."

"내일 오실 거죠?"

"글쎄."

"눈 오니깐 언니 생각이 나요."

"그래? 근데 정말 남자친구들하고 있어? 남편은 자고?"

"하하하! 네. 근데 염려 마세요. 그럼 안녕히 계세요."

전화를 끊으면서 나는 남자를 세 번째 돌아다 봤다. 그는 웃음을 참고 있었던 건지 나와 눈이 마주치자마자 웃음을 터뜨렸다.

"라 감독님은 따뜻한 친구들이 많군요. 새벽에 안부 전화를 주고... 다들 자는 새벽에 전화로 깨워 안부를 묻는다... 참 다정한 마음씨를 가진 분."

"나 안 잤잖아요."

"상대는 몰랐을 테니."

그는 자꾸 웃었다.

"뭐가 웃겨요?"

"질투심 생기네요."

"뭐가요?"

"라 감독님의 스물아홉이요. 난 그렇질 못했거든요."

"내 스물아홉이 어떤데요?"

"태연하고 자유로워 보여요. 아주 많이."

"난 자유롭지 않아요. 내 삶은 물론이고 내 무의식까지도."

"무의식까지 자유롭지 않다고요? 무슨 말이에요?"

"난 잘 때 언제나 똑같은 꿈만 꿔요. 태어나서 지금까지 항상 같은 꿈."

"정말요?"

"예. 사실이에요"

"꿈에서 뭘 보는데요?"

"언덕이 있고... 거기서 한 남자가 죽어요."

그러자 그는 휘둥그레 눈을 뜨며 의문의 표정을 지었다. 나는 화제를 돌렸다.

"재밌는 얘기 하나 해 드려요?"

"예."

"아까 온 전화 있죠? 아는 여동생인데... 나이가 열아홉이고 남편은 스무 살 많은 서른아홉이에요 그런데 오늘 자기 집에서 남자 친구들과 야식을 먹는대요. 남편은 방에서 자고 있고... 이해가 가요? 걔는 카페에서 아르바이트를 해요."

그러자 그는 뭔가를 발견한 것처럼 느릿느릿 짚어가며 찬찬히 말했다.

"열아홉 살의 그 여자가 천재이든지 아니면 서른아홉 살 먹은 그 남자가 천재든지 둘 중 하나 아닐까 싶은데요?"

"둘 다는요?"

"둘 다는 아닐 거에요."

"왜요?"

"그렇다면 결혼 하지 않았을 테니까."

새벽이 깊어 갔다. 취기는 파도처럼 밀려왔다가 다시 밀려가기를 몇 번 반복하다 어느덧 밀물처럼 내 온 세포를 점유해 버리는 것 같았다. 나는 이게 마지막이라고 생각하며 위스키를 한 잔 따르고 얼음을 넣었다. 창밖은 눈이 한동안 그치더니 다시 내리기 시작했다.

남자는 술과 코코아를 번갈아 마시며 내 PC에 저장된 단편영화 〈69〉를 몇 번이고 되돌려 보았다. 그러더니 어느덧 취기가 오른 듯 상체를 의자 등받이에 털썩 기대고 눈을 감았다. 아마 어떤 집중을 하는 것 같았다. 그러다 정신을 차리려는 듯 고개를 흔들고 몸을 곧게 세우더니 나를 바라보았다.

"그러니까 엘레나 포포바가 붓다가 돼서 메시아를 부르기로 한 건 그녀가 인류를 사랑해서가 아니라 인류가 지겨워서네요?"

"맞아요."

"마치 음식이 맛있어서 먹는 게 아니라 보기 싫으니 치워 버리려고 먹는 것처럼."

"맞아요."

"근데 세상에 출현할 메시아가 누구냔 말이에요. 영화를 만든 사람이니까 상상은 해 봤을 거 아니에요? 그런데도 모른다니요? 실제도 아니고 허구니까 그냥 지어서 말해도 되잖아요? 한데도 무슨 사실관계 다루듯 모른다? 너무 이상하잖아요? 흐음... 하긴 일부러 생략해 놓은 이야기 결말을 몇 번이나 지은이한테 묻는 내가 순진한 건지 어리석은 건지... 아니면 박복한 건지..."

"맞아요."

그는 나를 포기한 듯 바라보며 고개를 가로저었다. 그리고 깊게 숨을 들이 내쉬고 시계를 보았다.

"아 벌써 시간이... 조금 있으면 성당에 가야 해요. 아침에 어머니랑 같이 가요. 그러니 지금 졸아 버리면 큰 일 나요. 라 감독님은 졸리죠? 한 시간만 참으세요. 전철 개시되는 시간이면 난 갈 테니까. 뭐 지금 쫓아낸대도 감사히 나갈 테지만..."

"한 시간 후에 쫓아드릴게요."

그는 창가로 가 창문을 조금 열고 바람을 쏘였다. 난 조금 걱정이 돼 물었다.

"밤새우고 성당 가도 괜찮겠어요?"

"벌써 성모님 얼굴이 보이는데요."

"성자 맞군요!"

내 집을 처음 방문한 남자는 새벽 내내 코코아와 술을 번갈아 마시다가 떠났다. 나는 그가 떠날 때의 뒷모습을 보았지만 취기 탓인지 아무 느낌도 들지 않았다. 무척 드물지만, 그렇게 아무 느낌이 들지 않는 뒷모습을 나는 좋아한다. 나는 남자에 관해 사색 할 때 그의 뒷모습을 떠올려 보곤 한다. 남자의 아우라란 뒷모습에 담겨 있는 법이다. 대체로 남자란 다가올 때의 모습엔 희망이 걸려 있다. 그것은 다가오는 남자의 공통점이다. 문제는 떠나는 모습이다. 예수가 한 말이 기억난다.

"떠남으로 기쁨을 주는 남자가 있고 떠남으로 슬픔을 주는 남자가 있다. 앞은 형편없는 놈이고 뒤는 재수 없는 놈이다."

예수는 디나의 식당 델타108번지에서 제자들에게 말했다.

- 다시 올 테니 희망을 가지라 -

그리고 그는 떠났다. 그의 떠나는 뒷모습은 기쁨과 슬픔을 모두 품은 소망, 즉 비극이었다.

새벽 5시다. 지금부터 약 5시간 전, 남자와 나는 지방검찰청 옆 골목의 포장집에서 메밀국수를 먹고 나왔다. 포장집을 나왔을 때 눈앞 가득히 눈보라가 휘날리고 있었다. 나는 포장집 옆 건물을 가리키며 말했다.

"요 건물 보이죠?"

"예."

"실은 구층이 제 집이에요."

"아, 그래요?"

"첫 전철 올 때까지 있다 가셔도 돼요."

"그래도 괜찮겠어요?"

그리고 그는 나를 가만 쳐다보더니 말했다.

"집에 사람들을 잘 데려가지 않죠?"

"그걸 어떻게 알아요?"

"그랬다면 습관적으로 집이 여기라고 진즉에 말했을 테니까."

"실은 누가 온 적이 한 번도 없었어요."

"제가 처음?"

"예."

"영광스런 첫눈이네요."

"집에 코코아가 있어요."

"아니! 저 코코아 좋아하는 걸 어떻게 알죠?"

"모르고 한 얘기에요."

조금 있으면 동이 틀 것이다. 나는 남자가 떠난 테이블을 치우고 낮게 흐르던 음악의 볼륨을 올리고 옷을 벗는다. 그리고 한동안 앉지도 눕지도 않고 선 채로, 공중에 떠오르거나 혹은 추락 중인 존재처럼 남아 본다. 남자는 떠나면서 자기에게 연락 할 수 있는 것을 아무것도 남기지 않고 떠났다. 또한 전혀 피곤치 않은 말쑥한 얼굴로 인사하고 떠났다. 그게 나름대로 구현할 수 있는 자신의 완성도일지 모르겠다. 하지만 남자를 구원하는 건 완성도가 아니다. 안타깝게도 그건 행운이다. 예수가 어느 잘 생기고 부유한 바리사이 청년에게 충고했던 말이 기억난다.

"여자는 완성된 남자보다는 자기가 완성하고 싶은 남자를 사랑하는 법이다. 그러니 뭐든 다 잘 하려고 애쓰지 마라. 바보짓이다."

그러자 바리사이 청년이 물었다.

"여자가 완성하고 싶어 하는 남자란 어떤 남자입니까?"

"이미 완성된 녀석이다."

완성도 있는 남자가 떠난 후 안심 되는 것은, 그가 앞으로 언제가 되었든 제 멋대로 내 오피스텔에 불쑥 나타날 만큼 심각하고 성실한 성격이진 않을 거란 점이다. 그게 안심되고 만족스럽다. 거기까지가 그의 진정한 완성도다.

옷을 벗은 나는 침대에 쓰러진다. 그리고 온 세포에 피가 골고루 퍼지도록 몸을 길게 편다. 어둠 속, 블루스가 낮게 흐르고 내 몸에서는 오랜만에 피가 도는 포유류의 느낌이 든다. 그 순간 나는 짧고 사치스런 비명을 지른다. 뭐, 아무 비명이나 내지른다. 짐승의 비명이라야 뭐가 있겠는가. 사랑하거나 죽거나 혹은 그런 것들을 피할 때 나오는 소리일 뿐.

남자는 갔다. 그는 동이 트면 잠도 쏟아지고 술도 덜 깬 눈으로 성모상을 바라보게 될 것이다. 어둠... 새벽에 남자를 보낸 나 자신... 아아, 그 친구가 등장한다. 나는 누구인가... 어디서 왔는가... 왜 여기 있는가...

원자력 발전소에 근무하며 잘 다듬은 은빛 수염을 가진 60살의 중년 남자, 영양을 잡아먹는 치타를 TV에서 보고 치타들로부터 영양들을 보호하겠다고 벼르며 아프리카로 날아간 감성적인 남자, 구두 굽이 닳은 미국인 몰몬교 선교사, 하루에 담배를 한 갑 반 피우는 젊은 가톨릭 신부, 사랑의 열정에 흥분하는 드라큘라, 레지스탕스에 가담한 프랑스인 일가족을 직접 사살하였고 제복에 훈장과 하켄크로이츠를 달았으며 세례명이 바오로인 나치 장교...

이들은 모두 내가 상상으로 그렸거나 미디어를 통해 보았거나 실제로 본 적이 있는 남자들이다. 그중 가장 최근의 내 섹스 파트너는 나치 장교였다. 그러나 요즘에 와서 그들에게 예전 같은 성적영감을 받지 못하고 있다. 편안하게 퇴보한 것 같다. 변화란 이토록 영악하다.

나는 눈을 감는다. 죽음의 느낌이 든다. 그것은 살아 있다는 열렬한 증거다. 그 친구가 또 나타난다. 나는 누구인가 어디서 왔는가 왜 여기 있는가...

이때 나는 내가 깨어 있음을 스스로 확인하기 위해 무엇이든 현실에 존재하는 사람들을 떠올려 본다. 정문의 수위, 이 시각의 마가, 일단의 작가들 배우들 스태프들 건너편 오피스텔의 여자... 그 여자는 오늘 밤도 귀걸이를 풀고 코를 후볐을까? 아니면 수첩에 긴 메모를 남겼거나... 월말 지출 경비를 심각히 계산하거나... 나르시시즘의 행위? 한다면 어떤 남자를 만나며...

행위들이 떠오른다. 인간이 태어나 죽을 때까지의 온갖 행위들... 아담과 이브라는 한 쌍의 사춘기 원수지간 이후 오늘날까지 인류의 행위는 변함이 없다. 수많은 성자 혁명가 철학자란 자들이 세상에 와 사기를 치다 갔지만 여전히 인간은 태어날 때 공포에 울부짖고 정치가는 자신을 속이며 마음 약한 바보는 알코올중독이 된다. 인간의 행위란 궁극적으로 전부가 부질없는 짓으로 판명이 난다. 그런 인간에게 최고로 고통스런 기억이란 막 태어난 순간일 것이다. 인간에게 그보다 고통스러운 순간이 있던가? 생명체란 태어나는 순간이 가장 경이롭고 예쁜 법이다. 땅을 뚫고 나오는 시금치나 봉오리를 틔우고 나오는 재스민이나 알을 깨고 나오는 개구리새끼든 상어새끼든, 생명체란 태어날 때가 가장 곱다. 그런데 유일하게 인간만이 태어날 때가 가장 추접하고 못났다. 막 태어났을 때 경이롭고 예쁜 인간이 있던가? 고운 인간이 있던가? 눈에 콩깍지 천 겹을 껴보지 않고는. 인간은 인간 자신에게 사기를 친다. 그러니 구원하기가 영 까다롭다. 그리고 인간만이 태어나는 순간 필사적으로 운다. 또 태어나 또 똑같은 짓을 하

고 살아야 하는 것에 대한 절망 탓이다. 그런데 그토록 울더니 잘 때
는 일생동안 배를 하늘로 향하고 누워서 잔다. 그것은 죽음에의 집요
한 열망이다. 사람은 누워 죽는다. 그것은 문화나 유행이 아니라 본
능이다. 배를 하늘로 쳐들고 누워 자는 짐승, 땅에서든 물에서든 하늘
에서든 그런 짐승은 인간뿐이다. 태어난 순간 그토록 고약하게 울더
니 평생 누워 자며 죽음을 지향하는 짐승. 그 짐승은 태어나는 순간의
지독한 울음에도 불구하고 어느덧 나고 죽는 시스템에 복종하며 삶
의 태엽을 굴리기 시작한다. 욕망이 시작되고 경쟁이 일어나고 질투,
전쟁, 결혼식 같은 걸 하면서 산다. 그 어떤 거룩한 신성을 가진 자가
나타나 요설을 풀어도, 동요를 읊조리던 달에 불 뿜는 깡통이 착륙되
어도, 오스트랄로피테쿠스의 유전자는 코털 하나 바뀌지 않았다. 대
체로 사람들의 표정이란 쾌감보다는 불쾌를 나타내고 있다고 본 프
로이트의 관찰은 정직했다. 우리가 늘 쳐다보는 역사적 위인들의 흉
상들, 초상화들이 그렇다. 무엇의 〈본질〉을 따지다 간 그들의 얼굴은
하나같이 불쾌한 표정이 아니던가? 그들은 모두 입을 굳게 다물고 누
명 쓴 정치범처럼 비장한 시선을 하고 있다. 술에 쩐 소크라테스의 얼
굴, 튀어나온 광대뼈만큼이나 회의도 깊은 고타마, 여럿 죽인 마약 조
직 보스처럼 흉악한 괴테, 쉴 새 없이 글을 쓰게 하는 영귀에 빙의돼
반 쯤 미친 톨스토이, 위기를 알고 있는 불길한 눈길의 프로이트, 탈
수로 쓰러지기 직전의 테레사 수녀... 그러니 천국의 주인이라면서도
이 행성에서 가장 못 볼 짓을 당한 예수의 표정은 알만하지 않은가?

인류라는 거대한 불쾌의 덩어리를 어떻게든 개선해 보겠다고 나섰
던 수많은 인물들은 자신의 불쾌한 표정의 흉상을 남겼고 우리는 그
것들을 교과서에서 바라본다. 아담과 하와라는 사춘기 청소년 둘을
조상으로 둔 인류는 일평생 거래할 짝을 찾고 그 짝과 부대끼며 살아
가는 게 전부다. 예수 고타마 노자 같은 본질의 탐험가들이 개그맨과

공통점이 있다면 그들도 결국은 사람들을 웃기려 했다는 것. 협동농장이건 니르바나건 모두 사람들이 들어가 웃으라고 지어진 클럽이 아닌가?

이 새벽, 눈을 감고 잠을 청한지 한참 됐는데도 웬일인지 잠에 들지 못하고 있다. 벌써 창밖엔 희미하게 동이 터 온다. 시간이 가고 하루하루가 바뀔수록 점점 나는 서른 살로 다가가고 있다. 서른 살이 되면 20대를 벗어난 걸 자축하는 시 한 편을 써 보리라 생각했었다. 이 세계란 구체적으로 〈번식의 시장〉이며 사람의 인생이라는 건 그 누가 뭐라고 사기를 쳐 봐야 결국 골자는 번식시장에 나갈 상품을 생산하고 유통하고 소비하는 과정이다. 상품은 나라마다 다르지만 전 세계 문명지역 평균으로 여자는 20대 남자는 30대가 절정의 수급시즌이다. 그 지난한 비교경쟁과 흥정 끝에 낙찰된 상품들은 얼마 지나지 않아 자신들과 똑같은 상품을 또 찍어내고 그 상품은 또 다음 상품을 찍어내는 방식으로 시장을 유지한다. 그리고 종종 전쟁 같은 대량 출폐를 통해 물량을 조절하고 단가를 맞추는 식으로 업황을 안정시키기도 한다.

바로 그런 시스템의 최고가 매물대를 통과해서 맞는 서른 살이란 조금은 자축할만하지 않은가. 그러니 20대 탈출을 며칠 남기지 않은 지금, 서른 살의 시를 위해 약간의 자극을 시도할 수도 있다. 예컨대 혁명 같은 것이다. 암보험도 들지 않고 중국남자와 이탈리아 음식을 먹는다든가 그가 니글거리는 접시 위로 보여주는 마카오반도 여행 사진을 보며 몹시 멋지다며 목청을 떤다든지, 그리하여 상하이에 오면 자기 소유의 두 대의 마세라티를 태워 주겠다는 그에게 어쩌면 이토록 훌륭한 남자일 수가 있냐고 감탄함으로써 인민해방군의 영예를 드높이고 고무하며 혁명에 가담하는 것이다. 이때 멀미약 준비를 미리

하지 않음으로써 혁명은 더욱 모험적이게 된다.

그런데, 맞다. 방금 생각이 났다.

서른 살이 돼도 시 따위를 쓰지 않겠다. 중국 남자를 만나지도 피지 덩어리 같은 이탈리아 음식을 앞에 두지도 않겠다. 1년에 두어 번 발정하는 대부분의 짐승과 달리 인간은 1년 내내 발정한다. 그러니 혁명 같은 게 필요하다. 특히 계급투쟁이나 유물포르노 기호증을 가진 남녀일수록 월등한 성적 욕구를 품고 있음에도 그들의 혁명이 항상 실패하는 이유는 그들의 얼굴이 전부 못났기 때문이다. 체게바라Che Guevara를 보라. 그는 유일하게 잘 생겼으므로 십대들이 티셔츠에 얼굴을 새기지 않는가. 그래서 누구나 혁명을 하지만 성공은 체게바라만 하는 것이다. 또한 혁명이란 만18세 이하의 미성년에게만 허가되어야 한다. 19세를 넘어 버린 성인은 그 거친 선정성을 감당 할 수 없기 때문이다. 그러니까 스무 살 서른 살 팔순이 되어서도 혁명을 한다는 자들은 음란물을 보는 중학생들인 것이다.

오후 3시께 나는 카페 가브리엘에 도착했다. 여주인은 외출하고 없었다. 오늘따라 카페는 손님이 없고 한가했다. 내가 감자튀김과 샐러드와 커피로 오늘의 첫 식사이자 늦은 점심이자 어쩌면 오늘의 마지막 식사를 막 마쳤을 때, 마가가 최근에 쓴 내 단편영화 시나리오를 가지고 왔다.

"잘 읽었어요. 근데 제목이 뭐에요? 안 적혀 있던데."

"제목 한번 지어 볼래?"

"아뇨. 난 자신 없어요. 이거 언제 영화로 만들어요?"

"난 몰라. 만들 사람 맘이겠지."

"근데 시나리오가 이상한 게 느껴져요."

"그게 뭐야?"

"뭘 거 같애요?"

그녀는 수수께끼를 낸 사람처럼 미소를 짓더니 주방으로 떠났다. 나는 그녀의 손의 습기도 채 가시지 않은 시나리오를 붙잡고 물끄러미 쳐다보았다.

이 시나리오엔 한 부부가 등장하는데, 특히 남편은 영성이 지고하고 영예로운 사람이다. 그는 생선 외엔 육류를 일절 먹지 않는 페스카테리언 채식주의자이며 독실한 카톨릭 신자다. 그런데 그는 극심한 의처증을 가지고 있어서 항상 부인을 의심하며 툭하면 학대하고 폭행한다. 그리고 부인을 폭행한 날은 늘 자기 서재에 들어 가 오래도록 경건히 묵상기도를 드린다. 어느 날 오후, 그녀가 패스트푸드 점에서 치즈스틱을 먹을 때 건너편 남자 고등학생을 쳐다보고 성적 상상을 하며 부도덕하게 치즈스틱을 먹었다는 이유로 그녀의 남편은 치즈스틱을 쌌던 종이를 동그랗게 말아 그녀의 눈을 찌르고 집에 돌아 와 묵상기도를 드린다. 그날 저녁 그녀는 남편을 죽이기로 결심하고 남편이 사 온 생선을 냉동실에 넣어 얼린다. 남편은 하루도 빠짐없이 이른 아침이면 수산물시장에 가서 그날 먹을 싱싱한 생선을 사 오는데 그것을 얼린 것이다. 그리고 그 날 저녁, 그녀는 묵상기도를 마치고 저녁식사를 시작한 남편의 눈에 꽁꽁 언 정어리를 쳐 넣는다. 평소 남편은 소 돼지 같은 육지 동물의 고기를 입에 대지 않았는데 최고로 혐오하고 쳐다보지도 않는 건 닭고기였다. 부두교에서는 저주의식을 할 때 닭 피를 뿌리고 아마존이나 동남아시아 지역에서는 흑마술에 닭 피를 사용하며 베드로가 예수를 세 번 부인한 것도 닭 울음과 관련이 있으니 닭은 악마의 짐승이라는 것이었다. 그리고 그 날 밤 예수가 자기를 세 번 부인할 거라 베드로에게 예언할 때, 새 울음 개 울음 염소 울음 다 놔두고 닭 울음을 택한 것도 이유가 있다는 것이었다. 신앙심이 남달랐던 그는 한때 베드로의 밥줄이었고 오병이어의 기적이 일어난 생선을 주님의 음식이라며 매일 빠짐없이 먹었다. 결국 그는 생의 마지막 순간 생선을 눈에 넣는 영예를 누린 것이다.

마가가 다가 와 시나리오를 훑어보고 있는 내 곁에 섰다. 나는 멀뚱히 서 있는 그녀를 올려보며 말했다.

"이상한 게 뭔지 생각하고 있었어. 앉지?"

"서서 언니 보는 게 좋아요."

그녀는 서서 나를 보았다. 그런데 나를 내려다보는 그녀의 웃는 모양이 하도 은밀하고 예뻐서 난 콜라를 빨아 먹던 스트로를 입에서 놓쳤다. 그녀는 이러는 내 모습이 안 돼 보였는지 그 자리를 떠나 줄 듯 말했다.

"좀 덥죠? 히터를 줄일까요?"

"괜찮은데. 안 앉아?"

두 번째 앉으라는 권유에 그녀는 그대로 선 채로 이렇게 말했다.

"혹시 언니는 남자를 뭐라 생각해요?"

스물아홉의 독신녀에게 남자를 뭐라 생각하느냐는 열아홉 살 부인의 번민 가득하고 우아한 질문에, 섣불리 답변을 했다간 독살을 당할 거 같아 나는 말없이 입으로 스트로 끝을 깨물었다. 그녀는 손에 든 쟁반과 춤을 추듯 몸을 움직이며 말했다.

"사르트르가 그랬죠? 남자란 되도록 희극적이다... 동성애도 즐겼던 사람이 말이에요."

"그래서?"

"난 코메디언 안 좋아해요. 남자라는 코메디언."

난 그때서야 그녀에게 궁금했던 것들이, 한 마디의 압축된 말로 떠올랐다. 기회다 싶었다.

"남편은 어때?"

그 소리를 듣자마자 그녀는 웃음을 터뜨리더니 느닷없이 시나리오 얘길 꺼냈다.

"언니의 시나리오에 나오는 남자는 부인에게 살해당하는 것보다는 유서를 쓰고 자살하는 게 어때요?"

"오 마이 갓! 처음엔 그렇게 쓸까 생각 했었어. 그런데 그렇게 하면 남자가 조금 아름다워져. 난 남자를 아름답게 만들만큼 형편이 딱한 여자는 아니야. 남자를 아름답게 만드는 건 여자를 질서 있게 만드는 것만큼 빈궁하고 가련한 짓이지."

이러자 그녀는 드디어 내 맞은편에 앉았다. 그리고 마치 뭐에 홀린 듯한 눈으로 나를 쳐다보았다. 왜 그래? 라고 물어도 대답 하지 않더니 잠시 후 이야기를 시작했다.

"언니. 언니는 남자에 대해, 남자를 스스로 가장시켜 놓고 그 부분에 빠져드는 환상 같은 거 있죠? 가령 상상 속의, 아니 멋대로 가장시킨 남자를 사랑한다든가... 그래서 실제로 연애나 결혼은 안중에 없는... 그런 거 말이에요."

난 소름이 돋았다. 나는 아무 말도 하지 못했다. 이럴 땐 아무 말도 못 해야 제정신인 사람일 것이다. 독약을 마셨으니까. 난 입술에 걸릴 듯 말듯 한 스트로와 정면에 앉은 마가, 아니 마녀 사이에서 어쩔 줄 몰랐다. 이때 갑자기 마가는 일어나더니 물어보지도 않고 내 옆에 와 앉았다. 그러더니 내 어깨를 만졌다. 그리고 언니는 어깨가 참, 하고서 말끝을 잇지 않다가 좋아요- 로 맺는 것이었다. 어깨가 좋다?

마가는 자리에서 일어나, "콜라 더 드릴게요. 히터 좀 줄이고요."하면서 자리를 떠났다. 지금 내 체온이 평소보다 상승한 걸 이 무서운 마녀는 어떻게 알았을까?

그녀가 자리를 떠나자 내 앞엔 콜라와 얼음과 커피와 물이 남게 되었다. 그것들은 모양과 색이 각기 달랐고 각기 다른 영혼을 가지고 있었다. 뭔가 근시안적인 바보 같기도 하고 탄로 난 거짓 같기도 한 그 장면은 나를 수치감으로 달아오르게 했다. 그것은 뭔가의 기념이며 조롱의 느낌이 들었다. 미지근한 물, 바닥을 드러낸 콜라, 웅덩이처럼 어둡게 고인 커피, 곧 물로 변할 얼음덩어리들... 이것들은 모두 날조되었거나 날조가 될 것이다. 마가는 내 안의 비밀을 향해 제 직감의 독약을 풀더니 난데없이 내 어깨를 칭찬하고 떠났다. 그리고 여기 내 단편 시나리오는 넉 잔의 컵이 보여 주는 무작위와 공교로움 그리고 공황에 휩쓸려 쓰러져 있다. 마가, 저 어리고 의심쩍은 부인의 정신이란 어떤 것일까. 그건 그렇고 나는 어쩌자고 이 따위 이야기를 13페이지나 써서 저 마녀에게 보여 주고 앉아 있는가.

마가는 주방에 서서 관자놀이를 누르다가 손님들이 들어오자 그들에게 떠난다. 마가의 얼굴이 조금 피로해 보인다. 그런데 그 피로감이란 나른해 보이기도 하고 섹스 후 오르가즘에 5분 동안 눈을 감고 있는 얄미운 여자처럼 숨은 생기를 머금고 있다. 그런데, 새벽에 내게 전화를 걸어 남편은 자고 남자친구들과 야참을 먹고 있다는 말이 의심스러운, 붉은 멍 자국이 목에 남아 있다. 목의 그 멍은 볼수록 생생하며 에로틱하다. 그 멍 자국을 만지며 그녀의 눈동자를 가까이서 응시해 보고 싶은 호기심이 생긴다. 그 자는 어린 아내가 어땠을까?
나는 그녀가 나의 시나리오를 잊어 주기를 염원한다. 내게 감쪽같이 숨겨져 있는 뭔가가 저 어린 여인에게 들키고 얕보일 수 있다는 게 가슴 아프다. 또한 내가 저 신비롭고 영리한 마녀에게 못난 여자로 보일 수도 있다는 열패감이 나를 더욱 못나게 한다.
나는 거듭 심호흡을 하고 마음을 가볍게 만들어 저 편 마가의 모습을 쳐다본다. 손님 넷이 앉은 테이블에서 주문을 받는 그녀의 모습이 도도한 나비처럼 아리땁다. 갓 결혼한 부인이라 했지만 그녀의 어디에도 열아홉 이상의 나이는 보이지 않는다. 나는 그녀의 희고 가느다란 손을 바라본다. 그러다 시선을 돌려 그녀의 야무지게 꺾인 허리를 살펴보고 다시 마르고 각이 진 어깨를 거쳐 립스틱 바르지 않은 투명한 입술을 본다. 비밀스럽고 아름다운 물체다. 아무리 건방진 투로 살펴보려 해도 내 시선은 그녀에게서 풍기는 야릇하고 기분 좋은, 습도 같기도 하고 숨결 같기도 한 것에 흡수되어 버린다. 이게 무엇에서 연유되었는지는 모르지만 그녀에게서 나는 촉각을 느낀다. 순간 남편이란 자의 모습이 상상된다. 그 얼굴은 발정 난 짐승의 혓바닥처럼 열이 나고 꿈틀댄다. 소녀의 남편, 서른아홉 살이나 먹은 짐승이라니!

나는 시선을 돌린다. 감정에서 이탈하여 단지 광학적 신경만을 모은 눈으로 바깥을 응시한다. 광장에 쌓인 눈은 기화되고 있다. 눈이 기화되면 바닥이 드러날 것이고 그 바닥은 세상의 숱한 역사의 얼굴로 부활할 것이다. 어느새 나는 그 사람들을 생각한다. 가장 광장적인 사람들. 어느 시절이건 역사의 단층마다 광장이 있었고 그 광장에는 숙명의 주인공들이 있었다. 그 주인공들은 광장에 섰고 광장에서 환영받거나 죽어 갔다. 그 남자 역시 그랬다. 한때 광장이 환호했으나 결국 광장이 버린 남자. 그리고 그 광장에 다시 설 것을 낙관한 남자. 역사의 수많은 광장들의 단층 하나에 서 있는 그 남자, 임마누엘. 그는 자신의 예지대로 자신이 저문 저 광장에 나타날 수 있을까?

광장은 여성의 모태 같은 곳이고 남자들이란 그 안에서 더 없이 기만적으로 노니는 응석받이들이다. 본디오빌라도 곁에서 광장의 군중들로부터 단죄를 받던 그도 자신을 단죄하는 그 군중들을 저주하기는커녕 불쌍하다며 눈물지었다. 그리고 2천년이 지난 지금, 재림한다던 그는 광장의 한 귀퉁이에 모자를 푹 눌러쓰고 숨어 인류의 제 세기마다 그 시대가 내세운 광장의 망령들과 악수나 나누고 있지 않을지.

임마누엘은 즉결 처형될 수 있었으나 관례상이라는 이유로 일부러

매를 맞고 십자가를 한참 끌고 가서 못 박히는 길고 불필요한 절차를 밟게 되었다. 맞든 고문당하든 끌려 다니든, 일단 죽음으로부터는 늘 유보되고 있었다. 이상하지 않은가? 게다가 산헤드린의 일관되고 끈덕진 구형과 달리 본디오빌라도가 내리려던 판결은 〈무죄〉였다. 그런 본디오빌라도에게 임마누엘은 항소하겠다고 으름장을 놨다. 임마누엘은 유대의 율법을 훼손하고 금융체계 와해를 기도했으며 백성들을 거짓 선동한 혐의로 유죄를 받게 해 달라고 본디오빌라도에게 강력히 호소했고 본디오빌라도는 그의 무시무시한 겁박에 손을 들 수밖에 없었다. 그것이 당시 현장을 목격했던 나의 기억이다.

(당시 재판공문서에는 첫 판결인 〈무죄〉가 기록되었으나 얼마 후 그 기록은 급히 폐기된 채 〈유죄〉로 수정된 선고만이 기록에 남겨졌다)

예수는 자신에게 선고되려던 무죄를 왜 그토록 거부했을까?

나는 마가에게 일전에 남겨둔 와인을 갖다 달라고 했다. 곧 마가는 1/3쯤 남겨진 와인과 와인 잔을 가지고 와 테이블에 놓았다. 이때 한 여자 손님이 들어 와 저 편 테이블에 앉았다. 그녀는 모피 반코트 안에 짧은 베이지색 원피스를 입었다. 그녀는 테이블에 앉자마자 거울을 꺼내 화장을 다듬는다. 콤팩트를 꺼내고 립스틱을 바르고 앞 머리카락을 매만지는 등의 동작이 아주 신속하고 능란하다. 그리고 최종적인 듯, 거울에 얼굴을 좌우로 돌려 비춰 보더니 거울을 접는다. 그때서야 그녀는 카페 내부를 빙 둘러본다. 그러더니 혼자 앉아 있는 여자인 나에게 시선을 잠깐 멈춰 본다. 그러다 아무래도 의심스러운 듯 다시 또 거울을 꺼내 얼굴을 비춰 보고 입술을 오므렸다 편다. 그 일련의 행위들은 기만당한 존재의 막연한 희망과 좌절을 동시에 예감케 한다. 그녀는 남자를 기다림이 분명하고 앞으로도 매 2분마다 시계를 쳐다볼 것이며 그 중간 중간에 거울을 펴 볼 것이다.

나는 와인잔을 코에 대고 향을 흡입하며 과거와 지금의 내 감각의 차이가 무엇인지를 가늠해 본다. 와인은 예전처럼 시고 매끄러운 맛이 난다. 그것은 어떤 연속성, 불변성의 압제를 느끼게 한다.

마가가 내 테이블로 와 앉는다. 나는 와인 잔을 손에 든 채로 자기 만족적인 미소를 지어 보인다. 그러거나 말거나 그녀는 앉자마자 질문한다.

"물어볼 게 있어요."

"뭘?"

그러자 그녀는 뭘 연계시키는 듯 어렴풋한 시선으로 창밖을 한번 쳐다보더니 다시 나를 본다.

"혹시 언니는 여자 사랑해 본 적 있어요?"

그 질문이 당혹스러운 건 아니었다. 나는 여자를 사랑하지 못할 만큼 남자를 희망적인 생명체로 보진 않으니까. 물론 나는 아직, 적어도 2천년 동안 여자를 사랑해 보진 않았다. 나는 마가에게 되물었다.

"여자를 사랑하는 여자는 자신에게 금지를 느낄까? 어때?"

그러자 마가가 대답하기를, 어떤 것에 금지를 가질까 안 가질까 묻는 양식 자체가 그것에 대한 관용이 갖춰진 자세다, 언니는 이미 여자를 사랑하고 있을 것이다, 라고 당돌하게 대답했다. 나는 당황하기 시작했다. 마가는 테이블에서 일어나더니 다시 한 번 내 어깨를 한두 개쯤의 손가락 끝으로 건드렸다. 그리고 이번엔 아무 말도 없이 주방으로 사라졌다. 베이지색 원피스 입은 여자가 향수를 치마 밑으로 뿌렸다. 서글펐다. 한없이 관용이 되었다.

베이지색 원피스 입은 여자로부터 관용을 배운 지 60초가 지났을까, 60분이 지났을까, 모르겠다. 마가가 빈 컵을 들고 테이블에 다가

왔다.

"저도 한잔해도 돼요? 한잔 만요."

나는 관용에 빠져 있던 내 의식에 아무렇게나 낙서를 하듯 마가의 물 컵에 와인을 따라 주었다. 컵이 넘칠 정도는 아니었다. 아니, 사실은 컵의 절반밖에 차지 않았다. 낙서를 할 듯 낙서가 맘껏 되진 않았다. 나는 관용의 눈을 떠 보이며 마가에게 말했다.

"희극적인 건 꼭 남자들 뿐만은 아니야. 여자 역시도... 아니, 인간이란 다들 희극적이야."

"물론 그렇지요. 하지만 더 희극적인 건 남자예요."

"그래 맞아. 근데 지금 남편이 마가의 첫사랑이야? 물어 봐도 되지?"

"첫사랑은 아니에요. 말하자면 두 번째 사랑이에요. 언니는요? 언니도 사랑하는 사람이 있었겠죠?"

그건 여러 가지 대답이 가능한 질문이었다. 나는 단지 긴 설명이 필요하지 않은 쪽의 대답을 했다.

"없었어."

마가는 의심스럽게 눈을 떴다.

"왜요?"

"난 인연 맺는 거 싫거든. 코메디언이랑."

나는 웃어 보였지만 그녀는 진지했다.

"호감이 가는 남자도 없었어요?"

"없었어. 나 남자 좋아하지 않아."

여전히 그녀는 진지했다. 이번에도 시선을 내게 떼지 않으며 물었다.

"왜요?"

"뭐가 왜?"

"왜 싫으냐고요. 남자가."

"꼭 알고 싶어?"

"꼭 알고 싶다기보다는 그냥 알고 싶어요."

"좋아. 남자는 서서 오줌을 누니까 싫어."

그러자 마가는 놀란 얼굴로 입을 다물지 못하였다. 뭐라고 소리를 칠 듯, 말을 할 듯, 울 듯, 웃을 듯... 내가 왜 그래? 라고 물어도 그녀는 아무 말도 하지 않았다. 그러다 와인을 들이켜고 말했다.

"전 언니 느낌이 좋아요. 그냥... 느낌이요."

그러면서 뭔가 기분 좋아하는 표정으로 나를 쳐다보았다. 나는 잠시 대꾸할 말을 찾지 못하고 망설였다. 느낌, 성격, 얼굴, 말씨, 사상, 인격, DNA, 냄새, 소리, 영혼... 이와 같이 인간이 인간을 소비하고 고발 할 수 있는 것들 중 최고로 내력이 오래되고 영혼 다음으로 오류가 많은 종목, 즉 〈느낌〉이 좋다 하는 찬사를 듣고 나는 어떻게 보답해야 할지를 몰라 그저 겸손히 의사를 물어보기로 했다.

"어떤 느낌?"

그러자 역시나, 그녀는 뭔가를 자기 혼자 알고 있는 미소를 살짝 지을 뿐 굳이 그 대답에 신경을 쓰지 않는 여유를 남겼다. 나는 그녀의 물 컵 위로 와인을 치켜들며 또 겸손을 나타냈다.

"한잔 더 해?"

그러면서 몹시 관심이 넘치고 오랜 존중이 없으면 일어날 수 없는 의문이라는 듯이 고개를 살짝 갸우뚱 한 채 그녀를 쳐다보며 하나를 물었다.

"남편은 뭐하는 분이야?"

"그걸 이제야 물어보시는군요. 전 기다리고 있었어요. 언니의 인내심이 바닥나기를... 그이는 음악을 해요. 프리랜서 바이올린 연주자인데 음대 지망생들 입시 지도도 하죠. 저도 여고 땐 그이한테서 바이올린을 배웠어요. 그러다 무용대학엘 갔지만요. 그건 어느 날 무용이 더 좋아졌기 때문이에요. 바이올린 실력이 충분했지만... 그것보다는 무용이 좋았거든요."

"아, 그럼 지금 남편은 여고 때 만난 거..."

"맞아요."

"근데 무용을 하게 돼서 남편이 좀 아쉬워하거나..."

"그렇지 않아요. 오히려 무용을 하게 된 걸 반겼어요. 아예 무용을 하라고 적극 권할 정도였으니까. 그 이는 바이올린을 연주하고 나는 춤을 추고, 그걸 우린 좋아해요. 어쩌다 즉흥적으로 길거리나 술집에서도 그렇게 해요."

"멋지다! 무슨 영화 같은."

마가는 티 없이 밝고 만족에 찬 얼굴로 웃었다. 곧 그녀는 인형에게 말하는 어린 여자아이처럼 또랑또랑한 눈망울로 나를 보며 말했다.

"비밀이에요."

"뭘?"

"내가 말한 모든 것요."

이때 카운터에서 전화벨 소리가 울리자 마가는 테이블을 떠났다. 잠시 후 카운터에서 그녀가 작게 외쳤다.

"사모님이에요. 곧 오신대요."

마가는 분주히, 사무적으로 긴장해 가기 시작했다. 나는 와인 잔을 바짝 눈앞에 붙이고 그 붉은 액체를 통해 카페 내부를 돌아보았다. 사포에 그린 장식용 그림들, 보험사나 투자금융사 창구에 놓여야 할 제임스본드와 말풍선 그림의 칸막이, 카운터 벽에 걸린 전 세계에 수천만 장은 될 임마누엘의 초상화, 또다시 백에서 거울을 꺼내보는 베이지 색 옷의 여자... 나는 와인 잔 속에 비친 광경들을 흔들어 버린다. 형상들이 어지럽게 파괴된다. 저주받은 우주처럼.

한동안 나는 눈을 감고 있었다. 우주는 파괴되었고 신은 궁여지책으로 〈억겁〉이라는 찰나를 내 놓으며 자신의 궁상을 덮으려 했다. 나는 신을 비웃으며 태초를 자유로이 유영했고 점점 비웃음 받는 신 그 자신이 되어 갔다.

순간 재채기가 나왔다. 나는 물상 세계로 급히 환생해 냅킨을 집고 침과 눈물을 닦았다. 베이지색의 여자가 눈에 들어왔다. 온 우주가 파멸을 하든 말든 거울보고 화장만을 하던 베이지색의 여자는 갑자기 급히 거울을 백에 넣더니 눈을 가늘게 떴다. 그런데 그녀가 눈을 가늘게 뜬 지 몇 초가 안 돼 얼굴이 빨간 60대 후반 쯤의 노신사가 카페에 등장했다. 그는 베이지 색 여자를 발견하고 제 얼굴색처럼 빨간 웃음을 지으며 그녀에게 다가와 앉았다. 놀라운 일이다. 그녀는 노신사가 오는 걸 어떻게 알았을까? 그녀는 마치 마법사처럼 문밖의 상황들을 꿰뚫어보기라도 한 건가? 그녀는 오랫동안 저 빨간 남자를 기다리고 있었던 것이다. 그녀는 매분마다 시계를 보았고 거울을 들었고 화장을 다듬고 향수를 이 잡듯이 뿌렸다. 그 모든 일련의 행위는 저 빨간 남자의 등장에 맞춰져 있었던 것이다. 그러다 남자가 나타나기 직전, 여자는 이제까지 반복되던 동작의 패턴을 순식간에 팽개치고 삐진 고양이처럼 웅크리며 눈을 가늘게 뜬 것이다. 그랬더니 단 몇 초 만에 빨간 남자가 고양이 앞에 벌벌 떨며 앉은 거다. 저 고양이는 빨간 남자가 임박했단 걸 어떻게 알았을까? 휴대폰의 메시지를 보거나 전화 통화를 한 것도 아니었다. 그렇다고 어디서 전갈이나 제보를 받은 것도 아니었다. 그런데 어떻게 알았을까? 빨간 남자만의 냄새나 초음파가 있는 걸까? 역시나 그렇다. 여자의 육감이란 빨간 남자든 빨간 곰이든 빨간 불알이든 모조리 꿰뚫어 볼 수 있다. 그러니 중세 유럽의 형편없고 찌질한 놈들 눈엔 육감 있는 여자가, 아니 마녀가 얼마나 멋져 보였을까? 넘볼 수 없도록 탁월한 감각과 기지를 지닌 마녀. 그래서 저 형편없는 놈들은 저토록 수준 높은 마녀가 자기보다 뛰어난 인물이라는 것과 자기가 그녀를 소유할 수도 없다는 사실이 괴로웠을 것이다. 그래서 그놈들은 자기들 누구도 저 마녀들을 소유하지 않는 걸로 통일하자 하였을 것이고 그 합의는 무섭도록 신속히 이루어졌을 것이다. 그리고 서둘러 마녀들을 화형 시켜 죽였을 것이다. 그들은 저 수준 높고 멋진 마녀들이 아깝게 불 타 버리는 걸 바라보면서, 아까워 미칠수록 찬송의 목청을 드높이고 격렬히 기도했을 것이다. 그리고 여한 없이 불구경을 한 후엔 각자 집에 돌아 가 너나없이 등을 웅크리고 두 손 모아 오줌을 싸며 찌질함을 통일했을 것이다.

베이지 색 여자 앞으로 상체를 드밀고 두 손을 깍지 낀 채로 뭐라 열심히 해명을 하던 빨간 곰은 이제 해명이 다 끝났는지 편한 자세로 상체를 등받이에 기댔다. 여자는 이제껏 한마디도 하지 않았고 얼굴엔 여전히 불만이 씌어 있지만, 아까보단 기분이 한결 풀려 보인다. 이때 빨간 곰이 자리를 떠난다. 저 향기 짙은 여인을 두고 어디로? 그는 화장실로 간다. 마녀를 안심시키는 데 성공했으니 이젠 한결 마음 편히 성기를 꺼내 오줌을 누며, '마녀는 아름답다. 내 여자는 마녀다, 내 여자는 아름답다'라는 축복의 논리를 거듭 되뇌며 고양되겠지.

빨간 곰이 사라지자 여자는 깊게 한숨을 쉬더니 불만스럽던 표정이 누그러진다. 이제 굳었던 안면의 근육도 쉴 차례. 그리고 그녀의 얼굴은 점차 무표정으로 변하기 시작한다. 마치 회로가 끊긴 사이보그처럼 멍한, 무아지경이 된다. 아름답다. 인간이 가질 수 있는 가장 자연스런 얼굴이 저것이다. 여자는 잠깐 치매 상태에 빠진 듯하다. 순간의 치매 상태란 언제든 있는 일이다. 초점이 없는 눈동자, 곧 울 것 같기도 하고 웃을 것 같기도 한 모호한 눈동자, 삶도 죽음도 아닌 눈동자, 그것은 삶을 초월했다기보다는 죽음을 초월한 표정이리라. 화장실에 간 빨간 곰은 저 마녀의 해탈을 이해나 할까?

유리창 밖으로 광장이 어두워지기 시작한다. 가로등들도 하나 둘 켜지기 시작한다. 모두 권태롭고 지겨운 운동이다. 나는 잔에 와인을 따른다. 그 역시 권태롭고 지겨운 운동이다. 나는 단숨에 와인을 마셔 버린다.

또 한 손님무리가 들어와 테이블에 앉는다. 두 쌍의 남녀다. 전혀 즐거운 얼굴들이 아니다. 곧 그들 중 한 여자가 떠들기 시작한다. 그녀는 화장이 무척 진한데 눈매가 날카로우며 짧은 스포츠머리를 하고 있다. 남자들은 모르는, 알고 보면 여자들이 더 모르는, 사실은 그 남자나 여자를 만든 신도 모르는 사실이 하나 있다. 그건 머리를 숏커트 한 여자일수록 성욕이 남다르다는 것. 짧으면 짧을수록 그렇다. 몸을 휘감을 듯 긴 머리 넘실대는 암컷이 그럴 것 같지만 그건 착시고 실상은 반대다.

시간이 갈수록, 스포츠머리의 여자는 무슨 한풀이라도 하는 듯 보인다. 일행을 쏘아 보며, 너희는 거기서부턴 몰라! 당연히 포기하는 쪽은 여자야! 그게 남자들 인식의 한계점이야! 등, 〈남녀문제〉에 대한 강의를 격하게 하고 있다. 아마 저 여자가 가진 불만이란 욕망에 비해 몇 십 배는 큰 상태일 것이다. 예컨대 하나의 바나나에 욕망이 있다면 불만이 생겨도 그 바나나 정도의 불만이 사리에 맞다. 바나나든 파인애플이든 가짜 향수든 마찬가지다. 그런데 저 여자의 경우 욕망은 치킨 한 접시인데 불만은 출처도 모를 곳에서 무더기로 몰려와 요란한 닭장을 이루고 있을 것이다. 이때 저 여자가 상대를 앞에 두고 다루는 형이상학이란 흉기나 다름없을 것이다. 왜냐면 자신의 욕망과 불만, 양자 간의 난처한 대치를 진압하고 해결해 주는 드높은 형이상학을 자신이 지니고 있음을 상대가 인정하고 찬양해 줄 때까지 강조해 댈 테니까. 내 대학시절의 여자 선배 한 명도 그랬다. 그녀는 사람들에게 늘 충고하듯 얘기를 하며 남의 권유나 조언 듣는 걸 못 견뎌했다. 그녀는 가끔 기분이 좋으면 사람들에게 친절을 베풀곤 했는데 그때가 진정 무서웠다. 그 친절은 필히 머지않아 상대를 공격할 때 쓸 어떤 재료나 근거가 되기 때문이었다. 그녀는 학과 공부를 하지 않았고 남자 친구도 없었으며 당시 반체제 학생 운동의 투지에 찬 가담자였다. 그녀는 여자들이란 TV드라마나 보는 가축에 불과하다며 말도 나누지 않았고 오로지 남자들만을 상대했으며 남자에게 커피잔이라도 집어 던질 듯 격앙되어 종교 사회주의 페미니즘 등을 이야기하였다. 그녀는 여자들을 경시했고 남자들은 그녀를 좋아하지 않았다. 그리고 나이 30대 중반에 이르러서는 〈하얀 물감〉이라는 명칭의 사교모임(유색 속옷만을 입는 여성들 모임으로 여성의 흰색 속옷 착용을 경시하는 이념)과 몇 개의 주식투자클럽과 사모펀드에서 활동하다가 얼마 후엔 급진노동당에 가입하여 당원 연수를 떠났다. 그녀는 급진노동당에 잘 찾아 간 것이다. 어차피 해볼 만한 게임, 해볼 만한 경쟁거리를 찾아서 해 보다가 죽는 게 사람이니까.

곧 가브리엘의 여주인이 온다고 했다. 세상은 천사들이 발현할 만큼 알맞게 어두워졌다. 대개 이 시각이 되면 여주인은 정신없이 수다를 떨거나 사뭇 침울해져 있든가 둘 중 하나다. 오늘 그녀는 카페로 돌아 와 어떤 얼굴로 저녁을 보내게 될까. 그녀의 고양이 미사가 오늘따라 길고 가는 소리로 갸릉거린다.

저녁 6시다.

두 쌍의 남녀 중, 아직도 스포츠머리의 여자 혼자서만 떠들고 있다. 베이지 색 여자의 곁에는 여전히 빨간 곰이 앉아 있고 여자는 과거의 자신에게 일어났던 긴장 분노 무상 등을 모두 지우고 그 위에 호사스러운 떨림, 가느다란 허리가 두 줄 세 줄로 나뉘어 춤을 출 듯한 떨림으로 웃고 있다.

와인이 조금 남아 있다. 나는 일어서 백을 메고 와인병을 들고 카운터로 간다. 그리고 마가에게 계산을 치른다.

"이거 가지고 갈께."

나는 와인을 보여 주며 덧붙인다.

"앞으로 자주 못 올 수도 있어."

그러자 마가는 눈이 휘둥그레진다.

"왜요? 어딜 가세요?"

"응."

"어딜요?"

"몰라. 정한 건 없어."

"저도 겨울방학 하면 이 곳 아르바이트 그만둘 거예요."

"왜?"

"오랫동안 여행을 가요. 그이랑요."

"그럼 이 곳 알바도 영영 끝?"

"네."

그러더니 갑자기 마가는 생기를 띄며 말한다.

"여행 함께 가실래요? 저희랑요!"

나는 그것이 농담인지 야유인지 혹은 그 둘은 아닌지 알 수가 없었다.

"여행 말고 언제 마가네 남편이랑 차 한 잔 하지?"

"그래요? 좋아요! 연락 드릴게요."

"그래 언제든 연락."

나는 감자튀김 달걀 뺀 샐러드 커피 콜라 값을 지불하고 거스름돈을 받아 지갑에 넣고 그 지갑을 백에 넣었다. 그 동작이 이루어지는 순간적이고도 넉넉한 시간 동안 마가는 아무 말도 하지 않았다. 그녀는 뭘 골똘히 생각하고 있는 것 같았다. 그런데 백의 지퍼를 잠그는 순간 깜박 잊었던 게 생각났다.

"참! 내 시나리오, 이상하단 게 뭐야?"

그러자 마가는 잠시 내 두 눈을 또렷이 응시하며 말했다.

"남편을 죽인 부인은 순교자에요. 너무나 거룩한 순교자."

그건 전혀 상상치 못한 말이었다. 마치 시보다 더 선동적인 시평 같은 말이었다. 내가 재미있다는 듯 순교자? 라고 의문을 지어도 마가는 덤빌 듯한 말없음으로 나를 쳐다보기만 했다. 나는 덤벼 오는 가젤 새끼에게 공포가 아니라 기이함을 느낀 치타처럼 어깨를 움찔하며 의문의 표정을 지었다.

"순교자라니?"

그러자 마가는 치타의 모든 비밀을 알고 있는 가젤 새끼처럼 나를 살짝 곁눈으로 스쳐보며 카운터데스크의 장식등을 바로 세우며 말했다.

"남편은 죽어서 천당 가는 게 지상목적이었던 사람이었어요. 산다는 건 별 의미가 없고요. 늘 그의 무의식엔 부인이 자신을 죽여주는 바램이 숨겨져 있었던 거죠. 그날 저녁 부인이 그의 눈에 정어리를 쑤셔 넣지 않았다면 그는 계속해서 부인을 의심하고 트집 잡고 학대했을 거에요. 부인이 자기를 죽여 줄 때까지. 그런데 그가 부인 손에 죽길 바란 건 부인을 사랑했기 때문이에요. 선악과를 따먹은 죄인의 후손인 부인... 원죄를 물려받은 부인... 카인의 후손이며 독사의 자식이며 무저갱에 떨어져야할 부인... 그 부인을 사랑했기에 그는 그녀의 손에 죽고 그녀를 용서하며 그녀의 죄를 자기가 짊어지고 대속하려 했던 거에요. 그럼으로써 그는 그리스도가 되는 거고요. 그러니 그 부인은 남편이 그리스도가 되게 해 준 은인이며 남편을 죽여 준 순교자인 거죠."

나는 가젤 새끼에게 기이함이 아니라 공포를 느꼈다. 무섭고 소름이 돋았다. 나는 너무나 많은 사연을 지녔으되 단 한마디도 못하고 처형되는 사형수처럼 침묵하며 전율했다. 나는 가젤 새끼에게 살려 달라고 빌고 싶었다. 나는 힘주어 한마디의 탄소를 늘어뜨렸다.

"그래서... 순... 교... 자라 한 거구나."

정직한 탄소였다. 마가는 치타의 모든 것을 이해하고 있는 가젤 새끼처럼 나를 넌지시 바라보기만 했다. 나는 가젤 새끼에게 혼마저 뺏기는 걸 막으려고 온 힘을 몰아 입을 열었다.

"그런데 이상하다는 건 뭐지?"

"언니가 지어낸 시나리오 말이에요. 그건 허구일 텐데도 허구 같지 않아요. 어떤 뼈아픈 사실을 진술하는 것 같아요. 그게 이상한 점이에요."

나는 말문을 잃어 버렸다. 나를 응시하는 마가의 눈동자가 가혹하게 빛나고 있었다. 나는 버벅댔다.

"뼈아픈 사실을? 진술하는 것 같다?"

그녀는 대답 없이 내 눈만 또렷이 쳐다보았다. 난 쓱 웃으며 말했다.

"고마워. 소감 말 해 줘서. 정말 고마워. 갈게."

"그래요."

"잘 지내고... 연락 해 꼭!"

그러자 그녀도 똑같이 말했다.

"그래요. 잘 지내시고요. 연락 할게요. 꼭!"

나는 뒤돌아 가브리엘 출구를 향해 걸었다. 등 뒤로 나를 보고 있을 그녀의 시선이 느껴졌다. 하지만 뒤돌아보지 않았다. 왠지 누가 등 뒤에서 권총을 겨누거나 꽃다발을 던지지 않는 한 뒤돌아 볼 수가 없을 것 같았다. 출구에 도착해 자동문의 센서가 나를 감지하고 유리문이 열릴 때 나는 갑자기 뒤돌아섰다. 그리고 마가에게 성큼성큼 걸어갔다. 그리고 말했다.

"마르띠리스."

"예?"

"애초 시나리오 제목이었어."

"무슨 뜻이에요?"

"순교자."

카페를 나와 전철역을 향해 걸었다. 광장 끝에 다다랐을 때 공기가 짙어진 느낌이 들었다. 공기는 분말처럼 얼굴에 붙어 왔다. 손을 내서 공기를 만져 보니 비가 섞인 눈이었다. 비와 눈이 섞이면 독으로 변한다. 그 독은 무엇보다 정신에 파고들어 독성을 일으키는데 그때의 정신상태를 흔히 〈감상〉이라 부른다. 나는 비와 눈이 섞인 독을 피해 전철역으로 빠르게 걸었다.

전철역 하강 에스컬레이터를 타며 차분히 숨을 골랐다. 밖에서 맞은 독이 머릿결에 방울져 굴렀다. 가까스로 독살을 벗어나 피안으로 가는 에스컬레이터에서 나는 고루 숨을 쉬며 눈을 감았다. 오늘 마가가 내게 던진 언어들이 선고처럼 들려오고 거기에 내 궁색한 대꾸들이 얽혀 있었다. 마음이 어지럽고 아팠다. 나는 자성했다. 오늘 나는 무슨 짓을 하고 산 것인가? 오늘 나는 필요 이상으로 나 자신을 주목한 건 아니었나? 소시오패스로 발달하기 직전의 어린이처럼 나를 강박적으로 감정하고 온갖 존재와 견준 게 아니었나? 말이나 생각 뿐 아니라 숨소리마저 비위가 상할 정도로, 〈나〉라는 느낌에 매달려 있지 않았나? 오늘 나는 나를 간음하지 않는가? 자신을 간음한 건 단죄를 피할 방법이 없을 것이다. 이럴 때 전철 같은 것에 몸을 싣고 급히 달리는 것은 미련퉁이 짓이겠지. 저 눈비를 모두 맞는 게 죗값을 치르는 일일 것이다. 달게 독살을 당하자.

나는 그렇게 지박령처럼 되뇌며 들어갔던 전철역을 도로 나왔다. 그리고 근처에서 우산을 샀다. 우산을 사서 머리 위로 쓰는 행위란 자연을 조그맣게 피하는 초라하고 고단한 행동이지만 독살의 달콤함을 몇 배로 늘릴 수 있다. 우산을 쓰면 서서히 죽어 가는 거니까. 임마누엘은 매 맞고 끌려 다니다가 십자가에 못 박히는 고통의 절차를 전부 밟았기에 그만큼 부활의 감미로움도 컸다.

카페 가브리엘에서 내 오피스텔까지는 전철로 한 정거장이지만 걸어서는 35분이 걸린다. 운하를 건너야 하기 때문이다. 나는 이 운하를 가로지른 현수교를 걸어서 건너기 시작했다. 허공에선 어김없이 눈비의 독약이 살포되고 있었다.

노련한 자객의 칼에 베어 날리는 배신녀의 옷자락처럼, 곧은 듯 휘어지며 끝이 아스라한 이 현수교를 나는 가끔 걸어서 건넌다. 이 길고 긴 현수교를 고되게 걸어서 건너는 사람은 두 종류다. 하나는 이유가 있어서 걷는 사람, 또 하나는 이유가 없어도 걷는 사람이다. 지금 나는 전자다. 나는 죗값을 치러야 한다.

한참 걷다 보니 멀리 다리 중간쯤에 작은 불빛이 보였다. 불빛 같기도 하고 물방울 같기도 하고 허깨비 같기도 한 그것은 조금씩 흔들리고 있었다. 나는 사후의 빛을 따라가는 나사로처럼 그것을 어스레 바라보며 걸었다. 잠시 후 그 곳에 도달해 보니 그것은 난간 위에 놓여 있는 촛불이었다. 그리고 그 곁에는 무릎 늘어진 헐한 트레이닝 바지에 하프코트를 걸친 앳된 소녀가 서 있었다. 열댓 살 쯤 보이는 소녀는 마치 방금 자기 방에서 뛰쳐나오기라도 한 듯 실박한 모습이었고 손에는 술병이 쥐어 있었다. 눈비가 부닥치는데도 소녀는 우산도 없이 꺼질 듯 흔들리는 촛불을 쳐다보고만 있었다. 나는 저 비극적 플롯을 시사하는 장면을 찬찬히 바라보며 그 자리를 지나쳐 갔다. 그리고 요한계시록 마지막 두세 절 쯤 읊조릴 시간만큼 걷다가 걸음을 멈췄다. 그리고 발걸음을 돌려 소녀에게 갔다. 나는 소녀에게 조심히 다가가 우산을 씌워 주며 말했다.

"학생?"

"…"

"우산 씌워 줘도 괜찮지?"

"…"

"방해된다면 갈게."

"…"

그녀는 아무 말도 하지 않았다. 얼굴이 무표정한 인형처럼 예쁘면서 차가웠다. 나는 조금 더 가까이 다가가 떨어지는 눈비로부터 촛불을 한손으로 막아주며 다정히 웃어 보였다.

"초 예쁘네? 난 가끔 이 다리 걸어 다니는데…"

그러다 그녀의 손에 든 술병을 가리켰다.

"혹시 술?"

"…"

나는 몸을 부들부들 떠는 동작을 익살스럽게 해 보이면서 말했다.

"추워! 그거 한 모금 하면 몸이 따뜻해질 것 같은데?"

그러고는, 너는 지금 내 우호적 시도를 거들떠 볼 생각이 없는듯하지만 나는 인간관계의 돌발적 변수에 호기심이 많은 멍청이이므로 이렇게 다가와 순진하게 웃는 것도 아주 이상할 건 아니라는 투로 웃어 보였다. 그래도 그녀는 꼼작 없이 아무 말도 하지 않았다. 하긴, 지나

가는 사람의 몇 마디에 반응할 거라면 이렇게 눈비 흩뿌리는 다리 난간에 술병을 들고 서 있지도 않았겠지. 남다른 순교를 할 때는 남다른 이유가 있겠지. 세상을 향해 할 말이 무한대로 많든가 그 중 한마디나마 제대로 할 방법을 모르는 것일 수도 있겠지. 그리고 할 말이 무한대든 아니든 그런 것이 지나가는 사람의 말에 대꾸를 해 줘야 할 이유가 되지도 않겠지.

결국 나는 포기했다. 뻘쭘한 나는 그 자리를 떠나기로 했다. 나는 잠깐 망설이다 그녀의 손을 잡아 얼른 내 우산을 쥐어 주었다.

"이거 그냥 써."

그리고 나는 그 자리를 떠났다. 조심해- 라든가 안녕- 같은 인사를 하면 그 순간 시트콤이 돼 소녀의 순교적 무드를 깰성싶어 아무 말도 인사도 남기지 않았다. 나는 눈비를 맞으며 원래 가던 길을 갔다. 낯선 소녀를 다리 중간에서 만나 우산을 쥐어 준 것도 나의 헛된 카르마일 거라는 생각이 들었다. 그런데 이때였다. 등 뒤에서 소녀의 목소리가 들렸다.

"이거요."

뒤돌아보니 그녀가 나를 바라보고 있었다. 그리고 술병을 치켜들며 말했다.

"이거 술 아니에요."

"뭔데?"

"포이즌."

올 초여름, 생후 10개월 된 강아지 〈마리〉가 이웃 수캐 〈본디〉에게 강간당하고 죽었다. 마리의 주인인 여고 1학년 소녀는 일주일동안 학교도 안 가고 밥도 안 먹고 울기만 하다가 복수를 결심하고 이웃 수캐 본디에게 독약을 먹여 죽였다. 그런데 나중에 알고 보니 마리를 강간한 건 본디가 아니라 마을 뒷산을 주 무대로 활보하는 들개 떼였다. 그건 새로운 목격자들의 증언과 녹화된 방범영상 등으로 판명되었다. 소녀는 오랫동안 죄책감에 괴로워하다 본디의 주인이자 어릴 적부터 익히 아는 이웃 대학생 오빠에게 자기가 본디를 독살한 범인임을 자백하였다. 다음날 오빠가 소녀를 찾아 왔다. 오빠는 소녀에게 본디를 죽인 죄를 용서하고 더 이상 묻지 않겠다며 대신 한 가지 조건을 제시했다. 그것은 함께 교회에 나가자는 것이었다. 가족 모두가 기독교인이며 모태 신앙인이었던 오빠로서는 어쩌면 그답고 타당한 제안이었다. 소녀는 그 제안을 눈물겹게 받아드렸다. 그리고 자신의 엄청난 죄를 사해 준 오빠의 신앙에 호기심과 복종심마저 일어났다. 곧 소녀와 오빠는 함께 교회에 다니며 봉사활동을 하는 등 신앙생활을 통해 더욱 신뢰를 쌓고 친밀해져 갔다. 그러다 지난 9월, 소녀와 오빠는 강간당해 죽은 마리와 독살당해 죽은 본디가 외롭지 않도록 서로의 혼을 맺어주자며 오빠네 방에서 마리와 본디의 사진을 모아 초를 켜고 영혼결혼식을 올려 주었다. 기독교 입장에선 동물의 혼끼리 결혼시킨다는 게 교리를 벗어난 일탈행위였으나 소녀와 오빠에게 있어 마리와 본디는 동물이 아니라 자식이나 형제였기에 일탈이 아니었다. 아니 일탈이라도 상관없었다. 소녀와 오빠는 마리와 본디의 영혼결혼식을 올리며 축가를 부르고 그들이 천국에서 함께 살도록 기도를 했다. 그날 저녁 영혼결혼식을 올린 소녀와 오빠는 두 사람이 마을 이웃으로 얼굴을 본 이래 처음으로 포옹을 했는데 그것이 섹스로 이어졌다. 소녀에겐 첫 경험이었다. 이후 소녀와 오빠는 매일 섹스를 했고 그들은 한시도 떨어질 수 없이 사랑하는 사이가 되었다. 오빠는 소녀가 수업하고 있는 도중에도 학교로 달려가 빈 체육관이나 교장실에서 섹스를 했고 소녀는 밤마다 몰래 오빠의 집으로 갔다. 그런데 얼마 후 소녀는 임신한 것을 알게 되었다. 소녀는 여러 날 고민하다 이 사실을 오빠에게 알렸다. 그러자 며칠 후 오빠는 어떤 약을 다급히 가지고 와서 소녀에게 전했다. 그리고 약을 3회에 걸쳐 두 알 세 알로 나눠서 먹으라는 등 자세한 복용법을 설명했다. 낙태약이라는 것이었다. 아주 어렵게 구한 약이라고 오빠는 강조했다. 그리고 앞으로 우리가 소중한 인생을 온전히 살아가려면 반드시 이걸 먹어야 한다고 설득하고 재촉했다. 오빠의 말을 다 들은 소녀는 약을 쥐고 집으로 돌아왔다. 그리고 그 날 밤 약을 바라보며 한숨도 자지 않았다. 소녀는 마리와 본디의 혼이 만나 잘 살고 있을지, 지상에서의 비극을 모두 잊고 천국에서 행복하게 살고 있을지를 상상했다. 그리고 그 날 새벽, 오빠가 준 약을 모두 내다 버렸다. 이후 오빠를 만나서는 약을 먹고 있다고 거짓말을 했다. 그리고 오빠가 원했던 약효와 증상도 거짓으로 지어내 말했다. 그러자 오빠는 안도하였다. 어느 날 오빠는 소녀에게 이제 그만 만나자고 했다. 우리 둘은 각자의 자리를 너무 많이 이탈해 있었다고 말했다. 이젠 제자리를 찾아 가자고 했다. 그것이 우리 둘을 위한 길이라고 두서 있고 갈피 있게 타일렀다. 소녀는 알겠다고 말했다. 그로부터 오빠는 소녀가 연락을 해도 응답을 피했고 혹 길에서 마주쳐도 데면데면 하며 교회에서도 얼굴을 마주치지 않고 또래 여대생들과만 어울렸다. 소녀는 본디를 독살하고 남은 독약과 마리와 본디의 영혼결혼식 때 켰던 초를 들고 집을 나왔다.

눈비 내리는 저녁에 현수교에서 초를 켜고 서 있던 소녀는 내게 말했다.

"집을 나와 며칠간 기도만 했어요. 수백 번 예수님에게 물었어요. 내가 어떻게 해야 하냐고. 내가 어떡하면 되는지 제발 가르쳐 달라고."

이어 소녀는 말했다.

"언니는 알겠어요? 예수님은 어떤 대답을 해 주실까요?"

　나는 소녀에게 예수를 대신하여 대답해 줄 수는 없었지만 예수 '처럼' 대답해 줄 수는 있었다.

　예수는 남의 남편과 통정하다 들켜 사람들에게 모질게 끌려가던 여인 도나Dona를 멈춰 세웠다. 그리고 다가가 그녀의 어깨에 손을 얹고 두 눈을 바라보며 말했다.

　"이제 당신은 형을 치르며 매 맞아 불구가 될 수도 있고 심지어 죽을 수도 있소. 그 전에 하고 싶은 게 있다면 무엇이오?"

　그녀가 대답했다.

　"나는 목숨 걸고 사랑을 해 보았습니다. 내 사랑은 뜨겁고 진실했습니다. 나는 후회가 없습니다. 내가 매를 맞아 불구가 되든 죽든 차라리 그건 내 영혼을 개운케 하는 축복일지도 모릅니다. 다만 한 가지, 내가 지옥에 가서도 잊지 못할 원한이 있습니다. 그건 내가 그토록 목숨 바쳐 사랑했던 남자로부터 끝내 버림받았다는 사실입니다. 매를 맞고 죽는 건 무섭지 않으나 그에게서 버림받은 건 지옥에 가서도 슬플 것입니다. 나는 그에게서 버림받지 않은 여자로 남고 싶습니다. 운명을 되돌리는 기적이 있다면 나는 그의 사랑을 온전히 간직한 채로 처형되는 여자이고 싶습니다. 그것이 내 유일한 바램입니다."

　도나의 말을 들은 예수는 굳은 표정으로 아무 말도 하지 못했다. 그는 도나에게서 눈을 떼지 못하고 바라만 볼 뿐 어떻게 입을 열 도리가 없었다. 이윽고 도나는 사람들에 이끌려 그 자리를 떠나갔다. 예수는 끌려가는 도나를 속수무책 바라보고만 있었다. 그런데 이때 예수의 표정이 뭔가의 상념으로 꿈틀거리기 시작했다. 끌려가던 도나가 뒤돌아 예수를 바라보았다. 그녀의 눈길은 마치 원망이나 소망이 담긴 무언의 외침 같았다. 이때 예수는 큰소리로 도나를 불렀다. 도나를 끌고 가던 일행도 멈칫할 정도로 우렁찬 목소리였다. 예수는 도나에게 성큼성큼 다가갔다. 도나는 다가온 예수를 떨리는 눈으로 바라보았다. 이때 예수는 도나의 귀에 얼굴을 바짝 대고 귓속말을 하기 시작했다. 잠시 귓속말을 듣던 도나는 웃음을 터뜨렸다. 주변 사람들이 갸우뚱할 정도로 자지러지는 웃음이었다. 그러더니 웃음을 멈추고 이번에는 오열하기 시작했다. 이에 주변 사람들도 어이없어하는 표정들이었다. 그녀는 또 다시 웃음을 터뜨리더니 오열을 했다. 무척 괴이한 모습이었다. 그녀는 다시 끌려가면서 계속 웃고 울었다.

나는 비명에 간 마리의 주인이자 본디의 독살범이고 두 달 된 임신부인 소녀에게 말했다.

"예수님의 대답 보다 중요한 건, 너 자신이 진정 원하는 거야. 그걸 말 해 봐."

그러자 소녀는 아무 말도 하지 않았다.

"자 말해 봐. 뭐라도 괜찮아. 네가 진정 원하는 건 뭐야? 너 자신이 어떻게 하길 바래?"

여전히 소녀는 입을 다물고만 있었다. 나는 소녀가 조급하거나 위축되지 않도록 소녀의 등을 부드럽게 다독이며 웃음을 건넸다. 그렇지만 시간이 지나도 소녀는 입을 열지 못했다. 나는 소녀의 안색을 차분히 응시하며 말했다.

"지금 넌 너 자신이 뭘 원하는지 알고 있어. 자, 말 해 봐. 뭐라도 좋아."

그러자 소녀는 괴로워하기 시작했다. 점점 눈물을 글썽이며 입술을 떨었다. 나는 물었다.

"괴롭니?"

그러자 소녀는 고개를 끄덕였다. 나는 아까처럼 소녀의 어깨를 부드럽게 끌어안고 소녀의 두 눈동자를 바라보며 말했다.

"예수님이라면 어떤 대답을 할지 알고 싶다고 했지?"

그러자 소녀는 고개를 크게 끄덕였다.

"예수님은 네가 고통스럽지 않길 바래. 그 분이 원하는 건 오직 그거야. 네가 고통당하지 않는 것. 그러니까 넌 네가 가장 고통스럽지 않은 것을 하면 되는 거야."

순간 소녀는 울음을 터뜨리며 내게 안겼다. 그리고 토로했다.

"미안해요. 언니에게 거짓말을 했어요! 사실은 오빠가 준 약을 먹었어요. 며칠 후 물컹한 피가 쏟아졌어요. 난 생명 둘을 독살했고 사랑하는 오빠는 나를 떠났어요. 난 죽으려고 다리 위에 갔던 거였어요. 내가 죽인 두 생명에게 사죄하고 나도 독을 마시려고요!"

나는 소녀와 현수교를 건넜고 몇 블록을 걷다가 농산물 유통 단지로 가는 버스를 탔다. 소녀와 나는 농산물 유통단지에서 내려 내가 가끔 기분전환을 할 때 한 바퀴 돌곤 하는 꽃시장으로 들어갔다. 나는 꽃향기를 좋아하면서도 꽃을 좋아해선 안 된다는 이념의 위선을 극복하기 위해 꽃을 좋아했다. 식물의 성기인 꽃을 좋아하는 여성의 심보란 여성의 심보 중에서도 가장 자기중심적 본색이며 여자들이 꽃 따위를 좋아하니 남자들이 사람 죽이는 전쟁을 낭만으로 착각한다는 가룟유다의 열띤 논설에 나는 당시나 지금이나 지지를 보내지만, 농산물 유통단지 내 꽃시장의 꽃향기에 혼이 팔리면 나는 가룟유다를 가차 없이 배신해 버리고 만다.

꽃시장을 몇 바퀴인지 모르게 돌았을 때 소녀의 표정도 어느덧 밝아져 있었다. 소녀는 우뚝 서더니 내게 물었다.

"예수님의 귓속말이 뭐였어요?"

예수는 끌려가던 도나를 불러 세우고 귓속말을 하였다.

"진실을 알려 주리다. 그 남자는 당신을 버린 게 아니오. 그는 요단 계곡에서 신체단련을 하던 중 줄무늬승냥이에게 성기를 물어 뜯겨 불구가 되었소. 그걸 숨기고 당신에게 결별을 고한 것이오. 당신도 그의 성격을 잘 알잖소. 일평생 사소한 몸가짐 하나 언행 하나 흐트러지지 않고 사나이대장부의 위상과 기개를 꿋꿋이 지키며 살아 온 삶 말이오. 게다가 그는 헤로데 왕의 명예로운 최고 무관이잖소. 그는 평생 세 번 울었다고 합디다. 첫 번은 막 태어나 탯줄을 뗐을 때, 두 번은 자신의 성기가 승냥이 밥이 돼 버렸을 때, 세 번은 당신에게 결별을 고했을 때라 하더이다."

소녀는 어떻게 그런 어이없는 이야기가 존재하는지 물었고 나는 그게 전해오는 비전이라고 했다. 어쨌든 소녀는 아까보다 한결 밝아져 있었다. 나는 예수와 도나 이야기 끝에 이렇게 맺었다.

"예수님은 어떤 사람을 좋아하는지 아니? 죄짓고 괴로워 우는 사람이야. 그런 사람을 그는 편안토록 해 줄 수 있으니까. 넌 충분히 울었고 괴로워했으니 이젠 편안해질 차례야. 예수님은 그걸 원해."

소녀는 이제 스스로 자기 자신을 온전토록 돌보는 방법을 알 것 같다고 생기가 도는 얼굴로 말했다. 그러면서 그 기념의 선물로 내게 꽃을 사 달라고 했다. 그러자 나는 소녀에게 말했다. 스스로 꽃을 사 보길... 스스로를 축복해 보길... 스스로 고독을 밝게 강화해 보길...

소녀는 늦은 밤 버스를 타고 집으로 떠났다. 집을 나온 지 사흘 만에, 초와 독약을 꽃 폐기물 통에 버리고 꽃 대신 내가 사 준 꽃무늬 양말을 사흘간 신었던 양말과 갈아 신고 떠났다. 소녀는 처음엔 꽃을 사고 싶어 했지만 밤에 꽃을 들고 있을 자신이 섬뜩하게 느껴질 수도 있겠다며 관두었다. 소녀는 정말 자신을 온전히 돌보는 방법을 터득한 거 같았다. 아니면 꽃 따위나 좋아하는 여자의 심보를 버렸거나.

소녀가 떠나고 나는 집을 향해 걸었다. 택시나 버스가 있지만 이번에도 걸어가기로 했다. 내리던 눈비까지 멎으니 하늘이 검게 뚫려 맑고 시원해 보였다. 택시나 전철을 타고 윤회하는 것과 걸어서 윤회하는 것은 다를 것이다. 그것은 속도의 차이가 아니다. 기회의 차이다. 전자는 붙들려 있어야 하지만 후자는 도망을 칠 수 있다. 그래서 걷는 건 자유의 행위다. 붙잡히고 말더라도 일단은.

걷다가 문득 마리와 본디 생각이 났다. 강간을 당하는 개와 강간을 하는 개. 그들도 운명적으로 약속된 연분일까? 아니면 길에 똥을 싸는 것만큼 우연에 불과할까? 개는 강간당할 때 느낌이 어떨까? 그녀도 저 처절한 순간에 육신의 생멸을 넘어 존재의 궁극을 서술하는 우주적 자아가 눈을 뜰까? 아니면 겨드랑이 벼룩을 털 듯 즉물적 감각만이 움직일까?

그런데 강간을 하는 놈은 어떨까? 그 개자식이란?

유다의 얼굴이 떠올랐다. 유대 남부의 가롯Iscariot에서 태어나 살던 내가 13세 되던 7월의 가암절, 나의 집에 찾아온 유다. 그는 나이가 나보다 일곱 살이 많았다. 그 날 그는 잔뜩 술을 마셔 벌겋게 달아오른 얼굴로 내 아버지를 찾았다. 그때 집에는 나 혼자 있었고 아버지는 멀리 여행을 떠나 가암절인데도 돌아오지 않고 있었다. 어머니는 내가 태어나고 며칠 만에 세상을 떠나 나는 엄마라는 존재가 무엇인지, 아니 여자라는 게 뭔지도 모르고 살아오고 있었다. 유다는 아버지가 없는데도 돌아가지 않고 내 얼굴을 빤히 쳐다보며 이제 나이가 몇이냐고 묻거나 거듭 오랜만이며 반갑다고 말했다. 그때까지도 나는 유년기 이후 서너 번 봤을 뿐인 그에게 아무 말도 못하고 고개를 수그리고만 있었다. 그때 유다는 술 취한 숨소리를 연거푸 터뜨리며 다가와 내 손을 잡았다. 그리고 새삼스럽게 내 이름을 물었다. 날은 어두워지고 있었다. 내가 남자라곤 오로지 한 명 알고 있는 아버지가 저녁에 술에 취해 내 손을 잡는 일은 없었다. 아버지는 술을 마시면 오히려 나를 쳐다보는 시선을 가지려 하지 않는 것 같았으며 거의 말도 없었고 밤이 깊어지면 조용히 등을 구부린 채 잠이 들었으니까. 나는 유다의 행동이 신기하기도 하고 무섭기도 했다. 유다는 손을 내밀어 내 얼굴과 어깨를 쓸어 만지며 뭐라 알 수 없는 소리를 중얼거렸다. 난 그가 뭘 하든 모두 무섭게만 느껴졌다. 곧 그는 나를 슬며시 안는 것 같았다. 나는 무서워서 고개를 수그린 채 그를 쳐다볼 수가 없었다. 그리고 뭔가 뜨겁고 거친 감촉이 내 이마와 목에 밀착되어 오는 것이 느껴졌다. 순간 나도 모르게 눈을 번쩍 치켜떴다. 그러자 혈안이 된 이리처럼 붉은 유다의 두 눈이 피할 수 없을 만큼 바짝 내 얼굴에 다가와 있었다. 그는 나를 뚫어지게 노려보았다. 그때 나는 무얼 어떻게 해야 하는지 알고 있지를 않았다. 그저 막연히 이래선 안 될 것이란 느낌이 들었고 그의 모든 것을 뿌리치고 싶을 뿐이었다. 그때 그가 나에게 뭐라 거칠게 속삭이는 소리가 들렸다. 그러나 그게 무슨 말인지 알아들을 수가 없었다. 이내 그는 숙인 내 얼굴을 들어 올리고 나를 바라보더니 나를 다시 힘 있게 껴안았다. 나는 그가 왜 이러는지를 알지 못했고 이럴 때 나는 어떻게 해야 하는지를 알지 못했다. 내 몸을 자신의 몸에 경련이 일 정도의 어마어마한 힘으로 끌어 붙이면서 내 온몸을 더듬는 그의 손. 그때 그 돌 같은 손을 나는 붙잡았다. 본능이었을 것이다. 나는 그 손에서 손가락 하나를 끄집어 잡고는 있는 힘을 다 해 꺾어 보았다. 그러나 그는 미동도 하지 않았다. 그때부터 나는 소리를 내지는 않았지만 주르르 눈물을 떨구기 시작했다. 곧 그의 어깨에도 내 눈물이 굴러 떨어졌다. 손가락꺾기가 실패한 것은 내게 엄청난 사태였고 절망이었지만 그는 대체 무슨 일이 있었냐는 듯 무던히 내 얼굴을 바라볼 뿐이었다.

"우는군. 괜찮아."

그가 내게 했던 말, 그의 인생에서 마지막으로 남긴 말은 그 한마디였다. 우는군. 괜찮아...

그는 나를 붙잡고 내 온몸에 입을 맞추기 시작했다. 그리고 그 속도는 점점 빠르고 거칠어져 갔다. 나는 나의 본능이자 목숨 건 실험이었던 그의 손가락 꺾기가 좌절되자 나의 그따위 저항, 아니 어떠한 특별한 행동도 이 남자 그리고 이 순간에서 세상 아무것도 모르는 내가 저지르는 유치한 짓일 뿐이라는 걸 자각하고 오직 눈물만 흘리고 있었다. 눈물은 신비할 정도로 소리도 없이 무한정 흘러내렸다. 그러는 동안에도 그는 쉼 없이 내 몸 구석구석을 만졌다. 그의 손은 마치 손가락이 천 개쯤 되는 것 같기도 하고 스물스물 기어오르는 수많은 뱀 같기도 했다. 그러던 그는 이내 나를 번쩍 들더니 내 얼굴을 무섭게 노려보았다. 이어 나를 밀짚 다루듯 가볍게 바닥에 눕히는 것이었다. 순간 아버지 생각이 났다. 최근 그런 일이 없어졌지만 내가 어렸을 적, 아버지는 저녁이 되면 늘 나를 들어 자리에 눕히고 손바닥으로 내 이마를 짚곤 했었다. 어릴 적, 난 항상 그렇게 잠들었던 기억이 있었다.

바닥에 눕혀진 채 눈을 꼭 짓눌러 감고 있는 나를 유다는 가만히 쳐다보는 것 같았다. 그는 이제껏 자신의 행위를 모두 멈추고 오랫동안 나를 바라보고 있었다. 그러다 그는 내 얼굴에 흘러내린 눈물을 손으로 훔쳐 주었다. 그러더니 내 볼에 입을 맞추는 것이었다. 그것은 어릴 적 아버지의 손길보다 훨씬 편안하지 못했다. 그런데 어쩐지 그 순간 불쾌한 느낌이 들지 않았고 이상한 마비감각 속에 낭만적인 기분마저 감도는 것 같았다. 나는 눈을 감고 있었지만 그가 한참 동안 나를 쳐다보고 있다는 것을 느낄 수 있었다. 그러자 왠지 나도 더 이상 울고 싶지는 않았다. 그리고 내가 다시 울게 된다면 나 자신이 몹시 수치스럽게 될지도 모른다는 걱정을 하기 시작했다. 그리고 어느덧, 일교차가 시작될 무렵 시원한 들판에 누웠던 기억이 내 의식을 점유해 왔다. 광활한 하늘, 뜨거운 대지를 식혀 주는 소슬한 바람, 지친 영혼을 쉬게 해 주는 평온한 노을... 그렇게 눈을 감고, 기왕이면 지금 나의 모든 사태를 신이 보고 있으리라는 생각, 그러니 아무 걱정 없이 시원한 들판에 누워 하늘을 바라보면 된다고 믿으려 할 때, 불현듯 내 가슴에 그의 돌덩이 같은 손이 얹히는 게 느껴졌다. 놀란 나는 눈을 뜨고 그의 얼굴을 쳐다보았다. 그의 얼굴은 아버지가 화를 낼 때처럼 붉게 흥분을 한 상태였고 내 눈 앞에 엄연한 현실로 나타난 낯설고 위험한 것이었다. 그 순간 나는 소리를 지르며 울음을 터뜨리기 시작했다. 그러자 그가 다급히 내 입을 막았고 나를 무겁게 짓누르며 내 옷을 벗기려 하였다. 이제부터 나는 도무지 눈을 감을 수가 없었다. 나는 포기했던 저항을 순간적으로 일깨웠다. 그는 마치 포획한 야수를 다루듯 내 팔을 비틀어 누르고 옷을 뜯어내었다. 나 역시 덫에 걸린 짐승처럼 저항했다. 그러다 그의 혀가 나를 도려낼 듯 내 목과 귓불과 입술로 들어왔을 때 나는 그의 뺨을 있는 힘껏 물어 버렸다. 그러자 그의 볼에서 터진 피가 내 얼굴로 뚝뚝 떨어지기 시작했다. 아까 내 눈물이 그랬던 것처럼... 이때 그는 나를 제 눈에 넣어 죽일 듯이 끓는 시선으로 노려보더니 내 목을 짓눌렀다. 그의 손은 내 목을 누르고 내 손은 그의 손을 붙잡고, 한참을 그렇게 몸부림하고 있었다. 그리고 점점 나는 정신을 잃어 갔다. 이윽고 내 얼굴은 그의 볼에서 흐르는 피로 범벅이 되어 갔다. 그리고 그가 내 몸 안으로 들어오는 순간, 나는 오직 죽기를 염원할 뿐이었다. 내 다리 사이에서도 더운 피의 감촉이 느껴지기 시작했다.

땅이 혼돈하고 공허하며 흑암이 깊음 위에 있고 신은 어디에도 보이지 않았다. 나는 신의 후손들이라 자처하는 자들에게 무참히 강간될 가나안처럼, 세겜유다Shechem Judas에게 몸을 빼앗기고 있었다.

유다는 나를 빼앗자 두 손으로 내 목을 조르기 시작했다. 이제 그가 나를 죽이려는 것임을 나는 본능적으로 알 수 있었다. 나는 공포에 질려 신을 부르며 비명을 질렀다. 그러자 그는 한 손으로 내 목을 짓누른 상태에서 다른 한 손을 급히 뻗어 괭이를 집어 들었다. 그의 얼굴에 무시무시한 살기가 번지고 있었다. 그가 괭이를 번쩍 치켜들고 내리칠 기세로 나를 노려보았다.

이때였다. 누군가 나타난 게 보였다. 나는 피와 눈물로 탁해진 눈동자를 부릅뜨고 발현한 천사를 대하듯 그를 응시했다. 가롯유다였다!

가롯유다.

이 곳 사람들은 어릴 적부터 그의 총명함을 자랑스러워하며 마을 이름을 붙여 〈가롯 유다〉로 불렀다. 그는 세겜유다와 이름이 같았지만 세겜유다와는 물리부터 다른 인종이었다. 그는 말수가 적고 싱거운 성격이었지만 언제나 언동이 공손하고 인정이 넘치는 사람으로 어딜 가든 사람들에게 호감을 받는 청년이었다. 특히 마을의 유지나 귀부인들은 미소년 같고 고상한 그를 신이 유대에 보낸 선물이라며 좋아했다.

가롯유다. 내 동경의 사람. 소년기부터 고향 가롯을 떠나 타지를 유랑하며 여러 일거리을 익히고 다양한 공부를 하는 사람. 슬프게도 일년에 겨우 두어 번 고향마을에 오지만 그때마다 우리 집을 방문해 물들인 양피나 옷감 등 타지의 특산품을 놓고 가는 사람. 그리고 그때마다 나에게 정겹고 환하게 웃어주며 나보다 일곱 살 위의 나이이지만 그 나이 이상의 포용으로 내 외모, 말씨, 홀아버지에게 있어서 내 존재의 의미 등을 커다랗게 축복해 주고 고무해 주었던 사람. 그리고 늘 안도와 희망의 언어만을 내게 전하여, 이 척박한 유대가 내 가슴에 감사로, 기대로, 삶의 온전한 희망으로 다가오게 해 준 사람!

그는 피투성이로 서 있는 겁탈자를 노려보았다. 그 눈빛은 무서운 분노와 응징으로 타오르고 있었다. 이때 세겜유다가 가룟유다에게 괭이를 휘두르며 달려들었다. 그러나 그는 가룟유다가 던진 단도 빛이 한번 번뜩이자 쓰러지고 말았다. 곧 세겜유다는 짐승처럼 꿈틀거리다 숨을 멈췄다.

가룟유다는 쓰러져 있는 나를 바라보았다. 창졸간에 살인자가 돼 버린 그의 눈빛은 오로지 나에 대한 염려로만 가득해 있었다. 그는 피로 얼룩진 내 모습을 바라보았다. 방금 살인을 저지르게 돼 버린 저 준미한 바리사이 출신의 청년은 자신의 운명은 관심도 없는 듯 오직 나의 흉측한 모습만을 근심된 표정으로 훑어보더니 점점 내게 다가왔다. 그러자 또 다른 절망과 수치심이 나를 덮쳐왔다. 그의 다가옴은 겁탈자에게 당하는 것만큼이나 고통스러웠다. 아니, 차라리 겁탈자에게 죽임을 당하는 것보다 더 절망적이고 고통스러웠다. 그가 다가와 내 손을 잡으려 하자 나는 비명을 터뜨렸다. 땅이 혼돈하고 공허하며 흑암이 깊음 위에 있고 신은 보이지 않았다. 가룟유다는 내 안색을 빠르게 살피며 내 볼과 어깨를 만지고 피를 닦고 안심을 시켜 주려 했지만 나의 비명은 멎지 않고 있었다. 나는 유대 땅, 신의 후예라 자처하는 자들에게 영원히 강간당할 가나안을 저주하는 비명 소리에 넋을 사르고 있었다.

농산물 유통단지에서부터 걸어서 오피스텔에 도착하자 시각이 자정이었다. 오피스텔 1층엔 두 대의 엘리베이터가 있다. 하나는 홀수 층을 다니고 하나는 짝수 층을 다닌다. 홀수 층과 짝수 층 엘리베이터 사이에 게시판이 하나 있는데 주로 이 오피스텔에 거주하는 사람들을 위한 안내문이나 광고물이 붙어 있다. 나는 홀수 층 전용 엘리베이터

버튼을 눌렀고 엘리베이터가 하강하기 시작했을 때 우연히 게시판에 붙은 메모지 하나를 발견했다. 거기엔 이메일 주소와 함께 글자가 적혀 있었다.

― 제 이메일 주소입니다. 성모상 앞의 남자 ―

참담하고 낭만적이었다. 난데없는 뭔가에 내가 놀랐다는 것! 그 남자가 또 왔다 간 것이다. 그가 이토록 가소롭게 자신의 성실함을 표시하고 사는 인물일 거라고 생각 못했다. 번거로웠다. 그가 내 사생활을 건드린 것은 아니지만 언제고 사생활에 풍덩 뛰어들 수 있는 가능성을 능청스럽게 보여 준 것이다. 어째서 저런 짓을 한단 말인가? 왜 그게 인상적일 거라 생각을 한단 말인가? 꼭 그 남자여서가 아니라 나치 장교든 성모마리아든 성부와 성자와 성신이든, 사람에게 예고 없이 나타나고 예고 없이 사라질 수 있는 성질 자체가 고생스런 인연의 기원이다. 성자께서 친히 미천한 여인네의 처소에 임하시어 달랑 이메일주소 하나 남겨 놓고 떠나시는 소탈하고 위트 있는 모습을 보이셨나니 저런 신사 분을 못 알아보는 이 몽매함을 탓하여 고개를 조아리고 당신의 이메일주소에 낙루하며 답변을 드리는 게 도리이거늘, 나는 그럴 생각이 없었고 그저 참담하게 엘리베이터 앞에 서서 그 메모지를 뜯었다. 그러다가 주근깨처럼 작게 써 갈겨진 아래의 글을 보고서야 나의 무지몽매했던 착각을 풀 수 있었다.

― 다시 올라가 물을 수도 없고, 연락처도 몰라 이렇게 써 놓고 떠납니다 ―

그는 다시 온 게 아니라 새벽에 떠나면서 엘리베이터 옆 게시판에 그렇게 메모를 남긴 것이다.

나는 가증스럽게도 편안하고 방자한 기분이 되어 게시판의 메모지를 쥐고 엘리베이터를 탔다

4

가룟유다
Iscariot Judas

내 온전한 기억으로, 가룟유다는 그의 스승을 팔아넘기지 않았다. 돈을 벌어 보겠다고 스승을 은 30냥에 매도한 후 죄책감에 자살했다- 라고 하는 스토리는 포맷이야 깔끔하지만 가소롭기 짝이 없는 날조다. 그것은 어떤 목적을 위해 서둘러 지어진 이야기이다. 가룟유다가 은 30냥에 자신의 선생을 밀거래 했고 예수를 체포하던 날 밤 제자들 무리 속에 예수가 있어 식별이 어려우니 그를 은밀히 표시하는 방법으로 다가가 키스를 했고 키스가 끝나자 식별된 예수를 무장 병들이 연행해 갔다-라는 이야기가 보면 볼수록 말이 안 되고 허술한 건 그것이 그만큼 급하게 지어진 이야기라는 방증이기도 하다. 게다가 그 조잡함의 극치는 바로 〈은 30냥〉이다. 두고두고 두고 또 두어 그 부분은 나를 웃게 만든다. 세상 누구보다 고달한 학식과 교양을 지녔고 도의든 정의든 털끝 하나 어김없는, 사람을 칭송할 수 있는 덕목은 다 갖춘 이에게, 30달러 줄 테니 판사 앞에서 위증 한 번만 해 줘, 한 번이면 돼, 적다면 40달러 주지. 뭐 45? 그건 좀 무린데. 좋아! 주지- 한다고 해서 통하겠는가? 작품이 말이 되는가를 논하기 전에 그 상상력이란 게 얼마나 눈물겨운가 말이다. 콧물이 나올 지경인데!

나는 안다. 왜 그딴 기록이 남겨졌는지. 왜 그토록 급하게 가짜 이야기가 만들어졌는지.

당시 가롯유다는 탁출한 학식과 식견도 그렇지만 유대에서 신 다음으로 믿을 수 있는 남자라는 신의로 더 유명했다. 그가 예루살렘에 온 건 25세 때였고 예수를 만난 건 29세 때였는데 예수를 만나기 전까지 그는 예루살렘 회당의 준 서기관 겸 교사로 봉직하고 있었다. 교사로서 그는 사두가이인, 바리사이인 상류층 자제들에게 로마어와 수학을 가르쳤고 일반인에게는 그림그리기, 가제우스Caseus(응유효소. 오늘날의 치즈)만들기를 가르쳤는데 이 과목에선 어린 소녀에서 할머니에 이르기까지 여성 제자들의 인기가 넘쳐났다(가롯유다의 직업이 세리였다는 것 역시 어이없이 꾸며진 이야기이다. 아마도 그의 직분이 공무원에 해당하는 준 서기관이었던 점과 가르치던 수학 과목에 세무가 포함됐던 점이 나중에 세리로 둔갑된 거라고 짐작한다. 내가 본 당시 가롯유다는 모르는 게 없고 못 가르치는 게 없는 다방면의 교사였다).

그러던 어느 날, 회당 앞마당에서 그림그리기 수업 준비로 땅에 물을 뿌리고 있을 때였다(땅에 물을 뿌린 후 햇볕에 땅거죽이 얇게 말랐을 때 그림을 그리면 수분을 머금은 땅거죽 아래의 흙이 선을 타고 드러나 그림이 선명하고 그리기도 수월했다). 느닷없이 한 무리의 사람들이 한 살배기 여자아이를 데리고 가롯유다와 수강생들 앞에 나타났다. 그들은 그림 그릴 염소를 묶고 있는 가롯유다에게 여아를 앞세우고 노려보았다. 그 여아는 북방계 혼혈의 사마리아인 처녀 누베Nube의 딸이었다. 누베는 예루살렘에서 소문난 미녀로 피부가 구름처럼 희고 눈부시다 하여 로마어 〈누베스Nubes〉의 애칭인 누베-로 불렸는데, 암암리에 유대 권력층이나 로마 출신 귀족들 사이에선 고급 매춘부로 통하는 여자이기도 했다. 그런 누베가 그 날 아침 원인 모를 발작을 일으키며 쓰러졌다. 주변 사람들이 놀라 그녀에게 몰려들었을 때 그녀는 급속히 호흡이 꺼지고 혈색이 검푸르게 변해 죽어가고 있었다. 이때 사람들은 그녀가 아이를 밴 때부터 출산을 하고 키워 오던 지금까지 굳게 비밀로 간직하고 있던 것 하나를 캐묻기 시작했다. 당신이 죽으면 저 아이는 누가 키워야 하는 가? 아버지가 누구인가? 어린 피붙이를 길바닥에 버릴 참인가? 아버지를 찾아야 할 게 아닌가? 아이 생명을 위해서니 이제라도 저 아이의 아버지를 밝혀야지 않겠는가?

사람들은 죽어가는 누베를 흔들어대며 격렬히 추궁했고 누베는 겨우 입을 떼 한마디를 남기고 숨을 거두었다.

가-롯-유-다

회당 앞마당에서 수강생들과 염소 그리기 준비를 하던 가롯유다는 사람들이 데리고 온 누베의 딸을 보고 아무 말도 하지 않았다. 이상할 정도로 단 한 마디도 하지 않았다. 그는 놀라 입을 다물지 못하는 사람들이며 조롱하고 야유 하는 사람들 사이에서 누베의 딸을 가만히 바라보기만 했다. 그러다 다가가 아이를 안아 들었다. 그리고 아이의 얼굴을 넋 놓고 응시하기만 했다. 한참동안 말없이 아이를 응시하던 그는 고개 들어 하늘을 바라보더니 망연히 한숨을 내쉬었다. 마치 아이의 어머니 누베의 명복을 비는 듯 숙연한, 그리고 곡절을 알 수 없는 비통한 얼굴이었다. 사람들의 조롱과 비난 속에서, 가롯유다는 아이를 안고서 하늘만 바라보았다.

그로부터 1년 후, 그 아이의 아버지는 가롯유다가 아니라는 사실이 밝혀지게 되었다. 아이의 진짜 아버지는 놀랍게도 현직 대제사장 가야바Caiaphas의 부친이자 산헤드린 최고령 원로의원인 요세바Josephas로 드러난 것이다. 요세바는 온 유대 백성의 복종과 존경의 대상이었으며 일명 〈유대의 아버지〉로 불리어지는 인물로 유대의 지도층 인사 중에서도 최고의 숭상과 존대를 받던 유대의 정신적 어른이요 사표였다. 그런 인물이 유대인이 멸시하는 이방인이며 불순인종인 사마리아인, 그것도 손녀뻘 매춘부와 통정을 하여 아이까지 낳았다는 건 유대사회에 전쟁보다 큰 충격이었다. 이 일로 인해 유대의 권력, 지도층에 대한 백성의 불신이 온 유대 땅에 퍼져나감은 물론 율법이 정한 사제의 존엄과 권위에 대한 회의 역시 불길처럼 번져나갔다. 바로 이때 등장한 인물이 예수였다. 평소 신학 신비주의 명상 등 초현실적 분야의 강설로 추종을 받던 예수는 이번 요세바 사건을 계기로 유대의 굳건한 전통 즉 〈정치〉와 〈종교〉에 대한 혁신적 반문을 제기하며 등장한 것이었다. 유대백성만이 신의 택함을 받은 백성인가? 야훼의 지시나 명령은 절대적으로 옳은가? 율법은 시대를 넘어 불변의 가치가 있는가? 기존의 대사제 제도는 필요한가? 복종을 요구하고 존경을 요구하고 세금이나 희생제를 요구하고 이를 거역할 시 실력응징을 하는 로마황제와 야훼는 무엇이 다른가?

예수는 비루한 전통과 관습을 질타했고 부조리한 세태에 분노 했으며 이럴 때마다 군중은 그에게 열광하고 지지자는 무섭게 늘어갔다. 이에 불안을 느낀 쪽은 유대 권력층보다도 지중해를 두고 떨어진 나라 로마였다. 예수를 중심으로 들불처럼 일어난 유대 계몽운동은 총독부를 통해 그때그때 바다 건너 로마 황실로 전달되었는데 결국 로마황실은 총독부와 별도로 황실직속 정탐 조직을 예루살렘에 직파해 예수 무리의 동태를 파악하기에 이르렀다. 왜냐면 유대의 전통권력은 물론 로마 왕권체계에까지 비판적 의심을 던지며 날이 갈수록 구름떼 같은 지지군중을 모으는 예수는 바다를 사이에 둔 로마 황실로서도 위험한 존재로 보였기 때문이다. 예수는 요세바 사건을 기점으로 유대와 로마 양쪽의 주목을 받는 인물이 된 것이다. 그런데 이때 예수와 똑같이 유대와 로마 양쪽의 주목을 받게 된 인물이 가롯유다였다. 둘의 차이라면 예수는 위험한 인물로, 가롯유다는 신의의 인물로 주목을 받았다는 점이다. 가롯유다는 누베의 딸을 받아드리고부터 자신은 그 아이의 아버지가 아니라는 부인을 단 한 번도 하지 않았다. 그는 누베의 딸이 나타난 그 날로 준서기관과 교사 직책에서 파면되었고 예루살렘에서 온갖 조롱과 모욕 속에 살아갔다. 그리고 비록 이방 족속 사마리아인과 통정하였으나 자신의 피붙이며 그의 어머니를 무자비하게 버렸던 위선자라며 분노한 사람들은 늘 그에게 협박과 공격을 가했고 그는 몇 번이나 죽음의 위기를 넘기기도 하였다. 특히 여성들의 염모를 받던 그였기에 평소 그를 질시하던 남자들은 먹이를 발견한 승냥이 떼처럼 집요히 대들었다. 그때도 그는 자신이 그 여아의 아버지가 아니라는 부인을 하지 않았다. 사실 그는 여아의 아버지가 아닌 정도가 아니라 누베와 통정을 해 본 일 조차 없었다. 그럼에도 그는 어떤 부인도 하지 않고 온갖 고초를 감내하고 살았던 것이다.

왜였을까?

그 아이의 아버지가 가롯유다가 아니라 요세바로 밝혀진 건 놀랍게도 요세바 스스로가 자백을 했기 때문이었다. 요세바는 어느 날 느닷없이 사마리아 여인 누베가 자신의 내연녀였으며 그녀가 낳은 여아의 아버지도 자신임을 온 천하에 자백해 버렸다. 그리고 그날로 유대의 명예로웠던 모든 직책에서 물러나고 곧 자신의 가족을 모두 예루살렘에 남겨 둔 채 가롯유다로부터 넘겨받은 여아와 몇몇 배복만을 꾸려 헤로데빌립의 영지인 벳세다Bethsaida로 홀연히 떠나 버렸다. 그리고 이후론 소식도 끊기게 되었다.

유대 사람들은 가롯유다가 아무것도 부인하지 않고 온갖 멸시와 조롱을 감내하고 살았던 이유만큼 요세바가 천지를 뒤집는 자백을 한 이유도 궁금해 하게 되었는데, 그 내막도 곧 세상에 밝혀졌다.

가롯유다가 예루살렘 회당의 준서기관과 교사직에서 파면되고 세간의 비난 속에 살고 있을 때 어느 날 저녁, 요세바가 사람을 보내 그를 불렀다. 일개 준 서기관이었고 그마저 불명예스럽게 박탈당한 사람을 유대 최고의 원로가 부른다는 것은 그 자체만으로 사건일 법도 했는데, 그날 저녁 가롯유다를 본 요세바는 뭐라 인사치레도 없이 불쑥 여아 이야기부터 꺼냈다.

"아이는 잘 키우고 있는가?"

그러자 가롯유다는 마치 당연한 질문을 받았다는 듯 거리낌없이 대답했다.

"그렇습니다. 염려 덕에."

"염려 덕?"

그러자 가롯유다는 겸연쩍게 슬쩍 미소 지으며 고개를 수그렸다. 그러는 가롯유다를 요세바는 뚫어지게 응시했다. 가롯유다 역시 꼭 더무슨 말을 하려고도 하지 않았다. 잠시 둘 사이엔 이상한 침묵과 응시만이 스칠 뿐이었다. 한참 후 입을 연 건 요세바였다..

"왜 부인하지 않았나?"

그런 밑도 끝도 없는 소리에 가롯유다는 놀란 기색도 없이 난감한 미소만 살짝 지으며 고개를 돌렸다. 요세바가 다그쳤다.

"대답해 보게."

"송구합니다."

"왜 부인하지 않았냐고 물었네."

그러자 가롯유다는 담담하게 짧은 한마디를 내놓았다.

"유대를 위해서였습니다."

"흐음... 유대를 위해서... 그러니 나라는 것을 진즉에 알고 있었겠군."

"송구합니다."

그러니까 가룟유다는 당초부터 그 아이의 아버지가 요세바라는 걸 알고 있었던 것이다. 그런데도 그가 가슴에 비밀을 묻고 고난을 감내하며 살았던 것은 유대백성의 〈혼〉 때문이었다. 그는 로마 치하 유대인에게 있어서 목숨 보다 귀중한 민족적 긍지가 파멸하는 걸 원치 않았다. 그래서 기꺼이 자신을 희생시켰던 것이었다. 결국 가룟유다의 대의는 요세바의 양심을 극렬히 흔들었다.

그런데 이에 앞서, 요세바의 내연녀 누베는 어째서 죽기 직전에 딸의 아버지가 누군지 추궁하는 사람들에게 가룟유다라는 이름을 남기고 숨을 거둔 것일까?

누베는 거짓말을 하려던 것이 아니었다. 죽기 직전에 어떤 말, 아마도 어떤 고백이나 소망을 나타내려다가 가룟유다라는 이름만 남기고 숨이 멎어 버린 것으로 세간에선 추정했다. 애초에 누베는 가룟유다가 가르치는 여러 과목 중 양유응고법(양 젖을 짜 치즈를 만드는 기술)을 배우던 수강생이었다. 그리고 그녀는 번번이 사절되었으되 가룟유다에게 자신의 연심을 몇 차례나 고백하곤 했었다. 또한 가룟유다로선 무척 난감하게도, 그녀는 무시로 자신의 사적인 문젯거리나 말 못 할 비밀 등을 털어 놓곤 했었다. 그토록 누베는 가룟유다를 믿고 연모하고 있었던 것이다.

사건의 내막이 모두 드러난 후 가룟유다는 유대는 물론 로마에까지 그 인망이 소문나기 시작했다. 레위인도 아론 후손도 아닌 그에게 장차 유대의 대제사장을 맡고 회당이 아니라 온 유대민족의 교사가 돼 달라는 백성들의 주문이 들끓었다.

예수가 가룟유다에게 나타난 게 바로 이때였다. 가룟유다의 나이 29세, 예수는 32세였다. 예수는 베드로를 비롯해 대부분의 제자들에게 그랬듯 이때도 가룟유다에게 먼저 다가갔고 특유의 사람 끄는 소질을 발휘했다. 그는 가롯유다를 만나 멋들어진 질문을 던졌다.

"시온 산의 나무들을 살리려면, 나무만 돌보면 됩니까? 시온 산 전체를 돌봐야 합니까?"

그러자 가롯유다는 말뜻을 알아차린 얼굴로 예수를 바라보며 반문했다.

"유대민족을 구제할 길은 유대에만 있을까요? 유대 넘어 온 세상에 있을까요?"

순간 예수는 가롯유다의 총기에 마음이 끌렸고 그 총기에 화답하듯 가롯유다에게 바짝 다가가 자세를 낮추고 두 손을 모으며 말했다.

"그것을 이해하는 사람을 나는 온 유대를 다니며 당신 밖에 보지 못했소."

이어 예수는 가롯유다를 슬쩍 조롱하듯 덧붙였다.

"유다여, 당신은 식견이 고명하고 능력이 다재한 현인이라 들었소만 어찌됐기에 지난 날 회당에서 아이들의 선생 노릇으로 허송하더니 팔순 노인네의 사생아나 숨겨 주고 읍성의 값싼 칭송이나 얻어 듣고 사는 것이오?"

그러자 가롯유다는 예수의 속내를 간파하고 반문했다.

"예수여, 듣기로 당신은 물 위를 걷고 맹인의 눈을 뜨게 하는 기적을 행했으며 심지어 엘리야의 현현이요 그리스도라는 소리도 있던데 어찌 된 일로 회당에서 그림이나 가르치다 남의 사생아나 거둬 살던 누비한 자를 찾아오신 것이오?"

그러자 가롯유다를 바라보는 예수의 눈동자에 빛이 일었다. 예수는 마치 가롯유다의 마음에 공명한 듯 서서히 미소를 띄우며 말했다.

"유다여, 당신이 요세바의 사생아를 맡아 키운 건 유대민족을 위해서였다고 합디다. 이제 그 아이보다 더 큰 걸 맡아 보지 않겠소?"

"아이보다 더 큰 거라니요?"

그러자 예수는 말없이 유다의 손을 붙잡았다. 그리고 그 손을 자신의 가슴에 대며 유다를 바라보았다.

"그리스도의 길이오."

그러자 가롯유다가 약간 당혹한 표정으로 물었다.

"그리스도의 길이라니? 그런 걸 나더러 맡으란 말씀이오?"

"사생아를 맡는 건 보단 낫지 않소?"

그러자 가롯유다는 말문을 닫고 예수의 두 눈을 바라보았다. 예수도 그러는 가롯유다를 말없이 바라보았다. 서로 공감 같기도 하고 싸움 같기도 하고 냉소 같기도 하고 셋 다 같기도 한, 묘하고 능청스럽고 징그러운 시선들이 침묵 속에 오갔다. 그러더니 한참 후 가롯유다가 입을 열었다.

"그럽시다. 내 형편에 뭘 더 바라겠소? 난 평생 사생아들이나 맡아 살 운명인 것 같소. 그리스도인지 뭔지는 모르겠지만..."

그러자 예수가 난데없이 그게 무슨 소리냐는 듯이 의문의 표정을 지었다. 가롯유다가 말을 이었다.

"예수여, 당신도 동정의 모친에게서 난 사생아라 하지요? 내 운수가 이 모양이니 당신이 날 찾은 것도 무리는 아닐 것이오."

예수는 가롯유다의 야유 같기도 하고 조롱 같기도 한 소리가 싫지 않은 얼굴이었다. 아니 오히려 그 순간 더 친근감을 느끼는 것 같았다. 예수는 담담히 가롯유다의 어깨에 손을 얹었고 잠시 후 가롯유다도 그 손에 자기 손을 얹었다.

그 날 가롯유다는 유대백성의 구제를 위해 예수와 동행하기로 언약을 맺었다. 예수는 유대의 구원은 유대에만 있는 게 아니라 로마 나아가 온 열방의 구원 안에 속해 있음을 역설했다. 가롯유다는 유대민족뿐 아니라 만천하 이방 백성들까지 아우르는 예수의 비상한 구원론과 통찰에 깊이 공감하였다. 그리하여 그는 유대백성들이 그에게 주문하는 어떤 직책이나 역할도 모두 사양하고 예수와 한 길을 가기로 한 것이다.

가룻유다가 예수에게 물었다.

"듣기로 선생께선 물고기 두 마리로 수천 명을 먹이고 죽은 사람도 살렸다던데 그런 신술을 발휘하신다면 천하의 로마군대라도 일순간에 물리칠 수 있지 않습니까?"

그러자 예수가 대답하였다.

"신이 할 일이 있고 사람이 할 일이 있습니다. 로마군대를 한 순간 사해에 수장해 절임을 만들 수도 있겠지만 그건 신이라면 모를까 사람이 할 일이 아니지요. 유대 뿐 아니라 온 열방과 로마에 뻗쳐 그 백성들의 영혼을 제도하고 삶의 방식을 이타와 초월로 인도하는 일, 이것이 사람의 일이요 그리스도의 합리적 행위입니다."

가룻유다는 예수의 열 두 번 째이자 마지막 제자였고 그가 예수와 함께 한 기간은 예수를 만나고부터 예수가 십자가에 달리기까지 불과 일 년 남짓 짧은 시간이었다. 하지만 예수에게 있어 가룻유다의 위치와 역할은 나머지 제자들을 모두 합쳐도 견주지 못할 만큼 크고 막중했다. 예수는 여러 병자를 치유하고 죽은 자를 살리는 이적을 행하였는데 이에 소문을 들은 사람들이 유대 각지에서 몰려 왔다. 장애나 병을 고쳐 달라는 것은 물론 가족의 사체를 들고 와 소생케 해 달라는 경우는 부지기수요 심지어 죽은 지 15년 된 외아들의 유골을 무덤에서 꺼내 들고 와 산 사람으로 되돌려 달라는 노부부도 있었다. 한데 저들의 호소를 다 들어 줄 수는 없는 노릇이었다. 예수의 이적을 갈망하던 사람들은 그것이 거절되면 상당수는 이성을 잃고 폭력을 휘두르거나 심지어 죽이려들기도 했다. 특히 나사로라는 청년을 죽음에서 살려 냈을 때 이적의 실행에서 제외된 사람들은 집단으로 분노하거나 미치광이가 돼 예수를 공격하기도 했는데, 그런 사태가 날 때마다 가롯유다는 유대 기관이나 총독부에 통사정해 치안 병력을 투입 받았고 위기에 빠진 예수를 구해내곤 하였다. 그런데 문제는 사람들의 그런 집단 광란이나 공격이 아니었다. 진짜 위험한 건 가롯유다의 요청에 병력을 파견해 주던 유대 권력기관이었다. 그들은 가롯유다의 요청에 못 이겨 병력을 보내고 치안유지 차원에서 예수와 그 무리를 보호하였지만 내심 예수를 위험인물로 지목하여 감시하고 있는 사람들이었다. 어느 날부터 예수는 나사로를 끝으로 더 이상 죽은 자를 살려내지 않기로 했고 병든 자나 장애인을 치유하지도 않기로 했다. 그것은 성난 사람들의 저주와 공격 또 유대 권력층의 감시 때문이 아니었다. 그것은 오로지 〈영혼〉 때문이었다. 예수는 병든 자를 치유하고 죽은 자를 살리는 이적이 그들의 영혼에 하등의 도움이 되지 않는다는 걸 당초 알고 있었다. 병 들 사람은 병이 들고 죽을 사람은 죽음으로써 그 영혼은 온당한 과정을 밟고 정해진 숙제를 해 나가는 것이라는 것을 예수는 누구보다 잘 알고 있었다. 그럼에도 그런 이적을 행하였던 이유는 두 가지였다. 하나는 사역활동 초기부터 지체 없이 백성들의 주목과 믿음을 얻기 위한 방편으로서, 또 하나는 백성들이 만물에 깃든 신의 사랑을 실감하고 깨우쳐 기존의 권위적이고 편협한 유대적 신관에서 탈피케 하기 위함이었다. 바로 그러한 예수의 의도를 잘 이해하고 여러모로 수고한 이가 가롯유다였다. 그는 종종 이방언어 통역을 도맡기도 했지만 더 중요한 것은 기적의 은사를 호소했으나 받아들여지지 않은 자들이 겨누는 해코지나 격분을 해소하고 그들이 끝내 회오하여 예수를 따르도록 하는 무척 어렵고 막중한 역할이었다. 그리하여 날이 갈수록 사람들은 예수를 죽은 자를 살리고 병든 자를 치유하는 이적의 능력자보다 영적 각성의 안내자요 교육자로서 따르게 되었던 것이다. 그런 한편, 사람들이 예수를 따르고 무리가 늘어나면서 유대 권력층이 예수에게서 느끼는 위협감은 점점 커져 갔다. 그들이 예수를 의식하는 정도는 강박에 가까웠고 예수에 대한 관찰과 감시도 급속히 늘어갔다. 그런데 바로 이 그 유대권력층의 배후에서 유독 극렬히 예수의 처형을 사주하는 자들이 있었다. 그들은 예수가 예루살렘에 등장한 순간부터 앙심을 품어 온 자들이었는데 바로 환투기 금융세력이었다. 그들이 일반 유대 사회에 노출된 모습은 성전과 부두에서 환전업이나 꾸리는 평범한 상업 집단에 불과했으나 실제로는 막대한 자본을 바탕으로 유대사회에 영향을 가하는 실력자들이었다. 그들은 금권을 쥔 유대의 실세로 정치 경제는 물론 신정神政에까지 영향을 미쳤고 그것들은 철저히 그들의 이익을 위해 행사되었다. 예수가 진정으로 분노한 것은 성전에서 데나리온과 세켈을 교환해 주고 수수료나 떼먹는 환전상들이 아니었다. 그가 주먹까지 휘두르며 분노한 건 막강한 자금, 조직력을 바탕으로 로마와 유대를 넘나들며 환투기와 환조작을 일삼는 금융세력이었던 것이다. 이 금융세력에게 있어서 예수는 진즉에 처형이 결정된 인물이었다.

5

산헤드린
Sanhedrin

설로만 떠돌던 예수의 처형이 실제 진행되는 걸로 드러난 건 예수가 십자가를 지기 겨우 닷새 전이었다. 그 날 가롯유다는 유대 권력조직 〈산헤드린〉의 핵심인사들로 이뤄진 비밀회동의 초대를 받았다. 비밀회동이란 말 그대로 그 회동이 공개적이지 않은 비밀이라는 점과 거기에 참석한 누구라도 그 사실을 외부에 발설해선 안 되는 금기에 따른 것이었다. 그 날 회동은 바리사이파 의원들이 여러 검토 끝에 가롯유다를 선택하여 이루어진 것인데, 가롯유다가 택해진 건 그의 바리사이인이라는 출신조건과 유대에 널리 알려진 신망 그리고 예수 무리에서 가장 주요한 인물이라는 점 때문이었다. 그날 비밀회동의 바리사이파 의원들 틈에는 일반 제사장들도 몇몇 볼 수 있었는데 그날따라 그들은 사제의 신분을 나타내는 히마티온이나 하얀 튜니카 대신 양피를 검게 물들여 만든 기괴한 시믈라를 입고 있었다. 그 회동의 목적은 예수를 체포하기 전에 사전 점검 차원에서 예수 측의 실상과 형편을 살펴보고 장차 예수를 재판하고 처형할 당위성을 빈틈없이 맞추어 놓기 위한 것이었다. 바로 이런 자리에 가롯유다는 예수를 대변해야 하는 매우 당혹스럽고도 위험한 입장으로 서게 된 것이었다. 그러니 적지 한복판에서 자신의 수장에 대해 변호해야 하는 가롯유다는 어쩌면 자신에게 닥칠 수 있는 불이익이나 위험은 물론 죽음까지도 각오해야 할 노릇이었다. 그런데 그가 죽음을 각오하고라도 이 비밀 모임에 온 것은 오로지 〈진실〉때문이었다. 그는 자신의 선생 예수와 그 무리에 대한 세상의 수많은 억측과 어이없는 소문들을 걷어내고 올바른 사실을 알릴 절호의 기회로 보고 그 모임에 기꺼이 응한 것이었다.

이 모임에는 갈라살렘유다Galasalem Judas라는 사람이 있었다. 산헤드린 측의 대표 논객이며 바리사이파 의원 중 가장 나이가 젊은 그는 가룟유다와 나이가 동갑이었고 예수의 처형을 가장 '근거 있게' 주장할 줄 아는 민족주의 노선의 현실주의자였다. 그런데 결과적으로 이 모임은 실질적으로 가룟유다와 갈라살렘유다, 두 사람만의 설전장이 돼 버렸다. 여타 의원들은 예수의 생사여탈에 관한 의미 있고 타당한 논의를 펼칠 정도의 지식과 이해가 갖춰져 있지 않았고 심지어 한 노 의원은 예수를 이제껏 자기와 비슷한 팔순 노인으로 착각하고 있을 정도로 무식했다. 그들은 그저 이 회동에서 갈라살렘유다가 비상한 논설로서 가룟유다를 굴복시켜 주기만을 흥미진진하게 기대하고 있는 게 으름뱅이들이었다. 갈라살렘유다는 그런 실정을 너무나 잘 알고 있었다. 그래서 오히려 처리해야 할 사람은 예수가 아니라 저 돼지 같은 의원, 제사장들이란 것을 알고 있었다. 하지만 이 회동의 목적상 사안을 벗어난 개인적 감정은 견고히 닫아 놔야 한다는 것 또한 그는 잘 알고 있었다. 그의 논조는 균형 있고 설득력이 있었다. 예수를 처형해야 하는 건 사실 예수가 뭘 잘못 해서가 아니라, 〈유대의 생존〉이라는 대의 때문이라는 주제를 그는 시종일관 놓치지 않았다. 그는 엄정한 현실주의자로서 자신의 뜻을 적확히 피력했다. 예수의 처형을 주장하는 갈라살렘유다의 〈지론〉과 예수를 변호하는 가룟유다의 〈진실〉, 두 유다의 공방이 그렇게 시작된 것이었다.

　새벽이 넘어가도록 두 유다의 설전은 멈추지 않았다. 어느덧 창밖엔 동녘의 여명이 비치기 시작했다. 그때까지도 그들의 설전은 끝나지 않고 있었다. 그리고 유대의 닭들이 세 번 아니라 수만 번의 울음으로 민족의 잠을 깨울 때도, 두 유다 주위에서 널브러져 잠든 의원과 제사장들은 닭 울음과 경쟁하듯 코를 골고만 있었다. 이때 두 유다는 설전이 시작된 이래 처음으로 한 가지 합의에 도달할 수 있었다. 그것은 코 골고 자는 저들의 입 냄새를 피해 2층의 조용한 소회당으로 자리를 옮기기로 한 것.

　여명의 푸른 빛깔이 소회당 창을 넘어 두 유다의 얼굴에도 스며오고 있었다. 설전 끝에 침묵하던 두 사람은 청명한 아침 기운을 맞아 심신을 가다듬었다. 밤새워 불을 뿜던 그들의 눈동자와 얼굴은 시원한 바람에 파랗게 진정 되어 갔다. 밤과 아침의 교차, 어둠과 푸름의 교차, 자연의 거대한 변화 앞에 몸을 사린 곤충처럼 그들은 동터오는 여명 속에 침묵하고 있었다.

　시간이 한참을 흘렀다. 닭 울음소리도 더 이상 들리지 않고 아침의 눈부신 햇빛이 소회당에 번지기 시작하자 갈라살렘유다는 가롯유다를 담담히 바라보며 입을 열었다.

　"어찌 보면 다 부질없는 소리였던 것 같소. 난 지금까지 당신의 선생 예수를 비방하거나 억지로 혐의를 씌우려는 의도는 없었습니다. 다만 당신 선생 탓에 지금의 유대가 처한 위험한 정황을 피력했을 뿐이오. 당신도 내가 털끝만한 사심도 없이 떠들었단 걸 알아줄 걸로 믿습니다. 솔직히 난 당신 선생 예수가 어쩌고저쩌고를 떠나 가롯유다 당신이 참 맘에 듭니다. 진심이 속 시원히 통하는 사람이오. 우린 여태 다른 입장으로 충돌해 왔지만 사실 궁극적으로 우린 하나입니다.

하나이면서도 다르고 다르면서도 결국 하나이지요. 그 하나란 〈유대
민족〉아니겠습니까? 그렇소. 당신의 견해도 다 맞소. 당신 선생 예수
가 가진 목적은 유대의 정치적 구원이 아니라 영적 구원이라는 것, 불
치병을 낫게 하고 죽은 자를 살리는 것은 전혀 정치적 목적이 없다
는 것, 모든 게 오로지 순수한 영적 사역일 뿐이라는 것 말이오. 충분
히 알겠소. 충분히 알고 납득하고 속이 개운타 못해 당신을 한번 깨
물어 주고 싶을 정도요. 유다여, 대다수 제사장들은 당신 선생이 마귀
를 부려 기적을 일으킨다고 주장합디다만 난 그가 마귀를 부리든 참
새를 부리든 그런 것엔 관심이 없습니다. 내가 문제시하는 건 그의 정
치적 효과일 뿐입니다. 다시 강조합니다만, 유대와 로마 양쪽에서 그
토록 위험시하고 불안해하는 당신 선생과 그 무리는 이쯤에서 모습
을 감추는 것이 좋다 이겁니다. 더 이상 시끄럽지 않게 예루살렘에서
사라져 버려야 한단 말입니다. 물론 영원히 사라져 버리라는 건 아닙
니다. 사람들의 기억에서 잊혀 질 때까지만 말입니다. 그때까지만 안
보이게 해 달라는 것입니다. 그렇다고 어디 머나먼 아테나이나 동아시
아 같은 데로 고생해 떠나라는 것도 아니요 그저 예루살렘 정도만 벗
어나 달라는데 그 정도를 못 하시겠소? 좀 멀지만 시나이 같은 유서
깊은 장소로 가서 죽은 자도 살리고 앉은뱅이도 일으키며 몇 년 놀다
가 오면 좋지 않겠소? 내 말이 좀 비위 상한대도 용서하시오. 나도 무
던히 답답해서 그러는 거요. 한데도 당신 선생은 당장 내일부터 예루
살렘 한복판에서 대규모 군중강연을 하겠다고? 미친 거요 죽고 싶은
거요? 난 당신 선생이 죽는 걸 원치 않소. 아니 유대의 먼 장래를 위해
선 오히려 필요한 인물일지도 모르오. 그렇지만 딱 지금 상황에선 처
형 밖에 없소. 유대 권부도 그렇지만 궁극적으론 가장 무서운 게 바
로 로마요. 물론 아직까진 빌라도 총독이 당신 선생에게 개인적 호감
이 있어 미소로 대하고 있고 한편으론 당신 선생이 우리 민족 신 야훼

와 전통율법에 대한 부정적 언행을 하고 다님으로써 로마로부터 점수를 얻는 면도 있소만, 당신들의 그러한 행태가 또 하나의 민족운동 같은 위세를 나타내게 된다면 문제가 달라지지요. 티베리우스 황제는 이미 예루살렘에 황제 직속 밀정을 파견하여 민심의 동향 특히 당신들 무리를 관찰하고 있소. 그런데다 유대와 로마 간의 무역, 환전업을 아우르는 금권세력은 안티파스는 물론 로마황실까지 손을 넣어 당신 선생의 불온성을 끈덕지게 고발하며 처형을 주장하고 있소. 당신들이 가장 위험해 보이는 점이 뭔지 아시오? 바로 독특함이오 독특함. 그게 무슨 말인지 아시겠소? 우리의 민족 신 야훼나 아브라함 족속의 선민의식 같은 것이 지배자 로마의 입장에서는 골칫거리이며 눈엣가시일 것 같지만 사실은 그렇지 않소. 로마에게 있어서 우리의 야훼는 그들의 교묘한 통치 수단으로 존재하지요. 예루살렘 신전에 로마 황제의 깃발이 휘날릴 때, 그것을 보고 민중이 반항할 때, 민중이 신성모독이라며 로마를 향해 격분할 때, 로마는 강압하는 척하다 결국 로마 황제의 깃발을 거두며 교묘히 이 유대를 관리해 나가는 겁니다. 로마는 야훼를 뺏을듯하다가 적시에 던져 주며 우리를 다스려 나가는 거지요. 그리하여 우리는 그저 야훼만 있으면 되는 존재들로 축소되어 가는 거고. 한데 당신 선생 예수가 문제인 건 바로 그 독특함 때문이오. 우리의 야훼나 전통 율법 같은 것에 집착 말라니! 게다가 남의 나라 땅에 군대 보내 세금이나 거둬 가는 로마 황실 같은 것은 우아한 강도떼에 불과하다? 그리고 우리의 야훼신관 역시 기존의 율법과 함께 쇄신되어야 하며 그러지 않는다면 기존의 야훼란 로마 왕이나 다를 바 없는 사막의 압제자에 불과하다? 유대 백성을 구름떼 같이 몰고 다니며 저런 소리를 밤낮 해 대니 안티파스, 로마 둘 다 얼마나 심경이 불쾌하겠소! 게다가 당신 선생이 한시도 잊지 않고 내뱉는 소리가 유대뿐만 아니라 로마에도 창조주의 법칙을 실현해야 하

며 세상의 구원을 위해서는 가장 먼저 로마의 개혁이 우선되어야 한
다고 끝없이 강조합디다. 맨 먼저 로마 황실부터 개혁하는 운동을 대
대적으로 전개하자? 이러니 안티파스 졸부들은 둘 째 치고 로마 황제
가 가만히 있겠소? 가만있겠냔 말이오! 이보시오 유다여. 당신 선생이
당장 이 유대를 떠나지 않으면 처형을 피할 수 없을 거라는 내 주장이
얼마나 시급한 뜻을 담고 있는지 잘 알길 바랍니다. 사두가이 귀족이
나 바리사이 영감탱이들은 야훼에 대한 신성모독과 율법훼손 혐의로
당신 선생을 재판도 없이 쳐 죽여야 한다고 난리요. 게다가 저 금권
세력 말이오. 현재의 환거래와 대부이자 관행은 악마의 술수이니 몽
땅 불살라 버리라며 온 유대며 총독부까지 흔들고 다니는 당신 선생
이 얼마나 밉겠소? 그들은 당신 선생이 혹시나 어디서 갑자기 급사나
할까봐 걱정이라 합디다. 왜냐고? 당신 선생은 그렇게 가볍게 죽어선
안 되니까. 필히 온 고초를 당하고 고통으로 끌고 끌다가 죽어야 하
니까. 저 지독한 앙심과 증오가 이해되시오? 그렇지만 저들도 로마의
무서움에 비하면 아무 것도 아니지. 로마 황제는 직속 비선을 통해 당
신들을 주시하고 있고 나아가 오히려 당신들을 어떻게 유대통치에 역
이용할 수 있을까 까지도 치밀하게 계산하고 있소. 만일 당신들이 유
대 민중이 일으킨 제 이의 열심당 혹은 열심당과는 또 다른 신종 민족
주의 세력으로 로마의 눈에 비친다면 어찌 되겠소? 아니 그렇게 정치
적 이용물로 로마가 선택해 버린다면 어떻게 되겠소? 그리하여 로마
가 당신들을 빌미로 아예 유대 전체를 쓸어버린다면? 애고 어른이고
다 쓸어버린다면? 유다여, 우리 다 같이 삽시다. 당신도 살고 나도 살
고 유대도 삽시다! 나 역시 대사제 집안에서 태어났고 음식과 공기 말
고는 율법만을 먹고 살아왔소만, 유다여! 내 눈을 똑똑히 보시오. 솔
직히 고백합니다. 나는 당신 선생이 마귀를 부리든 돼지를 부리든 그
런 마술에는 애초부터 관심이 없소. 뭐? 물고기 몇 마리로 몇 백? 몇

천 명을 먹였다고? 나 원 참. 그러든가 말든가 내가 관심 있는 건 당신 선생의 정치적 의미일 뿐이지 당신 선생이 부리는 재주 같은 건 안중에도 없소. 그리고 그가 그리스도인지 신의 아들인지 조카인지... 그런 게 뭔 상관이란 말이오? 그가 신의 아들이라 해서 유대인들이 앞으로 공기만 마시고 살 수 있는 것도 아니고 그리스도라 해서 달라지는 건 또 뭐겠소? 다 허깨비 같은 관념의 장난에 불과하지 않겠소? 당신 말로는 당신 선생이 피타고라스의 지혜와 영성을 넘는 존재라 하고 또 그는 그리스도의 사명을 가진 자라고 합니다만, 그가 그리스도인지 그리스도 고모부인지 조카인지 그 따위 소리는 당신들이나 하든 말든 난 상관 않겠소. 물론 솔직히 난 당신 선생의 정신만은 내심 존중하는 면이 있소. 아니 솔직히 놀랬소. 그런 명석한 통찰과 사상을 가진 인물이 냄새나는 율법쟁이들이 지배하는 유대에 겁도 없이 나타났다는 것부터가 말이오. 나도 오래전부터 이 유대는 변화가 절실하단 걸 느끼고 있었소. 아브라함 혈통이나 따지고 선민이네 이방인이네 하는 지지리도 고상한 유대 정체성 가지고는 대변혁의 시대에 살아남기 힘들다는 걸 진작부터 절감하고 있었던 거지요. 한낱 무당이나 점성술사조차도 지금의 천지전환기를 논하고 유대의 앞날을 심각히 걱정하는데, 저 존귀하신 야훼의 사제 어르신들께서는 갓난아이 고추나 까며 좋아라하고 있으니, 밉다고 저 꼬락서니들을 안 볼 수도 없고 나도 답답하고 미칠 지경입니다. 나도 율법쟁이이긴 하오만, 도대체 남편이 불량배에게 맞아 터지고 있을 때 그 아내가 남편을 도와 싸우다가 실수로 불량배의 불알을 잡아 버렸다면 그 불알 잡았던 아내의 손을 잘라 버리라는 율법이 진짜 아브라함의 신 야훼께서 하달하신 율법인지 난 인정 할 수가 없습니다. 이런 마당에 당신 선생 같은 당돌한 이가 나타나 준 건 참으로 충격적이면서 개운한 일이기도 하였지요. 그는 분명 유대 역사에 어떤 혁신을 이룰만한 인물일 것이오. 유다여, 나도 사람 보는 눈은 있습니다. 내가 정확히 예수라는 자의 인생살이 속사정을 알 수는 없소만, 그는 보통 됨됨이를 넘어선 자요. 그러기에 나 같은 골수 바리사이인 마저 혹하게 하는 것 아니겠소? 그렇지만 가장 무서운 건 로마란 말입니다. 로마의 눈에 당신 무리가 제 이의 열심당으로 보인다면? 그리하여 유대 전체를 불온하게 보게 된다면? 그렇다면 로마 황제는 과거 애굽 왕처럼 유대백성이 몽땅 로마로 이사 가게 하는 자비를 베풀진 않을 것입니다. 만일 그랬다간 장차 나타날 제 이의 모세는 홍해가 아니라 지중해를 갈라야 할 판이 되지 않겠소? 내가 우려하는 핵심도 이것입니다. 로마 황제는 유대인을 전부 그들의 영토로 데려가 노예로 부리는 자비를 베풀지 않을 것입니다. 그렇다면 어떡하는가? 답은 하나, 유대 해체입니다. 당신도 당신의 선생도 나도 몽땅 절멸케 될 것입니다. 유대 민족이 로마로부터 몽땅 청소되어 버리는데 과연 구원이 뭐고 앉은뱅이가 일어나 오줌을 누면 뭐하냔 말이오! 적어도 당신 선생 예수가 정치성은 티끌만치도 없다고 하나 그의 정치적 효과란 끔찍한 위험성을 가진 게 사실입니다. 누누이 얘기했지만 나도 그가 죽기를 바라지는 않습니다. 죽어야 할 만큼 그가 패륜이나 역모를 저지른 인물도 아니고 그가 평소에 하는 생각과 말은 더욱 그런 대상이 아니기 때문입니다. 하지만 내가 밤을 꼬박 새우며 강조했듯이, 그는 지금으로선 예루살렘에서 사라져야 한다는 것입니다. 모두의 기억에서 잊힐 때까지 말이오. 그게 아니라면 남은 건 처형 밖에 없소. 유다여! 난 당신이 맘에 쏙 드는 게 그 점이었소. 당신은 모든 것을 명확하고 냉정하게 봅디다. 자, 명확하고 냉정하게 봅시다. 유대 민족이 다 죽을 판인데 도대체 장님 하나 눈 뜨는 게 무슨 놈의 구원이오? 유대 민족 모두가 살아남아야 합니다. 유대 민족이 모두 살아남기 위해서는 물 위를 걸었다는 당신 선생보단 차라리 저 주정뱅이 제사장들이 오히려 안전하단 말입니다!

그리고 당신 선생 스스로도 최근엔 입만 벌리면 죽는다 죽는다 입버릇이 됐다고 하는데, 역시 신통한 인물은 맞는 것 같소! 그의 죽음은 이미 정해진 거나 마찬가지지요. 산헤드린은 이미 처형을 결심했고 처형 판결문까지 다 만들어 놓았습니다. 이미 처형이 결정된 마당에 당신들이 별의별 증거와 진실, 유대 땅을 다 밀가루로 만들고도 남을 변론과 논법을 제시한다 해도 거스르기엔 역부족일 것이오. 자 상황, 현실이 이렇습니다. 온 유대 권력이 똘똘 뭉쳐 당신 선생을 제거하기로 한 현실! 로마가 예수 무리를 빌미로 유대 자체를 해체해 버릴 수 있는 무시무시한 현실! 유다여! 이제 내가 무슨 뜻을 전하고자 하는 건지 감이 잡히시오? 내가 뭘 원하는지 이해가 되시오? 내 눈을 똑똑히 쳐다보시오.”

가롯유다는 갈라살렘유다가 하라는 대로 그의 눈을 똑똑히 쳐다보았다. 한참을 그러다가 입을 열었다.
“아침 술 드시오?”

태양이 온 유대의 정수리 위에서 활활 타오를 무렵, 갈라살렘유다와 가롯유다 두 사람은 나마라 언덕에 다다랐다. 밤을 꼬박 새우며 격론을 벌인 그들의 초췌한 몰골에 정오의 뜨거운 햇빛이 내려앉고 있었다. 빈속에 부어 넣은 아침술의 취기가 언덕을 올라오는 동안 좀 가셨는지 두 사람은 얼굴에 흐르는 땀을 닦고 숨을 고르며 언덕 아래를 바라보고 있었다. 드넓은 광야와 예루살렘 시가지가 그들 시야에 들어왔다. 언덕으로 불어오는 바람에 눈을 가늘게 뜬 두 사람은 펼쳐진 전경에 말없이 넋을 맡기고 있었다. 한참을 그러고 있다가 가롯유다가 나지막이 입을 열었다.
“한번은 이런 일이 있었지요. 우리 선생께서 무려 사십 일 동안 단식과 기도를 하고 세속으로 나오셨습니다. 그때 마귀란 놈이 바로 이 언덕으로 선생을 데려와서는 한다는 말이 이거였어요. '나한테 절하면 저기 보이는 온 세상을 너한테 주마' 그러자 제 선생께서 뭐라 하신 줄 아세요?"

"뭐랬답디까?"

"미친놈."

그러자 갈라살렘유다는 고개를 찬찬히 끄덕이며 말했다.

"옳아요. 다른 무슨 말을 할 수가 있겠소. 사십 일 동안 식사도 않고 기도 수행을 했던 사람한테 한다는 소리가, 앞으로 나한테 형이라 불러라? 그럼 저 건물 너 준다? 이게 정신 나간 놈 하는 소리지요."

"그렇지요."

"미친놈일 수밖에요."

두 사람은 공감하며 고개를 끄덕였다. 그리고 다시 침묵에 휩싸였다. 양털처럼 바슬바슬한 바람이 언덕으로 불어왔고 두 사람은 정오의 무더운 대기에 달아오르는 예루살렘 시가지를 바라보며 침묵하고 있었다.

그러다가 한참 후,

"이럽시다."

라고 입을 연 사람은 가롯유다였다. 그리고 '이럽시다' 라고 말을 시작한 가롯유다의 이야기를 전부 들은 갈라살렘유다가 잠시 생각에 잠시더니 가롯유다의 손을 잡으며 말했다.

"그럽시다."

다음날, 가롯유다는 예수를 만나 지난날 있었던 일들을 낱낱이 이야기 하였다. 산헤드린 모임에 비밀리에 참석한 것, 거기서 갈라살렘유다를 만나 밤 새워 설전을 벌인 것, 그리고 어렵게 합의에 이른 내용과 앞으로의 계획에 대해서 모두. 그러자 이 설명을 모두 들은 예수가 대답했다.

"모두 알고 있어. 네가 말 안 해도."

그러자 가룟유다는 잔뜩 기대된 마음으로 예수에게 물었다.

"그럼 그 계획에 따르시는 건가요?"

"아니."

"그럼..."

"나를 그냥 산헤드린에 맡겨라. 저들이 나를 잡아 가 재판할 때 저들이 내게 추궁하는 혐의내용에 대해 반박하지 말고 인정해라."

"아니, 그게 무슨 말씀이신지요?"

그러자 예수는 가룟유다에게 좀 걷자며 바깥으로 나갔다. 그들은 예루살렘 아래 성내를 지나 에세네 문을 통과해 남쪽으로 한참을 걸었다. 그때까지도 예수는 아무 말도 하지 않았다. 이윽고 시온 산 아랫자락에 이르러서야 예수는 입을 열었다.

"유다야, 넌 내가 이 세상에 왜 온 걸로 알고 있느냐?"

유다는 선생이 던진 느닷없는 근원적인 질문에 당혹하지도 않고 곧바로 대답을 했다.

"구원의 사명입니다."

"잘 알고 있구만."

"예, 잘 알고 있습니다."

예수는 다시 한참동안 어떤 생각에 빠져들었다. 곁에서 걷는 유다가 커다란 숨고르기를 여러 차례 할 동안에도 예수는 한마디 말없이 걷기만 하였다. 한참을 걷고서야 예수는 입을 열었다.

"이러자."

그러자 '이러자' 라고 한 예수를 바라보는 유다의 눈이 반짝였다.

'이러자' 라고 말을 시작한 예수의 이야기를 모두 들은 유다의 눈에 눈물이 고이기 시작했다. 곧 그는 울음을 터뜨렸다. 예수는 우는 유다를 말없이 바라보기만 했다. 유다가 흐르는 눈물을 열 번도 넘게 닦는 동안 예수는 한마디도 하지 않고 유다를 바라보고만 있었다. 잠시 후 유다가 입을 열었다.

"그럴 수는 없습니다."

예수 앞에서 한없이 울던 가룟유다가 내게 온 건 그날 밤이었다. 그는 술에 취해 있었다. 그는 지난날 산헤드린의 모임에 참석했던 것을 시작으로 갈라살렘유다와의 만남, 그와 꾸민 은밀한 방안과 계획, 그 다음 선생 예수를 만나 모든 얘기를 전하고 제시한 것들이 끝내 거부당한 것 등을 구구절절 토로하였다. 그의 이야기를 모두 듣고 나는 물었다.

"어떡할 건가요?"

그는 고개를 떨어뜨리며 탄식했다.

"아! 왜 나여야 하는가!"

온전한 내 기억으로 가룟유다는 그의 선생을 팔아넘기지 않았다. 그가 나마라 언덕에서 산헤드린의 동갑내기 의원 갈라살렘유다에게 제시하여 합의를 이룬 내용은 온당하고 합리적이었다. 가룟유다는 갈라살렘유다에게 이렇게 제안했다.

"당신도 짐작할 것입니다만, 우리 선생 성격에 누가 죽이러 온다면 도망갈 사람 같습니까? 재판이며 처형이며 다 짜 놓고 잡으러 온다면 피신할 사람 같으냐 말입니다. 시나이로 몇 년 도망갔다 오라고? 어림없는 얘기지요. 우리 선생은 당신들이 잡으러 오면 그대로 잡혀 가는 거지 도망 갈 사람이 아닙니다. 충분히 그러고도 남을 분입니다.

당당히 잡혀 가서 당당히 당신들 앞에서 결백과 무고를 주장하고 재판정을 나올 것입니다. 갈라살렘유다여! 이미 산헤드린이 우리 선생에 대해 기소와 처형문까지 준비해 놨다니 그걸 어찌 피하겠소? 그리고 이제 며칠 내로 저들이 체포하러 올 텐데, 그 안에 유대에서 도망가라? 되지 않을 일이고 어떤 면에선 그리 되어서도 안 될 일입니다. 산헤드린이 우리 선생에게 추궁할 혐의 내용은 신성모독, 율법훼손, 환전상에 대한 업무방해와 폭력 등 총 아홉 가지였소. 당신이 그 아홉 가지를 재판에서 제시하시오. 나와 선생은 그에 관해 충분히 숙지하고 대응방안을 완벽히 갖춰 놨다가 재판정에서 반박하겠습니다. 특히 난 변론자로 나서 우리 선생에 대한 아홉 가지 혐의에 대해 압도적인 반론을 펼쳐 산헤드린 측의 추궁내용 전부가 무고임을 입증할 자신이 있소. 그러면 그것의 결과는 판결의 최종승인 권한을 가진 총독부가 재판 심리를 연기하거나 우리 선생을 무혐의 처리하는 수순이 되지 않겠소? 게다가 본디오빌라도 총독과 우리 선생은 개인적 친분도 있는 사이니까. 사건이 일단락되면 나는 선생을 설득하여 마리아와 자원하는 제자들을 꾸려 유대 권부와 로마 지배력이 닿지 않는 소아시아 혹은 동녘 멀리 신드Sind나 자가나트Jagannath 지방으로 이주하여 상당 기간 유대에서의 공백기를 가져 보겠습니다. 다시 말해, 당신들이 잡으러 온다 해서 도망을 가는 게 아니라 떳떳하게 잡혀 가서 무고를 밝힌 후 떳떳이 여행을 떠나겠다는 말입니다. 자, 이게 전부입니다. 갈라살렘유다여! 이제 당신이 할 일은 한 가지 뿐이오. 재판에서 혐의를 추궁하되 당신이 이제껏 나를 대하듯 공평무사하게 해 주는 일 밖에 없습니다."

(당시 가룟유다가 예정한 지역 중 신드와 자가나트 지방은 예수가 소년기부터 이십대 중반까지 동아시아를 유랑하며 공부하던 곳이었다)

그러한 합의내용을 가롯유다로부터 전해들은 예수는 곧바로 거절을 나타냈다. 그리고 자신이 예정하고 있던 계획을 가롯유다에게 들려주었다. 그러나 예수가 예정한 계획은 가롯유다가 받아들이고 실천하기엔 너무나 기묘하고 심오하고 어이가 없는 내용이었다.

"네가 유대 민족의 생존을 도모함과 동시에 내 목숨마저 지켜 주려고 하는 마음씨는 참 가상하다만 나로선 하나도 마음에 들지 않는다. 뭘 그리 어렵게 생각하는가? 네가 진정 나를 따르고 그리스도의 사명을 위해 헌신하며 진정으로 유대와 온 세상의 구원을 이루고자 한다면 너는 지금까지 가져 온 생각이나 상식과 반대로 행동해야 한다. 모든 것을 거꾸로 생각해라. 처형을 모면하고 다른 지역으로 떠난다면 그게 그리스도가 할 행동이냐? 내가 너와 마리아와 몇몇을 데리고 자가나트의 사원에 머물며 꽃 따고 경전이나 옹알거리고 살 거라면 난 애초에 유대 땅에 오지도 않았다. 너는 내 제자 중 가장 불행하며 아울러 가장 거룩한 존재가 되어야 한다. 그것이 너의 카르마이고 네가 가지고 온 숙명이다. 너는 이 모든 비밀을 간직하고 있어라. 그것이야말로 너의 엄숙한 십자가이다."

그리하여 결국 가롯유다는 스승이 내린 천명을 저버릴 수 없었다. 그는 산헤드린 법정에서 갈라살렘유다가 피의자 예수에게 또박또박 추궁한 아홉 가지 혐의 내용에 대해 아무런 반박도 하지 않았다. 물론 예수도 침묵으로 일관했다. 그것은 산헤드린이 기소한 내용을 모두 인정하는 꼴만 돼 버리고 말았다. 그것이 예수와 가롯유다, 두 남자의 숙명이었다. 그러나 가롯유다는 스승 예수가 체포되기 직전까지도, 디나-아론 부부의 식당 델타108번지에서 술을 마실 때까지도, 스승의 죽음을 간절히, 이성적으로, 양심적으로 만류하고 있었다. 스승은 영혼을 찢는 유다의 굴레를 잘 알고 있었다. 그리고 그것을 굴레로 가질 수밖에 없는 유다의 나약함을 시종 꾸중하였다. 그러나 스승은 유다의 저 상상 못할 슬픔과 고통을 유일하게 알고 있는 사람이었다. 스승의 넋은 유다를 껴안고 피눈물을 흘리고 있었다. 그리고 스승은 마지막 만찬자리에서 유다에게 떡을 드밀었다.

"베어 먹어라. 이건 내 살이니..."

6

본디오빌라도의 편지

위스키에 콜라를 탄다. 그리고 예정된 미수 같은 그 음료를 마시지 않고 쳐다본다. 오후 4시다. 29살의 여자가 오후 4시에 위스키에 콜라를 섞는 짓 따위를 해서는 안 된다는 것을 난 알고 있다. 그런데 그걸 깜박 잊어 버렸거나 잊어 버렸다고 생각을 한 것이다. 다행히 그 것을 마시지는 않고 쳐다보고 있다.

그렇게 오후 4시에서 15분이 지났다. 위스키콕에게 더 이상 가혹한 운명을 부여하고 싶지 않다면 난 그 음료를 버려야 한다. 위스키콕으로선 15분 동안 고통스러웠을 것이다. 아니, 나를 죽이고 싶었을 것이다. 그런데 나는 그것을 오후 4시로부터 15분이나 끌어오면서 고통을 주고 있다. 한데 여기서 7분 뒤, 4시 22분이 되면 내가 태어난 시각이 된다. 그리고 나는 서른 살이 된다.

7분이 흘렀다. 생일이다.

매스껍고 모멸스럽다. 그래서 슬프다. 위스키콕에게 미안한 마음이지만 뭘 어째볼 도리가 없다. 이제 와서 그에게 무엇을 어떻게 해 줄 수가 없다. 난 다만 그에게 망각이라는 속임수를 말해 줄 뿐이다. 망각해라... 비워라... 깨달아라...

그렇지만 위스키콕으로선 망각할 수도 비울 수도 깨달을 수도 없는 노릇일 것이다. 만일 망각하거나 비우거나 깨닫는다면 그는 나를 죽일 수 없을 테니.

나는 드디어 위스키콕 잔을 들어 음료를 버린다. 내 목구멍 속으로.

이제 그는 망각을 할 수도 깨달을 수도 나를 죽일 수도 없게 돼 버렸다. 그에게 절망을 주어 미안하다. 슬픔이 멎는다. 이미 내 몸이 되어 버린 그는 나를 이해할 것이고 이해하는 자신이 경멸스러워 언젠간 오줌과 혈액이 될 것이다. 그리고 오줌과 혈액은 언젠간 또 다시 위스키와 콜라가 되고 또 한 잔의 위스키콕이 될 것이니, 나는 그의 치욕스러운 반복을 애도한다. 아니 축복한다!

우습다. 영원히 위스키콕은 나를 죽일 수 없다. 깨달을 수도 망각할 수도 없다. 예수는 이 모든 불편함의 설계자인 신을 죽일 수 없다. 그는 이 세상이 영원히 평온하도록 눕히거나 잠을 재워 줄 수도 없다. 그가 할 수 있는 일이란 뭘 대속하고 십자가를 지고 그리스도가 되는 일 뿐이다.

생일이다.

여자로 태어나 산다는 건 진실로 유쾌하지 않은 일이다. 그렇지만 남자로 태어나지 않은 건 천만다행이다. 나는 생일을 굳이 싫어하는 건 아니지만 너무나 좋아하지 않는다. 도대체 뭐가 태어난 건지 알 수도 없지만 그게 어째서 환호를 지르고 촛불을 켤 성질의 것인지는 더욱 모를 일이다. 자꾸 비움이나 깨달음 따위를 권유받아야 하는 일생의 시작이 위스키콕 입장으로선 얼마나 절망적이던가?

숨을 쉰다.

숨을 쉴 수 있다는 가능성 하나로 멍청하게도 금지라는 것이 생겨난다. 약간의 금지 탓에 난 약간 비웃으며 약간 운다. 그런 후 미친 나비처럼 사치를 부려 본다. 그것은 또 한 잔의 위스키콕을 만드는 일이다! 그게 미친 짓이란 걸 알고 있다. 알고 있기에 더욱 유혹적이다. 우주가 왜 폭발했고 왜 생겨났는지, 신이 태초에 무슨 짓을 한 건지 나는 이해한다. 이해했기에 위스키콕을 만든다. 그래봐야 난 영원히 유죄일 뿐이니까. 세 잔 네 잔...

세 잔 네 잔, 수십 잔을 마셔도 잊을 수가 없으며 하루하루가 갈수록 그 신비의 기억이 뚜렷이 살아난다는 고백이 담긴 본디오빌라도 총독의 편지를 나는 또렷이 기억한다. 그는 예수가 처형된 후, 긴 여행 끝에 소아시아 땅에 머물고 있는 가롯유다에게 편지를 써보냈다. 당시 소아시아에 머물고 있는 사람들은 가롯유다와 내가 포함된 5인이었다.

흔히 알려진 〈빌라도의 보고서〉라는 건 당시 빌라도 자신이 직접 작성해 황제에게 올린 것이 아니라 그의 친위대장 말커스Marcus의 이복형이었으며 탁월한 문장가였던 고레우스Coreus에게 맡겨 상당 부분 대서한 것이었다. 또 빌라도의 보고서는 의심과 논란의 여지가 없도록 사건의 표피적 내용만을 단출히 조합한 공문서에 불과하며 본디오빌라도 자신이 몸소 체험한 진실들과는 차이가 있는 것이었다.

그러나 본디오빌라도가 가롯유다에게 직접 쓴 편지는 그의 충절한 술회와 고백으로 채워져 있었다. 우리 5인의 여행자들은 그 편지를 함께 읽었다.

가롯유다여!
당신의 선생 예수가 십자가에 처형되기 몇 개월 전, 로마 최고의 천문학자이자 예언가이며 황실의 총애를 받는 점성술사 한 명이 유대 땅에 온 적이 있었습니다. 나이 구십하고도 다섯이나 더 드신 노인장이 권속을 꾸려 먼 여행을 온 것이지요. 나는 그를 극진히 모시며 이스라엘 곳곳을 돌아보고 식사 자리도 자주 가졌습니다. 한데 애초부터 난 그가 점성술사라고 해서 내 운명이나 미래에 대해 물어볼 생각은 없었습니다. 다만 본질적인 것 한 가지를 물어보았습니다.

"진짜 사람은 운명대로만 삽니까? 죽는 것도 사는 것도 죄다 운명입니까? 사람이 운명대로만 산다면 그거야말로 허탈한 일이 아닙니까? 일설에 따르면 신은 사람에게 자유의지란 걸 줬기 때문에 사람이 무얼 하든 그것은 그 사람 책임이며 운명도 그 사람이 주관할 수 있는 거라던데, 그 말도 우스운 것이 사람이 자유의지를 가지고 뭘 선택한다 해도 그 선택 역시 이미 내가 무엇을 선택하도록 주어진 운명일 수 있지 않겠습니까? 운명이란 게 존재하여 정해진 대로만 사는 거라면 말입니다. 어떻습니까? 사람은 정해진 대로만 살다 죽습니까?"

이렇게 내가 질문을 마쳤을 때 노 점술사는 대답했습니다.

"태양이 매일 저곳에 저렇게 뜬다. 달이 매일 저곳에 저렇게 뜬다. 우리가 보는 모든 별들도 그 운행에 한 치의 벗어남이 없다. 만일 태양이 저곳에 매일 뜨는 제 운명이 싫다고 딴 곳으로 가 버리거나 달이 매일 뜨는 저곳이 지루하다고 어느 날 제멋대로 갈릴리 호수 속으로 들어가 버린다면? 그러면 세상이 어떻게 되겠는가? 태양이나 별도 제 운명을 거역하지 못하거늘 어찌 모래가루 같은 인간이 제 운행의 원칙을 바꾼단 말인가?"

그러자 나는 더욱 호기심이 생겼습니다. 그래서 곧장 물어봤습니다.

"그렇다면 선생이시여! 저에게 저의 운명을 한번 말해 주실 수 있겠습니까? 저의 인생에 대해서 말입니다."

그러자 그는 내 눈동자를 유심히 들여다보았습니다. 그러더니 입을 굳게 다물었습니다. 그러자 난 호기심이 더 일어나 거의 대들듯이 그에게 질문을 하고 답변해 주기를 바랐습니다. 한데도 여전히 그는 말이 없고 난 답답할 지경이 이르렀습니다.

"운명 같은 게 있고 바꿀 수 없는 것이라면 선생께서 저에게 무슨 말을 해도 그것은 운명의 책임일 것입니다. 그러니 선생께서는 아무것도 꽤의치 마시고 그저 저에게 자비를 베푸시어 이 배우고자 함에 약간이나마 은혜를 베푸소서!"

그렇지만 그는 여전히 입을 다문 채로 나를 외면할 뿐이었습니다. 그러더니 갑자기 자신의 검지를 들어 내 얼굴 양미간을 꾹 누르는 것이었습니다. 그리고는 잠시 생각에 잠겨 있었습니다. 그리고 드디어 입을 열었습니다.

"따를 수 있겠는가?"

"무엇을 말입니까?"

"운명을 벗어나라는 내 명을 따를 수 있겠는가 말이다."

"무슨 말씀이십니까?"

"총독이여. 그대는 장차 고국 로마에서 여생을 마감하지 못한다. 그리고 온 이스라엘의 저주를 받게 될 것이며 지중해의 북녘 땅, 이름도 없는 오지에서 외로이 객사한다. 앞으로 몇 달 후면 온 예루살렘 땅이 흔들리고 태양이 검어지는 재앙이 닥칠 것이다. 한 사나이가 죽기 때문이다. 그 사나이의 죽음은 그대가 결정한다. 그리고 그대는 머지않아 이름도 없고 사람도 없는 산골 오지에서 비명을 맞게 된다. 그러니 지금 이곳을 떠나라. 총독의 신분을 버리고 고향 로마로 떠나라. 그대의 부인 아바아파를 데리고 되도록 일찍 이곳을 떠나라. 이것이 그대가 그대의 운명을 벗어나는 길이다. 주어진 운명을 바꾸는 길이란 말이다. 내 충고를 따를 수 있겠는가?"

그래서 나는 이렇게 대답했습니다.

"저는 선생의 충고를 따를 수 있고 없고를 떠나서 우선 제 본분을 제 맘대로 결정할 수가 없습니다. 저는 로마 황제로부터 일정한 사명을 부여받고 유대 땅에 부임한 자로서 함부로 제 직책을..."

"그것이 운명이다!"

내 말이 끝나기도 전에 노 점술가는 그렇게 벼락같은 한마디를 내던 지곤 입을 닫았습니다.

노 점술가가 로마로 떠나고 나는 우울증이 생겼습니다. 다름 아닌 그의 예언 때문이었지요. 내가 장차 고국 로마에서 여생을 보낼 수 없으며 이름도 없는 땅에서 횡사한다니, 그것은 너무나 당혹스럽고 상상치 못한 이야기였기 때문입니다. 거기다 또 한 가지 의문이 있었는데, 몇 달 후 예루살렘 땅이 흔들리고 해가 검어진다는 것. 그게 무슨 말일까요? 나는 그 점에 의문을 품고 몇 번은 예루살렘의 대제사장들을 만나 그 얘길 나눠 보기도 하였습니다. 당시 나는 내 몸의 고질적인 질병 한 가지로 매일 신음하고 있던 때였습니다. 그런데 어느 날 사관이 다가와 말하기를, 예수라는 사람을 한번 만나 보라며 그가 지금 베데스다 연못 가에서 사람들과 함께 있다고 하는 것이었습니다. 그리고 덧붙이길, 예수라는 사람은 죽은 자를 어떤 주문을 외워 살렸으며 장님에게 침을 뱉어 눈을 뜨게 한 사실이 파다하게 소문이 나 있다고 하더군요. 물론 나는 그 전에 예수를 저잣거리에서 한 번 만난 적이 있었지만 그땐 그에게 별 관심이 없던 터라 그저 그의 신분파악 차원에서 몇 마디 나누고 돌려보낸 게 전부였지요. 하지만 이번엔 귀가 솔깃했습니다. 마침 그날 내 몸의 질병이 깊을 대로 깊어져 말도 못하게 통증이 심했기 때문이었습니다. 나는 예수라는 그 신비의 인물을 다시 만나 치유를 간청해 볼 요량으로 그를 데려오게 하였습니다.

가룟유다여!

그리하여 당신의 선생이 처형되기 한 달 전, 나는 당신의 선생을 두 번째로 만나게 되었습니다. 바로 그날이 나와 당신의 선생이 사실상의 친분을 맺은 날이라고 봐도 무방할 것입니다. 내 관사에 초청되어 온 그는 몸가짐이 곧고 의젓하며 키가 큰 사나이였습니다. 온 유대를 돌아다니며 하늘과 땅의 신비를 밝히고 신성을 강설한다는 당신의 선생은 일단 외모가 그리 보였지요. 한데 나는 인사도 생략하고 급한 질문부터 꺼내었습니다.

"내 몸엔 아주 고질적인 병이 하나 있소이다. 듣기로 병 든 자를 고치고 죽은 사람을 살렸다고 합디다만 혹시 내가 그런 치유의 기적을 간청해도 되겠소?"

그러자 그는 의외로 곧장 대답을 해 주더군요.

"원한다면."

"원한다면? 그럼 당신은 여기서 치유의 기적을 부릴 수 있겠습니까?"

"기적을 부리는 건 내가 아니라 총독 당신이요."

"그게 무슨 말이오?"

"기적은 내가 일으켜서 누구한테 주는 것이 아니라 당사자가 일으키고 체험하는 거요. 총독께선 나에 대해 어떤 소문을 어떻게 들었는지 모르지만 난 기적 같은 거 부리는 마술사가 아니오. 다만 기적을 일으키는 마음의 방식을 알려 줄 뿐입니다."

"좋소. 그러면 기적을 일으키는 마음의 방식을 알려 주시겠소?"

"운명을 선택하면 됩니다."

그 순간 나는 너무나 놀라서 들고 있던 양젖을 콧구멍에 부을 뻔했습니다. 운명을 선택하라니! 앞서 이야기했던 로마의 위대한 점성술사와 당신의 선생은 똑같은 이야기를 하는 것 아니겠습니까? 순간 나는 말문을 잃었고 현기증이 났지요. 난 마음을 진정시키며 물었습니다.

"운명을 선택하다니요? 과연 운명을 자의로 선택할 수가 있단 말입니까? 아니, 운명이란 것이 실제로 존재하오?"

"당연하지요."

"그렇다면 과연 그것을 바꿀 수 있단 말입니까?"

"지당하지요."

나는 흥분하기 시작했습니다. 온몸에서 맥이 뛰고 눈물이 날 정도였습니다. 난 저 근사한 남자를 되도록 침착히 바라보기 위해 눈을 감고 호흡을 가다듬었습니다. 잠깐 그러고 있다가 눈을 뜨고 그를 바라보며 아주 단순하게 물었습니다.

"내가 이 고통스런 질병, 이 지긋지긋한 치질이란 것에서 벗어날 수 있는 운명에 대해 가르쳐 주시려오?"

"총독께서 병을 앓는 운명을 선택하였다면 그 병은 로마 황제의 직속 의관들이 떼로 모여 약을 발라도 치료가 되지 않으며 신의 능력이라도 고칠 수 없습니다. 하나 총독이 그 병을 앓지 않는 운명을 선택한다면 자연히 병은 사라지게 됩니다."

이러니 나는 당신 선생에게 무슨 말을 어디서부터 어떻게 해야 했겠소? 그래서 일단 쉽게 언급할 수 있는 부분부터 짚어 보기로 한 것입니다.

"그렇다면 죽은 나사로가 살고 당신이 물 위를 걸었던 것은 그 순간 그러한 운명이 선택되었기 때문이오?"

"그렇습니다."

"이해가 안 가네요 선생. 죽은 나사로가 이미 죽은 몸으로 어찌 뭘 선택한단 말이오?"

"죽은 몸? 몸이 죽으면 선택을 할 수 없는가? 물 위를 걷게 하고 죽은 자를 살리며 산을 옮기는 위대한 영혼이 어찌 죽고 사는 몸뚱이 하나에 매인단 말인가? 영혼은 그렇게 쩨쩨한 것이 아니지요."

"그럼 운명은 무엇에 매인단 말이오?"

"영혼에게."

"뭐라고요?"

"죽은 나사로는 죽을 운명이었기에 죽은 것이오. 하지만 되살아난 나사로 역시 되살아날 운명이었기에 살아난 것이고. 그건 그의 영혼의 선택이었지요."

이렇게 대화가 영혼 쪽으로 가며 어려워지자 나는 일단 다른 예로 넘어갔습니다.

"그렇담 당신이 물 위를 걸었던 것은 무엇이오?"

"내가 물속으로 빠지지 않을 운명."

당신 선생은 대답 하나는 참 거침없이 하였지만 도무지 그 뜻을 이해하기가 힘들었습니다. 심지어 혹시 저자는 궤변이나 늘어놓으며 백성의 피를 빨아 먹고 돌아다니는 고등 사기꾼이 아닐까? 하는 의심이 들 정도였지요. 이때 당신 선생이 이런 말을 했습니다.

"총독이시여, 지금 나는 왜 이곳에 있습니까?"

"그야 내가 모셔 왔으니까."

"지금 내가 당신을 칼로 찔러 당신이 죽는다면 그 원인이 무엇이오?"

"뭣이라?"

"당신을 죽게 한 첫째 원인은 칼이라는 물체이지만 그 배후에는 내 손이 있고 내 손의 배후에는 나라는 사람이 있고 나라는 사람이 이곳에 있는 배후에는 나를 부른 당신이라는 배후가 있고 당신이 날 부른 배후에는 당신을 움직인 그 마음이 있고 그 마음을 움직인 배후에는 곪아 터진 항문이 있습니다. 그러니 궁극으로 당신을 죽인 건 뭐지요?"

"뭐라? 그럼 나를 죽인 것이 내 항문이란 말이오?"

"그렇잖습니까?"

"그럼 내가 당신을 죽인다면?"

"그야 원인은 나지요. 당신이 나를 여기로 데려왔고 데려온 데는 당신의 마음이 있고 그 뒤에는 당신의 썩은 항문이 있었다 해도 나라는 사람이 존재했기에 그 마음이 작동된 것이니 원인은 바로 나이기도 하지요."

그 말 역시 일견 일리가 있는 말 같기도 했지만 난 여전히 그것이 궤변일 거라 짐작하고 있었습니다. 그래서 난 계속 단순해지기로 마음먹고 당신 선생에게 물었습니다.

"그 얘기가 운명이랑 무슨 상관입니까?"

"총독이시여, 내가 찌른 칼에 당신이 죽었을 때 그 궁극의 원인은 당신의 썩은 항문에 있었듯이 나 역시 마찬가지였소. 그렇다면 당신이 내 손에 죽임을 당하지 않는 길은 바로 당신의 항문을 바꾸는 일이기도 하지요. 바로 원인을 바꾸는 것입니다. 운명이란 그렇게 바꾸는 것입니다. 원인을 바꾸는 것."

"원인? 그렇다면 미래에 발생할 상황에 있어서 나 자신이 어떤 원인이 될지 그걸 어찌 미리 안단 말입니까?"

"그게 바로 정답입니다. 알 수 없으면 못 바꾸는 것."

"뭐라고요?"

"보소서 총독이시여! 당신은 아까 나에게 물었잖소. 운명은 바꿀 수 있는 것이냐. 나는 그렇다고 하는 걸 여태 설명한 것입니다. 운명의 개조는 가능합니다. 원인을 바꿈으로써. 자기 자신을 바꿈으로써. 그런데 총독께선 원인을 알 수 없다 하셨지요. 곧 자기 자신을 모른다는 얘기랑 같습니다. 자기 자신도 스스로 모르면서 운명을 어찌 알 것이며 더군다나 그것을 어찌 바꾼다 만다 할 것입니까? 운명은 엄연히 존재합니다. 그리고 바꿀 수가 있습니다. 아니 바꿀 수 있는 것이어야만 하고요. 다만 총독께서는 자기 자신을 모르고 있으니 참으로 안타까울 뿐이지요."

가룟 유다여!

그때부터 당신의 선생과 나는 더 이상 아무 말도 나누지 않고 가만히 앉아 있었습니다. 나는 집사에게 양젖을 더 가져오라 하였지만 마시지도 못하고 만지작거리기만 하고 있었소. 이상하게도 당신 선생에게는 뭔가를 따지거나 쟁론을 벌일 마음이 들지 않더군요. 참으로 이상한 노릇이었소. 잠시 후 당신 선생이 나지막이 입을 열더군요.

"총독이시여, 내가 당신을 칼로 찌른다면 그 원인은 저 때문입니다. 그리고 총독께서 저를 찌른다면 그 원인은 총독 때문이고요."

그 소리를 듣고 나는 단숨에 반문을 했습니다.

"아까는 그게 아니라면서?"

"물론 그게 아니기도 하고요."

"뭐라?"

"운명을 바꾸기 위해서는 운명을 알아야 하고 운명을 알기 위해서는 자기 자신을 알아야 합니다. 그것이야말로 당신의 곪은 항문을 위한 유일한 길입니다."

그러자 나는 화가 나 버렸습니다. 화가 난 나는 당신 선생을 노려보며 소리 질렀습니다.

"말장난 하시오? 다 그게 그 말 아니오!"

그러자 당신 선생이 나지막한 소리로 태연작약하게 말합디다.

"다 그게 그 말인 것은 아닙니다. 적어도 내 말은 모두 옳고 당신 말은 모두 옳진 않지요."

난 더 큰 소리로 따졌습니다.

"뭐가 적어도 당신은 다 옳고 난 옳지 않단 말이오! 내가 뭘 틀린 걸 얘기 했소? 뭐가 틀렸냔 말이오! 난 솔직하게 궁금한 걸 물었을 뿐이고 지극히 상식적인 걸 따졌는데!"

그러자 당신 선생이 내 얼굴을 한참 동안 빤히 쳐다보더니 빙긋이 웃더군요. 난 더욱 화가 치밀어 미칠 지경이었소. 그때 당신 선생이 뭐라 한 줄 아십니까?

"많이 아프신가요?"

라고 하더군요. 난 화가 치밀어 되물었습니다.

"기가 막히는군. 흥! 그래 기적 한번 부려 보시라니까!"

"총독께서는 어쩜 그렇게도 자기 자신을 모르십니까?"

"뭐라고?"

"당신은 당신의 운명을 끝끝내 외면하고 방치하고 있습니다. 항문이 썩었다면 항문이 썩을 운명의 원인을 알아서 운명을 조정할 생각은 하지 않고 운명을 방관해 버리고 있으니 말입니다. 당신은 항문 염증을 결국 불러들이고 있습니다. 이럴 경우는 저도 손을 쓸 수가 없습니다. 물 위를 걷는 기적? 그런 건 손바닥 뒤집기보다 쉽습니다. 지금 당신의 치질을 낫기란 물 위를 걷는 것이나 죽은 나사로가 사는 것보다 힘들게 생겼습니다. 한마디로 당신이 그것을, 그 운명을 허용해 버리고 있기 때문입니다! 그것은 신도 어찌할 도리가 없는 것이지요! 나 역시 아무것도 할 수가 없습니다!"

그러더니 당신 선생은 자리를 일어서더군요. 그리고 아까 오던 출입구를 향해 걸어 나갔습니다.

가롯유다여!

사람이 어쩌면 저럴 수가 있단 말이오? 남의 질병, 그것도 죽도록 아픈 항문 염증에 대고 저렇게 무지막지하게 절망을 쏘아 대고 인사도 없이 떠나 버리는 경우가 어디 있냔 말이오. 난 그로부터 당신의 선생에 대해 생각도 기억도 하지 않기로 결심하였습니다.

그런데 내가 그날 이후 당신의 선생을 또 다시 만나게 된 건 그로부터 열닷새 후 내 아내의 권유 때문이었습니다. 내 아내는 가울 지방에서 대대로 즈나라 불리는 요가 수행을 해 오던 일족의 후손으로 예지몽 능력이 있는 여자였습니다. 내가 당신의 선생과 관사에서 한바탕 입씨름을 벌인 뒤, 그로부터 내 아내는 묘하게도 당신 선생에 관한 꿈을 매일 꾸었답니다. 그 꿈의 내용들이란 대개 기괴하고 불길한 것들이어서 나는 아내가 꿈 얘기를 할 때마다 호통을 치곤했지요. 또 대개 남편들이 그러하듯 나 역시 아내가 이따금씩 던지는 근심이나 조언에 대해서 심드렁하게 넘어가는 경우가 많았고요. 그런데 어느 날 아내는 내게 이런 꿈 이야기를 들려주었습니다.

  - 꿈에서 십자가에 처형된 사람을 보았습니다. 그는 로마 황실의 휘장이 박힌 토가를 입었고 가슴에는 로마군의 군장도 뚜렷이 붙어 있었습니다. 그리고 머리에는 관이 씌워져 있는데 거기엔 〈저주의 왕〉이라 쓰여 있었습니다. 그런데 얼굴이 보였습니다. 놀랍게도 그것은 나의 남편, 본디오빌라도였습니다. 본디오빌라도 당신이 십자가에 달린 것이었습니다. 그런데 별안간 그 십자가가 흔들리기 시작했습니다. 그리고 내 시야에 수많은 십자가들이 나타났습니다. 그런데 더욱 놀라운 건 그 수많은 십자가마다에 당신이 달려 있는 것이었습니다. 당신이 달린 그 십자가들은 수많은 사람들에 의해 들려 있었는데 그 행렬은 유대 땅을 다 덮을 정도였습니다. 한데 그 십자가를 손에 든 수많은 사람들은 오직 한 인물이었습니다. 그 인물은 다름 아닌 예수, 당신이 두 번 만난 적이 있었고 지난번 관사에서 나 역시 뚜렷이 본 적이 있는 그 사람이었습니다. 수없이 똑같은 그가 당신이 매달린 십자가들을 들었는데 그 행렬은 온 땅을 뒤덮고 있었습니다 -

  나는 그 꿈 이야기를 듣고서야 비로소 내 운명의 심각성은 곪은 항문이 아니라 내 목숨의 문제라는 걸 깨달았습니다. 왜냐하면 그 전에 여행을 왔던 로마의 대학자이며 점성술사가 내게 남긴 이야기가 소름 끼치도록 생생히 떠올랐기 때문입니다.

"그대가 현명하다면 이곳에 있는 동안 어떤 결정도 내리지 말아라. 더 현명하다면 가능한 한 일찍 이곳을 떠나는 것이다. 그대가 판결을 낸 사형수의 무덤이 그대의 무덤이 될 것이고 그대가 판결한 사형수의 십자가가 그대의 십자가가 될 것이다. 이곳은 오랜 저주의 땅이 될 것이고 저주의 후손들로부터 그대는 저주의 왕으로 받들어지게 될 것이다."

가롯유다여!

그리하여 나는 세 번째로 당신의 선생을 만나게 되었습니다. 이번엔 운명이나 치질 이야기를 하려던 것이 아니었습니다. 내가 거론하고자 했던 건 당장 벌어지고 있는 현실에 관한 것이었습니다. 그래서 나는 그가 그의 어머니와 둘이 살고 있다는 처소를 방문하였습니다. 그런데 예고도 없이 이루어진 나의 방문에 그는 놀라지도 않고 마치 기다렸다는 듯 나를 맞고는 어머니에게 말했습니다. 이틀 후에 돌아 올 테니 그리 아시라...

그리고 그는 마치 나랑 약속이나 한 듯 나를 데리고 처소를 나가 한참을 걸었습니다. 걷다 보니 베다니와 올리브 산으로 이르는 길이 나왔고 거기서 그는 말했습니다.

"올리브산은 춥습니다. 두터운 옷을 준비하시지요. 그리고 이틀 정도 병가 휴직을 내시고 저와 함께 동행 하시지요."

그는 마치 내 생각을 훤히 알고 읊조리는 것 같았습니다. 사실 그렇지 않아도 나는 세상 잡다한 골칫거리들에서 벗어나 혼자 조용히 올리브산에나 올라 볼까 생각 중이었고 기왕이면 하루나 이틀 날을 잡아 그래 볼 생각이었으며 부관 만리우스와 친위대장 말커스에게만 사실을 알리고 나머지에는 병가로 알리라 할 생각이었던 것입니다.

나는 당신 선생에게 솔직하게 말했습니다. 지난번엔 손님을 불러 놓고 내가 그만 흥분을 해서 죄송하게 생각하며 이번에 찾아온 건 우리 모두가 처한 현실에 관한 이야기를 나누고 싶어서- 라고 말입니다. 그리고 내가 만났던 로마의 점성술사 이야기와 최근 아내가 꿈을 꾼 이야기들을 솔직하게 다 말해 주었지요. 그랬더니 그 역시 내게 비슷한 말을 했습니다.

"나도 총독을 다시 한 번 만나려 하고 있었습니다. 나 역시 우리 모두의 현실에 관해 논의를 하려던 참이었지요. 지난번에 운명이 어쩌고 했던 얘기는 더 이상 하지 맙시다. 내가 그런 얘기를 당신한테 했던 것도 아주 드문 일이었습니다. 내 제자들에게도 별로 해 본 적이 없는 얘기이지요."

그때 난 의문이 생겼지만 그냥 지나치려다 그냥 의문 그대로 질문을 해 보았습니다.

"어째서요? 어째서 그토록 가까운 제자들에게 운명이야기를 별로 안 했던가요?"

그러자 그는 곧바로 대답을 했습니다.

"무식하니까 말해도 잘 알아듣질 못합니다."

순간 나는 당황했습니다. 그럼 나는 무식하지 않아서 그런 얘길 했던 거고 이제 와서 말하지 말자는 건 나 역시 무식하다는 걸 뒤늦게 알았다는 뜻인가? 라는 것이 당혹스러운 것이 아니라 저 사람 예수가 자기 제자들을 원색적으로 무식하다고 로마인인 나에게 말하는 저 당돌함과 초연함 때문이었습니다. 하지만 그 문제는 그저 간과해 버리기로 했습니다. 당신 선생의 성격이 그런 걸 어쩌겠습니까? 하여튼 그날, 나는 친위대 소속 무관 장교 한 명만을 대동하고 당신 선생과 올리브산에 올랐습니다. 해가 넘어갈 무렵의 올리브산에는 홍조처럼 엷은 노을이 깔려오고 있었습니다. 산마루에 이르자 당신 선생은 나에게 잠시 쉬고 있으라 한 뒤 어디론가 사라졌습니다. 그리고 한참이 지나도 그가 나타나지 않기에 나는 그가 사라진 곳으로 가 볼까 하고 있었습니다. 이때였습니다. 올리브산 꼭대기에서 그의 목소리가 들려왔습니다. 올려다보니 그가 내게 오라고 손짓하고 있었습니다. 난 곧장 그곳으로 가 보았습니다.

올리브산 꼭대기에 도착해 보니 시커먼 돌무더기 근처에 다섯 뼘쯤 되는 깊이로 구덩이가 파져 있었습니다. 그것은 당신의 선생이 조금 전부터 파낸 구덩이였죠. 나는 그에게 물었습니다.

"뭘 하시는 거요?"

그랬더니 그는 돌무더기에서 돌조각 다섯 개를 꺼냈습니다. 그런데 그 다섯 개의 돌조각은 돌무더기의 보통 돌들과는 다른 빛깔이 감돌았습니다. 해 질 녘 올리브산에 번져 오는 노을빛 같다고나 할까요. 그것은 여러 가지 붉은 빛깔을 발산하는 기묘한 돌들이었습니다. 그는 그 다섯 개의 돌을 땅에 내려놓더니 무릎을 꿇고서 한참 동안 묵상을 하는 것이었습니다. 나는 그가 묵상하는 모습을 지켜봤습니다. 그 묵상은 한참이나 걸렸습니다. 묵상이 다 끝나자 그는 일어서더니 나에게 돌들을 만져 보라 하였습니다. 난 좀 어리둥절했지만 그가 하라는 대로 해 보았습니다. 땅에 놓인 다섯 개의 돌, 그것에 손을 대 보았습니다. 그런데 희한하게도 그 돌들의 온도는 뜨거움과 차가움이 동시에 존재했고 그 온도는 붉은 빛의 움직임에 따라 변화하는 것 같았습니다. 돌들은 너무나 놀랍고 신기했습니다. 그가 내게 돌들을 모두 들어 안아 보라고 했습니다. 나는 그의 말대로 그 신기한 돌들을 안아 들고 그를 쳐다보았습니다. 그러자 그가 말하였습니다.

"그 돌들을 하나씩 구덩이에 넣되 오각을 이루게 하십시오."

 나는 이 모습들이 좀 우스꽝스럽기도 하였지만 일단 그가 시킨 대로 하나씩 돌을 구덩이 안에 넣어 오각을 이루도록 했습니다. 그러자 그가 다가와 흙을 쓸어 구덩이를 덮더니 바위 더미들로 가며 내게 말하였습니다.

 "나를 도와주시오."

 그는 바위들 중의 평평하고 둥그런 바위를 기울이기 시작하는 것이었습니다. 뭔지는 모르지만 일단 나는 그를 거들었습니다. 그와 내가 힘을 합쳐 움직이는 둥그런 바위는 옆으로 이동해 아까 다섯 개의 돌들을 묻었던 자리 위로 통 하고 널브러졌습니다. 그러자 그가 말했습니다.

 "됐습니다. 나와 당신이 해야 할 일은 이것이 다입니다. 모든 일은 끝났습니다."

 나는 그의 말에 눈이 휘둥그레졌습니다.

 "이게 다 뭘 하는 것입니까?"

 그렇지만 그는 나의 눈을 정면으로 응시하며 아무 말이 없었습니다. 아까 묵상을 할 때보다 더 깊고 현묘한 낯빛이 그의 얼굴에 감돌고 있었습니다. 방금 묻은 다섯 개 돌의 이상한 색채감, 온도감이 똑같이 그의 눈빛에서 새어나오는 듯했습니다.

 어쨌든 그와 내가 올리브산 꼭대기에서 내려와 다시 산마루에 도달했을 때는 어둠이 지고 있었습니다. 산마루에 자리를 찾아 앉으면서 나는 수행 장교에게 먹을 것을 가져 오라 시켰습니다. 그리고 당신의 선생에게 다시 한 번 물었습니다. 아까 그 돌들은 무엇인가? 그러자 그가 담담한 얼굴로 대답했습니다.

 "최초의 적그리스도는 그 돌들을 올리브산 속에 묻게 됩니다. 훗날 누군가 그 덮어 둔 둥그런 바위를 치우고 묻어 두었던 다섯 개의 돌들을 발견할 것입니다. 그가 두 번째이자 마지막 적그리스도가 될 것입니다."

그 말을 듣고 나는 놀라움과 호기심에 입을 다물 수 없었습니다. 나는 어안이 벙벙한 채로 그를 쳐다보기만 할 뿐 한참 동안 아무 말도 하지 못하였습니다. 그러다 나는 아주 단순하게 물었습니다.

"당신은 내가 누군지 아시오?"

그러자 그가 곧 대답을 했는데 역시 단순한 대답이었습니다.

"본디오빌라도 총독이십니다."

나는 다시 단순함을 빌어 물었습니다.

"그리스도란 내가 알기로 기름 부음을 받은 자, 즉 구원자란 뜻이 아니던가요?"

"맞습니다."

"그럼 아까 한 행위는 내가 기름 부은 자의 적이 된다는 뜻입니까?"

그러자 당신의 선생은 아무 말도 없었습니다. 나는 다시 물었습니다.

"내가 그렇단 뜻입니까?"

"그렇게 될 것입니다."

나는 단순에 단순을 더해 물었습니다.

"내가? 내가 적그리스도가 된단 말입니까?"

"그것이 다가올 미래입니다."

"미래라고? 이게 당신이 나랑 논의하려고 했던 것이오?"

"그렇습니다. 사실상 논의란 게 큰 의미는 없습니다. 미래는 정해져 있습니다."

"미래가 뭔지 가르쳐 주겠소? 미리 말해 두겠지만 운명 이야길 하는 게 아니오."

"압니다. 미래와 운명은 조금 다른 얘기지요. 아주 가까운 미래에 유대 총독이신 본디오빌라도께서는 나에 대해 어떤 중대한 결정을 하게 될 것입니다."

그리고 그는 담담한 눈길로 나를 보며 말을 이었습니다.

"그것이 당신의 운명이지요."

나는 아무 말도 않고, 아니 아무 말도 할 수 없어 침묵한 채 그를 바라보고만 있었습니다. 그가 말했습니다.

"예전에 제가 말했지요. 당신은 나보다도 당신 자신을 모르신다고요."

여전히 나는 아무 말도 할 수 없었습니다. 그가 무얼 하든 무슨 말을 하든 나는 그저 듣거나 침묵할 수밖에 없었습니다. 그리스도... 적그리스도... 저런 엉뚱한 얘기를 저 이는 왜 올리브산까지 와서 한단 말인가? 기름 부은 자... 그리스도... 그리고 내가 그 적이라니... 내가 적그리스도라니... 이 얼마나 허깨비 같은 소리들인가?

내가 하도 어리둥절해 아무 말도 못하고 있을 때, 그가 말했습니다.

"그렇지만 적그리스도나 그리스도나 다르진 않습니다. 같은 것입니다. 전에 나와 대화했던 것이 기억나시나요? 내가 당신을 칼로 찔렀을 때 그것은 누구에게 원인이 있는가? 당신이 나를 칼로 찔렀을 때 그것의 원인은 누구인가?"

가롯유다여!

이상하게도 당신 선생이란 사람은 뱉어 내는 모든 말들이 상대방의 마음을 요리조리 끌다가 어느덧 멍하게 만드는 재주가 있는 것 같더이다. 나더러 적그리스도라니... 내가 앓던 치질을 불치병인 것처럼 말하질 않나 이젠 나더러 적그리스도라 하는 것이었소. 한데 방금 말했다시피 그는 말을 던질 때 상대방이 아무 반대의사를 갖지 못하도록 하는 기술이 있어 보입디다. 마음을 옴짝달싹 못하게 하는 기술 말입니다. 그때부터 더 이상 나는 아무 말도 하지 않았습니다. 그 역시 아무 말이 없더군요.

시간이 흐르고 어느덧 밤하늘에 하나 둘 별이 떴습니다. 내가 대동해 온 무관은 어디로 간 건지 하산을 한 건지 어딘가 퍼져 자고 있는지 알 길이 없고 산마루 평평한 터에 그와 나만 남게 되었습니다. 그리고 또 그렇게 침묵의 시간이 흘렀습니다. 대기는 어둡고 추웠습니다. 한데 뭔가 불편해야 할 내 마음이 오히려 어떤 편안한 상태에 빠져드는 것 같았습니다. 뭔지는 모르겠지만 그랬습니다. 날은 어둡고 추운 데다 마음은 불편해야 마땅할 것이 오히려 담담하고 초연해 있는 이 현상이 신기했습니다. 당신 선생은 눈을 뜨고는 있는데 도대체 눈을 뜬 채로 자고 있는 건지 생각을 하고 있는지 모를 표정으로 앉아 있었습니다. 때론 저 사람이 숨은 쉬면서 저러고 있는지 걱정될 정도였지요.

시간이 흐르고 밤이 깊어지자 별들이 더욱 밝게 모여들기 시작했습니다. 별들이 밝으니 밤의 대기며 내려다보이는 세상이 더욱 어두워 보였습니다. 나는 당신 선생에게 나지막이 한 가지를 장담하였습니다.

"예수여, 당신이 기름 부은 자인지 물을 부은 자인지 모르겠소만, 당신이 말한 미래에 대해 적어도 한 가지만은 틀렸다는 것을 미리 장담하겠소."

그러자 눈 뜬 채 잠을 자는 건지 생각을 하는 건지 숨은 쉬며 저러고 있는지 의심스러웠던 당신 선생이 나를 쳐다봅디다.

"장담해 보시오, 총독이시여."

나는 담담히 이야기를 시작했습니다.

"대체 내가 앞으로 당신의 무엇을 결정한다는 건지 이해가 안 갑니다만, 나라는 사람은 당신이라는 사람에게 뭔가를 결정해 줘야 할 하등의 사안도 없어 보이질 않소? 솔직히 난 당신 같은 사람에게 개인적인 궁금증과 호감을 좀 가졌을 뿐이고 내가 여기에 당신과 나란히 앉아 있는 것도 그래서일 뿐이오. 장담하오만, 난 결코 당신에 대해 뭔가를 결정하지 않을 것입니다. 로마의 점성술사도 그러고 내 마누라도 그러고 이상하게 꿰맞춘 듯이 당신도 내게 그럽니다만, 내가 누군가에게 뭘 결정함으로 나 자신이 불행해진다고 하는데, 이건 내가 자신 있게 말하리다. 적어도 나, 당신한테만은 아무 결정도 안 할 것이오. 적그리스도인지 뭔지 그런 게 불안해서가 아니라 적어도 해괴한 짓을 일삼고 살아 본 적 없는 한 사람의 로마인으로서 드리는 솔직한 자신감이외다."

그러자 당신 선생이 말하였습니다.

"총독이시여, 애초에 당신이 나를 만나 얘기하고자 했던 미래에 대해 말해 보시오."

그러자 난 잠시 생각에 빠졌습니다. 미래를 얘기해 보라니... 적그리스도 운운하더니 이젠 나에게 미래를 얘기해 보라는 거 아니겠소? 난 다시 단순해지기 시작했습니다. 그리고 미래에 대해 그에게 되물었습니다.

"미래라... 그렇다면 내가 묻겠소. 당신은 앞으로 무얼 하며 살 계획이시오? 당신이 생각하는 이 유대 백성이란 무엇이며 앞으로 전망이 어떻소? 계속 로마와 큰 마찰 없이 로마의 지배를 받으며 살게 될 것 같소? 그리고 당신은 언제까지 이렇게 살 거요? 솔직히 무슨 변변한 직업도 없이, 이렇게 사람들만 몰고 싸돌아다닐 거요?"

그러자 그가 반문하더군요.

"당신이 알고 싶은 게 그런 건 아니지 않습니까?"

"그래요? 그럼 무엇의 미래를 이야기해 볼까요? 나? 우리 집사람?"

"당신의 미래는 아까 내가 가르쳐 드렸잖소?"

이러자 다시 난 할 말이 없어졌습니다. 이상하게 내가 대화를 멈추면 당신 선생 역시 멈추더이다. 뭘 먼저 시작하거나 이러자 저러자 하는 법이 없는 사람이었습니다.

다시 또 긴 침묵의 시간이 흘렀을 때, 당신 선생이 고개 돌려 나를 바라봅니다. 그는 마치 하늘에서 떨어지는 별들 사이로 헤아려 보듯 아릿한 눈빛으로 나를 바라보았습니다. 그러더니 이런 말을 건넸습니다.

"나와 같이 기도하시겠소?"

그러자 나는 대답 없이 한숨만 쉬다가 담담히 대답했습니다.

"아니오. 난 이곳을 내려가겠습니다. 당신도 같이 내려가시겠소?"

"아닙니다. 난 여기 이대로 있겠습니다. 잘 가시오, 총독이여."

그리하여 나는 외딴 곳에서 자고 있던 무관을 깨워 올리브산을 내려왔고 당신의 선생 산마루에 남게 된 것입니다.

올리브산을 내려와 새벽에 관사에 도착한 나는 몹시 피곤하였지만 잠잘 생각도 없이 술부터 마셨습니다. 내 아내 아바아파는 잠들어 있었습니다. 술을 마시다가도 가끔 아바아파의 침소에 가 그녀의 얼굴을 보고 있노라면 한없는 평화와 불길함이 교차되어 왔습니다. 나는 그녀의 잠을 방해하고 싶지 않았습니다. 그러나 그녀가 무슨 꿈을 꾸고 있는지, 심히 궁금할 지경이었습니다. 그러나 나는 그녀를 깨우지도 못한 채 지켜만 보다가 침소를 나왔습니다. 그리고 계속 술을 마셨습니다. 술에 취해 쓰러져 잠들었다가 일어나니 아침이 되었고 잠에서 깨자마자 다시 술을 마셨습니다. 그러다가 또 쓰러져 자고 깨어나니 다시 저녁이 되었지요. 난 나를 걱정스레 지켜보던 사관에게 또 술을 가져오라 하였습니다. 대체 내 무엇이 이토록 술을 퍼마시게 하는가. 정체를 알 수 없는 이 울적함, 이 불안감은 무엇이란 말인가.

가롯유다여!

이때 내 관사에 나타난 사람이 있었습니다. 다름 아닌 당신 선생이었습니다. 그러니 관사에 두 번째 방문이었던 건데 이번엔 내가 부르지도 않았는데 그 사람이 제 발로 나타난 것이었습니다. 그때 나는 잠에서 깬 지 얼마 되지 않았지만 그동안 부어 넣은 술은 내 몸속에 쌓여 있었고 내 정신은 혼미한 상태였습니다. 나는 내 앞에 다시 나타난 그가 믿어지지 않았고 믿어지지 않을 정도로 반가웠습니다. 그리고 그동안 맘이 많이 약해져 있었던 탓인지 나는 그만 엉엉 울어 버렸습니다. 그리고 나는 당신 선생에게 한참을 울며불며 내 인생 이야기를 하였습니다. 그날 나는 밤이 새도록, 관사의 술이 동날 정도로 마시고 또 마시며 이야기를 했습니다. 밤이 가고 새벽이 넘도록 나는 속내까지 모든 것을 털어놓았습니다. 로마에서 살던 이야기, 열여섯 살에 첫 아내를 얻은 이야기, 그녀가 죽고 열일곱 살에 둘째 아내를 얻은 이야기, 그녀가 도망가자 세 번째 아내 아바아파를 만난 이야기, 태어나자마자 죽은 두 아들 이야기, 유대 땅에 부임해 와 겪은 수많은 위기와 생각하기도 싫은 일들... 사건들... 그리고 최근의 이상한 암시와 불길한 예감들...

지금 와서 생각해 보니 그날 당신 선생은 무얼 마시거나 먹지도 않고 그 오랜 시간 동안 술에 절어 주절대는 내 얘기를 듣고 있었던 것입니다. 새벽이 깊어가자 나는 마귀처럼 점령해 오는 졸음과 피로에 쓰러져가며 겨우 눈만 뜬 채 당신 선생에게 물었습니다. 진즉에 물어봐야 할 것을 그제서야 물어 본 것이었지요.

"근데 여긴 왜 온 거요?"

그러자 당신 선생은 온밤을 꼬박 새우는 동안 닫혀 있던 입을 드디어 열었습니다.

"내가 여기 온 건 한마디를 전해 드리기 위해서입니다."

나는 기력도 다 떨어져 눈만 껌벅거린 채 그의 얼굴을 쳐다볼 뿐이었습니다. 그러다 기운을 내 말했습니다.

"말 해 보시오. 그 한마디..."

그는 내 모습을 찬찬히 응시하더니 입을 열었습니다.

"치질이 낫게 되었습니다."

이미 나는 더 이상 말할 기력도 숨을 쉴 기력도 없었지만 그 순간, 나도 모르게 말이 새어 나오더군요.

"뭐라?"

"총독이시여, 나는 올리브 산마루에 앉아 신께 당신의 치유를 빌었습니다. 그리하여 당신의 질병은 치유가 되었으니 기뻐하시오. 그리고 앞으론 어떠한 두려움도 갖지 말고 사시오. 앞으로 당신이 무엇을 경험하고 무슨 일을 당하든 그것 때문에 당신의 영혼을 저주하지 마십시오. 당신은 당신의 영혼의 영광만을 간직하십시오. 이 말을 꼭 전해 드리려 하오니, 명심하시오. 이것은 그리스도로 선택되어진 자로서 적그리스도로 선택된 자에게 드리는 우정의 고백이외다. 늘 자신에게 주어진 운명을 사랑하고 그 운명을 선택한 자신의 영혼과 하늘에 감사하소서!"

그러더니 그는 동이 채 트기도 전 어두운 관사를 떠났습니다. 저 우정의 고백이란 걸 남기고 말입니다! 그리고 그 후, 온 세상 사람들이 다 알다시피 내가 그와 다시 맞닥뜨리게 된 때는 그가 말했던 미래가, 그 끔찍한 미래가 끔찍하게도 실현돼 버린 바로 그날이었습니다!

가롯유다여!

지금 나는 당신에게 보내는 편지에, 지난 과거에 내게 일어났던 모든 일들을 가감 없이 말하고 있습니다. 당신 선생은 나에게 우정의 고백이란 걸 하고 떠났습니다. 그런데 그것이 어째서 우정이 되고 고백이 되는 것인지 그때는 몰랐습니다. 하루가 가고 이틀이 가도 나는 그가 한 행동과 말의 뜻을 몰랐습니다. 그리고 어느 때가 닥쳐왔지요. 당신도 알다시피 생각하기도 싫은, 바로 그날이었습니다. 내가 유대 땅에 부임한이래, 아니 내 인생에서 최고로 고통스런 날이었습니다. 이런 격언이 있

가룟유다여!

나 역시 어찌 그런 것들을 말로 다 할 수 있겠소. 하지만 지금부터 내가 당신에게 말하려고 하는 것은 나만이 경험해 알고 있는 어떤 중요한 사실에 대해서입니다. 이것은 내가 당신에게 반드시 전해야만 하는 것이기에 지금 나는 온 마음을 다해 이야기하는 것입니다.

가룟유다여!

당신 선생이 처형되던 날, 나는 골고다 언덕에 갔었습니다. 은밀히 친위대장 말커스만 데리고 말이오. 그때 나와 말커스는 평범한 유대인 복장으로 위장을 하고 골고다 언덕 위로 갔습니다. 이유는 당신 선생을 로마인 총독이 아닌 한 사람의 친구로, 아니 인간으로서, 모친인 마리아나 혹은 그의 형제 누구와도 다를 게 없는 한 사람의 연분으로 당신 선생을 지켜보기 위해서였습니다.

그 날 나는 십자가에서 죽어 가는 당신 선생을 바라보며 한참동안 그 모습에 빠져들었습니다. 그때 한 가지 자각이 올라오더군요. 저 십자가에 달린 예수라는 사람은 아무리 봐도 유대인 같지가 않다는 생각이었습니다. 그는 분명 보통의 유대인과 달랐습니다. 전에도 그러했고 죽어 가는 모습은 더욱 역력했습니다. 이것은 생김새만을 두고 하는 얘기가 아닙니다. 예컨대 어떤 사람을 보았을 때 그에게는 그가 속한 혈족이나 가문의 독특한 인상이 지녀져 있게 마련입니다. 한 나라의 백성도 마찬가지지요. 로마인은 로마인의 인상이 있고 크레테 사람은 크레테 사람의 인상이 있습니다. 하지만 당신 선생 예수는 아무리 봐도 유대인이라는 느낌을 가질 수가 없더군요. 그리고 나는 십자가에 달린 당신 선생을 바라보며 대체 나의 무엇이 그의 죽음을 결정짓게 했는지 생각해 보았습니다. 운명? 섭리? 신의 뜻?

당신 선생의 논설에 따르면, 나는 그의 죽음을 결정한 적그리스도 노릇을 한 것이고 당신 선생이 죽게 된 궁극적인 원인은 바로 당신 선생 자신이 됩니다. 나는 그것을 골고다에 세워진 십자가를 지켜보며 쭉 생각해 보았습니다. 그리고 결국은 깨닫게 되었습니다. 바로 그것이 놀라웠던 점입니다. 그때야 비로소 나는 당신 선생이 진실로 보통 사람이 아니란 걸, 아니 그가 말한 대로 기름 부은 자일 수 있다는 생각을 하게 되었습니다. 당신의 선생 예수, 그는 운명을 알고 있는 자였던 것입니다. 운명을 알 뿐만 아니라 피할 수도 있는 자였던 것입니다! 얼마든지 물 위를 걸을 수도 있고 풍덩 들어갈 수도 있는 자였습니다! 나는 십자가에 매달린 그를 보며 오한이 들 정도로 무시무시한 두려움을 느끼게 되었습니다. 나 본디오빌라도가 사형을 판결했다는 것은 무엇인가? 도대체 나는 무엇을 알았고 무엇을 몰랐기에 무슨 짓을 한 거란 말인가? 나는 내가 한 짓이 뭐란 걸 알기나 하는가?

그때 나는 그의 죽어 가는 얼굴을 보며 어떤 무서운 서사를 발견했습니다. 신의 그림자를 본 느낌이랄까? 진정 위대하고 무서운 신의 본색을 발견한 느낌? 예수, 그는 늘 유대의 신 야훼를 부정했었습니다. 수천 년 전통의 율법을 수정토록 하고 무엇이든 야훼적인 것을 못마땅해 했습니다. 그에게는 가나안 신이든 이집트 신이든 사트르누스건 바알이건 중요하지가 않았습니다. 그에게는 야훼 역시 그런 신들과 한 치의 다름이 없는 신에 불과했습니다. 그에게 있어 야훼건 바알이건 그런 것은 군소 민족들의 민족 신에 불과했던 것입니다. 그는 늘 하늘의 아버지, 하느님, 천주라는 말을 했습니다. 나는 평소에 그것이 야훼를 뜻하는 걸로 알고 있었습니다. 많은 유대인들도 여전히 그렇게 알고 있을 것입니다. 그러나 단 한번이라도 그가 〈야훼 아버지〉라 부르는 것을 들어본 적이 있습니까? 아버지 하느님은 곧 야훼- 라고 하는 소리를 그가 육성으로 들려줘 본 일이 있던가요? 없었을 것입니다. 내가 십자가에서 본 신성의 느낌은 야훼가 아니었습니다. 그런 야훼의 그리스도가 아니었습니다. 스스로 운명을 알고 운명을 능히 바꿀 수 있는 자가 스스로 적그리스도마저 세워 놓고 기꺼이 십자가를 지게 되는 저 논리, 저 무서운 논리는 세계 어느 민족의 신에게도 없는 경지였습니다. 야훼의 민족은 당신 선생을 내게로 끌고 와서 죽이라 외쳤습니다. 그리고 저 십자가 아래에서 축배를 들었습니다. 나, 적그리스도 본디오빌라도는 골고다 언덕에서 당신네 민족을 바라보았습니다. 그리고 십자가에 매달린 그를 바라보았습니다. 너무나도 깊어서 인간의 상상으로는 이해할 수 없는 하늘의 논리, 너무나도 순수해서 하늘만이 구현할 수 있는 논리를 감히 내 두 눈으로 보고 있었습니다. 당신네 족속은 율법을 빌미로 신의 〈진리〉를 십자가에 못 박음으로써 오히려 신의 〈논리〉를 실현해 버렸습니다. 당신네 족속은 불경스럽게도 신의 논리를 증명한 대가를 치를 것입니다. 나 역시 저들과 마찬가지로 대가를 치를 것입니다. 로마점성술사의 예언이 이루어졌습니다. 땅이 흔들리고 태양이 검어졌습니다.

가롯유다여!

유대 사람들이 당신 선생을 내게 붙들고 와 재판을 요구할 때, 나는 운명이란 것을 직감했습니다. 아, 바로 이것이 운명이란 거구나! 성현들이 가르치던, 설명이나 묘사로 쉽사리 나타낼 수 없었던 그 무서운 운명이란 것이 바로 이것이구나!

그건 마치 내 앞에 나타난 거대한 산 같은 것이었습니다. 말로 할 수 없는 엄청난 두려움이었습니다. 내 앞에 끌려온 당신의 선생은 그처럼 거대한 산과도 같은 운명이었습니다. 그리고 당신 선생의 눈빛, 죽음을 향해 가는 그 눈빛엔 그 엄중한 운명의 법칙이 담겨 있었습니다. 그는 십자가를 지기 직전, 재판정에서 내게 부릅뜬 눈으로 호소했습니다. 어서 나를 처형하라! 무엇을 주저하는가! 당장 저들의 요구대로 하라!

그러나 나는 주저할 수밖에 없었습니다. 그것은 고작 내 미래나 내 인생 때문이 아니었습니다. 그것은 처음으로 사자 냄새를 맡아 본 새끼 양의 경이감 같다고나 할까, 나는 무자비하게 등장한 운명 앞에서 꼼짝달싹 못하고 떨어야 했습니다. 그렇지만 나는 어떻게든 정신을 차리고 냉정을 찾아 이 문제를 해결하려 집중하였습니다. 그리고 저 군중이 요구하는 재판을 의도적으로 미루거나 아예 재판 자체를 무효화 할 기회를 엿보기도 하였습니다. 그런데 그럴 때마다 진정 두렵고 무서운 건 그를 끌고 와 처형을 요구하는 산헤드린의 제사장들과 광기에 사로잡힌 군중이 아니었습니다. 진정 무서운 건 바로 당신의 선생 예수였습니다. 그는 운명을 거역하려는 내게 무시무시한 질타의 눈빛을 쏘아 왔습니다. 그것은 신의 눈빛이었고 온 우주를 능히 다스리고도 남을 위대한 논리였습니다. 이때 나는 내 모든 것들이 나로부터 사라져 버린 느낌이 들었습니다. 로마총독이라는 나의 직분, 본디오빌라도로 살아 온 나의 인생, 아니 나 자신이 본디오빌라도라는 것까지도 모두 사라져 버렸습니다. 그리고 한 인간으로서의 나약한 영혼만이 오롯이 남아 있었습니다. 이때 당신 선생은 그렇게 빈약하고 보잘것없는 나를 무섭게 노려보고 있었습니다. 벌거숭이 영혼이 되어 벌벌 떨던 나는 당신 선생에게 고백하지 않을 수 없었습니다. 나는 당신 선생에게 떨리는 가슴을 움켜쥐며 고백, 아니 호소를 했습니다.

"예수여, 난 당신을 단죄할 수가 없소. 어떤 형도 선고 할 수가 없소. 당신은 어떤 죄도 없소이다!"

그러자 당신 선생은 마치 온 천지기운을 품은 듯 이글거리는 눈으로 나를 노려보며 말했습니다.

"무죄를 선고한다면 내가 항소하겠소. 지체 없이 내게 처형 선고를 내리시오."

광장에서는 처형을 외치는 군중의 미쳐가는 함성이 들려 왔습니다. 나는 터져 나오려는 눈물을 억누르며 당신 선생에게 다시 한 번 호소했습니다.

"예수여! 당신은 무죄요. 아무 죄가 없단 말이오. 간곡히 비나니, 어서 이 잔을 내게서 치워 주시오!"

그러자 당신 선생은 부르르 떨리는 얼굴로 나를 노려보았습니다. 그의 얼굴은 온 천지의 열망이 가득 담겨 꿈틀대는 듯했습니다. 나도 더 이상 말을 못한 채 그를 간절히 바라보기만 하였습니다. 나는 내가 단죄할 사람에게 나를 살려 달라고 애원하는 기막힌 처지가 돼 버린 것이었습니다. 나는 다시 한 번 힘을 내 애원했습니다.

"어서 이 잔을 내게서 치워 달란 말이오! 예수여!"

그러자 나를 무시무시하게 노려보던 당신 선생이 갑자기 뭐라 한지 아십니까?

"얌 포쿨루움 비비쎄 레페르테."

그가 느닷없이 던진 그 말은 내 고국 로마어였습니다. 그 말은 로마 본토에서 상류층 남녀 간에, 더 이상 소용이 없다는 뜻의 은어로 쓰이는, 〈이미 마신 술잔〉이란 말이었습니다. 순간 나는 당신 선생에게 그 어떤 설득이나 호소도 소용이 없을 거라는 직감에 휩싸였습니다. 그는 이어 말했습니다.

"총독이시여! 당신은 운명의 잔을 들이켰습니다. 주저 말고 나를 저 군중의 뜻대로 처리하시오."

가룟유다여!

예수, 아니 그리스도의 제자여! 내게 신의 논리를 무자비하게 안겨

준 그리스도 예수의 제자시여!

　당신 선생이 십자가 처형을 받은 후로 벌써 석 달의 세월이 흘렀습니다. 지금 이곳 유대 사람들은 당신 선생이 십자가 처형을 받은 이후 당신이 자살을 택했다고 믿고 있습니다. 나 역시 로마 황제께 올리는 공문서에 그렇게 기록하도록 했습니다. 하지만 나는 지금 당신에게 은밀히 편지를 씁니다. 이것이 내게 얼마나 위험한 일인지를 나는 충분히 알고 있습니다. 그러나 이런 위험 따윈 내가 당신의 선생에게 빚진 신성의 가르침에 비한다면 우스개에 불과한 것입니다. 나는 당신이 어떤 사람들과 함께 여행을 떠났는지는 알지 못하나 지금 소아시아의 어느 지역 어느 장소에 머물고 있는지는 세세히 알고 있습니다. 그러나 만일을 위해서 그 구체적인 지명을 여기에 적지는 않겠습니다. 그럼에도 내가 이런 위험을 무릅쓰고 편지를 보내는 것은 다름 아닌 〈진실〉 때문입니다. 나는 모든 진실을 당신께, 그리스도 예수가 친애하던 당신께 바치고자 하는 것입니다. 그것은 운명의 역할을 나눠 맡고 비밀을 공유한 자로서의 욕구일 수도 있고 순수한 양심일 수도 있을 것입니다. 아니, 그렇게 이해해 주십시오. 그리고 내가 나의 모든 진실을 당신께 고백하는 이 마당에 또 한 가지를 덧붙여 알려 드리고자 합니다. 당신은 이 편지가 당신이 거처하는 장소에 정확히 도착한 것이 무척 놀라울 것입니다. 도대체 어떻게 그리 될 수 있는지에 대해서 간략히 말씀을 드리지요. 최대한 간략히만 말씀 드리는 이유는 만일 이 편지가 누군가에게 유출되더라도 당신이 아닌 이상은 알아보거나 예단함을 방지하기 위해서입니다.

　당신의 선생이 십자가형을 받던 날, 나와 친위대장 말커스가 골고다 언덕에서 숨겨가는 당신의 선생을 지켜보다가 어느 시점에 서둘러 언덕을 내려오게 된 것은 나와 말커스를 충분히 알아볼 만한 교대 병력이 언덕 위로 배치되기 시작하였기 때문입니다. 나는 말커스와 도 피하듯 언덕을 내려오면서, 십자가에 달린 예수가 곧 숨이 멎고 죽게 될 것에 대해서 조금도 의심치 않았습니다. 그렇게 나와 말커스는 골 고다 언덕을 내려오게 되었는데, 이때 한 낯선 사람을 만나게 되었습 니다. 그의 생김새는 내 고국 로마에서도 이곳 유대에서도 한 번도 보 지 못한 이상한 모습으로, 머리는 완전히 밀었고 얼굴은 진흙 빛이며 입술이 물감으로 칠한 듯 붉은 남자였습니다. 그는 언덕 위로 서둘러 올라가는 중이었는데 나는 외모부터 이상한 그를 유심히 바라보다 가 그를 불러 세웠습니다. 그리고 그에게 다가가 잠시 그의 괴상한 외 양을 관찰해 보았습니다. 그런데 그 사람도 자기를 유심히 훑어보는 나를 유심히 관찰해 보는 것 같았습니다. 그의 눈빛은 암굴처럼 깊고 검었으며 얼굴로 보아 나이는 십 대처럼 보이기도 하고 어찌 보면 사 십 대나 오십 대로 보이기도 하는 참으로 기이한 인물이었습니다. 이 윽고 내가 먼저 그에게 말을 걸려던 찰나, 그가 내게 바짝 다가오더니 귓속말을 하는 것이었습니다.

"우선 함께 있는 일행을 멀리 두시지요."

순간 난 이 괴상한 인물이 보통 사람이 아니란 걸 직감하였습니다. 그래서 나는 우선 그의 요청대로 말커스에게 먼저 내려가고 있으라 명하고 그와 둘이 대화를 나누었습니다.

이쯤에서 당신은 그가 누군지 아실 것이며 장차 어떻게 하여 나와 인연이 되었을지 짐작이 갈 것입니다. 처음에 그 괴상한 남자는 자신 이 실론이란 곳에서 왔으며 동녘 아시아 한 왕족의 후손이며 아비달 마 교단이라는 곳의 수행자라 소개하였습니다. 결국 그는 골고다로 향하던 길을 잠시 유보하고 나와 함께 골고다 아래를 소요하며 대화 를 나누게 되었습니다. 그때 그와의 대화를 통해 나는 내가 상상도 못 했던 세계의 진실들을 엿볼 수 있었고 대화는 시간 가는 줄을 몰랐습니다. 그때까지도 나는 로마 총독이라는 나의 신분을 그에게 가르쳐 주지 않았습니다. 그리다 어느덧 우리의 발걸음이 흘러 욥바의 길까지 들어서게 됐을 때, 그는 대화를 그쯤에서 마치고 골고다로 떠나려 하였습니다. 그러자 그때서야 나는 나의 신분을 밝히고 내가 모든 안전과 처신을 보장할 테니 나의 관사로 가자고 했습니다. 그러자 그는 지금 속히 완수해야 할 사명이 있어 골고다 언덕으로 가야 하니 조만간에 다시 만나자 말했습니다. 나는 그렇게 하자 약속을 하고 그를 보내려던 찰나, 그에게 한 가지를 물었습니다.

"속히 완수할 사명이란 게 무엇이오?"

그러자 그는 지체 없이 한 마디를 던지고는 떠났습니다.

"영적인 사명."

그리고 그날 밤, 그는 내 관사에 나타났습니다. 그때부터 그는 한 달 가까이 예루살렘에 체류 하다 떠났습니다. 그는 예수 처형 후 예수 주변인들에게 무슨 일이 벌어질지를 예지하고 있었고 당신이 일행을 꾸려 먼 여행을 떠나, 어느 날 어느 곳에 머물지에 대한 일정을 훤히 알고 있었습니다.

이쯤이면, 내가 그와 인연이 된 사연 그리고 당신이 가질 만한 의문에 간단하게나마 답이 되었을 것으로 생각됩니다.

존경하는 가룟유다여!

나는 이제 유대의 총독직을 버리고 이 땅을 떠날까 합니다. 이미 그러한 뜻을 티베리우스 황제께도 간곡히 올렸습니다. 물론 황제께서 내 요청을 받아들일지 아니면 어떤 명령을 내리고 새로운 임무를 줄지 알 수 없습니다만, 나는 이미 마음의 모든 정리가 되었습니다. 총독이란 관직을 포함하여 로마가 부여할 수 있는 모든 신분에서 마음이 떠났습니다. 나는 나의 아내 아바아파를 데리고 고향으로 갈까 합니다. 아바아파와 함께 말을 키우며 살까 합니다. 만일 내가 이곳에 계속 머물며 총독직을 수행한다면 아마 나는 과거와 전혀 다른 사람처럼 행동하고 다른 사람처럼 인생을 살아갈지도 모릅니다. 사람 심성이란 게 본디 어리석고 부질없어 그런 건지 몰라도, 내가 계속 이곳에 머물게 된다면 점점 이 유대 민족을 증오할 것만 같습니다. 이 유대민족이란 너무나 사랑스런 민족임과 동시에 경멸스런 민족으로 느껴집니다. 이게 내 자가당착일까요? 이러한 괴로움에서 벗어나기 위해서라도 나는 속히 이 땅을 벗어나고 싶습니다. 그것만이 내 마음에 남은 유일한 소망입니다.

존경하는 가롯유다여!

이제 나는 내가 체험한 마지막 일화 하나를 당신께 전하며 편지를 마칠까 합니다.

내가 친위대장 말커스와 함께 유대인 복장을 하고 골고다 언덕에 있을 때의 일입니다. 십자가엔 당신의 선생 예수가 못 박힌 채 매달려 있었습니다. 이때 십자가 곁에 있던 가이우스라는 병사가 창으로 예수의 허리를 찌르는 것을 목격하였습니다. 가이우스의 그 행동은 당시 처형 장소에 파견돼 있던 내 휘하 장교의 지시에 의한 것이었습니다. 저 자가 살아 있는지 확인해 보라- 그 명령에 따라 병사는 예수의 허리를 창으로 찌른 것이었지요. 난 그때 사람을 보내 그 장교와 병사를 처형장 임무에서 제외시키려 하였지만 말커스의 만류대로 이미 때가 늦은 것임을 알고 포기하였습니다. 시간이 얼마간 흐른 후, 그 장교는 처형장의 교대 병력 점검을 위해 떠났고 병사 가이우스 혼자만 십자가 곁에 머물고 있었습니다. 이때였습니다. 느닷없이 강한 돌풍이 언덕에 불어 닥쳐왔습니다. 돌풍은 모래먼지를 일으키며 처형장에 있던 사람들의 옷이 벗겨질 정도로 심하게 불어 닥쳤습니다. 이때 나와 함께 있던 친위대장 말커스 역시 위장으로 걸치고 있던 유대인의 평상복이 날아가 버리자 옷을 줍겠다고 혼비백산했던 기억이 지금도 생생합니다. 하여튼 갑작스럽게 닥친 그 거센 바람은 언덕 위의 사람들뿐 아니라 십자가에도 예외 없이 부닥쳤습니다. 그때는 십자가 처형이 이루어진 지 얼마 되지 않은 시간인지라 당신 선생 예수의 생명은 여전히 붙어 있었고 나는 그가 세찬 바람을 맞아 어떤 모습으로 있을지 심히 의문스러웠습니다. 그래서 자욱한 모래바람이 시야를 가리는 가운데 나와 말커스는 그의 모습을 보기 위해 십자가를 향해 가까이 다가가 보았습니다. 이윽고 당신 선생이 못 박힌 십자가가 내 시야에 또렷이 나타났습니다. 그리고 그 곁의 병사 가이우스 역시 또렷이 보였습니다. 병사 가이우스는 한 손엔 창을 들고 한 손으로는 바람에 날아가려는 자신의 군모를 붙잡고 있었는데 그는 그 강한 모래바람 속에서 습관적으로 자기가 지키고 있던 십자가를 한번 올려다보는 것이었습니다. 이때였습니다. 예수의 몸을 두르고 있던 한 벌 속옷 케토넷이 강풍에 날아갈 듯 위태로워 보였고 예수의 알몸이 금세라도 드러날 듯해 보였습니다. 그 모습을 본 병사 가이우스는 심한 먼지바람에 괴로워하면서도 십자가에서 눈을 떼지 않더군요. 십자가를 주시하는 가이우스의 얼굴은 뭔가를 잔뜩 걱정하는 얼굴이었습니다. 그러던 중 가이우스는 제 눈에 모래가 들어 가 괴로워하면서도 여전히 위태로운 십자가의 예수를 주시하는 것을 포기하지 않았습니다. 이때 케토넷은 예수의 몸에서 거의 떨어져 나갈 듯 했고 금새 그의 알몸은 물론 음부까지 드러날 듯했습니다. 그러자 곁을 지키던 가이우스는 창을 들더니 예수의 몸에서 벗겨지기 직전의 케토넷을 창 끝으로 끄집어 예수의 가랑이 부분을 감싸 주는 것이었습니다. 그러나 바람이 워낙 강하게 불어 케토넷이 다시 벗겨지자 가이우스는 붙잡고 있던 군모를 아예 벗어 허리춤에 붙들어 매더니 두 손을 뻗치기도 하고 창을 이용해 너덜너덜

한 천조각에 불과한 케토넷을 붙잡아 예수의 가랑이와 허리춤 구석구석으로 어렵게 손을 넣어 고정하는 것이었습니다.

　사랑하는 가룟 유다여!

　이것이 내가 당신에게 전하고 싶은 내 편지의 마지막 이야기입니다. 당신도 알다시피 유대의 율법에도 로마의 형법에도 사형수의 몸은 반드시 천으로 가려야 하며 그 알몸이 보여서는 안 된다는 조항은 없습니다. 어떤 처형 방법에 따르든 죄수가 남성이든 여성이든 그 알몸이 드러나서는 안 된다는 법은 내가 알기론 존재하지 않습니다. 만약에 그 당시 예수의 몸에 걸쳐져 있던 케토넷이 바람에 날아가고 십자가에는 알몸의 예수가 매달려 있게 된다 해도 임무 수행을 하던 가이우스는 군법상의 아무런 제재 대상이 되지 않습니다. 그러나 가이우스는 모래바람을 무릅쓰고 예수의 몸에 옷을 고정시켰습니다. 그 행동은 그의 임무도 아니요 개인적인 용무도 아니었을 것입니다. 그는 이유도 모른 채 있는 힘을 다해 예수의 몸에 케토넷을 고정해 주었던 것입니다. 조금 전만 해도 창으로 예수의 허리를 찔렀던 병사 가이우스가 말입니다.

　존경하는 가룟 유다여!

　나는 지금 내 부하 병사의 잘잘못을 말하려는 게 아닙니다. 나는 죽음 직전까지도 가르침을 주던 한 남자, 당신 스승의 마지막 이야기를 전해 드리고자 하는 것입니다.

　언덕의 모래바람 속에서 가이우스는 군모를 벗어 제 허리춤에 묶어 놓고 두 손을 있는 대로 뻗치고 힘을 다 해 예수의 허리 아래 부분에 옷 조각을 단단히 고정시켰습니다. 그리고 나서야 비로소 가이우스는 군모를 다시 머리에 쓰고 창을 들고 본래의 모습으로 돌아갔습니다.

이때였습니다. 십자가에서 믿어지지 않는 목소리가 들렸습니다.

"그대의 이름이 무엇인가?"

이때 놀란 건 가이우스뿐만이 아니었습니다. 유대복장으로 위장하고 그들을 목도하던 나와 말커스도 마찬가지였습니다. 우린 도무지 그 목소리가 믿기지가 않아 서로 얼굴을 쳐다볼 지경이었습니다. 이때 목소리가 다시 들려왔습니다.

"그대의 이름이 무엇인가?"

가이우스는 자기에게 말을 하는 십자가의 예수를 바라보며 잠시 넋이 나간 듯했고 입을 열지 못했습니다. 그는 얼굴을 때리는 모래바람을 잊은 듯 눈을 커다랗게 뜬 채 예수를 바라볼 뿐이었습니다. 다시 목소리가 들렸습니다.

"그댄 그대의 이름을 모르는가?"

그때서야 가이우스는 자그맣게 입을 열었습니다.

"가, 가이우스... 카시우스 롱기누스입니다."

그러자 예수는 말하였습니다.

"가이우스 카시우스 롱기누스. 나이가 몇인가?"

"열아홉입니다."

"조금 전에 창으로 나를 찔렀던 것을 기억하는가?"

"예 기억합니다."

"그때 무슨 생각을 하였는가?"

"..."

"말해 보라."

"..."

"어서 말해 보라."

"끔찍했습니다. 그래서 창으로 찌를 적에 눈을 감았습니다."

"그리고?"

"되도록 깊고 강하게 찔러 당신을 빨리 절명케 해야 한다고 생각했습니다. 더 고통당하지 않도록... 그리고 그저... 그저 나는 명령에 따른다고 생각했습니다."

"또 한 가지를 묻겠다."

"..."

"방금 전에 내 몸을 옷 조각으로 가려 준 걸 아는가?"

"예. 압니다."

"그때 무슨 생각을 하였는가?"

"..."

"말해 보라."

"아무 생각... 진정 아무 생각 없었습니다."

"가이우스 카시우스 롱기누스여 나를 보아라. 그대는 조금 전 창으로 찔러 죽이려던 사람의 알몸이 드러나자 염려가 되어 천조각으로 가려 주었다. 가이우스 카시우스 롱기누스여! 그것이 구원이다. 바로 그것이 구원의 모습이다. 이유도 모르고 행하는 작은 배려, 저절로 이타적 행위를 하도록 만드는 마음속의 근원, 남을 나로 여기는 근성! 그것이 구원의 씨이며 천국의 열쇠다. 나는 그것을 세상 사람들에게 알려주려고 내 짧은 생을 걸어 왔다. 그대가 내 말을 들었거든 그것을 그대의 최고 상관 본디오빌라도에게 전하라."

내 존경하는 가룟유다여!

얼마 후, 가이우스 카시우스 롱기누스는 자신의 소속 장교에게 청하여 최고 상관인 내 앞에 모습을 드러냈습니다. 그리고 그는 그날 경험했던 이야기를 그대로 나에게 전해 왔습니다.

나의 의로운 가룟유다여!

나는 지금까지 내 모든 진실을 당신께 고했다고 생각합니다. 그러니 이제 조금은 마음이 가벼워졌지만, 그럼에도 내 영혼의 한 자리엔, 당신의 선생에 대한 존경과 존경만큼이나 크나큰 슬픔이 영원히 남아 있을 것입니다.

내 영혼을 다하여 그분과 당신께 사랑을 보냅니다.

적그리스도 본디오빌라도 드림......

7

마리아 경經

내가 여러 잔의 위스키콕을 만들어 내 몸 속으로 버린 날로부터 일주일 후, 나는 교외로 향했다. 해변에서 내 구두 한쪽을 찾아주고 첫눈 오는 밤에 길거리에서 코피가 터졌으며 쓰레기통에서 담배를 주워 피우고 나랑 밤새워 술과 코코아티를 마셨던 남자와 함께였다. 그와 나는 정오께 만나 차를 타고 국도를 달렸다. 그가 운전하는 차는 2인승 미니밴이었는데 고양이가 들어가서도 통탄할 작은 화물칸에는 펑크 난 자전거 한 대와 시커먼 걸레 같은 게 실려 있었다. 차는 일정하게 시속 49킬로로 국도를 달렸다. 혹한에 눈발이 휘날렸고 차의 속도계가 나타내는 숫자 〈49〉는 마치 지금의 대기 온도 같았다. 애초 내가 그에게 시외의 한 티벳사원에 가 보지 않겠냐 했을 때 그는 자신의 차가 안성맞춤이니 타고 가자고 했다. 남자가 운전하는 차에 앉아 그가 튼 음악 속에서 그가 늘어놓는 말을 들으며 먼 길을 간다는 건(물론 그에게 목숨을 맡기고) 저주 받을 여자들이나 할 짓이지만 이번에 그의 제안을 따른 건 그가 캠핑카를 자랑했기 때문이다. 이렇게 폭설이 쏟아지는 날 특히 외진 지역에서 쓸모 있는 건 다용도 캠핑카라는 것. 그런데 그가 갖고 나온 다용도 캠핑카란 펑크 난 자전거와 걸레만 실려 있는, 이름이 미니밴이지 걸레통 같은 차였다. 게다가 차가 너무나 일정히 안

전속도로만 달리기에 물어 보니 속도게이지가 고장이 나 49에서 멈춰 있는 거라고 했다.

"이거 더 못 달려요?"

"속도 내 볼게요."

그렇지만 차는 더 이상 속도가 나지 않았다. 아니 이렇게 가 주는 것만도 감사할 물건이었다. 남자는 액셀을 재차 힘껏 밟았다. 성실해 보였다.

산과 강.

모텔이나 쇼핑몰과 달리 신에 의해 만들어졌다고 흔히 사람들이 믿는 산과 강. 이 행성에서 가장 개성 없는 사람들이 모여 아파트 짓고 선동꾼들 따라다니며 사는 어느 나라의 노승이, 아파트는 아파트 절은 절이라고 하는 대신 산은 산 물은 물이라고 할 수밖에 없었던, 오피스텔이나 공항터미널 같은 건 넘볼 수 없는 에로스를 지닌 산과 강.

오후 두 시경, 차는 산과 강 앞에 멎었다. 산과 강은 눈으로 뒤덮여 거대한 대리석 나부처럼 누워 절경을 이루고 있었다. 거기서부터는 차에서 내려 야산의 협로를 걸어서 올랐다. 그리고 몇 십 미터 오르자 티 벳사원이 나왔다. 밀교수행자들이 일정기간 머물거나 대중 법회가 열리기도 하는데 일 년 중 절반 이상은 비어 있다는 곳이다.

사원에 이르자 인기척을 들은 두 여자가 법당 밖으로 나와 손을 흔들었다. 카페 가브리엘을 그만둔 마가와 삼사십 대 가량으로 보이는 한 여인이었다. 남자와 나는 눈 덮인 목조계단을 올라 그들이 있는 법당으로 올라갔다.

살이 얼어붙는 바깥과 달리 법당 내부는 무척 따뜻했다. 나와 남자는 마가와 삼십 대의 여인과 짧게 인사를 나눴다. 그러자 마가가 우리에게 난로에서 타는 목재 향내를 맡아 보라고 했다. 마가와 함께 있던 여인은 남자와 나를 일 년에 한 번씩, 한 번에 일 초 정도를 지난 천 년 간 봐 오던 여자처럼 아릿한 눈길로 바라보며 미소를 지었다. 그때 나는 그녀에게 지난 천 년 간 일 년에 일 초씩 볼 적마다 당신과 나는 한 마디도 말을 나눠 본 적 없지만 말 따위가 무슨 필요 있겠냐는 듯이 웃음 지어 보였다. 그러자 여인 역시 그렇다고 인정하는 듯 웃음 지어 보였다. 이때 남자가 천 년의 분위기를 망가뜨리는 소리를 했다.

"이렇게 멋진 데가 있군요!"

그때서야 나는 마가와 여인에게 남자를 소개했다.

"이분은...."

그런데 막상 소개를 시작했지만 딱히 할 말이 없었다. 이분은, 그리고 그게 끝이었다. 그렇게 어물쩍대고 있는 순간 마가가 여인의 팔짱을 끼며 소개했다.

"제 선생님이에요. 저랑 가끔 이곳에 와요. 우린 이 곳을 정말 좋아해요."

그러고는 창가로 가 커튼을 걷고 법당 내의 중간 칸막이 문을 밀어 열었다. 마가 역시 함께 온 여인에 대한 소개는 그게 끝인 듯했다. 사실 소개 같은 게 무슨 해괴한 짓이란 말인가. 천 년의 인연인 것을.

마가는 아까보다 환히 밝아진 법당을 빙 둘러 가리키며 설명했다.

"여긴 국내외 수행자들이 자주 머무는 곳이에요. 한데 한겨울엔 거의 비어 있어요. 이 불사는 엄밀히 개인소유 주택인데 밀교수행자들을 위한 공간으로 희사된 거죠. 나랑 선생님은 사원이 비어 있을 땐 우리 집처럼 머물면서 불사 여기저기 손도 보고 청소 정돈도 하며 지내요. 말하자면 자원봉사 겸 맘 놓고 노는 거죠."

마가는 우리를 창가로 안내하며 말을 이었다.

"여름에 오면 저 밑 강에서 햇볕 쬐고 물놀이도 할 수 있지만 겨울에 더 자주 와요. 강을 그냥 보는 게 좋거든요."

설명을 마친 마가는 아래 마당의 창고 외벽에 쌓아 둔 땔감을 가지러 가는데 도와 달라며 남자를 데리고 법당을 나갔다. 그러자 천 년의 인연, 두 여자만 남게 되었다. 고요했다. 어디선가 달콤한 향냄새가 나는 것 같아 둘러보니 먼지 낀 불상 아래 향이 피어오르고 있었다. 여인이 그걸 눈치 챘는지 내게 나직이 얘기했다.

"와카바라는 향이에요. 와카바라는 이름이 참 귀엽긴 한데... 향내가 좀 진하죠? 혹시 불편하시면..."

"아니에요. 좋아요."

그러자 여인은, 그래요 뭐 독할 리가 있나요 어린잎이라는 이름이 이런 혹한의 겨울엔 더 예쁜 느낌이 들지요 그렇죠? 예. 그래요, 라고 자기가 묻고 자기가 인정해 주는 인상으로 고개를 끄덕이며 미소를 지었다. 그녀는 말을 이었다.

"말씀 많이 들었어요."

그러자 내가 무슨 말? 이란 의문의 표정으로 웃자 그녀는, 뭐 별 말은 아니니 마음 놓으라는 듯 가벼운 미소를 지어 보였다. 아니, 나는 지난 천 년 간 당신에 대해 한마디도 들은 적이 없는데 당신은 나에 대해 누구한테 무슨 말씀을 들었는지? 라는 궁금증이 전혀 생기지 않을 정도로 그녀의 말이나 자태에서 흘러나오는 기운은 편안했다. 그녀가 말을 이었다.

"마가는 좋은 아이예요. 라 감독님 얘길 자주 했어요. 그리고 이번 여행을 함께 하길 졸랐다고 하더군요. 저는 한때 마가에게 음악을 가르치던 선생이었어요. 이 겨울이 제겐 삼십대의 마지막 겨울이네요. 며칠 후면 겁나는 마흔 살이 되거든요. 차 드릴게요."

그녀는 난로 위의 주전자를 들고 와카바가 타고 있는 향로 아래로 가서 차를 우려내었다. 나는 사람도 비구도 없는 이런 절에 이렇게 자기 집처럼 놀러 와 지내도 되는가- 라는, 무미건조한 답변이 돌아올 게

빤한 질문을, 지금 할까 나중에 할까 아예 하지 말까 궁리하고 있었다.

그런 궁리 도중에 그녀는 차 두 잔을 내왔다.

"들어 보세요."

나는 두 손 모아 찻잔을 잡고 찻잔 테두리에 입술을 대었다. 난로에서 설마른 편백나무가 수분을 터뜨리며 타는 내음과 와카바 향의 맵시, 그리고 내 앞에 앉은 천 년 인연의 존재감이 함께 너울져 왔다. 나는 그렇게 너울져오는 감각을 살짝 물리치고 차의 따뜻한 물기만을 입술에 담아 보려고 숨을 멈추며 차에만 감각을 집중해 보았다. 순간, 여인에게서 후루루- 차를 마시는 음향이 친절히 안내되어 왔다. 그러자 나도 그 안내대로 차를 후후 불며 음조를 타듯 마시기 시작했다. 그런데,

"그런데..."

라는 소리가 나긋이 들려왔다. 그러자 나는 내 입술에 닿은 찻잔의 수면 위로 눈을 달처럼 뜨고 그녀를 바라보았다. 이어 말이 나왔다.

"남자 분은 어떻게..."

그러고는 말이 없었다. 남자 분은 어떻게, 만났냐? 데려왔냐? 끌고 왔냐? 등의 서술이 없었다. 나는 계속 말씀하시라는 표정으로 그녀에게 고개를 끄덕였다. 한데 그것이 전부인 듯했다. 더 이상 질문도 심문도 논평도 없었다. 그녀는 지그시 창밖을 보며 마치 사원에서 입춘을 맞이하는 황후처럼 미소만 짓고 있었다. 이 부분에서 나는 그 남자가 누구인지 소개를 해야겠다고 생각했다. 물론 그 남자에 대해 내가 알고 있는 전부를 말해 줘도 이 여인은 즐거워하지도 지루해 하지도 기절을 하지도 않을 테지만 낯선 남자가 그녀의 사적인 영역에 들어온 이상 검증이 필요한 부분에 대해선 설명을 안 할 수가 없었다. 나는 남자를 소개했다.

"그 남자는 천주교 신자인데 참 성실하고 물건도 잘 찾고 사람도 잘

찾고 운전도 잘 하는 사람이에요."

그러자 그녀는 그 남자에 대해 너무나 잘 알겠다는 듯이 크게 고개를 끄덕였다. 역시 그 뿐이었다. 말도 없이 그저 웃는 얼굴, 마치 황후가 신년인사 하러 온 어린이들을 바라보듯 눈을 반갑게 뜨며 웃을 뿐, 다른 이야기가 없었다. 남자에 관한 이야기는 그걸로 끝난 것 같았다. 그런데 그 당혹스런 단절감과 허망함이 오히려 재밌었다. 잠시 후 나는 이야기 한 가지를 더 꺼냈다.

"그러고 보니 저 사람이랑 같이 올 거라고 미리 연락을 못 드렸어요. 죄송해요. 혹시 불편하실 수도..."

그러자 그녀는 황후로부터 선물을 하사받은 어린이들의 인솔교사처럼 송구스러워하며 대답 했다.

"아니에요. 오히려 여자들만 있는 곳이 남자 분한테 불편하지 않을지 싶은데..."

나는 불상을 가리키며 대꾸했다.

"저기도 남자 있는데요 뭘."

나는 그 말이 매우 세련되고 찬사 받을 농담이라고 하고서는 실없게 웃으며 후회했다. 이어 말했다.

"저도 알게 된 지 얼마 안 된 사람인데, 배려 있고 좋은 사람이에요."

그러자 그녀는 황후를 모시게 된 이후로 개인적 인터뷰를 처음 하는 황후의 수행원처럼, 내 말에 큰 뜻이 있으리란 기대는 하지 말라는 바람이 담긴 얼굴로 조신하게 말했다.

"네."

그러면서 또 끝인지 시작인지 모를 미소를 이어갔다. 그러자 나는 덧붙였다.

"저 사람은 밤새워 술을 마시고도 아침에 엄마랑 성당에 가 미사를 드리는 사람이기도 해요. 성실하지요."

그러고서 난 또 웃었다. 그러자 그녀는 그 남자를 잘 이해했으며 그에게 방금 축복을 내려 주었다는 듯이 어질게 고개를 끄덕였다.

"한데 오자마자 일부터 시켜 미안하군요."

"별 말씀을요. 오히려 재밌어 할 걸요."

나는 살짝 웃으며 그녀를, 재롱부리는 어린이에게 맞장구 쳐 주는 황후를 오히려 동정하는 어린이처럼 조망조망하게 바라보았다.

차를 다 마실 만큼의 시간이 흘렀다. 땔감을 가지러 간다던 남녀는 왜 여태 안 오는 걸까? 파계를 결심하고 절을 떠난 건가? 캠핑카를 구경하러 갔을까?

여인은 빚어 놓은 도자기처럼 단정히 다리를 오므리고 앉아 두 손으로 찻잔을 잡고 있었다. 황후 같기도 하고 단아한 어머니 같기도 한 그 자태 아래로 살짝 그녀의 발이 보였다. 그녀의 발에는 양말이 신겨 있었는데 양말 한쪽에 구멍이 나 있고 그 구멍 사이로 안에 신은 스타킹이 보였다. 순간 눈물이 나려고 했다. 그녀는 여전히 천 년 전이나 지금이나 단아하게 앉아 똑같은 미소를 짓고 있는데, 그 단아한 자태 아래 구멍 난 양말 속에는 천 년 운명을 감내하는 여자의 넋이 고스란히 새겨 있는 듯했다. 순간 나는 가벼나움의 창녀처럼 그녀 앞에 엎드리고 싶었다. 그리고 그녀의 발을 만져 보고픈 욕망이 생겼다. 난 진즉에 알고 있었다. 예수의 땟물 흐르는 발에 향유를 문지르고 입을 맞춘 여인! 그 여인이 입을 맞춘 건 거룩한 존재에 대한 공경이 아니었다. 그런 거 따위가 아니었다. 그것은 한 남자에게 이해받은 여자가 표하는 고마움이었다. 그리고 이해받은 여자만이 드릴 수 있는 사랑이었다. 그것은 그녀가 예수를 공경한 것이 아니라 예수가 그녀를, 가벼나움의 창녀를, 세상의 모든 여자를 공경한 것이었다. 오! 예수는 멋진 남자였다! 온 세상이 인정하기 불가능한 여자를 이해하고 그녀의 입맞춤을 받을 줄 아는 남자였다. 페미니스트라 불리는 염소 불알 같은 놈들은 흉내도 못 낼 완전한 아담이었던 것이다.

나는 찻잔을 내려놓고 지그시 눈을 감았다. 세상이 고요했다. 세상이 사라진 것처럼 고요했다. 없던 세상이 불쑥 생겨나도 고요하고 세상이 멸망을 해 버려도 고요할, 그 무엇이 어떤 짓을 하든 고요할 고요였다.

나는 누구인가 어디서 왔는가 왜 여기 있는가... 또 그 유령이 나타났다. 나는 눈을 뜨지 않았다. 갑자기 내 마음이 동그랗게 기쁜 형태로 반죽이 돼서 하염없이 슬픈 강으로 투신하는 느낌이 들었다. 그렇지만 나는 눈을 뜨지 않았다. 차를 마시던 여인은 나를 한 번 쯤 쳐다보았을까? 이 여자가 왜 이러고 있는지 한번은 살펴봤을까? 이 여자가 누구이며 어디서 왔고 왜 여기 있는지를 전혀 모르는 황후의 애완견처럼 눈을 맑게 뜨고 나를 쳐다보았을까?

찬바람이 섬광처럼 스쳐왔다. 갑작스레 닥쳐온 한기에 나는 눈을 떴다. 여인과 나는 묵상을 해 보자 하여 불전으로 와 나란히 정좌하고 묵상을 시작 했는데 잠깐 내가 졸았던 것이다. 깨보니 법당엔 여인 없이 나 혼자였다. 불상의 반쯤이 처마의 그림자에 가리고 난로의 장작불은 중성자별처럼 쓸쓸히 꺼져 가고 있었다. 여인은 어디로 사라졌는지...

나는 일어섰다. 그리고 법당 내부를 둘러보며 불상 앞으로 갔다. 그리고 향 하나를 꺼내 냄새를 맡아 보았다. 먼지 묵은 오래된 향이지만 내음이 맑았다. 나는 향에 성냥불을 붙여 꽂고 불상 앞에 놓인 몇 개의 초에 불을 붙였다. 곧 촛불들이 혼령처럼 춤을 추었다.

이때 인기척이 들렸다. 두 사람이 법당으로 들어오고 있었다. 각자 두툼한 포장종이를 안은 마가와 남자였다. 얼핏 마가는 생기가 넘치고 남자는 지쳐 보였다. 마가가 포장종이를 놓으며 말했다.

"마을에 내려가서 먹을 거랑 맥주를 사 왔어요. 이 분 차를 타고요."

"오 캠핑카! 고생했겠네."

"이 분이 고생했어요. 차바퀴가 눈에 빠져 안 움직이니까 눈을 손으로 파내고 차를 밀었어요. 내가 운전하고요. 나 태어나 처음 운전 배워 봤어요. 일 분만에 운전을 배우고 오 미터를 갔지요!"

마가는 신나보였다. 신날 법 했다. 청춘 남녀의 가장 비속한 모습이 프러포즈나 결혼식 같은 거라면, 그나마 장래성 있고 일리가 있는 건 둘이 고생을 하는 모습이다. 기왕이면 죽을 고생일수록 그렇다. 그래서 할리웃은 주인공들을 궁지에 빠뜨릴 때 반드시 남녀 한 쌍을 선정한다. 절대로 아버지와 아들을 고생시키지 않는다. 아버지와 아들의 여선생이라든가 아들과 아버지의 내연녀를 투톱으로 묶어 지옥에 빠뜨린다. 나는 눈길을 헤맨 남녀 주인공을 치하했다.

"절 버리고 도망간 줄 알았는데."

"영원히 도망갈 뻔했어요. 다리를 지나는데 차가 저절로 난간으로 가던데요."

"그러고 보니 마가랑 선생님은 여기 올 때 어떻게 온 거야? 차는 어떻게..."

"걸어왔어요."

"걸어오다니?"

"집에서부터 쭉."

그러자 남자가 놀라며 물었다.

"정말요? 국도로만 칠십 킬로가 넘는 길을?"

"그 쯤 될 거에요. 이틀 동안 걸었어요."

그러자 나는 다시 할리웃을 떠올렸다. 여자 둘을 투톱으로 묶어 지옥에 보내는 기술은 남녀 한 쌍을 보내는 것을 훨씬 능가하는 난이도다. 나는 고행을 한 두 여자에게 찬사를 넘어 질투의 언어를 던졌다.

"왜 그랬는데?"

마가가 웃으며 대답했다.

"옛날부터 둘이 걷는 거 좋아해요. 근데 저희 없는 동안 선생님이랑 얘기 많이 나누셨어요?"

"함께 차 마셨어. 나란히 좌선도 하고..."

"근데 혹시 놀라지 않으셨어요?"

"뭘?"

"선생님 얼굴."

"아니 전혀. 놀라기는."

"그럼 다행이에요. 그 흉터는 선생님이 어릴 때 입은 화상이에요. 그래서 어릴 적부터 늘 머리를 내려 흉터를 가리고 살아 왔죠. 흉터를 드러내고 산 건 나를 만난 후부터예요."

그랬다. 황후의 얼굴 한 쪽은 늪과도 같은 흉터가 드리워져 있었다. 사람에 따라선 그 늪이 흉측해 보이기도 하고 성스러워 보이기도 할 것이다. 내가 처음 그녀를 보았을 때, 그녀의 내면의 권능 같은 것을 느꼈던 게 그것이었다. 자기 늪을 바라보는 타인에게, 그가 마음껏 거기에 머물고 상상하도록 자리를 비워 둔 내공. 그래서 황후의 늪은 권능이 사려 있었던 것이다.

"한데 둘이 불전에서 좌선을 하다가 내가 잠깐 졸았거든. 그 사이에 사라져 버렸어. 그리고 안 보여."

"주무실 거예요. 이 옆 요사에서..."

"잠을 자?"

"늘 오후 세 시가 넘으면 잠깐 자는 버릇이 있거든요."

"왜?"

"오후 세 시와 다섯 시 사이를 힘들어 해요. 그 시간대는 사람이 뭘 해야 할지 말아야 할지 갈등하고 망설이게 한데요. 그리고 그 시간대에서 하는 결정이란 대부분 고단한 일이 되기 쉽고요. 에덴동산에서 뱀이 이브를 처음 유혹한 것도 그 시각이라고... 아참! 자는 거 보실래요?"

"자는 걸 보다니?"

"자는 거 봐 주는 걸 참 좋아해요. 그리고 잠에서 깨어나면 잘 때 자기를 보던 사람이 어떤 생각이나 느낌을 가지고 있었는지 훤히 알아맞혀요."

그러자 덜컥, 호기심과 두려움이 생겼다. 에드가케이시_{Edgar Cayce}처럼 자면서 세상사를 본단 말인가? 아니면 이브를 몰래 관찰하던 루시퍼처럼?

여인은 자고 있었다. 휴대용 가스램프가 켜져 있고 진흙으로 만든 화로엔 숯이 빨갛게 익고 있었다. 마가와 함께 요사로 간 나는 여인이 자는 모습을 잠깐 응시하다 요사의 골방을 나왔다. 그리고 마가와 함께 눈에 발을 푹푹 빠뜨리며 산사와 그 주변을 둘러보았다. 그러던 중 종각 아래에서 어슬렁거리는 고양이 한 마리와 맞닥뜨렸다. 은회색 털의 고양이었다. 마가는 저 고양이를 안다며 설명했다. 재작년 봄, 이 사원에서는 매일 법회가 열리고 라싸_{Lhasa}에서 온 마스터 남포짬뚜가 설법을 했는데 이때 어디서 왔는지 저 고양이가 매일 법당 바깥에서 똬리를 틀고 법문을 들었다고 한다. 스승 남포짬뚜는 이 고양이가 자기와 다음 생으로 이어지는 연분이 있는 거라며 고양이에게 〈메이쪼가〉라는 법명을 지어 주었다. 메이쪼가는 신기한 능력이 있는데, 사원에 무단침입자나 해를 끼치는 사람이 있으면 돌을 집어 던진다고 한다. 고양이가 물고 할퀴는 게 아니라 돌을 던져? 라고 물었을 때, 이 모든 이야기를 들으며 우리를 쳐다보고 있던 고양이 메이쪼가는 돌연 사라져 버렸다.

법당으로 돌아오자 남자가 법당 한 중앙에 방석들을 모아 퀸 사이즈 침대처럼 만들고 있었다. 그게 뭐냐 물으니 침대라고 말했다. 마가가 뛰어가더니 거기에 벌러덩 몸을 던져 누우며 감탄했다

"아아, 불편해. 아미타불이 보는 앞에서 이렇게 자다간 몸이 공중에 뜰지도 몰라."

남자가 말했다.

"침대라고 했지 잔다고 안 했어요."

내가 물었다.

"뭐하는 침댄데요?"

"바닥이 차잖아요. 여기 앉아서 차랑 맥주랑 마셔요. 따뜻한 코코아도 사 왔어요."

마가와 나는 와카바 향을 여러 개 켜 향로에 꽂고 난로에는 땔감을 넣어 불을 올렸다. 그리고 퀸 사이즈 베드 위에 앉았다. 남자가 마가에게 물었다.

"선생님은 계속 주무시나요? 아니면 언제 일어나세요?"

마가가 손목시계를 보며 말했다.

"지금쯤 일어났을지도 모르겠네요. 선생님은 이곳에 오면 온종일 묵상도 하고 산책도 하다가 서너 시 쯤 자는데 깨는 게 일정치는 않아요."

이때 무슨 연유인지 갑작스럽게 한 가지 의문이 떠올라 마가에게 물어 보았다.

"혹시 선생님 십일 월생인가?"

"어? 맞아요! 어떻게 아시죠?"

"그냥 느낌이... 생일이 언제?"

"전 몰라요. 가르쳐 주지 않거든요. 원래 생일을 싫어해요."

맙소사! 생일을 싫어하다니. 저 경이적인 이야기에 난 말문을 잃어 버

렸다. 어서 잠자는 여인을 깨워 얼굴을 맞대고 이야기를 나눠 보고 싶을 뿐이었다.

"캔맥주 묶음을 눈에 파묻어 놨어요. 냉장고 대신요. 가지고 올께요."

남자가 일어나더니 법당을 나갔다.

"지금 우리 이래도 되는 거야?"

"뭘를요?"

"불상이 있는 신성한 법당에서 향까지 피워 놓고 맥주파티 하는 거 말이야."

"불보살님도 재밌게 구경하실 거에요."

잠시 후 남자가 캔맥주 묶음을 안고 법당으로 돌아오는데 그 뒤에 따라오는 여인의 모습이 보였다. 그 얼굴, 숱한 사람들이 머물 자리를 준비해 둔 흉터의 주변으로 황후의 오라가 밝게 미소 짓는 듯했다.

쿵- 캔맥주 묶음을 남자가 바닥에 내려놓았다. 여인이 다가와 앉으며 말했다.

"질투로 괴로울 때 제일 좋은 음식이 뭐지 아세요? 맥주에요. 마음을 차갑게 진정시키고 색다른 포만감을 주니까."

그러자 남자가 물었다.

"사랑 때문에 괴로울 때는요?"

"그때도 맥주에요. 진정시키고 채워 주니까."

방석으로 만든 퀸 사이즈 베드엔 세 여자와 한 남자가 앉아 캔맥주를 따게 되었다. 푸식, 푸식, 푸식, 푸식... 네 개의 캔맥주 따는 소리가 들리자마자 마가가 말했다.

"아까 잠자는 거 우리가 봤어요."

나도 여인에게 장난스레 말했다.

"주무실 때 초능력자가 되신다더군요?"

그러자 여인이 내게 뜬금없는 반문을 했다

"혹시 저를 어디선가 본 기억이 있으세요?"

여인은 무슨 비밀을 더듬는 듯한 표정으로 나를 응시했다. 순간 나는 마음이 들뜨기 시작했다. 아까 잠든 그녀를 보면서 그 생각을 했던 거다. 언젠가 봤던 느낌이 드는 여인, 어디서였던가? 이때 여인이 말했다.

"저는 육감에 많이 의존해요. 육감은 신의 호흡과도 같은 거지요. 신은 논리적으로 호흡하고 논리적으로 생각해요. 다만 사람의 논리가 노동당 강령처럼 저속하다면 신의 논리는 너무나 순수해서 자유롭고 유연하지요."

그러자 나는 옛 시절 청중들이 예수에게 가장 많이 했던 질문을 여인에게 했다.

"예를 들면요?"

"음... 사람은 거짓말쟁이다 소크라테스는 사람이다 소크라테스는 거짓말쟁이다 라는 게 사람의 논리라면 신의 논리는 이런 거죠. 사람은 거짓말쟁이다 소크라테스는 사람이다 소크라테스는 거짓말 않는다."

감격적이었다. 소크라테스가 거짓말을 않는다는 신의 논리도 멋있지만 신의 논리를 대변해 주는 여인의 거짓말 같은 초능력이 더 멋있었다. 여인은 덧붙였다.

"어떤 선정이나 삼매란 신의 논리에 살짝 닿아보는 황홀경이기도 한데 그것은 모순이 사라진 양자物子적 체험이며 그거야말로 사랑과 자비의 정수이지요."

나는 고개를 끄덕여 공감을 표시했다. 예수도 그랬다. 창조주의 희망은 이미 그대들 내부에, 사물 내부에, 그대들의 고통과 기쁨 내부에 존재하는 것이라고. 나는 여인에게 소곳이 고백하였다.

"실은 주무시는 걸 보며 그런 생각을 했어요. 어디서 본 분 같다는...
혹시 알고 계셨어요?"

그러자 그녀는 가볍게 웃으면서 말했다.

"전 잘 때 가끔 혼이 이탈하는 것 같아요. 누군가 자는 내 모습을 본
다거나 옆을 스쳐 지나갈 때, 그 사람의 마음을 읽어요."

"그럼 제 마음도 읽었어요?"

"예. 약간 불분명하지만..."

"불분명?"

"뭔가 텅 비어 있으면서 가득 찬 느낌이었어요. 가득 찬 것들이 구체
적으로 뭔지는 모르겠어요. 하여튼 정말 이상했어요. 텅 비면서 가득
찬 어떤 기운이랄까 존재랄까 하는 것이 나타났다 사라진 느낌..."

나는 그 얘기에 놀라 말문을 잃었다. 잠시 후에야 한 가지를 털어 놓
았다.

"텅 비어 있으면서 가득하다는 것, 그건 어쩌면 제 기억일지도 몰라
요. 저는 모든 것을 다 기억하고 있거든요. 내가 보고 듣고 경험했던 모
든 것들을..."

그러자 여인이 마치 어떤 단서를 발견한 듯 눈빛을 반짝이며 내게 물
었다.

"모든 것을? 다 기억해요?"

나는 고개를 끄덕였다.

"예. 모두 다."

"그 중 한 가지만 이야기해 보실래요? 모든 기억 중에 하나, 딱 하나
들려주고 싶은 것이 있다면."

그 말을 듣자 오묘한 욕망 같은 것이 내 안에서 슬슬 올라오는 것 같
았다. 모든 기억 중의 하나- 라고 하는 참기 어려운 자극. 마치 수많은
별 중 하나라고 하는 유혹 같은. 이때 단정히 발을 모은 여인의 자태로

눈길이 갔다. 잘 때 유체이탈을 하는 황후는 여전히 구멍 난 양말을 신고 있었고 그걸 보면 볼수록 마음이 끌렸다. 나는 그녀의 구멍 난 신비 속에서 내 기억을 훔쳐보는 느낌이 들었다. 나는 이야기 했다.

"모든 기억 중 한 가지예요. 옛날 난 사랑하는 남자가 있었어요. 너무나 사랑했지만 우린 사랑한다는 말을 서로에게 해 본 적도 없고 실제로 사랑을 나눈 적도 없었어요. 어느 날 그 남자의 선생이 처형을 당했어요. 그 후 나는 그 남자와 몇 명이서 아주 멀리 여행을 떠났어요."

그러자 마가가 재미있다는 듯 물었다.

"사랑하는 남자가 누구였는데요?"

"가롯유다."

"뭐라고요? 처형당한 선생은요?"

"임마누엘."

이러자 모두가 허탈한 한숨을 터뜨렸다. 나는 한숨들 앞에서 말했다.

"재미없죠? 이야긴 여기가 끝이에요."

"아뇨. 재미있어요. 이야기 더 해 보세요."

여인이 말했다. 그러면서 마치 뭘 포착한 혹은 포착할 듯한 눈길로 나를 지긋이 응시했다. 난 구술을 조금 더 이어 가 보기로 했다. 오롯이 실제 일어났던 일들에 대하여...

"그럼 제가 하는 말이 모두 거짓이라 여기고 들어 보세요."

마가가 물었다.

"왜요?"

나는 거짓 없이 구술하려던 진술서를 구겨 엎었다.

"그래야 거짓말하기 편하니까."

그러자 여인이 구겨 엎은 진술서를 조심히 펴서 원 상태로 놓았다.

"거짓말을 이토록 편하게 들어 보긴 처음이에요. 말씀해 볼래요? 가롯유다와 임마누엘 이야기."

바이블은 구약 39권, 신약 27권, 총 66권이 공식적으로 채택되어 오늘날까지 전해지고 있다. 그런데 한 가지 누락된, 정확히는 〈제거〉된 챕터가 있다. 그것은 막달라 마을 출신의 여인 마리아Maria가 남긴 기록으로, 신약성서 중 가장 먼저 쓰였으며 당시에 관한 가장 정확하고 생생한 기록이었다. 그것은 당시 소수의 열람자들에게 〈미리암Miriam〉이라 불리었다.

*마리아의 히브리어가 미리암으로, 같은 이름이다.

나는 아미타불 시선 아래 타라보살이 춤을 추고 달콤한 와카바 향연이 흐르는 법당에서 〈미리암〉에 나오는 내용을 순서적으로 술회하였다. 그리고 마지막으로, 예수가 십자가형을 받은 후 가룟유다와 내가 포함된 다섯 사람은 머나먼 소아시아로 여행을 떠났음을 이야기하였다. 여인과 마가와 남자는 미리암에 관한 이야기를 다 듣고 일제히 질문을 하였다. 나는 질문에 답하였다.

문: 〈미리암Miriam〉은 왜 바이블에서 제거되었는가?
답: 미리암에는 소아시아로 떠난 다섯 여행자에 대한 기록이 있었기 때문이다.
문: 그게 왜 문제가 되는가?
답: 다섯 여행자 속의 한 인물 때문이다.
문: 그 인물이 누구인가?
답: 예수.

8

타락 이전의 아담

ༀ་དྲེ་ཏུཏྲེ་ཏུརེ་སྭཧཱ།།

옴 따레뚜따레뚜레 쉬하

요사의 벽에 적힌 글자를 본 순간 나는 너무나 놀라 숨이 멎는 것 같았다. 그것은 여고시절에 처음 본 이후 잊은 적이 없는 글자였다. 아까 낮에 여인이 잠들어 있을 땐 벽에 저 그 글자가 없었는데, 저녁에 다시 와 보니 있는 건 여인이 조금 전에 써 놓은 것이리라.

〈옴 따레뚜따레뚜레 쉬하〉는 타라보살을 염원하는 티벳의 진언이다. 어느 날 관세음보살이 붉은 언덕 마르포리Marpori의 정상에 올라 세상을 바라봄에 수많은 중생들이 고통에 빠져 절규하고 있었다. 그것은 지옥이나 다름없었다. 이때 관세음보살의 두 눈에서 눈물이 쏟아졌는데 바닥에 떨어진 눈물에서 타라보살이 탄생하였다. 타라보살은 무한한 자비로 중생을 보살피며 소원을 들어주는 존재이다. 티벳어 〈옴 따레뚜따레뚜레 쉬하〉는 중생을 불쌍히 여기고 자비로 구제하는 타라보살을 염원하고 예경하는 진언이다.

요사의 벽에는 그것이 펜이 아닌 보라색 크레파스로 그림 그리듯 씌어 있었다. 나는 저 글을 태어나 두 번째로 보는데, 처음 본 건 여고 1학년 때였다.

방과 후 집에 가는 길이었다. 길바닥에 돗자리를 펴고 앉은 40살쯤

의 남자가 있었다. 턱수염을 어지럽게 기르고 세수를 한 지 몇 주 아
니 몇 계절도 돼 보이는 그 남자는 돗자리에 앉아 트럼펫을 불고 있
었다. 길 가던 사람들은 그를 구경하거나 적선을 하였다. 그리고 그
의 트럼펫 연주가 끝나면 구경하던 사람들은 흩어져갔다. 사람들이
떠나면 그는 돗자리에 턱을 괴고 옆으로 누워 지나가는 행인들을 멀
뚱멀뚱 쳐다보았다. 나는 그가 트럼펫을 불든 턱을 괴고 눕든 아까부
터 그 자리를 떠나지 않고 무언가를 쭉 지켜보고 서 있었다. 이때였다.
그가 옆으로 누운 자세 그대로 나에게 대뜸 물었다.

"학생, 나랑 섹스 할래?"

물론 나는 그에게 대답을 하지 않았다. 섹스를 하고 싶거나 하기 싫
어서가 아니라 나는 아까부터 뭔가에 집중을 하고 있었던 터라 그가
섹스를 하자든 학교 숙제를 하자든 내겐 와 닿지 않았다. 내가 아까
부터 줄곧 서서 지켜보고 있었던 것은 그의 돗자리 뒤편에 세워 둔 기
묘한 여인의 그림과 그 그림 아래 씌어 있는 이상한 글자들이었다. 나
는 그에게 물었다.

"혹시 저 그림의 여자 누구예요?"

그러자 그가 옆으로 누운 자세 그대로 고개를 뒤로 꺾어 그림을 쳐
다보더니 대답했다.

"타라보살이야. 처음 보니?"

"그 아래는요? 저게 글자예요?"

그러자 그가 다시 아까처럼 고개를 최대 가동 지점까지 꺾어 그림의
아래를 보더니 대답했다.

"맞아 글자야. 티베트 글자. 타라보살 진언이라고 한다."

피부가 온통 초록빛인 타라보살은 반라의 몸으로 결가부좌를 하고
있었고 육감적인 몸매의 볼륨이 살아 움직이는 듯했다. 그리고 그 아
래의 티벳 글자들도 타라보살의 영묘한 육신에 춤을 추듯 율동적인

모습이었다. 난 꼼짝없이 그것을 바라보고 서 있었다. 그 느낌은 마치 기시감 같기도 하고 혹은 미래의 기시감을 위해 준비된 경험 속으로 빨려 들어가는 느낌 같기도 했다. 잠시 후 돗자리 남자의 목소리가 들려왔다.

"나랑 섹스 안 할래?"

그제서야 나는 타라보살과 티벳 글자에 꿈꾸듯 몰입돼 있던 내 의식을 현실로 되돌렸다. 그리고 그에게 말했다.

"저 글자 어떻게 읽어요? 무슨 뜻인지 아세요?"

그러자 그가 대답에 앞서 빙긋빙긋 핑긋핑긋 삘긋삘긋 웃더니 대뜸 이렇게 반문했다.

"너 섹스 해 봤냐?"

그때 나는 어떻게 하면 필경 온 우주의 진리를 모조리 깨우쳤을 저 더러운 놈으로 하여금 저 진언을 전해들을 수 있을까 궁리하였다. 그러다 나는 대답 했다.

"아니오."

그러자 빙긋빙긋 핑긋핑긋 삘긋삘긋 웃던 그는, 얼굴의 반은 여전히 그렇게 빙긋 핑긋 삘긋을 유지하고 반은 깊고도 심오한 정색으로 바뀌며 내게 물었다.

"내가 섹스 가르쳐 줄까?"

그때 나는 어떻게 하면 천지 달관의 존위에 이르렀을 저 비참한 놈으로 하여금 저 진언의 소리며 뜻을 간략하게나마 말해보도록 할 수 있을까 고뇌하였다. 그러다 나는 그에게 질문했다.

"섹스 잘해요?"

그러자 그가 얼굴의 반에 유지되던 빙긋 핑긋 삘긋 모두를 깊고 심오한 정색으로 일치시키더니 촌철의 한마디를 던졌다.

"응."

그때, 묘안이랄까? 영감이랄까? 주로 '스치다'라는 동사로 자주 표현되는 그러한 현상이 내게도 '스쳐' 왔다. 나는 그에게 물어보았다.

"섹스 하면 저 진언의 소리랑 뜻 가르쳐 줄 거예요?"

그러자 그의 얼굴이 순식간에 굳어지며 이제는 벌건 홍조가 빙긋 핑긋 삘긋 감돌기 시작했다. 그는 침을 꼴깍 삼키는 긴장감 속에 답하였다.

"응."

그러자 나는 이상적이고 지혜로운 조건을 제시했다.

"먼저 저거부터 가르쳐 주면요."

그 날, 11월 찬바람 부는 저물녘에 나는 그 자리에 족히 30분은 서서 타라보살과 진언에 대한 그의 강의를 들었다. 그는 강의의 끝을 이렇게 맺었다.

"그럼 이제 섹스 하는 거다?"

깊은 밤의 요사는 군불을 지펴 훈훈했다. 여인과 마가는 나란히 벽에 기대 앉아 있었다. 내 이야기를 듣던 마가와 여인은 재미있어 하며 웃었다. 여인이 물었다.

"그 타라보살 강의는 어떻던가요?"

"아름다웠어요. 세상에서 그렇게 아름다운 이야기는 들어본 적이 없었어요."

이어 다급히 마가가 질문 했다.

"그리고 섹스는요?"

"그래요. 해요."

라고 나는 돗자리의 남자에게 말했다. 그러자 그는 짐을 싸기 시작했다. 트럼펫을 챙기고 적선 통도 챙기고 등 뒤로 펼쳐 놓았던 타라보살 그림도 둘둘 말아 챙겼다. 그리고 마지막으로 돗자리를 걷기에 앞서 뒤쪽에서 뭔가를 꺼내는데 그것은 두 개의 목발이었다. 그는 두 다리를 저는 장애인이었던 것이다. 나는 말했다.

"여기서 해요."

그러자 그가 나를 몇 초간 넋이 사라진 사람처럼, 아니 넋을 도둑맞은 사람처럼 망연히 바라보더니 말했다.

"안 돼."

"딴 데선 안 돼요."

나는 완고한 얼굴로 그를 쳐다보았고 그와 함께 다른 곳으론 절대 안 갈 거라는 태세로 서 있었다. 그러자 그는 자기가 가진 약속과 조건의 논리적 취약점을 어떻게 극복할지 고민하는 얼굴로 멈칫거렸다. 그 모습, 11월 노을처럼 쓸쓸하고 고단해 보였다. 나는 그가 저 쓸쓸하고 고단한 번뇌로부터 어떤 묘안을 낼지 기다렸다. 그러나 끝내 묘안은 나오지 않았다. 나는 그에게 그가 그토록 마음속에 열망했을지도 모를 절충안 하나를 제시했다.

"좋아요. 딴 데 가서 해요. 대신 지금은 안돼요."

그리고 나는 그 자리를 떠났다.

이때 마가가 다급히 내 무릎을 잡아당기며 물었다.

"오! 만일 그가 그 자리에서 하자고 했으면 어떡할 뻔했어요?"

나는 대답했다.

"모르겠어. 그 생각을 한 번도 해 보지 않았어. 다만... 기억나는 건 그의 강의였어. 그의 강의는 너무나 아름다웠어. 듣는 내내 행복했고 가슴이 터질 것 같았어."

"그리고요? 나중에 하자는 섹스는 어떻게 됐죠?"

"약속은 여전히 유효하지만 아직 실현 되지 않았어."

"아직도요?"

"응."

"그 후로 그를 만났나요?"

"응."

"어디서요?"

"그 장소에서."

"언제요?"

"다음 날."

"그리고요?"

여기서 나는 대답을 멈췄다. 아니, 〈대답〉이라고 하는 의사소통의 기능 하나를 비겁하게 꺼 버렸다. 순간 숨이 멎고 시간도 멎는 것 같았다. 젠장! 바보처럼 여기까지 와 버리다니...

나는 고개를 들어 벽에 보라색 크레파스로 그려진 타라보살 진언을 바라보았다. 한참을 바라보았다. 어쩐 일인지 마가와 여인이 더 이상 내게 다그쳐 묻지를 않았다. 고마웠다. 다행이고 행복했다. 요사의 따뜻한 온기가 처음으로 느껴졌다. 나는 여인에게 물었다.

"왜 진언을 보라색 크레용으로 썼어요?"

마가가 대신 대답했다.

"선생님은 많은 경전과 주문, 기도문을 손으로 사경해 왔는데 모두 보라색 펜만 썼어요. 요한계시록도 힌두 기도문도 다이아몬드수트라도..."

그러자 나는 다시금 보라색 진언을 두 눈에 녹여 넣을 듯 응시하며 찬탄했다.

"정말 아름다운 문장이에요. 너무나 아름다운... 보라색깔도..."

나는 보라색으로 그려진 진언의 수면 위를 헤엄치듯 바라보았다. 그

러는 나를, 여인은 막 눈물에서 태어난 타라보살처럼 초롱초롱한 시
선으로 응시했다. 나는 진언을 바라보며 그 위에서 헤엄치고 눕고 파
묻히고 있었다. 이때였다. 여인이 질문을 건넸다.

"그리고 어떻게 됐어요? 다음 날 그 곳 돗자리의 남자와..."

나는 타라보살 진언 속을 헤엄치다가 끊겼던 이야기 자락을 다시금
붙잡았다. 나는 대답하였다.

"그가 있었어요."

"그리고요?"

"움직이지 않았어요."

그러자 마가가 자신의 말이 제발 얼토당토않도록 해 달라는 듯 절
실히 물었다.

"혹시... 죽은 거였어요?"

나는 대답을 하지 않았다.

그리고 오랜 침묵의 시간이 흘렀다. 시간은 새벽이 되었고 요사의
창밖에는 함박눈이 쏟아지고 있었다. 온 우주의 눈이 다 이 곳으로
몰려드는 듯 했다.

여인이 곁으로 오라고 손짓했다.

"이리 와 봐요."

나는 여인을 물끄러미 바라보면서 그 곁으로 갔다. 여인과 마가와
나, 셋이 나란히 벽에 등을 대고 앉았다. 시간이 침묵 속으로 흘렀다.
여인이 나지막이 말을 건네 왔다.

"이번 생은 느낌이 어때요?"

"그건... 다음 생이 돼 봐야 알 거예요. 지금은 모르겠어요."

여인이 빙그레 미소 지으며 내 손을 잡았다.

"그가 그리운가요? 유다..."

"예. 늘... 너무나..."

대답은 거기서 멈춰 버렸다. 어쩐 일인지 더 이상 말을 이을 수가 없었다. 이때 여인이 내게 조용히 미소만을 건네 왔다 난 미소 짓는 여인의 얼굴을 바라보다가 고개 들어 벽에 그려진 타라보살 진언으로 시선을 옮겼다. 문득 아까 했던 남자의 말이 떠올랐다. 아마 지금 그는 맥주에 취해 법당의 퀸사이즈 베드에서 자고 있겠지. 그가 법당에서 내게 물었다.

"이 천 년 전, 당연히 가롯유다랑 관계도 가졌겠죠?"

난 대답했다.

"아니요."

그러자 남자는 믿지 않는, 아니 믿지 않겠다는 얼굴로 빙긋 웃으며 혼잣말처럼 중얼댔다.

"하긴 그걸 물어 본 내가 정신 나간 거지!"

그러자 물어본 남자를 위해 가롯유다와 관계를 수도 없이 가졌노라 거짓말을 해 버리면 어떨까 하는 상상이 떠올랐다. 간혹 여자에게 거짓이 진실 보다 이상적이듯 남자에겐 거짓이 진실 보다 친숙하니까.

여인이 마르고 따뜻한 손을 내 손에 얹으며 나를 응시했다. 그리고 나직이 물었다.

"그가 관계를 요구하지도 않던가요?"

"예 한 번도."

그러자 마가가 나섰다.

"한 번도요?"

나는 2천 년 전의 진실을 고스란히 털어 놓았다.

"우린 친 오누이 같은 사이였어요. 서로가 다른 이성을 만나 사랑하거나 결혼을 한다 해도 질투나 배신감 따윈 존재할 수가 없는 온전한 오누이... 그게 전부였어요."

그런데 여인도 마가도 내 얘기가 뭔지 약간은 미심쩍은 듯 성에 안 찬 듯 뭐라도 더 해명해야 한다는 표정으로 나를 바라보았다. 나는 이어 고백했다.

"우린 끝내 독신으로 살았지만 평소 나는 그가 좋은 배필을 만나 결혼하기를 늘 기대하고 살았어요."

고백을 들은 여인과 마가는 더 이상 의심이 나지 않는다기보다는 더 이상 의심을 해 봐야 소용없을 거라는 듯 고개를 가볍게 끄덕였다. 나도 더 이상 고백을 잇지 않았다. 잠시 후 여인이 아주 오랜 시간 속에 묻혔던 내 영혼 하나를 추려낸 듯 깊은 시선으로 나를 바라보며 말했다.

"그를 정말로 많이 사랑했군요."

그러자 나는 대꾸를 못하고 머뭇거렸다. 그러다 한참 후 정답 아닌 해답을 내놓았다.

"우린... 오누이였어요."

여인이 고개를 끄떡였다. 그리고 말했다.

"그러니까요. 진정으로 사랑한 거였네요."

여기엔 정답도 해답도 없었다. 오직 해명이 가능했다.

"내가 예루살렘에 온 후 다른 남자의 아이를 갖고 혼자 숨기고서 힘들어 할 때, 그는 그것을 알고 나를 더 친동생 아니 친딸처럼 세심히 보살펴 주고 지켜 주었어요. 그 정도로 우린..."

그 정도로 우린... 나는 그 이상 말을 잇지 못했다. 그 이상의 말은 존재하지 않거나 혹은 너무나 많이 존재했다. 몇날 며칠을 이야기 하고 온 우주를 채울 만치 텅 비거나 많은...

잠시 후 마가가,

"다른 남자의 아이?"

라고 물었을 때, 나는 내가 가진 모든 진실 중에 그 누구에게도 말한 적이 없으며 절대로 설명이 불가능한 진실을 말했다.

"사실 그는 남자가 아니었어."

"그럼요?"

"아담이었어. 타락하기 전의 순수한 아담..."

그러자 마가도 여인도 아무 말을 하지 못했다. 그 후 우린 뭐라 수 없이 속삭이고 이야기를 나눌 듯 침묵했다. 그 침묵은 오랫동안, 지구 시간으로는 측정이 불가능한, 천 년일 수도 만 년일 수도 찰나일 수 도 있는 미묘한 시간으로 휘돌았다.

잠시 후 여인의 목소리가 들렸다. 로마 경비병 가이우스를 부르던 십자가의 목소리처럼 현실과 비현실의 경계, 시간과 정신의 경계 같은 곳에서 그녀의 목소리가 들려왔다.

"그랬군요."

그러자 나는 온 마음과 사력을 다하여 진실을 말했다.

"그랬어요."

여인이 나를 가만히 끌어안았다. 나는 여인의 겨드랑이에 얼굴을 묻 으며 다시 한 번 온 힘을 다 해 고백했다.

"하지만 난 언제나 유다를 그리워했어요. 내 모든 시간들이 그에 대 한 그리움으로 존재했어요. 그가 너무나 보고 싶어요!"

여인이 내 얼굴을 가슴에 안았다. 마가가 여인의 가랑이에 어린 짐 승처럼 엎드렸다. 나는 가이우스에게 마지막 말을 전하고 눈을 감은 그리스도처럼 내 영혼을 죽음 같은 위안 속으로 뉘였다.

타라보살의 보라색 진언이 온 우주에 흩날리고 있었다. 옴 따레뚜 따레... 뭔가가 있지만 그 무엇도 없다... 뚜따레 쉬하... 여자도 없고 우주도 그리스도도 십자가도 아무것도 없다... 옴 따레뚜따레... 보 라색으로 치장한 진언만이 우주의 머리카락처럼 존재할 뿐이다... 오옴... 보라색으로 몸을 숨긴 운명만이... 따레뚜따레... 처절하게 기다릴 뿐이다... 뚜레 쉬하... 처절하게 보라색으로...

　따뜻한 촉감이 내 피부에 닿았다. 나는 눈을 감았다. 내 발가락 사이로 여인의 길고 부드러운 머리카락이 새어 들어오고 있었다. 나의 전체가 성스러워지고 급속히 비상하고 있었다. 나는 몸을 굽혀 여인의 얼굴에 내 얼굴을 대었다. 그러자 그녀는 얼굴을 들어 점점 내 위로 올라왔다. 그녀가 내 몸을 타고 올라올 때마다 내 발가락에 스며든 그녀의 머리카락이 스르르 빠져 나갔다. 그리스도… 포도주… 욕망… 모든 것이 나를 위해 빠져 나가고 나를 위해 몰입되어 왔다. 십자가… 피아노… 노승의 다비식… 모든 것이 내 혈관을 타고 우주 밖으로 버려지며 모든 것이 새로이 그 자리에 귀여움… 악마… 재수 없는… 웅장하고 친절하며 인색하고 파고들었다. 철학적인 토마토의 일그러짐… 그 반대편에 곤두박질하는 폭탄… 여인의 입술이 나를 뒤덮고 혀와 손가락이 나를 물결처럼 베어낸다. 음… 이럴 수가 없는 것이고 이렇게 돼 버렸던… 나는 지구처럼 작아지고 새처럼 노여워한다. 내 핏줄은 마리아의 자궁처럼 신음을 지른다. 터질 것 같다… 유리잔처럼… 유성처럼… 아담의 넋처럼…

　환생 속에서 다시 환생하고 있었다. 그것은 내 넋의 격렬한 떨림이었고 이름도 끝도 모를 여행이었다. 여행에 두 여자가 있었다. 두 여자는 나에게 미소를 건넸다. 마가가 여인의 가슴에 안겨 여인의 가슴을 보드랍게 만지며 말했다.
　"이분이 내가 말했던… 내가 남편이라 했던… 그 분이에요."
　나는 마가에게 말했다.
　"우린 서로 사랑하고 숭배했으니… 함께 지옥에 갈 거야. 그때 광장에서 직감했어. 여자를 사랑한 여자가 지옥에 간 이야기... 난 지금 너무나 아찔하고 행복해!"

그러자 마가가 맞장구쳤다.

"맞아요! 그걸 언니가 알게 될 줄 알았어요!"

나는 여인에게 고스란히 고백했다.

"이천 년 전에 한 남자의 어머니에게 물어본 적이 있었어요. 그리스도에겐 꼭 동정녀인 어머니가 필요한 거냐고... 그랬더니 그의 어머니가 대답했어요. 그리스도에겐 동정녀 어머니가 아니라 남자의 가식이 섞이지 않은 어머니가 필요할 뿐이라고요. 그때 난 눈물이 났어요. 그리고 나는... 어머니가 가식 없이 낳은 남자... 그 남자를 받아드리기로 했어요. 그리고 머잖아 나는 그 남자를 내 안에 품고 숭배하고 있었어요."

그러자 여인이 말없이 내 눈동자를 바라보았다. 나도 더 이상 아무 말 하지 않았다. 여인이 내게 점점 다가왔다. 그리고 내 얼굴을 쓰다듬으며 내 이마에 입술을 대었다. 나는 고개 들어 그녀의 눈동자를 바라보다가 그녀의 이마에 나의 이마를 가만 대 보았다. 그리고 아까 그녀가 그랬던 것처럼 내 얼굴은 점점 그녀의 몸을 타고 흘러내렸다. 촉감을 따라 무수한 영혼이 깨어나고 무수히 사라지며 기억되었다. 나는 황후의 발목에 입을 맞추었다. 천 년 만에 천 년 간 침묵하던 것을 어루만지고 이해하게 되었다. 마가가 우리의 천년 안으로 들어 왔다.

요사의 창으로 아침 햇빛이 새어 들어 왔다. 밤새 내리던 눈이 조금씩 멎어가며 산사의 전경이 드러나기 시작했다. 나는 한동안 창가에 서서 바깥 풍경에 넋을 잃다가 뒤돌아 잠든 두 여인을 바라보았다. 아직도 두 여인은 눈사람처럼 곤히 잠들어 있었다. 나는 밖으로 나가보려 출입구로 가서 문을 밀었지만 문이 꼼짝 하지 않았다. 새벽 내내 내린 눈이 바깥에 쌓여 문을 막은 것이다. 잠시 후 문 밖에서 눈에 발이 푹푹 빠지는 소리와 함께 문 두드리는 소리가 들렸다.

"일어났어요? 밖에 눈이 너무 많이 쌓였어요! 들려요?"

그 소리에 여인과 마가가 눈을 떴다. 남자의 목소리가 다시 들렸다.

"주무세요?"

잠이 가시지 않은 마가가 몸을 일으키고선 하품을 터뜨렸다. 그러더니 다시 고꾸라져 여인의 가슴팍에 얼굴을 묻으며 미소 지었다. 아침의 하얀 빛깔이 요사 안으로 포근히 번져들었다. 나는 작은 간이 창을 열고 남자에게 소리쳤다.

"요 뒤편 안가에 노송나무 탕이 있어요. 물이 식었을 텐데 온수 틀면 나와요. 삼십 분만 쓰세요. 이따 우리가 갈 거니까."

9

사람들을 흥분시킨 예수의 답변

예수는 엷게 썬 무화과 열매를 음지에서 말려 뜨거운 물에 우려 마시는 〈레아테나〉차를 좋아했다. 건조무화과는 유대에 흔했지만 예수는 갈멜 산 아래 사노피Sanopech 마을에서 생산된 무화과 차를 최고로 쳤다. 그래서 그걸 아는 사람들은 예수를 예접하거나 개인 면담을 요청할 때 일부러 사노피 산 레아테나를 구해 오는 경우도 있었다.

예수는 방문자들과 레아테나 차를 마시며 주로 영혼, 구원 같은 초월적 주제로 문답을 나눴는데 간간이 사람들의 잡스런 질문에 답하거나 고민상담을 해 주기도 했다. 당시 그러한 대담은 간략한 문답형식으로 기록되었다.

문:

하느님이 천지를 창조한 진정한 이유가 무엇입니까? 하느님은 사랑이시기에 사랑을 행할 〈대상〉이 필요해 천지를 만들었다는 지설과 피조물로부터 영광 받기 위해 피조물을 창조했다는 지설이 있습니다만 어떤 것이 진정한 이유입니까?

답:

둘 다 웃기는 이야기입니다. 창조주하느님은 어린애가 아닙니다. 천지창조의 이유는 이렇습니다. 가령 당신이 팔 다리가 모두 없이 태어난 사람이라 칩시다. 당신은 그 불편한 몸으로 세상에 적응하며 살아가겠지요. 그런데 어느 날 팔 하나가 생긴다면 어떻겠습니까? 그 팔 하나로 상상 못할 편리함을 경험하며 마치 세상을 얻은 듯 기쁠 것입니다. 그런데 나중에 팔 하나가 더 생긴다면 어떻겠습니까? 게다가 다리까지 생긴다면? 없던 것이 생길수록 당신은 새로이 가능해지고 경험이 무궁무진 늘고 기쁨도 늘 것입니다. 창조주하느님이 무에서 유를 창조한 건 자기 스스로 탄생되고 자라나게 하는 행위였습니다. 즉 자신을 〈길러낸〉 것이지요. 그것은 하느님 자신의 무한한 가능이자 기쁨이었습니다. 그리고 보면 하느님이 어린애 같다고도 할 수 있겠네요.

문:

하느님은 〈왜〉 길러내야 하고 〈왜〉 가능해야 하고 〈왜〉기뻐야 했습니까? 도대체 하느님은 〈왜〉 그래야 했습니까?

답:

창조주하느님도 도무지 답변이 불가능한 게 하나 있습니다. 그것은 궁극의 〈왜〉에 대한 답입니다. 왜 창조를 하는가? 창조를 하고 싶으니까... 왜 창조를 하고 싶은데? 창조 하는 게 기쁘니까... 그러니까 왜 기뻐야 하는데? 왜- 왜- 왜- 끝없이 이어지지요. 그렇지만 사실 하느님이 왜에 대한 답을 못하시는 게 아닙니다. 근원적으로는 〈왜〉라는 질문이 존재할 수 없기 때문입니다. 왜 창조를 하냐고요? 왜 기뻐야 하냐고요? 사실은 창조라는 건 존재하지 않습니다. 기쁨도 존재하지 않습니다. 그래서 왜 창조 했냐 왜 기쁨이냐 하는 질문이 존재할 수 없는 것입니다. 그렇지만 창조도 있고 기쁨도 존재합니다. 이것이 창조의 묘함입니다.

문:

창조 아니기도 하고 창조이기도 한 그 묘한 창조는 언제까지 계속 됩니까?

답:

영원히 계속 됩니다. 창조주는 무無에서 자신을 확장시켜나가다가 멀고 먼 어느 여정에 이르면 역으로 자신을 줄여나가기 시작해 끝내 태초 이전의 무가 될 것입니다. 그리고 그 무에서 다시 확장을 시작해 어느 지점부터 줄여가는 반복을 영원히 계속 할 것입니다. 한번 확장과 수축을 하는 것은 우리가 도무지 셈으로 나타낼 수 없는 거대한 시간 동안 이루어지지만 창조주에게는 손가락 하나 튕기는 순간에 불과합니다.

문:

이 우주 천지의 근원은 무엇입니까?

답:

온 우주의 근원을 두고 어떤 명칭을 붙인다는 건 불가능합니다. 술꾼 닭고기 베드로- 하듯이 단정적 명칭을 붙일 수가 없는 거지요. 그것은 오로지 움직임이기 때문입니다. 천지의 근원은 명사가 아니라 동사입니다.

문:

태초에 창조주하느님이 해와 달 별 온갖 만물을 손수 지었습니까?

답:

그렇지 않습니다. 창조주가 삼라만상을 일일이 만들 필요는 없습니다. 예컨대 부모가 자식을 만들 때 자식의 팔다리며 눈 코 똥구멍까지 일일이 만듭니까? 부모는 지극히 작은 씨만 제공하지만 나중에 자식 전체가 완성됩니다. 창조주도 태초에 단 하나의 인자를 제공했을 뿐입니다. 그것이 빛입니다. 빛 하나를 내었을 뿐이고 거기서 장차 하늘과 땅 사람 물고기 벌레새끼까지 모든 것이 나온 것입니다.

문:

그렇다면 천지의 근원은 빛입니까?

답:

그렇습니다. 빛입니다.

문:

마땅한 답을 못 찾고 수많은 억지교리와 꿰맞추기 요설만이 난무하는 신학 최고의 난제가 있습니다. 천지를 창조하신 전지전능한 하느님이 사탄의 출현과 아담과 하와의 타락을 몰랐을 리 없습니다. 하느님은 뻔히 알고도 이 같은 비극의 역사를 방기한 것입니까?

답:

끔찍이도 잘못 알려진 사실이 있습니다. 하느님이 전지전능하다는 것입니다. 하느님은 전지전능하지 않습니다. 그 분이 전지전능하다는 건 천지를 창조하고 만물을 다루는 데 대한 자신의 수사일 뿐입니다. 뭘 창조한다는 것과 전지전능은 다른 얘기입니다. 그리고 창조란 건 뭐 그리 대단하고 어려운 일도 아닙니다. 게다가 창조를 〈하는 것〉은 창조를 〈안 하는 것〉에 비해 그다지 바람직한 일도 아니고요. 아무튼 창조주하느님은 태초에 빛을 내시고 현상과 비현상의 세계를 창안해 냈을 뿐, 이후로 뭐든 다 알고 맘대로 부리는 분이 아닙니다. 만일 그렇다면 굳이 이런 세계를 만들 필요도 없었겠죠. 간혹 하느님이 홍수를 내고 바다도 가르는 등 여러 기적을 일으키기도 하나 그렇다고 세상만사 모조리 맘대로 다루고 사람 속을 샅샅이 아시는 건 아닙니다. 하느님이 전지전능하다는 건 수사이며 사람들이 손쉽게 오해하는 부분이고 미신과도 같습니다. 하느님의 진정 위대한 점이 바로 이건데요. 정작 창조자이면서도 피조물에 대해 잘 모른다는 것입니다. 모른 채로 이 거대한 역사의 경기에 참여한 것입니다. 그래서 진정 멋진 분입니다. 예컨대 당신에게 딸이 하나 있다 칩시다. 당신은 딸을 생산한 어머니지만 딸이 장차 무슨 짓을 하고 살지 다 압니까? 딸이 무슨 꿍 꿍이를 품고 뱃속에 뭐가 들었는지 압니까? 딴 예를 들어 보지요. 사람들은 로담Rotam(숫자가 적힌 나무원반을 회전시켜 쇠못을 던지는 게임으로 로마병영에서 시작돼 유대 세간에 유행)을 즐기지요. 그런데 로담도구를 만든 사람이라고 숫자도 잘 맞힐 수 있습니까? 나무판을 만든 사람은 노름에서도 이깁니까? 창조주도 마찬가지입니다. 그 분도 창조를 했지만 모를 건 모르고 어떤 건 사람보다 더 몰라 사람에게 물어 보기도 합니다.

문:

사람이 죽어 영원히 천당이나 지옥에 머문다는 유대 교리는 극단적 상벌주의가 아닌가 싶습니다. 아테나이 소아시아 애굽 등 여러 열방의 교의에선 영혼의 재생, 신성으로 회귀, 윤회 등 다양하고 신비로운 영적 세계를 내보입니다. 사후의 영혼에 대해 알려 주시겠습니까?

답:

우선 몸 얘기를 해 보지요. 당신은 길을 걸으며 눈으로 염소를 쳐다 보고 입으론 떡을 씹어 먹고 머릿속으론 바람피울 궁리를 하다가 발로는 개똥을 밟을 수가 있습니다. 몸 하나가 동시에 여러 행위를 하듯 영혼도 여러 상태에 당면을 합니다. 사람이 죽으면 영혼은 가족과 함께 있기도 하고 평소 가보고 싶었던 곳에 가기도 하며 동시에 하늘의 신성한 영역과 고등세계에 머물기도 합니다. 그러다 훗날 육신을 택해 환생을 하거나 혼백이 분리돼 땅에 붙은 귀신이나 정령이 되기도 합니다. 이때 아주 특별한 경우를 제외하곤 대개 자기 자손줄을 타고 환생합니다. 영원히 즐거운 천국이나 불타는 지옥 같은 건 없습니다. 창조주께서 그런 걸 만드실 정도로 순진하고 웃기는 분은 아니지요. 천국은 사후에 영혼이 머무는 고등세계를 말하며 지옥은 현재 우리가 살고 있는 이 땅을 말합니다. 지옥도 이런 지옥이 없지요. 하여튼 사람이 죽으면 영혼은 신성의 상태에 머물며 다시 태어날 육신을 정하고 운명을 설정합니다. 단적으로 말해 천국에 머물며 지옥행 계획을 짜는 것이라 할 수 있습니다.

문:

영혼이 태어날 육신을 정하고 운명을 설정한다면 하느님은 어떤 관여를 합니까?

답:

관여하지 않습니다. 사람의 카르마와 운명의 법칙엔 하느님도 개입할 수 없습니다.

문:

윤회를 얘기할 때 빠지지 않는 것이 카르마라고 하는 것입니다. 그것은 애굽 교단의 사후론이나 멀리 동아시아에서 건너 온 비밀교의에서도 하나같더군요. 카르마가 어떤 행위에 대한 대가라는 겁니다. 설령 내가 이번 생에 두 팔이 없이 태어난 사람이라면 전생에 누군가의 팔을 잘랐기에 대가를 치른 것입니까?

답:

많은 사람들이 카르마를 그토록 유치하게 이해하고 있습니다. 동아시아나 애굽의 여러 교의는 물론 옛 가나안이나 유대의 신비주의 교리도 그런 식입니다. 이번 생에 뭐가 어떠하니 전생엔 뭐가 어땠을 것이다, 이번 생에 나는 부자이니 전생에 적선을 많이 했을 것이다, 이번 생에 나는 돼지를 미워했으니 내생엔 돼지 엉덩이에 붙은 빈대로 태어날 것이다… 윤회와 카르마라는 게 그렇게 돼지한테 붙은 빈대처럼 졸렬하다면 창조주하느님이 그걸 가만두고 보겠습니까? 윤회란 그런 것이 아닙니다. 당신 말마따나 만일 내가 이번 생에 팔이 없이 태어났다면? 그건 전생에 내가 남의 팔을 물어뜯어서가 아니라 팔 없이 불편하게 사는 사람들을 평생 돌보다 그들의 삶을 이해하기 위해 일부러 이번 생에는 팔이 없는 몸을 선택했을 경우가 더 큽니다. 그런데 전생에 정말로 남의 팔을 물어뜯어 먹어 버렸다면? 그렇다면 이번 생에 똑같이 당신 팔이 사고를 당하고 불구가 될 수도 있겠으나 카르마란 그렇게 단순 상칭하는 것만이 아니지요. 오히려 당신이 이번 생엔 사람들의 외상을 무료 치료하는 의사가 될 공산이 더 큽니다. 왜냐면 윤회란 무엇에 상을 주고 벌을 주려 작동하는 게 아니라 경험과 이해를 위해 작동하는 것이기 때문입니다.

문:

천지가 생긴 이래 최고 어려운 수수께끼에 대해 묻겠습니다. 〈선악과〉의 정체가 무엇입니까? 도대체 무엇이기에 우리를 이 지경으로 만들었습니까? 헤롯왕의 개인교사였으며 오랫동안 에세네 종파에서 수행하였던 므나헴Menahem이라는 예언자는 선악과가 남녀의 〈성교〉를 상징한다고 합니다. 태초에 하느님은 아담과 하와를 십대 소년소녀로 지었고 훗날 그들이 성인이 되면 하느님의 인허와 축복을 받아 결합하여 그들의 분신을 생산하기로 정했다 합니다. 한데 사탄이 나타나 하와에게 성의 즐거움을 알려주며 어린 하와와 교접했고 이 즐거움을 체험한 하와는 이를 아담에게 전하여 두 사람이 또 교접을 했다는 것이 선악과의 비밀이라 합니다. 즉 하느님과의 약속을 어기고 어린 하와와 아담이 성교를 한 것인데, 하와는 아담에 앞서 사탄과 먼저 성교를 했으므로 그 타락한 몸에서 잉태돼 나온 자식은 물론이요 자손 대대로 타락의 죄가 이어지는 것이라 합니다. 바로 이것이 원죄의 원리라 하지요. 상당히 일리가 있고 자연스럽고 소름 돋는 내용 아닙니까? 선악과의 정체란 진정 그렇습니까?

답:

상당히 일리가 있고 자연스럽고 소름 돋는 내용이군요. 그렇게 상당히 일리가 있고 자연스럽고 소름 돋는 내용을 알면서 내게 왜 물어

보십니까? 농담입니다. 사실 나도 에세네파의 수행자 므나헴을 만난 적이 있고 똑같은 얘기를 들었습니다. 그때 내가 므나헴에게 했던 설명을 똑같이 해 드려야겠군요. 선악과가 남녀의 성을 상징한다는 것도 넓은 의미에선 맞지만 정확히는 〈죽음〉을 의미합니다. 창세 기록에도 하느님이 아담에게 선악과를 먹으면 죽을 거라 경고했듯, 말 그대로 그것은 죽음이었습니다. 생명나무와 대비되는 것이지요. 원래 아담과 하와는 여타 짐승과 달리 그 육신이 죽지 않고 영원히 살기로 계획된 하느님의 분신이었습니다. 천국도 죽어서 가는 게 아니라 살면서 지상에다 이루는 것이었으며 이 지상에서 대대손손 자손들과 죽지 않고 영생을 누리도록 계획된 존재였습니다. 그리고 지금의 인류처럼 모든 남녀가 철저히 번식본능에 붙잡히고 성에 미쳐 온 세계를 성으로 채우는 생태 같은 건 애초에는 있을 수도 상상할 수도 없던 것이었습니다. 지금의 인류는 너나없이 자신의 직계를 번식하지만 당초에 번식은 아담과 하와라는 시조를 비롯해 극소수에게만 주어진 소명으로 대부분의 사람들은 기피할 거칠고 고생스런 일이었습니다. "생육하고 번성하라" 라는 하느님의 축복은, 모든 남녀는 한평생 이성에 굶주리고 반드시 번식과 양육에 미쳐 살라는 뜻이 아니었습니다. 본디 사람에게 죽음이란 필연이 아니라 선택이었습니다. 즉 죽음이란 누구나 경험하는 것이 아니라 마치 어떤 특별한 여행처럼 그것을 원하는 사람만이 경험하는 것이었죠. 그러니 영생을 할 사람들은 제 자손 번식을 굳이 할 하등의 이유가 없었던 것입니다. 그런데 사탄이 나타나 버렸습니다. 그는 하와에게 〈죽음〉을 가르쳐 주었습니다. 정확히는 〈죽음의 기쁨〉을 가르쳐 준 것입니다. 죽음의 기쁨이란 게 뭔지 이해하려면 〈성행위〉를 떠올려 보면 됩니다. 사람에게 가장 황홀한 경험은 성교입니다. 그런데 성교의 황홀경 시, 얼굴에 황홀한 표정이 지어지던가요? 당신이든 당신의 아내든 누가 됐든, 성교의 절정에서 행

복하고 황홀한 표정을 본 적이 있습니까? 사람들이 일상적으로 만끽
하는 황홀함이란 어떤 것입니까? 사랑하는 가족을 바라보는 행복감, 청명한 아침 햇살을 맞을 때의 충만감, 오랜 경작 끝에 이룬 수확의 기쁨, 공을 세우고 백성의 환호를 받는 장수의 감격... 그럴 때 사람은 기뻐하고 황홀해 합니다. 한데 기뻐하고 황홀해 하는 표정이 저 즐겁 다는 성행위 때 나오는 걸 봤습니까? 성행위 때 은총이 가득한 표정 이나 감사로 충만한 얼굴을 본 적 있냔 말입니다. 하지만 사람이 죽 는 순간의 얼굴을 떠올려 보십시오. 살해를 당하든 사고를 당하든 병 으로 죽든 그 순간의 표정 말입니다. 그 죽음의 표정들은 놀랍게도 성교 시 황홀경의 표정과 일치합니다. 성교의 황홀경이란 남녀의 몸에 서 각자의 〈씨〉라고 하는 생명이 빠져나가는 순간의 절대고통이 극적 으로 전도된 것입니다. 그것은 죽음의 체험이며 죽음의 충격적 황홀 경인 것입니다. 사탄이 하와에게 가르쳐 준 신비가 바로 성교의 황홀 경이요 죽음의 기쁨이었습니다. 그리고 하와는 그것을 아담에게 전했 습니다. 결국 하느님과 약속한 영생 대신 죽음의 기쁨과 생사의 반복, 즉 〈윤회〉라는 것을 우리의 시조는 선택해 버린 것입니다. 그것이 원 죄라는 것입니다. 선악과의 비밀입니다.

문:

그런데 사탄은 하와를 유혹할 때, "선악과를 먹으면 너희가 정녕 죽 지 않으리라" 라고 하였습니다. 그건 당신 설명과 부합하지 않는 것 아닙니까?

답:

그게 그 말입니다. 사탄이 말한, "정녕 죽지 않으리라" 라는 말은 영 혼이 기존의 육체를 버리고 새로운 육체를 얻어 존속해 가는 연속성 을 의미합니다.

문:

그렇다면 아담과 하와가 죽음의 기쁨을 알고 생사를 반복하게 됐다는 것이 그다지도 큰 죄였습니까?

답:

죄와는 아무 상관없는 일입니다. 사실은 〈원죄〉라고 불리는 것도 시초부터 잘못 전해 온 표현이며 오해입니다. 실제론 원죄가 아니라 〈방식〉이라 불려야 합니다. 즉 아담과 하와는 영생의 방식이 아닌 삶과 죽음이라는 순환의 방식을 택한 것입니다. 원래 하느님과의 약속은 육신의 소멸 없이 영생하는 것이었으나 사탄이 가르쳐 준 것은 죽음과 태어남의 반복으로 정체성을 이어가는 독특한 기법이었습니다. 이것이 하느님으로선 무척 뜻밖이었던 것이지요.

문:

남녀의 몸에서 씨가 빠져 나가는 순간이 황홀한 건 죽음의 기쁨이 아니라 오히려 새 생명의 탄생으로 나아가는 〈생명의 기쁨〉 아닙니까?

답:

같은 얘기입니다. 죽음이 곧 생명입니다. 이러한 순환의 방식은 매우 역동적이고 자극적인데 이것을 사탄이 하와에게 전수한 것입니다.

문:

남녀의 교접에서 씨라는 생명이 빠져 나가는 순간이 성교의 절정이요 죽음의 충격적 황홀경이라면 사람이 실제로 죽는 순간은 어떻습니까? 그때도 황홀경을 경험합니까?

답:

그렇습니다. 사고로 죽든 병으로 죽든, 숨이 막 끊어지는 순간은 누구나 충격적 황홀경에 빠집니다. 남녀의 몸에서 작은 씨 하나만 나가도 황홀경을 맞는데 생명 전체가 나갈 땐 얼마나 전율적이겠습니까. 당신 말대로 그것은 새 생명 탄생을 위한 죽음이니까요. 사탄의 방식이란 이토록 관능적이지요.

문:

너무나 중요하고도 어려운 문제입니다만 간단히 묻겠습니다. 과연 운명이란 존재하며 원하면 바꿀 수도 있습니까?

답:

너무나 중요하고도 어려운 문제입니다만 나도 간단히 답해 드리겠습니다. 운명은 존재합니다. 운명이란 천지자연이 존재하는 이치이고 질서입니다. 그렇지만 운명을 바꿀 수도 있습니다. 정확히는 바꾼다기보다는 다른 운명을 〈선택〉하는 것입니다. 다른 운명을 선택하기 위해선 우선 어떠한 운명도 결정돼 있지 않은 공空 의 상태로 들어가야 합니다.

문:

어떠한 운명도 결정돼 있지 않은 공의 상태란 어떤 것입니까?

답:

자기 자신을 깨뜨린 상태를 말합니다. 자기 자신을 결박하고 있는 세 가지 요체인 카르마, 습성, 바탕정신-을 깨뜨리고 자유로워진 상태가 공의 상태입니다. 바로 그 상태에서만이 새로운 운명을 선택할 수 있습니다.

문:

작게나마 실천할 수 있는 운명선택의 방법이 있습니까?

답:

일상에서 간단히 실천할 수 있는 것을 하나 알려 드리지요. 이것은 사소한 효과가 있을 뿐이며 인생 전체의 운명을 다루는 문제는 아닙니다. 누구든 자신의 삶이 재미있고 행복하다면 그 운명을 바꾸려 하지 않을 것입니다. 하지만 자주 사고가 난다든가 흉한 일이 벌어진다면 그런 운은 피하려 하겠지요. 현재 주어진 나쁜 운을 지나가게 하고 다른 운을 맞는 방법 중의 하나는 〈멈춤〉입니다. 일상생활을 하다가 갑자기 멈춰 보는 행위로서 숨을 서너 번 쉴 정도의 짧은 시간 동안 행하는 것입니다. 길을 걷다가 갑자기 멈춤, 수저로 수프를 뜨다가 멈춤, 빵을 씹다가 멈춤, 옷을 입다가 멈춤, 오줌을 누다가 멈춤... 그와 동시에 생각의 멈춤. 그렇게 느닷없이 멈추면 행위의 관성과 나 사이에 순간적인 공空의 차원이 발생합니다. 그 곳으로 운기가 흘러 나가는 것입니다. 그것을 여러 번 반복하면 흉한 운을 흘러 보내고 다른 운을 맞이할 수 있습니다. 그런데 이때 새롭게 들어오는 다른 운이 기존보다 더 흉한 것일 수도 있으니 주의해야 합니다. 이것은 영적 안목이나 섬세한 직감이 있는 사람만이 분별해 낼 수 있습니다.

문:

당신은 당신에게 결정된 운명에서 마음대로 벗어날 수 있습니까?

답:

그렇습니다. 난 얼마든지 내가 가지고 온 운명에서 벗어나고 다른 걸 선택하고 더더욱 새로 만들 수도 있습니다. 물론 그렇게 할 수 있는 사람은 극히 드물지요. 그런데 나처럼 마음껏 운명을 조정할 수 있는 사람이라면 굳이 운명에서 벗어나지도 바꾸지도 않습니다. 설령 아무리 힘들다 해도 정한 대로 삽니다. 이것이 참 역설적이지요.

문:

운명 선택의 방법, 작게나마 실천할 수 있는 또 다른 방법은 없습니까?

답:

의심쩍게 들리겠지만, 암기를 많이 하면 좋은 운을 부릅니다. 사람 이름이든 숫자든 로마어든 옛 바벨론어든 뭐라도 좋습니다. 닥치는 대로 많이 외울수록 마음이 견고해지고 사물에 대한 대응력이 만들어집니다. 그것은 사람의 정신을 로마병사처럼 훈련시키는 것과 같습니

다. 암기를 많이 하되 마음은 비우십시오. 심령이 가난한 자에게 행운
이 오니까요.

문:

암기를 하는 것과 마음을 비우는 건 어떻게 다릅니까?

답:

가령 당신의 자식이 백 명이라 칩시다. 그리고 그 자식들의 배우자
인 며느리와 사위가 또 백 명이고요. 거기다 손자 손녀까지 수백 명이
고요. 그 산더미 같은 인간들 이름을 애써 외우는 것이 암기요, 그 중
어떤 놈은 당신 닮았다고 예뻐하고 어떤 놈은 주워 온 놈이라며 미워
하는 게 아니라 모두를 공평히 대하는 것이 마음을 비우는 것입니다.

문:

짐승에게도 운명이 있습니까?

답:

짐승 뿐 아니라 식물도 정해진 자기 운명이 있고 운명대로 살다 죽
습니다. 그런데 짐승과 식물은 개별 운 보다는 집단 운에 많이 좌우
됩니다. 사람 역시 가족이나 지역, 민족 등의 집단 운을 따르기도 하
지만 대개는 고유한 개별 운을 따라 삽니다. 하지만 동식물은 이와
달리 집단 운이 더 크게 작용합니다. 어쨌든 모든 생명체에 정해진 운
명은 자연과의 약속이며 질서입니다. 그런데 또 한 가지, 사람이 동식
물과 다른 건 운명을 자유로이 선택하고 이용할 수 있는 존재라는 점
입니다. 원래 사람은 원하는 삶을 마음대로 경험할 수 있도록 창조되
었습니다. 흡사 신과 같은 경지였지요. 운명도 태초엔 사람을 묶는 족
쇄가 아니라 사람이 어떤 경험을 하고자 할 때 사용하는 도구였습니
다. 마치 어딜 가기 위해 타는 배나 마차 같은 것이었지요. 한데 태초
의 아담과 하와는 자유로운 신의 경지를 포기하고 사탄이 환기시켜
준 모험적이고 자극적인 존재 방식을 선택해 버렸습니다. 그 선택 역

시 아담과 하와가 지닌 신과 같은 자질로서 가능한 것이었고요. 그때부터 운명은 배나 마차처럼 사람이 타는 도구가 아니라 오히려 사람의 인생을 끌고 가는 주인이 돼 버렸습니다. 주객이 바뀐 것이지요. 그러니 다른 운명을 가져보고 다른 인생을 살아 보기 위해서는 사람은 죽어 다시 태어나는 번거롭고 가혹한 행위를 해야만 합니다. 그런 생사의 반복이 시작된 때부터 하느님의 사람에 대한 〈방관〉이 시작되었는데 이제 머지않아 세상사든 사사로운 개인사든 하느님의 관여는 완전히 끊길 것입니다. 바로 이 방관이 〈하느님의 저주〉 따위의 손쉬운 은유로 불리는 것입니다. 사실 하느님의 저주 같은 건 존재하지 않습니다. 인간이 지어낸 수사에 불과한 것이죠. 하느님은 사람이 택한 존재방식을 존중하여 건드리지 않습니다. 저 숱한 삶의 재난과 고통 속에서 사람들이 아무리 절규하고 기도를 해도 하느님이 들어 주지 않는 이유가 그 때문입니다. 들어 주어선 안 되고 들어 줄 수도 없게 돼 버렸기 때문입니다. 하느님은 사람의 기도를 들어주지 않습니다.

문:

그렇다면 기도는 아무 소용없는 무용지물이란 말입니까?

답:

아닙니다. 그럼에도 기도를 자주 해야 합니다. 하느님이야 사람들의 시시콜콜한 기도를 들어 줄 수 없지만 공생하는 영혼들이 듣고 어떤 모의와 결정을 하게 합니다. 공생하는 영혼들이란 자신의 영혼을 포함해 모든 동시대인의 영혼들이고 조상의 영령이며 온 천지에 가득한 신들입니다. 그들은 전부 연동하는 존재들입니다. 그런데 한 가지 주의해야 할 점은, 음습한 장소라든지 비가 내리거나 깊은 밤에 하는 기도입니다. 얄궂은 잡령, 잡신의 농간을 받을 수 있기 때문에 그런 때와 장소의 기도는 주의해야 합니다.

문:

답:

기도의 유익한 점이야 많지만 재밌는 건 〈눈을 감는 행위〉그 자체이 기도 합니다. 사람은 잠을 잘 때 외엔 항상 눈을 뜨고 있지요. 하지만 기도 할 때는 눈을 감습니다. 눈을 감는 건 어둠을 통해 빛을 지향하는 행위입니다. 애초에 이 현상계는 상대성을 이루어 창조되었습니다. 빛과 어둠, 밤과 낮, 여자와 남자.. 온 지상의 짐승들이 그토록 잠을 자는 것도 생명을 위한 활동입니다. 식물도 수면을 오래 취하는 종류일수록 오래 삽니다. 살 날이 많은 갓난아이와 그렇지 않은 노인의 잠을 비교해 보십시오. 눈을 감고 어둠에 침잠할수록 생명력이 강해지고 심신의 탁한 기운이 빛으로 환기됩니다. 사람은 눈을 오래 감은 만큼 건강하고 오래 삽니다. 이것은 잠이 아니라 깨어서 눈을 감는 것을 말합니다. 눈을 감는 건 빛과 신비로 나아가는 내밀한 길입니다. 꼭 기도나 묵상 뿐 아니라, 그저 눈을 오래 감는 것만으로도 좋은 일입니다.

문:

눈을 감으면 또 무엇을 얻을 수 있습니까?

답:

그것은 신에게 가까이 가는 방법입니다.

문:

신도 사람처럼 종류나 신분이 있습니까?

답:

그렇습니다. 사람의 종류와 신분이 다양하듯 신 역시 종류며 신분이 다양한데, 그 수는 사람이 비할 수 없을 만큼 많습니다.

문:

하느님에 관하여 오늘날까지 의문이 가시지 않고 논란이 중첩되는 일화가 있습니다. 앞서 당신은 하느님의 저주 같은 건 없다 하셨지만 우리 야훼하느님은 선지자 엘리야를 대머리라 놀렸다는 이유로 두 마리의 곰으로 하여 마흔 두 명의 어린아이들을 찢어 죽이게 했습니다. 홍수로 온 백성을 수장시킨 것은 물론 셀 수 없이 많은 잔혹행위도 직간접으로 행사하셨지요. 그런 것들이 저주 아니고 무엇입니까? 게다가 주님 스스로 숱하게 저주 저주 저주, 입에 저주를 달고 계시지 않았습니까? 우리의 창조주이신 야훼하느님은 진정 질투가 많고 잔혹하십니까?

답:

야훼께서 홍수를 일으키고 전쟁을 사주하고 대규모살육 등의 잔혹행위를 한 건 맞습니다. 그렇지만 곰을 시켜 어린아이들을 찢어 죽이게 했다는 건 잘못된 기록입니다. 원래 엘리야는 자부심이 드높고 신경질적인 성격이어서 매사 쉽게 짜증을 냈습니다. 당시도 시끄럽게 놀려대는 아이들한테 순간 짜증이 나, "곰한테나 물려 뒈져 버려라" 라고 욕지거리 했던 게 실제 일어난 것처럼 기록돼 버린 것입니다. 대머리 함부로 놀릴 거 아닙니다. 후세 사람들은 그 당혹스런 기록을 두고 엘리야가 아이들을 저주한 이유는 대머리라 놀려서가 아니라 하느님이 보낸 선지자를 놀린 것은 곧 하느님을 조롱한 거라 여겼기에 분노한 것이라고 해명합니다. 그야말로 박약하기 짝이 없는 교리주의의 단면이지요. 당초 그건 기록이 잘못된 허구입니다. 물론 엘리야 건이 그렇다 해서 야훼하느님이 잔혹성을 모면하는 건 아닙니다. 야훼께선 충분히 잔혹합니다. 그런데 이건 아주 중요한 사실인데요, 야훼는 유일한 창조주하느님이 아닙니다. 기록에는 야훼가 〈하느님〉 〈창조주〉 〈창조주하느님〉 〈주님〉 등 여러 명칭으로 불리고 있지만 엄연히 야훼는 저들 중의 한 개별적 신입니다. 창조주와 야훼가 스스럼없이 혼용되고 급기야 나를 보낸 아버지가 야훼라고까지 오도된 건 당시의 구술자나 기록자가 여러 신을 분간하지 못해 저지른 명칭의 실수였습니다. 예를 들어 볼까요? 로마 황제령인 두아디라 땅의 어느 곳에 당신이 집을 짓고 산다고 칩시다. 사람들은 그 집의 주인을 당신이라 하겠지만 누군가는 그 땅이 황제령이므로 그 집 주인도 로마황제라 할 것입니다. 창조주와 야훼의 혼동 역시 그렇습니다. 당신 집의 주인을 로마황제라 간주해 버리는 것과 같지요. 로마황제가 당신 집에서 밭 갈고 개 키우며 살겠습니까? 밭 매고 개똥 치우며 사는 건 당신인데 로마황제가 어이없는 논리로 그 집 주인이 돼 버리는 식이지요. 흔히 모세 오경이라 불리는 기록은 사실 모세 혼자만이 아닌 여러 사람의 구전과 기록이 편집된 것이며 당시엔 누구라도 창조주하느님과 야훼를 구별할 단서나 지적능력이 없었으니 혼용의 실수를 마구 저질러 버린 것입니다. 돌이킬 수 없는 엄청난 실수였습니다.

문:

하지만 모세오경은 사람의 능력이 아닌 하느님의 영감을 받아 기록된 거라 하지 않습니까?

답:

바로 그겁니다. 하느님의 영감을 받아썼기에 모순들이 수없이 나타난 것입니다. 왜냐면 여러 하느님들이 여러 사람들과 별개의 영감을 나눴으니까요.

문:

그렇다면 당신을 보낸 하느님은 야훼가 아닙니까? 당신이 아버지라 부르는 분은 누구지요?

답:

나를 이 곳에 보냈으며 내가 아버지라 부르는 분과 야훼는 다른 신입니다. 나의 아버지는 수많은 창조주들, 수많은 하느님들, 수많은 신들 중의 한 분이며 태초에 창조에 가담하신 여러 하느님들 중 한 분입니다. 또한 신비롭게도 〈창조 그 자체〉이기도 한 분입니다. 그 분은 이 땅에 살아가는 사람들을 연민하고 계십니다. 수틀리면 사람들을 몰살해 버리던 앙증맞고 깜찍한 야훼하느님과는 다른 신입니다.

문:

그렇다면 우리의 야훼하느님은 그런 폭력을 행사할 권리와 권능을 특별히 가진 것입니까?

답:

그렇습니다. 유대의 생사여탈권을 비롯해 모든 주권을 가진 신입니다.

문:

어떤 연고로 야훼께서 이 민족의 주권을 갖게 되었습니까?

답:

나는 그것을 당신들에게 알려 드릴 수가 없습니다. 설명할 방법이 없기 때문입니다. 논리로서 설명이 안 되는 마냥 신비한 하늘의 역사가 전개되고 있다고 밖에는 말해드릴 수가 없습니다. 그렇지만 당신들이 고개를 갸우뚱 하는 야훼하느님의 폭력적 행태에 대해 조금 이해를 도와드릴 순 있습니다. 야훼하느님께서 일련의 가혹행위를 해왔다손 그건 이론상 전혀 패도를 행한 것이 아니며 모두 하늘의 섭리를 수행한 행동일 수도 있습니다. 〈폭력〉이란 것을 얘기해 볼까요? 야훼는 사사로운 한두 사람 문제부터 민족의 사활에 이르기까지 폭력으로 개입해야 하는 고된 역할을 맡은 신입니다. 야훼를 유일무이한 창조주이며 사랑의 하느님이라고 가정해 볼까요? 이때 창조, 사랑-과 불일치하는 야훼의 폭력성을 두고 많은 사람들이 의아해 합니다. 그런데 한 가지 질문을 해 보지요. 창조주는 사람들을 두들겨 패고 살인을 하면 안 됩니까? 사랑의 하느님은 폭력적이면 안 됩니까? 창조든 사랑이든 그것은 폭력의 여부성과 별개인 개념이고 어느 면에선 폭력이 그것들의 근거에 자리하기도 합니다. 가령 아기를 수태하고 출산하는 어머니의 사랑이자 생명 활동에도 어느 면은 폭력이 극명히 존재합니다. 그렇다고 나는 지금 야훼를 비호하려는 게 아닙니다. 본질을 묻는 것입니다. 창조주는 자신의 피조물을 걷어차선 안 되는가? 사랑의 하느님은 뭇사람들의 명줄을 좌우하면 안 되는가? 야훼는 타인을 사랑하라고 주문했지 자기를 가리켜 사랑의 신이라고 한 적도 없습니다. 야훼가 사랑의 신일 거라는 건 사람들이 무턱대고 가진 감상적 요청이요 관념일 뿐입니다. 달리 따져 보지요. 사람은 하느님의 손에 다쳐선 안 되는 존재일까? 늘 하느님으로부터 신상의 안전이 보장되어야 하며 원할 경우 하느님의 축복이나 가호만을 받아야 할 존재일까? 사람의 어디에 그럴 가치가 있던가? 사람은 사람을 너무나도 손쉽게, 언제든지, 얼마든지 가해하고 죽이지 않던가? 그럼에도 하느님은 사람을 걷어차면 안 되고 읍성의 백성을 전멸시키면 안 되는가? 사람은 해도 되고 하느님은 안 된단 말인가?

문:

야훼께서 들으시면 참 감격할 이야기로군요. 창세기록에, "태초에 하느님이 천지를 창조 하셨다"라는 말씀을 필두로 창조의 전개과정이 기록돼 있습니다만, 그렇다면 창조주하느님은 한 분이 아닌 여럿이며 야훼 역시 그 중의 한 신이란 말입니까?

답:

그렇습니다. 사람들이 알고 있는 창조주의 개념은 무척 잘못되어 있습니다. 예컨대, 당신 자식의 창조자는 당신이지만 당신의 창조자는 당신의 어머니입니다. 대를 올라갈수록 그 어머니의 어머니가 있듯이 창조주도 단 하나의 존재가 아니라 복수로 존재하며 야훼 역시 여러 신들 중의 한 분입니다. 가령 창세 기록에, "창조주께서 사람을 지으셨다. 다음 날 야훼하느님은 지으신 사람이 미워 벼락을 내리셨다. 그 다음 날 주님께선 벼락 내린 걸 후회하시고 사람들을 위안하셨다"라는 문장이 나열돼 있다 칩시다. 그렇다면 사람들은 당연히 창조주, 야훼하느님, 주님-을 동일한 신이라 여기겠지요. 하지만 실상은 그게 아니랍니다. 각각 다른 신인 경우가 많습니다. 물론 일련의 사건이 동일한 맥락으로 이야기 되니 행위자도 동일하게 인식되는 게 자연스럽지만, 그만치 그 기록이 잘못된 것입니다. 그러니 창조주, 하느님, 야훼, 주님, 알파요 오메가라 칭한 존재가 모두 동일한 하나의 신으로 기록된 창세기는 기가 찰 오기인 것입니다.

문:

그게 오류라면 실로 큰 문제인데 어떻게 바로잡습니까?

답:

그래서 내가 온 것이지요. 나는 백성들에게 숨겨진 사실과 진실을 알리기 위해 노력해 왔습니다.

문:

그러고 보니 새삼 의문이 듭니다. 당신이 세상을 구원하겠다는 건 무엇입니까? 당신이 여태 해 온 일이란 무엇이지요?

답:

아이들이 하는 병정놀이를 예로 들겠습니다. 아이들은 나무나 밀짚으로 만든 창칼로 싸우고 도망가고 죽기도 합니다. 그런데 이때 죽는 아이가 죽는 흉내를 내는 게 아니라 실제로 죽어 버린다면 어떻겠습니까? 칼로 싸우는 흉내를 내는 게 아니라 진짜로 베고 찌른다면? 이 얼마나 당혹스럽고 정신 나간 짓일까요? 내가 세상 사람들에게 알려 주려던 것이 그것입니다. 죽는 흉내를 내되 진짜 죽지는 말라는 것입니다. 죽음 뿐 아닙니다. 태어나고 먹고 싸는 세상만사 모든 행위를 실제로 하지 말라는 것이지요.

문:

아니 어떻게 실제로 하지 않고 살 수 있습니까? 먹는 것을 어찌 먹지 않고 흉내만 낼 것이며 똥을 누는 것은 또 어찌 그렇게 한단 말입니까?

문:

답:

내 말은 정말 음식을 먹지 말라는 게 아닙니다. 음식을 씹어 목구멍으로 삼키되 그 행위의 정체와 공함을 알라는 얘기입니다. 태어나고 죽고 기뻐하고 슬퍼하되 그것이 〈연극〉이라는 점을 정신 바짝 차리고 자각해야 하는 것입니다. 그리하면 고통에 빠져도 고통이 아니며 미워도 미운 게 아니며 똥을 누어도 똥을 누는 게 아니게 됩니다. 그러한 각성에 이르면 천국이 보이기 시작합니다. 나는 그 점을 알려 주려고 노력해 왔습니다. 하늘을 공경하고 선하게 살며 남을 사랑하라는 등, 내가 입 아프게 말해 왔던 권고의 중심에 있는 원리가 그것이기도 합니다.

문:

세상만사가 다 연극이며 공한 것인데, 삶은 왜 이리 진짜인양 기쁘고 슬프고 고통스럽습니까?

답:

그 이유는 역설적이게도 세상이 연극이고 공하기 때문입니다. 그것만이 유일한 답입니다. 만일 연극도 아니고 공하지도 않은 실재라면 거기엔 기쁨이나 고통 같은 감각이 있을 수 없습니다. 모든 게 공하고 연극이기에 기쁘고 고통스러운 것입니다. 참으로 역설적이지요. 당초 창조의 원리란 게 그러합니다. 그런데 사실은 창조된 것조차 없습니다. 그 어떤 것도 창조된 적이 없고 존재하지도 않습니다. 당신도 나도 하늘도 땅도 심지어 창조주조차도 실제론 존재하지 않습니다. 단지 〈경험〉만이 존재할 뿐입니다. 하늘이다 땅이다 하느님이다 마귀다 나다 당신이다- 하는 무수한 모양과 경험만이 존재할 뿐이지요. 경험이란 경험하는 것도 경험이요 경험하지 않는 것도 경험입니다. 즉 〈경험하지 않는 경험〉인 것이지요. 창조주 하느님이 자신을 알파요 오메가라고 소개한 의미도 거기에 있습니다.

문:

당신은 정말로 동정녀 어머니에게서 태어났습니까?

답:

그렇습니다. 나는 남녀가 교접하여 자식을 낳고 그 자식을 통해 자신의 정신과 카르마를 유전시키는 모질고 악착같은 번식의 체계에서 나지 않았습니다. 난 어머니의 몸에서 나왔지만 본질이 사람의 자식은 아닙니다.

문:

당신은 죽으면 사흘 만에 부활할 것이라고 예고해 왔습니다. 한데 죽은 후 부활을 하는 이유는 무엇입니까? 그리고 왜 사흘입니까?

답:

부활의 이유는 몇 가지가 있지만 우선은 사람들에게 내가 하느님의 〈독생자〉임을 재차 징표하고 저마다 견고한 신뢰를 구축케 하기 위해서입니다. 한데 그 보다 중요한 이유는, 태초에 하느님께서 아담과 하와에게 부여하신 〈죽지 않는 영생〉을 사람의 몸을 통해 구현해내기 위해서입니다. 그리고 사흘 만에 부활하는 건, 인명人命 에 내재된 하늘-땅-사람 순의 창조원리를 의수하는 행위로서 사흘의 시간을 갖는 것입니다.

문:

그럼 당신의 죽음은 부활과 재림을 위한 것입니까?

답:

그렇습니다. 내 죽음은 부활과 재림을 위한 것입니다. 하지만 그보다 중요한 것은 〈야훼하느님과의 약속〉에 있습니다. 나는 사탄의 방식을 채택하기 이전의 아담, 즉 하느님의 방식만이 주어졌던 순수한 아담의 몸으로 이 땅에 와서 야훼하느님께 나를 제물로 바치도록 약속돼 있습니다. 야훼하느님은 여러 창조주들 중 한 분으로 피조물에 대해 창조주의 절대권리를 주장하시는 신입니다. 그 분은 특별히 유대민족을 선별해 자신만의 절대주의를 시험해 왔으나 이젠 그 막바지에 이른 것입니다. 그 분은 이제 유대민족을 떠날 것이고, 앞으로 유대민족은 물론 사람이든 짐승이든 풀 한 포기든 무엇에도 관여치 않을 것입니다. 나는 그 분이 이 세계를 떠나는 데 바치는 헌제로서, 그것은 온 유대백성을 대신한 희생의 제물이며 세상을 구제하는 메시아의 정수이기도 합니다.

문:

야훼하느님께서 유대를 떠나신다니 믿기지가 않습니다. 그렇다면 이게 웃을 일인지 울 일인지 혼란스럽습니다. 한데 당신 말대로 그 분이 이 세계에 관여치 않으신다면 사람들은 그 분으로부터 더 이상의 가호나 축복도 받지 못하고 지도나 제재도 받을 수 없게 됩니까? 그리고 기도를 해도 소용없습니까?

답:

그렇습니다. 그 분은 완전히 떠나시며 어떠한 관여도 하지 않으십니다. 당연히 그 분한테 하는 기도는 소용이 없습니다.

문:

야훼께서 떠나시는 그 시기는 언제입니까?

답:

내가 부활하는 순간입니다.

문:

어째서 야훼께서 떠나는 것과 당신의 부활이 시기적으로 일치합니까?

답:

나의 부활이란 나를 제물로 받아들인 야훼의 호응과 신의의 표식이기도 하며, 이 막중한 역사를 실천하는 나와 야훼의 약속된 행동이기도 합니다.

문:

당신이 죽는 시기는 언제입니까?

답:

그건 지금 말씀 드릴 수 없습니다. 당장 오늘 저녁일수도 있고 한참 훗날일수도 있습니다.

문:

그 시기를 가르쳐 줄 수 없는 이유가 무엇입니까?

답:

과정의 성격상 어떤 건 미리 계획을 알아야 하는 것이 있고 몰라야 하는 것도 있습니다. 이 경우는 후자에 해당합니다.

문:

야훼하느님이 이 세계를 떠나면 누가 그 자리를 대신 합니까? 이후 유대를 주관하는 신은 누구입니까?

답:

그 자리를 대신하며 주관하는 신은 앞으론 존재하지 않습니다. 세상은 야훼하느님의 섭리와 통제로부터 영원히 자유로워질 뿐입니다. 이제 유대를 비롯해 온 세상 사람들은 하늘에 계신 한 분의 주관신이 아닌 자신에게 내재한 신의 속성을 찾는 데 관심을 기울이기 시작할 것입니다. 그리고 천지간에 존재하는 수많은 신들의 세계를 발견해 나가며 그들과 다양한 교류의 시대를 맞을 것입니다.

문:

천지간에 수많은 신들이 있다 하였는데, 대체 신이란 어떤 존재입니까?

답:

사람들은 신을 대단히 유능한 존재로 여기는 습성이 있습니다. 하지만 신이라고 뭐든지 뛰어난 건 아닙니다. 신이란 이렇게 이해하면 쉽습니다. 가령 당신이 땅을 파서 물을 채우고 거기에 물고기들을 풀어 놓는다 칩시다. 그럼 물고기들은 물 밖의 당신을 자연스레 신으로 여길 것입니다. 세계를 지어 준 전능한 하느님으로 여길 것입니다. 하지만 당신은 물속에 들어가면 얼마 견뎌낼 수조차 없는 사람입니다. 바로 이것이 신이라는 존재입니다. 물론 신은 사람으로선 불가능한 일들도 손쉽게 하는 것들이 있습니다. 그러나 오히려 사람보다 무능한 경우도 많습니다. 이것은 창조주하느님을 이해하는 데 있어서도 유용한 준거일 것입니다.

문:

당신은 하느님의 독생자라 하였습니다. 독생자란 정확히 무슨 뜻입니까? 설마 하느님이 사람처럼 아들이며 딸을 낳는 건 아니지 않습니까?

답:

그렇습니다. 하느님이 아들이나 딸을 낳을 리는 없지요. 나는 여인의 몸을 빌려 나온 하느님의 분령체分靈體이므로 편의상 하느님의 아들이라 지칭되며 이런 일이 전무후무하므로 〈독생자〉라 불리는 것입니다. 만일 내가 여자로 나왔다면 하느님의 딸이라 불렸겠죠. 물론 〈독생녀〉가 되는 것이고요. 나는 자연스레 여인의 몸을 빌려 나온 하느님의 분령체이며 하느님의 분신입니다.

문:

딸이 아닌 아들로 세상에 나온 이유가 있습니까?

답:

그것은 태초의 아담과 하와에 연유합니다. 하느님은 먼저 아담이라는 남성을 지으셨으며 하와가 나온 바탕이기도 해 그것을 계승한 것입니다.

문:

당신이 세상 사람들에게 설교하고 가르치고 게다가 목숨까지 바쳐 그들을 구원 하려는 이유는 무엇입니까?

답:

세상 사람들이 곧 나이기 때문입니다. 그리고 구원 외에는 어떤 일도 나에겐 보잘 것이 없습니다.

문:

신이 특별히 좋아하는 사람도 있습니까?

답:

있습니다.

문:

어떤 사람입니까?

답:

웃기는 사람입니다.

문:

의외로군요. 어떤 사람이 웃기는 사람입니까?

답:

세상을 떠난 가족이나 연인이 그리워 잠 못 들고 우는 사람, 혹은 그를 따라 죽겠다는 사람, 삶이 아무리 고통스러워도 죽어 천국에 가면 영원히 행복하게 살 거라 믿고 열심히 사는 사람 등 애처롭고 지순한 사람들입니다.

문:

그리움에 우는 사람, 그를 따라 죽겠다는 사람, 천국을 믿으며 열심히 사는 사람이 어째서 웃긴다는 겁니까?

답:

사람이 죽어 몸을 벗고 영혼이 자유로워지면 그토록 그리워하던 사람과 마음껏 재회하고 얼마든지 함께 지낼 수 있게 됩니다. 하지만 정작 그 상태가 되면 그토록 그리워하던 사람을 만나도 시큰둥합니다. 그리웠던 가족이나 연인이라 할지라도 그것들은 한 찰나에 주어진 배역에 불과하다는 걸 엄연히 자각하고 그런 관계에서 나온 감정들도 모두 허구이며 영혼의 행로에 지장이 될 뿐이라는 걸 알게 되기 때문입니다. 천국도 마찬가지입니다. 그곳에서 영원히 즐겁게 살 것 같지만 정작 천국에 이르면 견디질 못하고 다시 이승이라는 지옥으로 환생하려 발버둥 합니다. 그래서 신이 보기에 그런 사람들이 참 웃깁니다.

문:

신은 그들을 보며 그저 웃기만 합니까? 그러고 마는 건가요?

답:

그렇지 않습니다. 신은 그런 사람들을 도와주고 지켜주려 합니다. 당신도 그렇지 않습니까? 손자가 재롱부리면 웃고 맙니까? 재롱부릴수록 장난치고 업어주고 더 맛있는 걸 먹여 주지 않습니까? 신도 마찬가지입니다. 웃기는 사람 곁에 머물고 싶어 합니다.

문:

하느님은 늘 부모를 공경하라고 했습니다. 부모에 대한 공경의 도리란 대체 무엇입니까?

답:

부모에 대한 최고의 공경은 바로 자기 자신을 반성하고 개선하는 일입니다. 한 사람의 몸에는 그의 부모를 비롯해 과거 수천 년간 수십억의 조상의 정신과 카르마가 유전돼 쌓여 있습니다. 아담과 하와까지 거슬러 올라가는 오랜 선조의 경험과 카르마가 지금의 이 몸에 누적돼 있으니 바로 나 자신을 정화하고 개량한다면 그게 곧 조상과 부모의 카르마를 씻는 것이며 그 분들 대신 일종의 속죄를 하는 것이며 그 분들의 원을 푸는 것입니다. 그것이 조상에 대한 공경입니다. 물론 무척 어려운 일이지만요.

문:

나를 개선하고 정화하는 게 수천 년 전의 조상도 기쁘게 한다는 말씀입니까?

답:

그렇습니다. 현재의 〈나〉는 수십억 조상의 기억과 습성이 무량토록 누적된 존재이니 나를 정화하는 건 수없는 조상들의 카르마를 씻는 것이기도 합니다. 그리고 사람이 죽으면 그 영혼은 특별한 경우를 제외하곤 대개 자기 후손의 육신으로 윤회를 합니다. 그러니 지금 당신의 영혼이란 당신이 조상님이라 부르는 어느 분의 영혼일 수도 있는 거지요. 말하자면 내 몸이라고 다 내 몸이 아닌 것입니다.

문:

당신은 늘 기도하라 하십니다. 기도는 어떻게 해야 합니까? 혹시 신의 응답을 곧장 받을 수 있는 기도법이 있는지요?

답:

올바른 기도법이나 신의 응답을 받는 기도법이 별도로 있는 건 아닙니다. 기도는 일상에서 숨을 쉬듯 자연스럽게 하는 것이 좋습니다. 그런데 한 가지 특별히 알아야 할 것이 있습니다. 기도할 때 너무 격조에 매일 필요가 없다는 것입니다. 예컨대 누군가가 밉다면 그냥 밉다고 신게 고백하십시오. 그리고 그를 미워하지 않게 해 달라고 간청하면 됩니다. 하지만 구태여, "그의 교만을 다스리시어 그가 고난을 통해 선을 이루게 하소서" 이 따위 사기꾼 같은 소리는 신도 아니꼬워합니다. 천지간에는 수많은 신들이 있는데 이들은 사람의 감정과 생각을 모두 이해합니다. 하늘이 원망스럽고 신이 미울 땐 솔직하게 튀어 나오는 대로 화도 내십시오. 이런 엿 같은 세상이라니! 아 신이시여 정말 답답하네요! 저렇게 투덜대도 괜찮습니다. 신은 당신 마음 다 아니까요. 그렇다고 신더러 개자식이라는 식의 욕설은 도가 지나친 게 되겠지요. 슬프면 슬픈 대로 기쁘면 기쁜 대로 미우면 미운대로 솔직하게 마음의 결을 그대로 나타내어 기도 하십시오. 저 남자가 죽도록 미운데 어떡해요? 어쩜 이렇게 멋진 순간이 있나요? 나 지금 힘들어 미칠 지경인데 도와주세요! 이런 식으로 자주 매사에 하십시오. 온 천지와 신들이 듣습니다. 기도란 그저 〈고백〉입니다.

문:

신이 싫어하는 기도도 있습니까?

답:

기도의 속성상 신이 싫어할 기도는 있을 수 없겠지요. 한데 기도 중에 신이 싫어하는 말은 몇 가지 있습니다. 그 중에 대표가 "나를 불쌍히 여기시어" 같은 말입니다. 사람들은 신에게 자기를 불쌍히 봐 달라, 긍휼히 여겨 달라는 말을 수없이 합니다. 하지만 신은 그 말 싫어합니다. 그런 기도를 듣고는 그를 진짜 불쌍하게 만들어 버릴 수도 있습니다. 사람들은 신한테 마냥 자기를 불쌍하게 봐달라고 하면서 자기를 분에 넘치는 사람이나 재미있는 녀석으로 봐 달라고는 하지 않습니다. 참 밉살스럽지요. 물론 힘들고 어려울 때 도와달라고 하는 건 신이 충분히 이해하고 도와줄 방법을 찾기도 합니다. 그렇지만 입버릇처럼 자기를 불쌍히 여기라는, 흡사 신을 회유하는 듯한 소리는 신도 가증스러워 합니다. 어차피 신은 사람들이 다 불쌍하다는 거 압니다.

문:

사람들이 가장 관심 있어 하는 건 다름 아닌 몸의 건강일 것입니다. 건강히 오래 살려면 어떻게 해야 합니까? 혹시 특별한 방법이 있습니까?

답:

엉뚱히 들리겠지만, 청소와 정리정돈을 잘 하면 건강하고 오래 삽니다. 사람이 거주하는 공간과 사물은 인체와 보이지 않는 기운을 소통합니다. 끊임없이 영향을 주고받고 공존하지요. 사물이 어지럽거나 더러우면 약 이십여 일 쯤 지나 인체도 그와 같은 병이 듭니다. 청소를 잘 하면 집안에 해충이 드는 것도 막을 수 있습니다.

문:

청소를 해서 깔끔하면 쥐나 벼룩 같은 해충이 그걸 알아보고 들어오지 않는단 말씀입니까?

답:

그럴 리가요. 해충이 깔끔한 걸 알아보고 출입을 금한다면 그게 해충인가요? 사람 보다 낫지요. 청소를 할 때는 사람의 손길이 집안 구석구석에 정화와 제거의 파동을 남깁니다. 쥐나 벼룩 같은 미물일수록 그런 파동을 감지하는 능력이 있어 본능적으로 그런 곳은 피하게 됩니다.

문:

건강히 오래 사는 방법이 청소 말곤 또 없습니까?

답:

물론 있습니다. 자주 확장과 수축을 하십시오. 신체를 그렇게 하고 일상생활을 그렇게 하십시오. 온 몸뚱이 팔다리 사지를 있는 한계까지 쭉 늘였다가 줄여 보십시오. 눕든 서든 그 동작을 반복해보십시오. 그러면 몸속의 핏줄과 장기가 극적인 확장과 수축을 통해 건강해지며 육신이 대자연의 유익한 기운을 빨아들이게 됩니다. 또한 어디론가 멀리 떠났다가 되돌아오는 것도 자신의 운기를 강하고 이롭게 하는 확장 수축의 행위입니다. 천지자연은 확장 수축의 반복으로 살아갑니다. 그게 멈추면 죽습니다.

문:

사람이 가장 하기 힘들 일은 무엇입니까?

답:

〈용서〉입니다. 사자에게 물어뜯기고 불구덩이에 들어가는 것보다도 어려운 것이 용서입니다. 설령 어떤 사람이 당신의 아내와 딸을 겁간하고 죽였다 칩시다. 당신은 그 사람을 용서할 수 있겠습니까? 사자에게 먹히고 불구덩이에 빠지는 것보다 어려운 것이 용서입니다. 용서는 최고도의 어려움입니다.

문:

듣기만 해도 화가 나는군요. 대체 그런 악마 같은 놈을 무엇 때문에 용서해야 합니까?

답:

궁극적으로 그 가해자는 당신과 그렇게 약속을 한 것이기 때문입니다. 당신뿐 아니라 당신의 딸과 아내와도요. 물론 그런 약속 즉 운명을 파기할 수도 있지만 그것은 무척 어려운 일입니다. 카르마는 신도 어쩌지를 못합니다.

문:

최근에 벌어진 논란거리 하나를 말씀드리겠습니다. 한 마을에서 비통한 사건이 발생했습니다. 일찍이 남편과 사별하고 평생 수절하며 외아들과 같이 살던 여인이 있었는데 어느 날 이 외아들이 성벽공사를 하다 무너진 돌무더기에 깔려 죽었습니다. 그 충격으로 여인은 실신해 버렸고 이틀이 지나서야 깨어났습니다. 그러더니 얼마 후 이 여인은 마을 입구의 싯딤나무 한 그루를 아들이라 여기게 되었습니다. 매일 싯딤나무를 맴돌고 만지며 아들인 듯 이야기를 하고 그 곁에서 밥도 먹고 잠도 자며 살았습니다. 싯딤나무를 아들로 아는 여인은 점점 행복해졌습니다. 어두웠던 얼굴이 밝아지고 몸에 살도 오르고 생기가 돌았습니다. 그녀는 언제나 싯딤나무를 만지고 맴돌고 춤도 추었습니다. 여인은 매일매일 행복했습니다. 그런데 이 여인을 가엾게 여긴 한 의사가 있었습니다. 그는 애굽에서 수학하고 돌아 온 의사 겸 심령술사였는데 병들고 다친 사람의 살을 가르는 수술을 할 때도 환자가 통증을 못 느끼도록 마음을 유도하는 최면술의 달인이었고 몸이 심하게 망가진 환자도 의술로 살려내는 명의였습니다. 이 의사는 제정신을 잃고 망상에 빠진 여인을 치유해 주어야겠다고 결심하고 싯딤나무 곁에 있는 여인에게 다가갔습니다. 그리고 최면치유를 시작했습니다. 한나절이 지나자 여인은 완전히 본래 정신으로 돌아왔는데, 싯딤나무는 아들이 아니며 아들은 몇 달 전에 죽었다는 사실을 알게 되었습니다. 그러자 절망에 빠진 여인은 이튿날 스스로 목숨을 끊었습니다. 이 사건은 큰 논란이 되고 있습니다. 그 여인은 의사의 치유를 받지 않고 계속 망상에 빠진 채 싯딤나무를 아들로 여기며 행복하게 사는 게 옳습니까? 아니면 비록 절망하더라도 제정신을 찾고 진실을 아는 게 옳습니까? 이것에 대해 당신의 답변을 구합니다.

답:

이 문제는 그 여인의 아들의 입장에서 보아야 합니다. 그 아들이라면 어머니를 위해 어느 쪽을 원하겠습니까? 어머니가 자기로 인하여 고통스럽길 바라겠습니까? 온전하길 바라겠습니까? 어쩌면 이 죽은 아들의 혼령은 생사의 법칙을 간절히 유보하면서까지 이승으로 돌아와 고통에 빠진 어머니에게 강령해 일부러 어머니를 싯딤나무로 인도해 주었던 것일지도 모릅니다. 그리고 먼 훗날 어머니가 인생 전체를 초탈하여 무엇이든 무리 없이 받아들이고 인정할 무렵 어머니 스스로 각성을 통해 망상을 벗고 진실을 바라보도록 기원하고 떠났을 것입니다. 진실이라도 다 같은 것이 아닙니다. 어떤 진실은 너무 빨리 다가오면 사람을 다치게 합니다. 그 의사의 치유행위는 경솔했고 지혜롭지 않았습니다.

문:

당신이 나무랄지 모를 질문을 드려 보겠습니다. 부자가 되려면 어떻게 해야 합니까?

답:

그런 걸 질문이라고 하는 당신을 나는 이해합니다. 부자가 되는 방법도 있지만 부자가 안 되는 방법도 있습니다. 부자가 안 되는 방법부터 알려 드리지요. 그것은 남을 흉보고 모함하는 습관을 갖는 것입니다. 빈궁을 위한 최고의 비결입니다. 부자가 되려거든 그 반대로 하면 됩니다.

문:

부자가 되는 또 다른 방법은 없습니까?

답:

식사할 땐 짧게나마 감사 기도를 하세요. 신에게 하는 게 아니어도 됩니다. 그저 당신 앞에 놓인 음식에게 기도해도 됩니다. 음식에게 고마워하면 자연계의 총체 기운이 당신을 향해 모여듭니다. 음식 뿐 아니라 모든 게 그렇습니다. 사람이 뭔가를 두고 고마워하면 그것은 그 사람을 향해 더 많은 기운을 모으기 시작합니다. 이것은 자연의 작동 방식이기도 합니다. 그리고 또 한 가지, 식사 할 때 밥은 남기지 말고 술은 반드시 남기세요. 술을 남기는 이유는 천지간에 편재한 수많은 신들을 위해서입니다.

문:

당신은 병든 자를 치유하고 죽은 사람도 살렸다고 들었습니다. 그 권능을 숭앙하고 찬미하며 드리는 질문입니다. 저는 올 해 마흔 아홉 살이고 두 아들을 둔 어머니입니다. 최근 큰 걱정이 생겼습니다. 얼굴이 눈에 띄게 나이 들어갑니다. 얼굴이 늙지 않고 영원히 젊음을 유지

하는 비결이 있을까요? 언제나 뽀얗고 주름 없는 피부 말입니다. 이 문제의 답을 당신은 능히 아실 거라 믿으니 비결을 가르쳐 주십시오.

답:

매일 틈날 때마다 양 손바닥을 쫙 펴서 얼굴을 두드리십시오. 찰싹 찰싹 소리가 나도록 볼을 두드리고 정수리도 두드리고 뒤통수도 두 드립니다. 되도록 세게 두드릴수록 좋습니다.

문:

감이 잡힐 듯합니다. 그렇게 두드리면 피부에 자극을 주어 피부의 탄력과 혈색이 유지되는 거지요?

답:

내 말은 그게 아니고 그렇게 두드려야 당신이 제정신을 차린다는 뜻입니다.

문:

평범한듯하지만 중요한 질문을 드리겠습니다. 신을 신앙함으로써 얻는 가장 큰 복은 무엇입니까?

답:

신앙하는 행위 그 자체가 제일 큰 복입니다.

문:

신을 신앙함에 있어 가장 중요한 것은 무엇입니까?

답:

신이 자기를 특별히 우대하고 있을 거라는 착오에 빠지지 않는 것입 니다. 그 착오가 그를 무지케 하고 고집스럽게 하고 끝내 절망케 합니 다. 신은 신앙인이라 해서 남달리 우대하지 않습니다. 공평합니다. 인 정하기 싫겠지만 그게 사실입니다.

문:

그렇다면 대체 신앙이란 무엇입니까?

답:

신앙이란 신이 나를 특별하게 여기는 게 아니라 내가 신을 특별하게 여기는 것입니다. 그것은 꽃가꾸기와 같습니다. 당신이 꽃을 가꿉니까? 꽃이 당신을 가꿉니까?

문:

그렇지만 꽃은 향기와 아름다움을 주지 않습니까? 신은 무엇을 줍니까?

답:

꽃은 향기와 아름다움을 주되 가꾸는 사람만이 아니라 누구에게나 주지요. 신도 마찬가지입니다.

문:

당신은 그리스도요 하느님의 아들이라 하였습니다. 그러한 당신을 신앙하는 사람들한테도 역시 마찬가지입니까?

답:

그렇습니다. 나 역시 모든 사람들을 똑같이 바라보고 똑같이 대하지 나를 믿는 사람이라고 특별히 우대하거나 이익을 주지 않습니다. 만일 내가 사람들을 가르고 편애 한다면 난 그리스도도 하느님의 아들도 아니겠지요. 나는 나를 신앙하는 사람뿐 아니라 모든 사람들을 공정하게 대합니다.

문:

그렇다면 특별히 당신을 믿고 따른다는 건 무슨 의미가 있습니까?

답:

엄연히 의미가 있습니다. 나를 믿고 따르는 사람들은 평소 나에게서 많은 걸 배웁니다. 그러다 인생에서의 어떤 〈시험〉을 치른다고 칩시다. 배운 사람과 안 배운 사람은 실력에서 차이가 날 것입니다. 이때 나는 시험 치르는 일에 개입하지 않습니다. 개입해서 내게서 배운 사람이라고 유리하게 시험을 치르게 하거나 점수를 더 얻도록 해 주지 않습니다. 철저히 공정한 입장을 지킵니다. 다만 평소에 배웠던 사람은 자기 스스로 답을 내고 문제를 해결할 것입니다. 내가 나를 신앙하는 사람이라고 남달리 우대하지 않는다는 건 그런 뜻입니다. 하느님도 마찬가지입니다.

문:

나는 롯Lod 지방에 살고 있는 사람으로 당신을 상견코자 이곳에 왔습니다. 얼마 전 들불이 일어나 평생 살던 오막이 모두 불탔고 그로 나는 오갈 데 없는 사람이 되었습니다. 십 년 전엔 곡식에서 퍼진 역병으로 남편이 죽었는데 얼마 안 가 두 딸 중 하나가 도둑떼에 납치돼 행방을 잃었고 하나는 혼기를 훌쩍 넘기도록 노양 처녀로 살다가 억울하게 사음한 여자로 몰려 형을 치르다 목숨을 잃었습니다. 이런 고로 나는 모든 것을 잃은 여자가 되었습니다. 게다가 타고나길 사지가 비틀려 보다시피 의수족에 몸을 매달고 사는 형편입니다. 나는 타고나길 저주받은 여자입니다. 나는 당신에게 질문을 하고자 이곳을 어렵게 찾아 왔습니다. 나는 왜 이렇게 살아야 합니까? 이렇게 사는 것이 내겐 마땅합니까? 이것이 정녕 하느님의 뜻입니까?

답:

나야말로 당신에게 묻겠습니다. 당신이 왜 이렇게 살아야 하는지, 이리 사는 게 마땅한지, 이것이 하느님의 뜻인지, 당신의 생각은 어떻습니까?

문:

모릅니다. 진정 모릅니다. 다만 들은 이야기로 그나마 심증이 있던 것은, 애논Aenon지역에서 온 한 신비수행자의 이야기였습니다. 그가 말하길, 기쁨이든 고통이든 사람이 겪는 모든 경험은 영혼의 진화를 위해 존재한다는 것이었습니다. 나처럼 모든 걸 잃는 불행 역시 내 영혼의 향상을 위한 숭고한 경험이라는 것이죠. 이에 대한 당신의 이야기를 듣고 싶습니다.

답:

숱한 종교인과 영성탐구자들이 보여주는 상상력의 빈곤이 그것입니다. 생의 경험이 영혼의 진화를 위해 존재한다는 것이지요. 하지만 어불성설입니다. 마치 자식은 부모의 진화를 위해 존재한다는 것처럼 어설픈 이야기입니다. 영혼은 진화하지 않습니다. 다만 경험할 뿐이고 어느 시기가 되면 다른 과정으로 옮겨갈 뿐입니다.

문:

영혼이 경험을 하는 목적은 무엇입니까?

답:

목적이 없습니다. 알에서 깨어난 병아리가 무슨 목적이 있어 나옵니까? 들꽃이 피고 지는 것이 무슨 이유가 있습니까? 그런 건 없습니다. 그저 병아리의 경험이요 들꽃의 경험이요 이 거대한 창조주의 경험일 뿐입니다. 목적은 없습니다.

문:

사람의 모든 경험은 그의 영혼을 위해 존재합니까?

답:

그렇습니다. 모든 것은 영혼을 위한 것입니다. 예를 들어 허벅지를 꼬집어 허벅지가 아픈 것도 궁극적으로 영혼의 경험이 됩니다.

문:

허벅지의 통증이 어떻게 영혼의 경험이 됩니까?

답:

허벅지를 꼬집었지만 정확히는 허벅지 살이 아픈 게 아니지요. 선뜻 이해가 안 가겠지만, 몸의 아픔을 감각하는 건 해당 부위가 아니라 육신의 모든 걸 결정하는 머리입니다. 가령 깊이 잠들거나 기절한 사람은 허벅지를 꼬집어도 통증을 모릅니다. 혹은 뭔가에 깊이 몰입해 있는 순간에도 허벅지의 통증을 모릅니다. 그 순간 정신이 딴 데로 가 있기 때문이지요. 이것은 모든 감각의 결정을 하는 곳이 머리라는 증 거이기도 합니다. 그런데 더 정확히 따지면 그 통증을 느끼는 궁극의 지점은 머리도 아닙니다. 바로 영혼입니다. 허벅지의 자극은 끝내 영 혼에 도달하는데 그것은 그저 아프다-가 아니라 영혼에게 어떤 〈해석 〉과 〈재료〉로 들어갑니다. 물론 그런 허벅지 통증쯤이야 경미한 해석 과 재료가 되겠죠. 그것이 영혼의 경험입니다.

문:

영혼의 경험에 대해 더 알려 주겠습니까?

답:

그것은 〈영혼의 노래〉와도 같습니다. 허벅지를 꼬집은 통증 정도는 경미한 노래 가락이 되겠지만, 당신처럼 평생 불구로 살고 집이 불타 고 남편과 딸을 잃은 경험들, 기쁘고 슬프고 달고 쓴 모든 경험들은 그 자신의 영혼을 울리는 커다란 노래이며 춤사위가 됩니다. 지금 당 신 허벅지를 한번 꼬집어보십시오. 그리고 꼬집은 채로 눈을 감고 그 통증을 차분히 음미해 보십시오. 처음엔 단순히 아플 뿐이겠지만 시 간이 갈수록 아픔과 다른 미묘한 느낌이 환기돼 올 것입니다. 몸의 감 각을 넘어 어떤 〈각성의 세계〉가 열리는 것이지요. 그것만으로도 당신 은 미약하게나마 영혼의 경험방식을 이해할 수 있을 것입니다. 사람 이 겪는 모든 경험들, 아픔도 간지러움도 슬픔도 기쁨도 모두 영혼의 경험이 됩니다.

문:

대체 영혼은 무엇 때문에 경험을 합니까? 그리고 육신은 영혼의 노 예에 불과합니까?

답:

육신이란 영혼의 노예가 아니라 도구입니다. 영혼이 쓰다 버릴 도구요 잠시 생명이 붙었다 떠날 흙인 거지요. 이것은 기분 나쁘다고 부정하려 한들 역부족일 것입니다. 사람은 병들고 죽게 돼 있습니다. 누구나 바래지고 초라해지며 흙먼지가 됩니다. 영혼이 그 모든 경험들을 하는 이유? 그건 창조되었기 때문입니다. 한번 창조된 이상 영원히 그렇게 경험하는 것입니다. 모든 것이 다 경험이며 심지어 경험하지 않는 것조차 〈경험하지 않는 경험〉에 해당합니다. 어떤 것도 경험을 벗어날 수는 없습니다.

문:

이러한 창조와 경험이란 궁극적으로 좋은 것입니까? 궁극적으론 옳고 숭미한 것입니까?

답:

그것은 좋다 나쁘다 숭미하다 추하다 판단할 수 있는 것이 아닙니다. 그것들을 넘어서 있습니다. 다만 창조라는 건 피조물들에게 대체로 기분 좋은 일은 아닙니다. 창조주하느님이 유일하게 지닌 감정이 하나 있는데 그것은 〈미안함〉입니다.

문:

그렇다면 창조주는 〈미안함〉을 위해 세상을 창조한 것일 수도 있겠군요? 즉 이 세계는 그가 미안한 감정을 경험하기 위해 지은 게 아니냔 얘기입니다.

답:

그럴 수도 있습니다. 하지만 앞서 말했듯이 창조주하느님의 경험이 미안함인지 즐거워함인지 쑥스러워함인지는 우리 같은 사람에겐 중요하지도 않고 알 수 있는 것도 아닙니다. 그저 창조주는 뭔가를 한다- 경험한다- 일 뿐입니다.

문:

어떤 영성탐구자들은 세계가 궁극적으로 창조주의 무한한 사랑 안에 있다고 합니다. 우리가 겪는 어떤 고난이며 고통도 궁극의 사랑 안에 있다고 하지요. 진정 이 세계는 창조주의 무한한 사랑 안에 있습니까?

답:

본시 사람이란 자신의 어림짐작이나 이상을 실제와 혼동해 버리는 습성이 있습니다. 많은 영성애호가들도 마찬가지입니다. 세계가 창조주의 사랑 안에 있다는 것은 그들이 가장 인기리에 추정하고 요망하는 내용입니다. 한번 이렇게 질문을 해 보지요. 나는 내 신발을 사랑하는가? 신발은 나의 무한한 사랑 안에 있는가? 신발 입장에서 보면 나는 신발을 아끼고 사랑하는 자이기도 하지만 때론 모질게 부리고 고생시키는 자이기도 합니다. 창조주도 마찬가지입니다. 그는 이 피조세계를 사랑하지도 노예로 부리지도 않습니다. 다만 작동시킬 뿐입니다. 신발과 똑같습니다. 내 물건으로서 소중히 여기되 거리낌 없이 사용합니다.

문:

한 신비주의자가 말하길, 이 세계란 창조주의 거대한 〈유희〉라 할 수 있는데, 여기서 유희란 편의상 사람의 언어로 표현된 말일 뿐이며 더 깊고 무한한 뜻이 있다고 합니다. 이 세계는 무엇입니까? 창조주의 유희라 봐도 무방합니까?

답:

이 세계가 창조주의 유희냐고요? 앞서 얘기했듯, 그것이 신의 유희이건 놀음이건 숨바꼭질이건, 어쨌든 창조주의 〈무엇〉입니다. 창조주의 그 〈무엇〉에 대해 우리가 유희라 부르건 발광이라 부르건 방귀뀌기라 부르건 그건 의미가 없습니다. 하여튼 창조주는 뭔가를 '합'니다. 그가 하는 게 도대체 뭔지는 바로 우리 자신에게 물어 보면 됩니다. 우리는 무엇을 합니까? 대체 우린 무얼 하고 있는 거지요?

문:

당신은 하느님의 독생자이며 그리스도이고 사람들을 구제하는 분이라 하였습니다. 그리고 여러 죽은 자를 살리고 병든 자를 치유하는 등 이적을 행하였습니다. 그랬듯 바로 지금 세상 도처의 죽은 자를 살리고 병든 자를 치유하며 고통에 빠진 자들을 구원해 줄 수는 없습니까? 당신은 당신 곁에 있거나 직간접 영향이 닿는 사람에게만 이적이 가능합니까?

답:

내가 사람을 구원한다는 건 지금 그를 고통의 가시덤불 속에서 번쩍 들어 천국으로 보내 준다는 게 아닙니다. 그가 그런 고통을 다시금 반복하지 않도록 각성시켜 주는 것을 말합니다. 즉 그의 영혼이 또 다시 부질없는 경험을 반복하지 않도록 제도해 주는 것이지요. 나는 여러 죽은 자를 살리고 불치병을 치유하는 등 이적을 행하였지만 그것들은 영혼의 경험을 〈변경〉시킨 것일 뿐 구원과는 별개 행위였습니다.

문:

〈마음〉이 원하는 것과 〈영혼〉이 원하는 것은 대체로 일치 하지 않는 것 같습니다. 사람은 누구나 건강하고 행복하며 오래 살길 원합니다. 그렇지만 실상은 정녕 다르지요. 그것은 삶이 내 마음보다는 영혼을 추종하기 때문입니까?

답:

그렇습니다. 영혼은 나의 주인이며 나의 모든 것을 결정합니다. 그러니 기도 할 때에도 하늘이나 신을 부르기 전에 먼저 자신의 영혼의 문을 두드리는 게 좋습니다. 예를 들어, 당신은 민원사항이 생기면 그것을 마을의 관인과 의논 합니까 헤로데 왕이랑 의논합니까? 아니면 로마황제랑 상의합니까? 그러니 자신이나 가족 정도의 일이라면 조용히 눈을 감고 먼저 영혼에게 대화를 시도해 보는 게 좋습니다. 신보다 영혼이 가깝습니다.

문:

그렇다면 어떤 목적이나 소망이 있거든 무엇보다 우선 내 영혼의 동의를 구해야 하는 거군요?

답:

그렇습니다. 고요히 자신의 영혼에 귀를 기울이고 소통을 청해 보십시오. 그리고 고백도 하고 제안도 해 보십시오. 영혼은 당신의 말을 경청하며 천지간의 무수히 많은 신들과 구안을 마련합니다.

문:

이것은 가장 간단하고도 궁극적인 질문일 것입니다. 사람은 어떻게 살아야 합니까? 그리고 어떻게 살아야 구원받을 수 있습니까?

답:

이것은 내가 했던 이야기들을 모두 다 버리더라도 반드시 남기고 기억해야 할 중요한 이야기입니다. 사람은 어떻게 살아야 하며 어떻게 살아야 구원받을 수 있는가? 사실상 유일한 답은, 〈이 세상과 인생을 좋아하지 않는 것〉입니다. 세상과 인생을 좋아하는 한 구원에 이를 수 없습니다. 왜냐면 우리가 사는 이 땅, 이 세상, 이 인생이 지옥이기 때문입니다. 지옥이라 일컫는 건 은유가 아니라 실제입니다. 사람들이 이 지옥에서 벗어날 수 없는 건 간혹 이 곳에 젖과 꿀이 흐르기 때문인데요, 사람들은 가끔씩 주어지는 젖과 꿀에 식별력을 상실해 이 곳이 지옥임을 잊습니다. 그리하여 윤회를 반복하며 혹독한 삶을 살게 되는 것입니다.

문:

그렇다면 이 세상과 인생을 좋아하지 말고 파괴해 버리란 말입니까?

답:

아닙니다. 오히려 아끼고 사랑해 주어야 합니다. 행여 자신이 세상과 인생을 좋아하고 있지나 않은지 늘 깨어서 살피고 경계하되, 한편으론 세상과 인생을 무한히 아끼고 사랑해 주어야 합니다.

문:

좋아하지는 말고 아끼고 사랑하라? 대관절 좋아하는 것과 사랑하는 것의 차이가 무엇입니까?

답:

예를 들어보지요. 길거리에 병든 걸인이 쓰러져 있다 칩시다. 당신은 그를 헌신적으로 치료해 주고 적선을 하고 도와 줄 수 있습니다. 그런데 당신은 그 사람을 좋아합니까? 그에게 매력을 느끼고 그랑 같이 있으면 즐겁습니까? 이것이 사랑과 좋아함의 차이입니다. 인생도 마찬가지입니다. 인생을 소중히 여기되 좋아하지 마십시오.

10

올리브 산
Mount of Olives

눈 덮인 산하 위로 빛과 그림자를 기다랗게 변조하며 태양이 이동하고 있었다. 동에서 서로, 빛에서 그림자로, 표상에서 기억으로, 시간은 자신을 나열하고 거둬들이고 다시 포태하며 영원의 모의를 이어 갔다. 티벳사원에도 어느덧 노을이 다가오고 있었다. 법당 안에는 온종일 내 이야기를 듣던 세 여자와 한 남자가 둘러 앉아 서로 어깨를 맞대거나 턱을 괸 채 생각에 빠져 있었다. 아마 모두 내가 꺼낸 이야기, 내가 꺼낸 기억들을 만지고 상상하며 맴돌고 있는 것이리라.

남자가 기지개를 켜며 일어나 법당 난로로 가 편백나무 잔 조각들을 쓸어 넣었다. 곧 쌉싸래한 목재향이 열기를 타고 퍼져 왔다. 여인의 어깨에 기대 한동안 무슨 생각을 골똘히 하던 마가가 별안간 소리쳤다.

"우리 올리브 산으로 가요!"

남자가 돌아와 방석을 끌어 앉으며 말했다.

"대학 때 단체로 이스라엘 성지 순례를 간 적이 있었어요. 그때 올리브 산에 그런 게 있는 걸 알았다면 만사 제쳐두고 찾아 가 흙을 파 봤을 거에요!"

여인이 호기심 가득한 눈빛으로 물었다.

"본디오빌라도가 묻은 다섯 개의 돌… 그곳에 정말 가 볼까요? 위치를 아시겠죠?"

"아뇨. 몰라요."

그러자 여인이 의문스레 물었다.

"그래요? 그럼 그걸 찾으려면 어떻게 하죠? 올리브 산을 싹 다 뒤지나?"

"한데 위치가 기록돼 있는 곳을 알고 있어요. 그곳엔 지금도 기록이 견고하게 남아 있을 거에요."

여인이 바짝 흥미로운 얼굴로 말했다.

"재밌겠는데? 우리 여행을 가 볼까요? 이스라엘 올리브 산으로. 그리고 확인해 보는 거예요. 그 돌들이 있는지! 있다면 놀라 미쳐 버리겠지만!"

그러자 나는 넉살스레 불길한 눈을 뜨고 말했다.

"만일 그 자리에서 돌을 발견하는 순간! 우린 뭐가 되는지 알아요?"

이어 나는 섬뜩하게 말했다.

"적그리스도."

그러자 모두의 표정이 겁이 아니라 미심쩍음과 흥미로 상기되었다.

"그 순간 우리는 두 번째 적그리스도가 되는 거예요. 우린 멋모르고 무서운 짓을 하게 되는 거지요!"

그러자 마가가 무서워하는 게 아니라 열렬히 염원을 했다.

"가서 돌을 만지고 싶어요! 그리스도를 위해 기꺼이 적그리스도, 아니 두 번째 적그리스도가 되고 싶어요!"

여인도 거들었다.

"그래요. 그리스도를 위해! 어때요?"

"만약 갔는데 돌이 없으면?"

여인이 싱긋 웃으며 답했다.

"그럼 우린 두 번째 적그리스도를 면하는 거죠. 그렇지만!"

여인은 거기서 말을 멈추고 우릴 둘러보았다. 마가가 재우쳐 물었다.

"그렇지만?"

"우린 두 번째 적그리스도가 이미 다녀갔다는 것을 알게 된 사람들이 되는 거죠."

남자가 재미있다는 듯 소리쳤다.

"텔아비브 행 비행기 예약해요? 난 그럼 두 번째 여행인데."

나는 시골뜨기 랍비처럼 검지를 올려 가로저으며 말했다.

"아니에요. 텔아비브가 아니에요."

"그럼요?"

"터키 이스탄불."

"터키 이스탄불?"

"이스탄불에 도착하면 곧장 에페스Ephesus로 가요."

"에페스는 뭐죠?"

"이천 년 전, 우리 다섯 여행자가 도착했던 곳이에요. 그땐 예루살렘에서 에페스까지 걸어갔었죠."

"걸어서 얼마나 걸렸는데요?"

"백일 쯤. 도보로 한 이천 오백 킬로 넘으려나? 요즘으로 치면 레바논 시리아 터키 국경을 넘어야 하는 거였어요."

이러자 모두가 감탄소리를 내질렀다. 난 이어 말했다.

"하여튼 우리가 두 번째 적그리스도가 되려면 에페스에 먼저 들려야 해요."

모두의 얼굴에 의심쩍음과 흥미와 모험이 급속히 모이는 듯했다. 여인이 침착하게 물었다.

"왜 에페스부터에요?"

"그게 그리스도에 대한 적그리스도의 예의일 테니까. 그리스도가 예루살렘에서 에페스로 갔으니 적그리스도는 답례로 에페스에서 예루살렘으로 가야지 않겠어요?"

"그리스도에 대한 예의라..."

"그리고 올리브 산에 묻힌 돌 위치에 대한 기록이 에페스에 있어요. 그러니 반드시 에페스부터 가야 해요"

마가가 들뜬 얼굴로 말했다.

"그럼 에페스로 가죠 뭐."

난 여전히 판타지와 미심쩍음이 담긴 얼굴로 나를 응시하는 여인에게 덧붙였다.

"에페스의 뷸뷸산 bulbul dag 까지요."

"뷸뷸산?"

"우린 그 산 속에 집을 지었어요. 지금도 남아 있나 모르겠어요. 멋졌는데..."

"안 남아 있다면?"

"흔적이 있을 거에요. 그리고 그 곳의 한 기도터 단단한 석조 벽에 짤막한 글과 숫자가 새겨져 있지요. 그것이 올리브 산에 묻힌 다섯 개 돌의 위치요."

"뭐라 새겨져 있죠?"

"잘 기억이 나지 않아요. 글자와 수로 연결돼 있다는 것 밖에.. 한데 가서 보면 기억들이 살아 날 거에요. 이천년 전 기억이지만..."

"그런데... 정말 에페스에 그게 있어요?"

"지금도 남아 있을 거에요. 아마 그대로일 거예요."

여인이 흥미 반 흥분 반의 얼굴로 말했다.

"다른 사람이 오기 전에 가 봐야겠군요!"

이러자 남자가 신난 듯 나섰다.

"당장 예약해요? 이스탄불 행 넉 장?"

"아뇨. 석 장."

"왜 석 장이죠?"

"남자는 안 갈 거니까."

"예? 무슨 말?"

나는 대답 하지 않았다. 여인과 마가가 어리둥절해 하다가 나와 남자를 번갈아 보며 웃음을 터뜨렸다. 남자가 황당하다는 표정으로 말했다.

"날 빼고 세 분만 가겠다는 거에요? 여자끼리만? 불불산에서 곰이 나올지도 모르는데? 두 번째 적그리스도를 기다리는 악마가 있을지도 모르고?"

나는 남자를 다독였다.

"두 번째 적그리스도가 네 명이나 될 필요는 없어요. 그리스도 한 명에 적그리스도들이 너무 많아요."

마가가 소리쳤다.

"두 번째 적그리스도는 여자들이네!"

요한John the Apostle은 훗날 두 번째 적그리스도가 등장하면 예수가 재림할 거라는 이야기를 계시록에서 지워 버렸다. 나중에 벌어질 수 있는 여러 기만과 혼란을 피하기 위해서였다.

내가 올리브 산의 다섯 개의 돌들이 지금도 현존할 거라 믿는 건 당연하다. 지난 2천 년 동안 임마누엘이 세상에 오지 않았으니까.

기대와 상상으로 얼굴이 상기된 여인과 마가에게 내가 물었다. 진정두 번째 적그리스도가 될 자신이 있는지, 이후 생의 잔여 나날들이 성가시게 되어도 좋은지, 적그리스도 되는 게 실상 의미도 없고 재미도 없으면 어쩔 건지... 그러자 두 여자는 덮어놓고 여행부터 떠나자고 했다. 그로부터 96시간 후, 우린 이스탄불 행 비행기에 탑승했다.

    비행기가 문을 닫고 움직이자 여인과 마가와 나 셋은 낯설고 떨리는 여정의 시작에서 셋 다 똑같이 웃고 똑같이 웃음을 멈췄다. 그리고 셋 다 똑같이 낯설고 떨리는 침묵에 빠져들었다. 비행기가 활주로를 돌아 이륙을 준비했다. 곧 지구상의 기계음 중 가장 못 견디게 애 타고 남성미 넘치는 소리가 고조되며 비행기가 날아올랐다. 요나를 삼킨 고래도 하늘로 날아올랐다면 요나는 거기서 꺼내달라고 기도하지 않았을 것이다. 대신 색다른 소원을 빌거나 고래와 사랑에 빠졌을지 모른다. 뭐 아무튼.

    비행기는 터키를 향해 날았다. 마가가 몸을 기울여 여인 품에 어깨를 파묻었다. 여인이 마가를 안으며 손가락으로 마가의 코끝을 톡톡 건드렸다. 그러다 그 손을 뻗쳐 내 팔을 껴안고 내 어깨에 머리를 기댔다. 예수가 공중 재림을 한다면 바로 이 좌표에서 시작할 것 같은 고도 3만 피트의 우아한 상공에서 비행기는 항로를 따라 순항했다. 기내엔 백색소음이 기분 좋게 떠다녔다. 흔히 새소리 빗소리 파도소리 등 무심결에 안정감을 주는 자연의 음향을 백색소음의 대표로 치지만 난 그보다 더 편안한 음향을 알고 있다. 그것은 비행기 안 남자승객들의 조용한 대화소리이다. 정확히는 나로부터 대각선으로 한두 칸 뒤에 앉은 일본남자들이 소곤대는 소리이며, 그들이 약간 마른 체형에 넥타이를 느슨히 매었고 어린 딸을 둔 40~50살쯤의 상사 직원들이라면 더욱 좋다. 그게 안도와 나른함을 주는 최적의 음원이다. 일본어는 소리를 물고 꺾는 종성終聲이 거의 없어서 Hitler를 [hɪtɔrɑ]라 발음하고 Juliet을 [dʒurɪæto]라 발음해야 한다. 일본어는 전 세계에서 독특하게 음감이 찐득거리지 않으며 잘 마른 빨래처럼 고슬고슬하고 정갈한 언어다. 저런 언어를 어린 딸을 둔(기왕 부인은 정리정돈에 능하고 탁구가 취미인) 일본 상사원 둘이 소곤거리는 소리는 날아가는 물건 안의 사람들을 안도케 한다. 물론 비행기 안의 대화라고 다 흐뭇한 건 아니다. 지중해 연안국 남자들의 말소리는 아무리 아름답고 고요한 대화여도 두고두고 쓸 기내식은 아니다. 지중해라는 바다는 그 형태부터가 치정극을 부르게 생겼으니 그 바다를 끼고 살아 온 남자들, 스페인인이든 이탈리아인이든 유대인이든, 그 목청에서 나오는 억양과 발음을 오래 듣고 있으면 흡사 〈고자질〉같다. 중국남자? 교태를 부리거나 음모를 꾸미거나 허세를 떨기에 최적의 음감을 지닌 중국어를 고공의 밀폐된 공간에서 하염없이 듣고 간다? 그것도 모든 남자가 하나같이 장남처럼 생긴 중국남자의 말을? 그러다 잠들면 중국몽을 꾸겠지?

"엘레나 포포바!"

비행기가 한참 중앙아시아를 통과하고 있을 때 여인이 소리쳤다. 나폴레옹이 몸살감기에 더욱 찾았다는 카페로얄(설탕에 브랜디를 끼얹고 불을 붙여 커피에 떨어뜨린 칵테일)을 몇 모금 마신 여인은 한동안 눈을 감고 있어서 자는가 싶었는데 아니었다. 갑자기 엘레나 포포바!라고 소리치며 나를 바라보았다. 그 소리에 잠든 마가가 놀라 눈을 뜰 정도였다.

"이제 기억이 나네! 러시아 스파이 엘레나 포포바"

"여태 그 생각 했어요?"

여인은 나를 직시하며 말했다.

"힌두족 구루가 엘레나 포포바한테 밝힌 비밀 말이에요. 숫자 '구'의 모양이 바뀌면 세상에 메시아가 출현한다는 거. 혹시 그거 진짜 아니에요? 그러니까 영화 말고 실제로 그런 거 아니냐고요."

그녀는 저 위험한 액체 카페로얄을 또 한 모금 마시더니 나를 곧게 바라보았다. 이때 기장의 기내방송이 나오고 비행기가 흔들렸다. 카페로얄도 흔들리고 여인의 눈길도 흔들렸다. 비행기가 더욱 심하게 흔들리자 여인은 마치 폭탄을 숨긴 테러리스트처럼 카페로얄을 두 손으로 애지중지 감싼 채 기내를 두리번거렸다. 나는 여인이 손을 놓는 순간 폭발할 것 같은 카페로얄을 쳐다보며 말했다.

"그거 승무원이 보면 우릴 당장 내리라고 할 걸요?"

그러자 여인은 잠깐 뭘 생각 하는 것 같더니 내게 물었다.

"혹시 비행기에서 하이재킹 당하는 거 상상해 본 적 있어요?"

"아뇨."

"난 있어요. 그 상황이 되면 난 납치범에게 은밀히 내 연락처를 건넬 거에요."

"납치범이 미남이어야겠군요."

"아니요. 납치범이 여자라면요."

그러자 난 말문을 잃고 여인을 흘겨보며 입을 열었다.

"질투 나요. 비행기 안에서 질투를 할 줄은..."

그러자 여인이 내 가슴을 손바닥으로 다독다독 두드려주며 웃어 보였다. 이때 다시 비행기가 흔들리더니 기내방송이 나왔다. 난기류 탓에 기체가 일시적으로 동요하나 비행엔 아무 문제가 없으니 승객들은 지금 숙연히 자기 인생을 되돌아 볼 필요 없이 마냥 현재를 즐기면 된다는 사랑스런 멘트였다. 이때 여인이 손가락으로 카페로얄을 찍어 자기 손바닥에 숫자 〈9〉를 그려 보이며 말했다.

"이렇게 숫자 구의 동그라미가 대칭으로 오른편에 하나 더 생기게 되면 세상에 온다는 메시아... 만약 힌두족 구루가 죽지 않았다면 메시아의 정체를 뭐라 말했을까요?"

작년에 내가 카페 가브리엘을 빌려 촬영한 단편영화 〈69〉는 러닝타임 13분 동안 단 한마디의 대사도 없고 장면 바뀜도 거의 없고 여주인공 한 명 외엔 어떤 인물도 등장하지 않는다. 오로지 러시아 여자 스파이 엘레나 포포바의 커피 마시는 모습과 내레이션만이 13분 동안 존재한다. 영화는 그녀가 한 카페에 들어오는 장면으로 시작된다. 처음에 그녀는 카페에 들어와 자리를 찾아 앉을 때까지 주변을 살피고 경계하는 등 긴장한 모습이지만 조금 후 두 스푼 가득히 설탕을 탄 커피를 마시며 점차 긴장을 풀고 시트에 몸을 편안히 묻는다. 그리고 얼마만인지 모를 안도감에 눈을 감고 깊은 숨을 내쉰다. 여기서 내레이션이 시작된다.

– 일평생 무신론자였고 지금도 변함없는 무신론자인 나 엘레나 포포바는 처음으로 신에게 이야기를 해 본다. 신이 있다면 내 이야기를 듣겠지. 아니 이야기가 아니라 기도라 해 두자. 신에게 하는 거니까 –

그렇게 시작된 내레이션은 계속 이어진다.

– 나는 민스크에서 태어나 어릴 때 부모를 잃고 외조모의 부양을 받고 살았으며 아동학교를 다닐 땐 외모 덕에 공산당 기관지 〈인민〉의 어린이 모델로 뽑혀 주목받았고 학창시절엔 철학에세이를 써 〈레닌 상〉을 받았다. 17세에 모스크바에서 대학을 다녔고 그 후 해군에 특채돼 정보국 장교로 임관했다. 그로부터 나는 50년 동안 정보기관 KGB와 SVR의 특수요원으로 일했고 현재 나이는 70세다. 나는 평생 가족 없이 독신으로 살아 왔고 SVR에서는 늙은이가 돼서도 본부의

안정된 보직을 마다하고 해외 현장의 거친 임무를 맡아 왔다. 그러다 올 해 초, 인도의 남부 도시 하이데라바드의 냉동식품공장에서 이스라엘 모사드가 한 힌두족 구루를 바닐라아이스크림으로 만들어 죽이려 할 때 나는 그를 구해주었고 그에게서 인류에 숨겨진 비밀 하나를 듣게 되었다. 그 비밀이란 기가 막힐 내용이었다 -

엘레나 포포바는 손짓으로 여급을 불러 여급이 오자 자신의 빈 커피 잔을 가리키며 또 한 잔을 주문하는데, 이때 검지를 치켜들며 빙긋 웃어 보일 뿐 아무 말도 하지 않는다. 여급 역시 말 따위는 필요 없는 고아한 센스를 지녔다는 듯 가볍게 고개만 끄덕이며 떠나고 곧 새 커피를 갖다 놓는다. 엘레나 포포바는 또 커피에 스푼 가득 두 개의 설탕을 타더니 맛을 음미하고 입술을 핥고 향도 맡아 본다. 그리고 이 카페의 모든 것이 만족스런 듯 편안히 한숨을 내쉬며 눈을 감아 본다. 내레이션이 이어진다.

- 힌두족 구루가 숫자 9에 얽힌 인류의 비밀을 알려 주자 순간 나는 혼란스런 마음을 진정시키며 그에게 물었다. 숫자 9의 모양이 바뀌면 세상에 나타난다는 메시아가 누구인가? 이 천년 전에 죽은 예수? 아니면 다른 인물? 대체 메시아가 누구지? 그런데 이때 어디선가 한 발의 총탄이 창문을 뚫고 날아와 힌두족 구루의 등에 명중하고 그는 고꾸라져 버렸다. 그의 몸통을 관통하여 드라이아이스에 박힌 탄환을 채취해 나중에 조사해 본 결과 그것은 주로 서방 저격수들이 사용하는 7.62mm 나토탄이었다. 그런데 그 일이 있은 직후 나는 모든 임무 활동을 중단하라는 명령을 받고 본국으로 소환 되었으며 여러 날 여러 방식에 걸쳐 본부의 심문을 받았다. 심문 내용은 주로 저격으로 숨진 힌두족 구루와 그 주변 정황에서 얻은 정보에 관한 것이었다. 나

는 힌두족 구루나 그 주변에서 어떤 정보도 얻은 게 없음을 끝까지 소명하고 심문에서 벗어났지만 50년 몸담았던 정보원 생활도 마감하게 되었다. 그리고 고향 민스크로 돌아가 힌두족 구루가 말한 비밀내용을 마음에 숨긴 채 늙은 여자로 평범히 살아가고 있었다. 그런데 얼마후 정체불명의 사람들이 나타나 목숨을 위협했다. 나는 도피를 시작했고 결국 낯선 나라를 배회하다 이 카페에 오게 된 것이다 -

그녀는 태어나서부터 소비에트 교육을 받으며 자랐고 시대가 변한 오늘날에도 예전과 다름없는 철저한 무신론자이지만, 지금 카페에 앉아 신에게 이야기를 하는 건 생애 처음 저지르는 모순임을 고백하는 것으로 내레이션이 이어진다.

- 나는 일생에 두 번 모순을 범했다. 하나는 무신론자인 내가 지금 신을 불러 이야기를 하는 것이고 하나는 일편단심 레닌, 소비에트주의자인 내가 커피에 설탕을 두 스푼이나 타서 마시는 착취적이고 반동적 행각을 저지른 것이다. 그런데, 이 모순들이 이렇게도 대견스럽고 감격적일 줄이야! -

그녀는 설탕 2스푼이 들어 간 커피를 4잔 째 마시며 신에게 마지막 고백을 한다.

- 나는 무신론자답게, 숫자 9의 모양이 바뀌면 출현한다는 메시아를 종교적 초월적 존재 따위가 아닌 맑스나 레닌 혹은 내 외할머니 같은 〈인간〉으로 여기고 있었다. 그런데 지금 생각이 떠올랐다. 그건 내가 지은 모순들 안에서 떠오른 것이다. 숫자 9가 6과 구별이 되도록 동그라미가 오른쪽에 하나 더 생긴 모양으로 바뀌면 세상에 등장한

다는 메시아, 그는 예수나 레닌이나 내 외할머니가 아니라 인류의 〈정신〉일 거라는 것. 숫자 구의 변형과 함께 전 인류의 정신이 바뀔 때, 그 〈집단정신〉이 바로 메시아일 수 있는 것이다. 힌두족 구루는 메시아가 누구냐는 내 다그침에 자신의 검지를 이마 중심에 갖다 대 보이며 말했다. "세상엔 메시아의 등장을 저지하려는 숨은 세력이 있다. 그들이 지난 천 년 간 숫자 9의 개량을 막아 왔다. 하지만 이제 때가 되었다. 숫자 9의 모양이 변하고 메시아가 출현할 것이다" 그러자 나는 그에게 메시아가 누구인지 거듭 다그쳤다. 바로 이때 그의 등으로 총알이 날아 왔다 –

영화의 엔딩은 커피 잔의 까만 수면에 엘레나 포포바의 얼굴이 비치며 시작된다. 손에 들린 커피 잔의 미세한 떨림을 따라 수면에 비친 그녀의 얼굴도 잘게 일렁이며 내레이션이 흐른다.

–힌두족 구루는 자신이 세상에 9의 비밀을 전할 마지막 사명자이며 이제 그 사명을 완수할 거라 하였는데 그만 총탄에 쓰러져 버렸다. 그리고 그가 남긴 최후의 말은 총탄이 이미 그의 몸통을 뚫고 나간 후였다. 그는 멎어가는 숨을 간신히 붙잡고 말했다. "바티칸의 동방교회성東方敎會省을 찾아 가라. 어디서 온 누구냐 물으면 〈The Buddha〉라고만 말하라. 그러면 어떤 사제가 나와서 당신을 부속 건물로 인도하고 거기서 한 아시아인 수녀를 만날 것이다. 그 수녀의 이름은 미셸 13. 숫자가 붙은 특이한 이름이다. 바로 그 수녀가 당신이 만날 사람이다. 그녀의 영혼은 소명을 받고 플레이아데스 성단에서 분리돼 온 영혼이고 이 세상에 메시아를 초대하는... 초대하는..." 힌두족 구루의 말은 거기까지였다. 그는 저 모호한 마지막 말과 함께 숨을 거둬 버렸다–

엘레나 포포바는 커피 잔 옆에 팁으로 지폐 2장을 놓는다. 그리고 자리에서 일어나 외투를 들고 떠난다. 테이블엔 지폐와 1/7쯤 남은 커피가 남아있다. 여기에 마지막 내레이션이 흐르며 지폐 2장의 모습이 드러나는데, 1000루피짜리 인도 지폐다.

- 나 엘레나 포포바는 인류를 위해 붓다가 되기로 결심했다. 붓다가 되어 메시아를 부르기로 했다. 그건 내가 인류를 좋아하거나 사랑해서가 아니라 숫자 9가 얼마나 지겨운 숫자인지를 깨달았기 때문이다. 정말 지겹다. 9도 인류도 -

엘레나 포포바가 떠난 테이블이 밝은 빛에 쌓이기 시작하며 점점 밝아지고 화면 전체가 완전히 하얗게 변한다. 그리고 하얀 바탕에 새로운 숫자 ♈의 기호가 그려지며 영화가 끝난다.

비행기가 흑해 남부를 지나 터키 영공을 날았다. 여인과 마가와 나는 터키 이스탄불에서부터 에페스를 거쳐 이스라엘 올리브 산까지의 여정을 재삼 상상하며 설렘 속에 긴장을 하고 있었다. 긴장한 탓에, 그 상상의 여정 속에서 행여 방조되거나 놓친 부분이 발견되면 그 즉시 수습해서 우리의 대열에 벌충해 넣었다. 이런 식이었다. 에페스의 불불산에서 곰이 덤비면 어쩌지? 라는 돌발문제가 나오자마자 마가든 여인이든 나든 누구랄 것도 없는 답들이 질속이 쏟아져 나왔다.

"우리 셋이 곰이랑 싸워요."

"말도 안 돼!"

"그럼 곰한테 애원해요?"

"차라리 기도를 하지."

"아냐. 유일한 답은 도망이야!"

"맞아."

"맞아."

"맞아. 근데 곰이 쫓아오면?"

"그땐 마가가 곰을 유혹해라. 우린 올리브에 가서 돌을 찾아야 하니까."

"그래. 재림 메시아를 위해 마가가 곰을 맡아."

"안돼요. 농염한 언니 둘이 맡아요. 내가 올리브로 갈께요."

"아냐. 네가 맡아."

"왜 내가?"

"음... 네 이름이 제일 귀엽잖니. 곰도 좋아할걸?"

"그런데 동물 중에서 곰이 물면 제일 아프다더라. 호랑이나 사자는 상대의 목을 물어 질식시킨 다음에 뜯어먹는데 곰은 산 채로 마구잡이로 물어뜯는대."

"사자랑 호랑이는 신사네."

"곰은 생긴 건 안 그래 보이는데 미친놈이야!"

"이거 알아? 옛날에 북극 에스키모족은 부모가 늙어 쇠약해지면 자식이 부모를 곰 서식지에 데려다 놨대. 산 채로 곰의 먹이가 되라고. 왜냐면 그 쪽 지역은 추워서 죽은 사람을 매장 해도 시체가 얼어서 썩지를 않아. 사람이 죽으면 육신이 분해돼 대자연으로 돌아가야 하는데 그게 안 되는 거지. 그래서 곰에게 먹혀 뱃속에서 소화가 되고 똥으로 나오면 그게 대자연으로의 환원이 되는 거였어."

"멋있어라! 에스키모!"

"더 멋있는 게 뭔지 알아? 곰은 죽어 언 사람은 먹지를 않아. 그래서 사람을 산 채로 뜯어 먹도록 해야 해. 한데 곰은 사람 숨결이 느껴지는 얼굴부터 뜯어 먹는다고 해. 곰 참 센스 있지 않아? 하여튼 부모가 노쇠하면 자식은 부모를 곰에게 데려다 놓고 서로 잘 가시라, 잘 살아라 손 흔들며 작별인사도 나눴대."

"기가 막혀!"

"모니터 봐요. 45분 후 착륙. 아트르...튀? 튀크?"

"아타튀르크 공항."

"승무원 열두 명과 승객 삼백팔십 명을 태운 여객기를 여자 셋이서 하이재킹 할 수가 있을까요?"

"음... 무력으로는 안 될 테고... 조종사를 유혹한다거나..."

"조종사 유혹하는 게 곰보단 쉽겠지."

"그래서요? 조종사를 유혹하면?"

"그랑 불륜장면을 폰으로 찍어 협박해. 부인에게 보내겠다고."

"조종사가 여자면?"

"터키의 대부분 식당은 빵이 무한리필이라면서요?"

"에페스라는 터키 맥주 마셔봤어? 쌉싸래한 맛에 정신이 번쩍 들지!"

"올리브 산에서 돌을 찾으면 그 다음 뭘 하죠?"

"그 생각을 소홀히 했어요. 돌을 찾는 거만 고민하다가."

"이제부터 그걸 생각하죠."

"돌을 바티칸으로 가지고 가는 게 어떤가요?"

"그래야 할지도 몰라."

"적그리스도 셋이서 교황을 만나는 거지요. 재림 그리스도의 표징을 들고..."

"궁금해요. 그 영화 다음 이야기. 붓다가 된 엘레나 포포바는 무사히 바티칸으로 가서 그 아시아인 수녀를 만났을까요? 대체 누구예요 메시아가?"

지난 1년 동안, 단편영화 〈69〉를 본 사람마다 숫자 9의 모양이 바뀌면 나타날 메시아의 정체에 대해 내게 묻곤 하였다. 그때마다 나의 대답은 한결같았다.

"메시아의 정체는 메시아만이 알 테죠."

잠시 후 비행기가 아타튀르크 공항에 착륙한다는 기내방송이 나왔다. 여인과 마가와 나는 시트를 세우고 안전벨트를 매고 마음을 차분히 가다듬었다. 강하하는 비행기의 기압차에 귀고막이 눌리고 들뜨는 듯한 무중력감이 일어났다. 창밖엔 기다란 곡선을 그리며 방향을 바꾸는 비행기의 너른 날개가 보였다. 이때야 비로소 내가 탄 비행기는 물건이 아니라 커다란 새였음을 깨달았다. 오랜 시간 묵묵히 고행하며 인간들을 지구의 다른 땅으로 데려다 주는 새 말이다. 이 불가사의한 정진을 하는 보살이 새 아니면 뭔가?

연한 코랄핑크 립스틱으로 점점이 찍어 놓은 듯한 이스탄불 시가가 아스라이 보이기 시작했다. 인간들을 품고 너무나 높고 추운 곳에서 오랫동안 견딘 이 새는 점점 반야를 찾아 내려가고 있었다. 이때 불현듯 여인이 물었다.

"만일 올리브 산에 다섯 개 돌들이 싹 사라졌다면 누가 가져간 걸까요?"

"글쎄요. 누굴 거 같아요?"

"히틀러나 스탈린 같은 작자들이 그랬을 수 있겠죠?"

"한데 그 돌이 발견되면 메시아가 나타난다고 했는데 여태 안 나타난 거 보면 히틀러나 스탈린이 범인은 아닐 거예요."

"돌이 발견 됐다고 메시아가 곧장 나타나는 게 아닐 수도 있잖아요? 몇 십 년 혹은 몇 백 년 후일 수도 있고..."

"그럼 그건 너무 시간낭비예요."

"그래도 한번 짐작해 봐요. 만일 우리가 갔는데 돌이 없다면 누가 먼저 와 가져갔을까…"

"아마 그건…"

"그건?"

"혹시 교황?"

終

마리아 경經에 대해

이것은 옛 유대 땅에서 예수, 가롯유다와 함께 지내던 여
인이 2천 년 후 어느 익명의 나라에 환생하여 살아가는
이야기이다.

그녀는 현대를 살아가며 자신이 2천 년 전에 보고 들은 것,
체험한 것들을 낱낱이 진술한다. 그리고 지금 21세기가 되
도록 재림하지 않고 있는 메시아의 비밀을 절망과 유머
로 해명한다.

그녀는 20세기 전에 대한 소름 돋는 기억으로 현대를 전
복시킨다.

이 책은 바로 저 이야기를 너무나 인색하게 드러냈던 전작
前作의 전면적인 개정판이다.

마리아 경

초판 1쇄 발행   2020년 10월 24일
초판 2쇄 발행   2021년 1월 15일

지은이   우주합장
펴낸이   김덕규
펴낸곳   북선
북디자인   도트디자인

출판등록   2016년 4월 8일
등록번호   118-98-77374
주소   서울특별시 서대문구 연희로 41가길, 97 101호
전화   070-8115-0309
팩스   0504-172-2394
홈페이지   https://blog.naver.com/zazajaja
이메일   zazajaja@naver.com

© 2020 우주합장

ISBN 979-11-958182-0-4 (03810)
값 13,000원